SAM GASS

Gone Cat

Die stumme Ze

SAM GASSON

GONE
DIE STUMME ZEUGIN
CAT

Kriminalroman

Ins Deutsche übertragen von
Ann-Kathrin Schwarz

LYX
EGMONT

Deutschsprachige Erstausgabe April 2016 bei LYX
verlegt durch EGMONT Verlagsgesellschaften mbH,
Gertrudenstraße 30–36, 50667 Köln

1. Auflage
Redaktion: Jan F. Wielpütz, Attraktive Texte, Köln
Umschlaggestaltung & -illustration: www.bürosüd.de
Satz: Greiner & Reichel, Köln
Printed in Germany (670421)
ISBN 978-3-7363-0157-3

www.egmont-lyx.de

MIX
Papier
FSC FSC® C083411

In einer mondhellen Küche liegt eine Frau mit eingeschlagenem Schädel.

Sie ist nur dürftig mit einem gepunkteten Schlafanzug bekleidet, genau die Sorte, die man nicht wählen würde, wenn man wüsste, dass man bald im Mittelpunkt einer Mordermittlung stehen wird. Ihre Kopfhaut hat die Farbe zerdrückter Heidelbeeren. An ihrer linken Hand fehlt der Ring.

Blut strömt noch immer aus der Wunde, sickert in das ausgetretene Laminat.

Ihre Leiche wird erst am Morgen gefunden werden, wenn ihr Ehemann mit einem fürchterlichen Kater aufwacht. Jeder wird sagen, dass er es getan hat, immerhin ist er in der Nachbarschaft für seine Wutausbrüche bekannt.

Ihr Sohn, ein sensibler Junge, wird bald auch seinen Vater verlieren. Noch umklammert er einen Teddybären und träumt davon, am Wochenende einen goldglänzenden Fisch zu fangen.

Von der Blutlache aus, die sich an der zertrümmerten Schädeldecke der Frau gesammelt hat, zieht sich eine Spur roter Pfotenabdrücke über den Fußboden. Sie führen zu einem offenen Fenster.

MONTAG, 28. JULI

1

»Schau mich nicht so an«, sagte Jim, während er seine letzten Besitztümer aus der Schreibtischschublade räumte. Er warf seinen Locher, zwei Päckchen mit Aktenbindern und ein Portemonnaie mit gefälschten ID-Karten in eine schwarze Mülltüte. »Mein Sohn hat schon was dagegen, dass ich den Beruf wechsele. Wirf du mir das nicht auch noch vor.«

Jim zog den Füller aus dem Maul des grünen Seefroschs auf seinem Schreibtisch, dann die Tintenpatronen aus dessen kleinerem, giftigem Gefährten.

»Ich weiß, dass die besten Detektive ihr Privatleben dem Job unterordnen«, sagte Jim, ohne eine Erwiderung zu erwarten. »Aber meine Familie braucht mich. Mein Junge hat ein Recht auf seinen Vater. Ich habe versprochen, dass ich künftig mehr Zeit in meine Ehe investiere.«

Jim holte seine Kameras aus der untersten Schublade des Aktenschranks, umwickelte sie mit Luftpolsterfolie und legte sie in einen Karton. Bruno würde sich einige davon aussuchen, der Rest würde in einem Secondhand-Laden für wohltätige Zwecke landen. Mit schwarzem Marker schrieb er *Aufbewahren* in die Mitte des sternförmigen Aufklebers und pappte ihn auf die Box.

»Ich höre dir nicht mehr zu.« Jim wandte sich ab. »Du kannst mich nicht umstimmen. Wir wissen beide, dass ich zum alten

Eisen gehöre. In meinem Ausweis steht 48, aber ich fühle mich viel älter. Das Detektivhandwerk hat sich verändert – der Job ist heute ganz anders. Meine Fähigkeiten braucht keiner mehr. Alles findet am Computer statt. Damit kenne ich mich nicht aus, und das wird sich auch nicht mehr ändern. Ich bin nicht für die digitale Welt gemacht.«

Er nahm alte Fallakten aus einer anderen Schublade. Die Unterlagen waren nach Datum sortiert, die älteste stammte vom 21. Januar 1986. Die Mappe war gelb, das Zeichen für *gelöst*. Jim blätterte durch die Bilder und Notizen seines ersten Falls. Es handelte sich dabei um einen Überwachungsauftrag für die Besitzer des West Piers. Sie hatten befürchtet, die Schäden durch eine Serie nächtlicher Einbrüche könnten den Verkauf des Piers an einen Investor behindern. Drei Nächte lang hatte Jim mit seiner neuen Canon A-1 im Anschlag auf einer Matratze campiert, während die Seebrücke im stürmischen Wind von Brighton knarzte und schwankte. In der letzten Nacht entdeckte er zu seiner Überraschung, um wen es sich bei den Eindringlingen handelte.

»Ich weiß noch genau, wie langweilig und ernüchternd das Ende dieses ersten Falls war«, sagte Jim, als er zu dem Foto kam, das ihm als Beweismittel seinen ersten Gehaltsscheck eingebracht hatte. »Die Arbeit eines Detektivs ist einsam. Du hast nicht gesagt, wie öde sie oft sein kann. Du hast die Einsamkeit verklärt.«

Jim schmunzelte. Es hatte sich herausgestellt, dass es sich bei den Vandalen um eine Gang hinterlistiger Füchse handelte, die eine Unterhöhlung des verrottenden Piers zu ihrem Bau auserkoren hatten. Auf dem Foto war ihr nächtliches Treiben zu sehen.

»Aber ich habe meinen Job geliebt. Und ohne dich hätte ich ihn nicht ergriffen.«

Als die Kisten im Büro fertiggepackt waren, rief Jim das Umzugsunternehmen an und wiederholte noch einmal, wie damit zu verfahren sei: die mit den roten Aufklebern in die Müllverbrennungsanlage, die mit den grünen in die St. Andrew's Road Nummer 13. Dann rief er sich ein Taxi.

Er konnte sich kaum vorstellen, dass dies die letzten Minuten in seinem Büro sein sollten. Der muffige Geruch und die Ratten, die unter seinem altgedienten Schreibtisch über die Dielen huschten, würden ihm fehlen. Es war zu spät, um beim Verkauf einen Rückzieher zu machen, und außer der heftigen Wehmut, die ihn überfiel, gab es keinen Grund, die Räumlichkeiten zu behalten. Es wäre schön gewesen, wenn Bruno das Geschäft eines Tages übernommen hätte, aber er war erst elf, und es würde noch Jahre dauern, bis er ein Büro bräuchte. Das Gebäude war in einem so desolaten Zustand, dass man es nicht mehr vermieten konnte, und außerdem war eine Supermarktkette an dem Grundstück interessiert, um dort einen kleinen Express-Markt zu eröffnen. Es zu verkaufen war der einzig logische Weg.

»Ich höre gar nicht hin.« Jim warf einen Blick auf seine Armbanduhr – er war spät dran fürs Frühstück. »Ich weiß sowieso, was du sagen wirst, und du wickelst mich nicht ein. In genau einer Woche trete ich meinen neuen Job an. Das Leben als Bibliothekar wird meinem Herzen und meiner Familie besser bekommen. Und ich verspreche dir, dass ich für dich ein warmes Plätzchen finde.«

Jim erhob sich aus dem Stuhl, dessen Lehne seinem Rücken zwanzig Jahre lang freundliche Unterstützung geleistet hatte. Er blickte in den kleinen Spiegel neben der Toilettentür. Ein frühzeitig gealterter Mann starrte zurück. Nur Jims Brille war modern. Sie war für Männer entworfen worden, die halb so alt waren wie er: eine modische Hornbrille mit dickem braunem

Rand, die wuchtig war und ihn gebildet ausschauen ließ. Für die übergroßen Gläser hatte Jim zugezahlt. Sie setzten seine Augen in Szene, ließen sie allsehend und etwas vergrößert erscheinen. Zu seinen besten Zeiten hatten Fremde ihn angestarrt. An der Kasse war er oft darauf angesprochen worden, wie hypnotisierend seine Augen durch die Brille wirkten. Verdächtige waren nervös geworden und hatten sich auf ihrem Sitz gewunden. Jim mochte seine Augen. Sie waren der Teil seines Körpers, dem er noch immer am meisten vertraute.

Seine Fahrgelegenheit hupte auf der Straße. Morgens waren Jim Taxis am liebsten.

Zum Abschluss nahm er den letzten roten Aufkleber und pappte ihn auf die Stirn von Philip Marlowe, dessen Filmplakat über dem Kamin hing. Marlowe rauchte eine Camel, er sah enttäuscht aus. Mit schwarzem Marker schrieb Jim *Verbrennen* auf den Sticker.

»Verzeih mir bitte«, bat Jim.

Philip Marlowes Gesicht war anzusehen, dass er das nicht tun würde.

2

Die Sommerferien waren erst einen Tag alt, und schon war das das erste Verbrechen zu verzeichnen. Da er als Sohn eines ehemaligen Privatdetektivs gut gerüstet war, ging Bruno davon aus, dass der Fall in einer Woche unter Dach und Fach sein würde.

Während er sich am Frühstückstisch wie ein Wilder Cornflakes in den Mund schaufelte, erklärte Bruno, was ihn beschäftigte. »Jemand macht sich an ihr zu schaffen«, sagte er, ohne sich die Zeit zum Schlucken zu nehmen.

»Mal langsam«, sagte Jim. »Was meinst du damit, *er macht sich zu schaffen*?«

»Er macht sie sich gefügig«, erwiderte Bruno, hielt für einen Moment inne und ließ sich seine Wortwahl auf der Zunge zergehen. »Das hatten wir in der Schule. Sie benimmt sich ganz anders als sonst. Das ist unheimlich.«

»Noch etwas?«, fragte Helen, Brunos Mum, die als Lehrerin geübt war, jede Art von Übergriffen zu erkennen. »Iss langsamer, Bru. Ich bekomme Magenschmerzen, wenn ich dir nur zusehe.«

»Sie ist ganz verschlossen. Irgendetwas beunruhigt sie.«

»Als ich gestern Abend mit ihr gesprochen habe, ist mir nichts aufgefallen«, sagte Jim.

»Und sie hat zugenommen. Habt ihr das nicht gemerkt?«

»Schon, glaub ich«, sagte Helen. »Sollen wir jetzt die Polizei rufen?«

Bruno unterbrach die fließbandartige Zufuhr von Cornflakes. Er starrte den Löffel an und stieß einen verdrossenen Seufzer aus. *Die Polizei kann so was sicher nicht lösen.*

»*Ich* werde das untersuchen«, verkündete Bruno, bevor er sich wieder seinen Frühstücksflocken widmete. »Ich bringe euch beim Abendessen auf den neusten Stand.«

»Wo ist sie gerade?«, fragte Helen.

»Auf dem Sofa, sie schläft«, sagte Bruno. »Sie schnurrt heute in einem anderen Takt. Ihr Schnurren hört sich traurig an.«

Nach dem Frühstück putzte sich Bruno die Zähne und zog sich an. Jeder große Detektiv hatte eine Garderobe, an der man ihn erkennen konnte. Bruno hatte wochenlang gründlich darüber nachgedacht. Schließlich hatte er sich für Gestricktes mit Katzenmotiv entschieden. Auf dem heutigen Pulli war eine weiße Katze mit der Maske eines Einbrechers zu sehen.

Mildred lag noch immer im Wohnzimmer auf dem Sofa, eingehüllt in warmes Sonnenlicht. Ihr Schwanz war im Schlaf zu einem Fragezeichen geformt. Einen Moment lang stand Bruno da und betrachtete seine Katze, die mit drei weißen Pfoten und dem schwarzen Fleck über ihrem Mäulchen, der an einen Schnurrbart erinnerte, eine seltene Schönheit war.

»Wach auf«, sagte Bruno und stupste die träge Katze mit seinem Bleistift an.

Doch Mildred weigerte sich, auch nur eines ihrer roten Augenlider aufzuschlagen, und so versuchte Bruno, sie wach zu kraulen, indem er sich ihrem weißen Kinn und ihrem samtweichen Bauch zuwandte. Dies entlockte ihr lediglich ein Schnurren, ansonsten gab sich Mildred unbeeindruckt.

»*Wach auf*, Katze!«, rief er im Befehlston und überlegte, ob er bellen sollte. Bruno, der elf Jahre alt war und alle Tiere liebte, sogar die Weberknechte, die sich nachts von den Wänden seines Dachzimmers herabließen, entschloss sich zu einem übertriebenen Hustenanfall. Mildred döste weiter.

»Ich gebe dir eine Stunde«, sagte Bruno, »dann bringe ich dich ins Tierheim zurück und tausche dich gegen einen Hund.«

Mit der schnarchenden Mildred an seiner Seite schlug Bruno das Buch *Geheimnisse der felinen Körpersprache* auf und vertiefte sich in das Kapitel über die Deutung von Schwanzhaltungen. Er sah auf, als sein Vater eintrat.

»Eine gekrümmte Schwanzspitze deutet auf Unsicherheit hin«, sagte Bruno, indem er auf Mildreds pelziges Fragezeichen deutete. »Ich muss herausfinden, wo sie sich herumtreibt. Nicht mehr lange, und wir werden wissen, wer sich Mildred gefügig machen will.«

»Das hier könnte dir helfen«, sagte Jim mit geheimnisvoller Miene und drückte Bruno ein Päckchen in die Hand.

»Was ist das?«

»Mach es auf«, sagte Jim.

Bruno riss die Verpackung auf und sah sich die Schachtel genau an, die darunter zum Vorschein kam.

»Es ist ein Kamerahalsband«, sagte Jim. »Damit wirst du *sehen*, wo Mildred hinläuft.«

»Das ist perfekt«, sagte Bruno, und seine Fantasie schlug bei dem Gedanken Kapriolen, dass er auf einem der Schleichgänge seiner Katze durch die Nachbargärten dabei sein konnte.

»Ich würde dir ja anbieten, dass ich beim Zusammenbauen helfe, aber du kannst so was viel besser als ich.«

»Danke, Dad.«

Bruno las die Anleitung vollständig durch, so wie sein Vater es ihm beigebracht hatte, und hielt nur inne, um die Batterien der Kamera ins Aufladegerät zu stecken. In drei Stunden würden sie verwendbar sein.

Der Rasenmäher eines Nachbarn war es schließlich, der Mildred aus dem Schlaf auffahren ließ. Die Katze gähnte, streckte ihr Rückgrat zu ungeahnter Länge durch und lief los. Bruno folgte Mildred auf ihrer Reise durchs Haus in gebührendem Abstand, um ihre Route nicht zu beeinflussen. Auf leisen Sohlen und, wann immer nötig hinter einem Möbelstück verborgen, blieb der Junge *inkognito* – ein köstliches Wort, das er von seinem Vater gelernt hatte.

Zu seiner Enttäuschung ließen Mildreds Bewegungen wenige Rückschlüsse auf ihr geheimes Leben zu. Sie frühstückte am Napf in der Küche. Als Nächstes putzte sie sich, was Bruno langweilte. Dann jagte sie eine Motte über die Arbeitsplatte, unter der sich der Geschirrspüler befand, und Bruno amüsierte sich darüber, wie ihr Schwanz bebte, während sie das Insekt mit den Pfoten langsam zu Tode haschte. Der Tag schritt auf diese Weise voran, und Mildreds kläglich kurze Konzentrationsspanne erstickte jeden von Brunos Versuchen, ein klares Verhaltensmuster ausfindig zu machen, im Keim.

Am Nachmittag kam Dean ohne Ankündigung zum Spielen. Die Jungen besuchten dieselbe Grundschule, und Dean wohnte schräg gegenüber.

»Bruno?«, rief Dean von der Veranda aus, weil er seinen Freund nirgends entdecken konnte.

Bruno saß beim leeren Planschbecken, bereit, seiner Katze die aufgeladene Halsbandkamera umzubinden. Der Garten von Haus Nummer 13 war für ein Reihenhaus großzügig bemessen. Die weite Rasenfläche lud zu Ballspielen ein und war groß genug für einen Schuppen, einen prächtig gedeihenden Teich und eine Reihe üppiger Bäume und Sträucher, die Mildred und Bruno reichlich Platz zum Verstecken boten.

»Pssst«, flüsterte Bruno und winkte ihn zu sich herüber.

Dean setzte sich neben seinen Freund aufs weiche Gras.

»Was machst du?«

»Ich observiere meine Katze«, sagte Bruno und deutete auf Mildred, die einem Rotkehlchen am Futterhäuschen auflauerte.

»Katzen sind langweilig«, sagte Dean und zog eine Stöpselpistole aus seiner Socke, die er lud, indem er ihren Lauf in eine halbe Kartoffel pikste, die er aus seiner anderen Socke holte. »Die schlafen und fressen doch nur.«

»Nicht *alle* Katzen«, widersprach Bruno. »Mildred erkennt sich im Spiegel, wenn man sie davorhält. Das ist äußerst ungewöhnlich.«

Bruno raschelte mit einem Päckchen Katzenkäsecracker, um Mildreds Aufmerksamkeit zu erregen, aber vergebens.

»Möchtest du ein Sherbet Lemon?«, fragte Dean und kramte aus der Tasche seiner Trainingshose eine Tüte der Zitronenbonbons mit Brausepulverfüllung.

»Nicht so laut«, sagte Bruno und nahm sich eine der gelben Süßigkeiten, ohne die Augen von der lauernden Katze zu wenden.

»Hab ich geschenkt bekommen.« Dean erzählte, dass ihm ein Mann das Tütchen angeboten hatte, als er am Morgen zum Angeln im Park gewesen war.

»Warum sollte er dir eine Tüte Süßigkeiten schenken?«, forschte Bruno, plötzlich hellhörig geworden. Er wusste, dass das Verbrechen überall lauerte und dass man niemandem trauen durfte, am allerwenigsten Männern, die Sherbet Lemons an elfjährige Jungs verteilten. Bruno wusste aber auch, dass es in Brighton wahrscheinlich niemanden gab, der Dean im Flunkern etwas vormachte. Einmal hatte er Bruno erzählt, er hätte beim Angeln am Strand einen Buckelwal gefangen.

»Er hat gesagt, ich könnte die Süßigkeiten behalten, wenn ich ihm einen Gefallen tu«, sagte Dean, lutschte an seinem

Bonbon und zielte mit der Stöpselpistole auf Mildreds Singvogel. Die Katze spannte die Hinterläufe an und machte sich zum Sprung bereit.

»Was für einen Gefallen?«, fragte Bruno.

»Weiß ich noch nicht. Er meinte, er sagt es mir, wenn wir uns das nächste Mal im Park treffen. Und er kauft mir noch mehr Süßes, Schokolade, wenn ich will. Wir haben abgemacht, bald mal nachmittags zusammen angeln zu gehen. Oder auch nachts, sagt er.«

»Ich dachte, du darfst nicht allein in den Park.«

»Darf ich auch nicht. Meine Eltern zoffen sich schon wieder. Die dachten, ich bin hier bei dir.«

Bruno blickte forschend in Deans Gesicht. Er war sich zu fünfundsechzig Prozent sicher, dass sein Freund log. Am Anfang des Schulhalbjahres hatte ihr Lehrer ihnen im Unterricht einen Zeichentrickfilm über die Begegnung mit gefährlichen Fremden gezeigt, der *Vorsicht, Fremder!* hieß. Deans Aussage erinnerte zu sehr an die Cartoongeschichte, um als unverdächtig gelten zu können.

»Du hast schon wieder 'ne Beule an der Stirn«, sagte Bruno.

»Fußball«, erwiderte Dean, ein wenig zu beiläufig. Er zog am Hahn der Stöpselpistole, obwohl dieser Hebel keine wirkliche Funktion hatte.

»Erzähl deiner Mum das mit den Sherbet Lemons«, sagte Bruno, der sich noch nicht ganz sicher war, ob sich hier bereits das zweite Verbrechen dieser Ferien abzeichnete. Deans Eltern waren knapp bei Kasse, wie Bruno aus einem Gespräch wusste, das er zufällig belauscht hatte. Wahrscheinlich hatte Dean die Süßigkeiten bei *Mr Simner's* geklaut, weil ihm seine Eltern kein Taschengeld mehr geben konnten und es Dean zu peinlich war, das einzugestehen.

»Er sagte, ich hätte so eine süße Art«, fügte Dean hinzu, ein

Satz, von dem Bruno annahm, dass er ihn aus dem Dialog von *Vorsicht, Fremder!* entwendet hatte.

Genau in diesem Moment beschloss Mildred anzugreifen und stürzte sich auf das Vogelhäuschen. Das Rotkehlchen war schneller als die Katze aus dem Hinterhalt und flatterte auf, bevor Mildreds ausgefahrene Krallen es erwischen konnten.

»Noch mal Glück gehabt«, sagte Dean, mit einer Stimme, die in Brunos Kopf Alarmglocken schrillen ließ, weil er nicht wusste, ob Dean über sich oder die Katze sprach.

Von dem Knistern der Crackertüte angelockt, trabte Mildred kurz darauf zu den Jungen hinüber. Sie schnupperte an Deans Trainingshose und ließ sich dann auf Brunos Schoß nieder, wo sie sich wie eine verwöhnte griechische Göttin ausstreckte. Ungerührt nahm Mildred hin, dass etwas an ihrem Halsband angebracht wurde, vielleicht, weil sie Brunos Fingern vertraute, vielleicht aber auch, weil er sie während des Eingriffs mit Käseleckerli fütterte. Die Kamera war so groß wie ihre Pfote. Sie wirkte klobig und altmodisch wie eins der Gadgets aus den Science-Fiction-Filmen, die vor Brunos Geburt gedreht worden waren.

»Die Batterie der Kamera reicht für 48 Stunden Video- und Audioaufnahmen«, zitierte Bruno die Anleitung. »Wenn Mildred sie trägt, kann ich ihre Bewegungen auf dem Computer meines Vaters verfolgen, weil die Kamera ein GPS-Signal sendet. Wenn man die Kamera an den Computer anschließt, kann man das Material sichten.«

»Du kannst es nicht live sehen?«, fragte Dean.

»Erst danach. Los, Mildred«, ermunterte Bruno sie, nun, da die Kamera befestigt war und aufnahm. »Zeig uns, wo die Katze langläuft.« Selbst als Bruno ihr einen sanften Stups in die Flanke verpasste, blieb Mildred mit geschlossenen Augen auf Brunos Schoß liegen. »Na los, Milly. Nicht so schüchtern.«

Bruno setzte Mildred ab. Die Katze knabberte einen Moment lang an einem Gänseblümchen, im nächsten schlummerte sie wieder ein.

»Lahme Katze.« Bruno tat so, als würde er Mildred mit einem Zweig piksen.

In diesem Moment feuerte Dean seine Stöpselpistole ab. Doch es war nicht das wenig eindrucksvolle Kartoffelplopp, das Mildred mit einem Satz in die Hecke flüchten ließ, sondern Deans grimmiger Tarzanschrei.

»Eine Frage noch«, sagte Bruno, weil ihm plötzlich ein Gedanke durch den Kopf schoss. »Wie sah dieser Mann aus?« Er erwartete, dass Deans Beschreibung nur ein Abklatsch des unheimlichen Fremden aus *Vorsicht Fremder!* sein würde. In dem Trickfilm war der Süßigkeitenspender ein mittelalter Mann, dessen Gesicht im Schatten lag, der einen langen Mantel trug und auf dessen dürrer, nervös zuckender Nase eine runde Brille saß.

»Er war ziemlich jung. Sein Mund sah aus wie der von 'nem Karpfen«, sagte Dean.

Das Detail blieb in Brunos Gedächtnis haften. Es klang viel zu genau, um eine Lüge zu sein. Bruno ließ Dean den anstößigen Mund in sein Detektivnotizbuch zeichnen.

»An welche anderen Einzelheiten erinnerst du dich? Wie alt war er? Was hatte er an?«

Dean zuckte mit den Schultern; das Verhör schien ihn zu langweilen.

»Erzähl's deiner Mum«, wiederholte Bruno, in dessen eifrigem Verstand sich bereits eine neue Ermittlung abzeichnete. Die Jungen spielten noch eine Weile im Garten. Dean jagte am Teich Frösche. Bruno machte sich derweil zur Aussage seines Freundes umfassende Notizen.

3

Deans Worte gingen Bruno nicht aus dem Kopf, und so betrat er am späteren Nachmittag *Mr Simner's*, den Süßwarenladen am Ende der Straße.

Mr Simner's war auf Süßigkeiten von anno dazumal spezialisiert. Die Reihen riesiger Bonbonnieren in den Regalen an den Wänden lockten mit zuckrigen Hits aus der guten alten Zeit, »*als Süßes noch süßer war*«. Das verkündete jedenfalls der Slogan auf der altmodischen Kasse, die eher aussah wie eine Schreibmaschine.

Neben den Verkaufsschlagern wie harten Fruchtgummis, türkischem Lokum und Brighton Rocks – den für Brighton typischen Zuckerstangen – bot *Mr Simner's* ein Sortiment besonderer Karamellbonbons an, die von Herstellern aus der näheren Umgebung stammten. Das Toffee wurde in Form schimmernder Scheiben angeliefert. Diese Scheiben wurden mit einem Rollholz oder einem Toffee-Hämmerchen in veräußerliche Stückchen zerteilt. Die Ladeninhaberin war gerade am Werk, als Bruno das Geschäft betrat.

Seiner Mutter hatte Bruno erzählt, dass er eine Tüte Bullseyes erwerben wollte. Doch die schwarz-weiß-gestreiften Kugeln mit dem Minzgeschmack waren nicht der Grund für seinen Besuch. Da Bruno immer noch über Deans Geschichte nachgrübelte, betrat er *Mr Simner's* im Zuge seiner neuen Ermittlung. Er suchte die Regale systematisch ab, ging eine Reihe nach der anderen durch. Als er alles gesehen hatte, begann er noch mal von vorn, um das Ergebnis zu überprüfen.

»Haben Sie Sherbet Lemons?«, fragte Bruno, als er sich sicher war.

Mr Simner's wurde nicht mehr von Mr Simner geführt, seit dieser vor fünf Jahren an Leukämie gestorben war. Der Laden gehörte nun Mrs Simner, die ihn nicht nur leitete, sondern auch die Einzige war, die dort arbeitete. Bruno war zu dem Schluss gelangt, dass diese Frau Kinder entweder für Diebe oder für Bakterienschleudern hielt, meist jedoch für beides. Sie allein durfte die Schippe in die Gläser mit dem kostbaren Süßkram versenken. Mrs Simner hatte die Figur eines Sumoringers, obwohl sich Bruno dunkel an eine Zeit erinnern konnte, in der ihre Arme noch nicht fett und rot gewesen waren.

Wann immer Mrs Simner unbeaufsichtigte Kinder sah, murrte und maulte sie und ließ diese nicht aus den Augen. Waren hingegen die Eltern anwesend, erkundigte sie sich freundlich nach deren Urlaubsplänen, machte Bemerkungen übers Wetter und schlug auch nicht vor, dass Kinder sich die Nase putzten, *bevor* sie über die Türschwelle ihres Ladens traten.

Aus den Tiefen hinter ihrem Tresen hievte Mrs Simner ein Bonbonglas empor, das die Aufschrift *Sherbet Lemons* trug. Sie schüttelte es zu Demonstrationszwecken. Das Ausbleiben eines Klapperns beantwortete Brunos Frage.

»Wie lange ist das Glas schon leer?«

»Weiß ich nicht«, sagte Mrs Simner und starrte auf ihren schmutzigen Kunden herab. »Baden Kinder heutzutage eigentlich nie?«

Bruno nahm die Finger von den auf der Theke ausgestellten Notizbüchern, die mit einem Muster aus Karamellbonbons verziert waren. Der Umschlag hatte ihm schon immer gefallen, aber er konnte sich keines davon leisten. Bruno liebte Schreibwaren, wenn auch nicht so sehr wie Katzen oder Detektivgeschichten.

»Können Sie sich daran erinnern, wer zuletzt Sherbet Lemons gekauft hat?«, fragte Bruno. »War es ein Mann oder eine Frau? Wie alt war derjenige?«

Als Antwort auf Brunos Frage ließ Mrs Simner eine gereizte Tirade von Schnalzlauten hören, die klang, als hätte sie den Mund voll Knisterbrause.

»Soll ich das Material der Überwachungsanlage für Sie prüfen, Sherlock?«, blaffte sie, nahm ein Toffee-Hämmerchen und beklopfte damit einen Butterkaramellblock, der neben der Kasse auf einem mächtigen Schneidbrett lag. »Möchten Sie den Raum auf Fingerabdrücke untersuchen, während Sie warten?«

Bruno lachte höflich über Mrs Simners Scherz, obwohl er gar nicht witzig war. Er gab ihr seine Karte, für den Fall, dass sie sich an etwas erinnerte.

In abfälligem Ton las sie vor, was auf der Karte stand:

PRIVATDETEKTEI BRUNO GLEW –
WIR ERMITTELN FÜR SIE IN JEDEM FALL

Dann fragte die üppige Frau Bruno, ob er nicht etwas zu jung sei, um eine Visitenkarte bei sich zu tragen.

Bruno beschloss, seine Befragungstaktik zu ändern. »Könnte ich bitte ein Viertelpfund von den Bullseyes haben?«

Er sah zu, wie Mrs Simner hinter dem Tresen hervorgewatschelt kam. Sie bewegte sich, als wäre sie ein wandelnder Wunderball – eine von diesen riesigen Lutschkugeln mit Kaugummikern. Sie holte die Leiter hinter einer wackeligen Pyramide aus Schokoladenorangen hervor und lehnte sie an die Wand. Der Wunderball kletterte hinauf, klemmte sich das fragliche Glas zwischen Oberweite und Ellbogen und stieg herab.

Wie gebannt verfolgte Bruno die nun folgende Prozedur: wie der rote Verschluss aufgeschraubt und die Bullseyes auf die silberne Waagschale geschaufelt wurden und wie peinlich Mrs Simner darauf bedacht war, keine einzige Süßigkeit mehr als das gewünschte Gewicht aufzutun.

Als Bruno sich von seinen angewärmten Münzen trennte, wusste er eins: Das weiße Tütchen, in das Mrs Simner die Süßigkeiten schüttete, ähnelte in Farbe, Material und Größe dem Tütchen, das Deans Sherbet Lemons enthalten hatte. Dean hatte die Süßigkeiten nicht gestohlen.

Gerade als Bruno auf dem Weg nach draußen war, betrat Deans Mum den Süßwarenladen.

»Guten Tag, Mrs Rutter«, begrüßte Mrs Simner sie. »Eine Tüte Kirschbonbons, wie immer?«

Draußen vor *Mr Simner's* notierte sich Bruno die Erkenntnisse, die er gewonnen hatte. Er begann Deans Geschichte Glauben zu schenken. Natürlich hätte er das seinen Eltern erzählen sollen, aber das hieße, die Kontrolle über die Ermittlungen abzugeben, und dazu war er einfach noch nicht bereit.

Wieder zu Hause, traf Bruno Dean dort, wo er ihn verlassen hatte, am Teich.

»Ich dachte, du machst uns Limo«, sagte Dean, erstaunt, dass Bruno mit leeren Händen zurückkam.

Bruno entschuldigte sich. Er schlug Dean vor, ins Arbeitszimmer seines Vaters zu gehen, um mit Mildreds Überwachung zu beginnen.

4

»Wo willst du hin?«, fragte Helen, während Jim sich die Schnürsenkel zuband.

»Ich schaue kurz bei den Rutters vorbei. Ich hoffe, Terry hilft mir dabei, ein paar Sachen aus dem Büro zu holen.«

»Sag ihnen, dass Dean bei uns ist und mit Bruno spielt.«

»Ich bin sicher, sie wissen, wo ihr Sohn ist«, sagte Jim, ohne auf den missbilligenden Blick seiner Frau einzugehen. Bevor Helen wie üblich damit anfangen konnte, Terry Rutter niederzumachen, verabschiedete er sich. Auf dieses Thema sprang sie immer wieder an wie auf kein zweites.

Die Rutters lebten auf der anderen Straßenseite in Hausnummer 12. Ihr aus der Victorianischen Zeit stammendes Reihenhaus mit den roten Ziegelsteinen war genauso alt und sah genauso aus wie das der Glews, abgesehen davon, dass diese den Speicher ausgebaut hatten und dass eine rostrote Efeuranke das Dach der Rutters wie eine Faust umschloss.

Jim hörte Geschrei, als er die Haustür der Rutters erreichte. Er sah hinauf. Terrys kehlig knurrende Stimme und die Flüche seiner Frau drangen über ihm aus dem Erkerfenster, das einen spaltbreit offen stand.

»Du verdammte Nutte!«, brüllte Terry Rutter, und der walisische Zungenschlag gab seiner dröhnenden Stimme etwas Brutales.

»Fass mich nicht an!«, zeterte Poppy. »Noch einen Schritt näher, und ich schneid dir deine verfickten Eier ab!«

»Ich habe das Recht, dir die Scheiße aus dem Leib zu prügeln. Du bist das Allerletzte!«

Poppy kreischte. Ein Klirren hallte zwischen den Häusermauern wider, das Geräusch von Glas, das gegen eine Schlafzimmerwand geschleudert wurde.

»Ich warne dich!«, schrie Poppy. »Das ist das Ende.«

Dass die Rutters sich stritten, war nicht ungewöhnlich. Sechs Monate zuvor hatte jemand die Polizei gerufen, weil sich das Familiendrama schließlich vom Haus auf die Straße verlagert hatte. Jim und Helen hatten von ihrem Schlafzimmerfenster aus beobachtet, wie Poppy und Terry im Schlafanzug gekämpft, sich geschlagen und an den Haaren gezogen hatten, bis zwei Polizisten das kriegerische Paar getrennt hatten. Dean hatte vom Schlafzimmerfenster seiner Eltern aus alles mit angesehen.

Jim drückte auf die Klingel. Das Schreien und Kreischen verstummte. Eine unheilvolle Stille machte sich im Haus breit. Als niemand zur Tür kam, schellte Jim ein zweites Mal.

Schließlich öffnete Terry die Tür. Sein hitzig verfärbtes Gesicht beunruhigte Jim. Sobald er sich in seine grüne Sanitäteruniform zwängte, sah Terry rundlich, aber beruhigend professionell aus. Wenn er aber, wie an diesem Nachmittag, einfach eine alte Hose und einen weißen Pulli mit V-Ausschnitt trug, bekamen seine feisten Wangen und das von alten Aknenarben zerfurchte Gesicht mit einem Mal einen wilden und unbeherrschten Zug.

»Was gibt's?«, fragte Terry und versuchte mühsam seinen Ärger zu unterdrücken, indem er tief Luft holte.

»Entschuldige die Störung«, sagte Jim in unangebracht heiterem Tonfall. »Ich wollte dich um einen Gefallen bitten. Ich muss einen Aktenschrank aus meinem Büro holen und, nun ja, ich kann den allein nicht heben.«

»Gut«, sagte Terry, aber sein Ton drückte genau das Gegenteil aus. »Ich helfe immer gerne. Wann?«

»Donnerstag oder Freitag, was dir besser passt.«

»Dann am besten Freitag«, sagte Terry, dessen Hals vor Wut gerötet war. »Lass uns danach noch einen trinken gehen.«

Jim bedankte sich bei Terry, der daraufhin die Tür schließen wollte.

»Ich will ja nicht neugierig sein«, sagte Jim, bereit, den Fuß in die Tür zu stellen, falls nötig. »Aber ich habe laute Stimmen gehört. Ist alles in Ordnung?«

»Wird schon«, sagte Terry und sah ihm gerade in die Augen. »Meine Frau hat ihre Manieren vergessen. Die fallen ihr bald wieder ein.«

Jim schnitt eine Grimasse, um zu zeigen, dass es ihm schwerfallen würde, diese Antwort zu schlucken.

»Vielleicht solltest du ein wenig mit mir spazieren gehen«, schlug Jim vor. »Nur, um runterzukommen. Die Sonne und die Hitze machen einen ja ganz kirre.«

»Ich muss dich auch um einen Gefallen bitten«, wechselte Terry abrupt das Thema.

»Klar«, sagte Jim, der tief in der Schuld seines Nachbarn stand. Acht Monate zuvor war er während eines Väterwettrennens beim Sportfest an Brunos Schule gestürzt. Jim erinnerte sich an die Schmerzen in seiner Brust, die so heftig gewesen waren, als wäre ein Elefant auf seinem Herzen herumgetrampelt. Schlimmer noch, er wusste, woran sich Bruno erinnerte: An das Japsen seines Vaters und daran, dass er dachte, sein Dad wäre von der Startpistole erschossen worden. Terry hatte Jims Herz mit bloßen Händen wieder zum Schlagen gebracht. Von da an hätte er ihm jeden Gefallen getan. »Wie kann ich dir helfen?«

»Kann Dean heute bei euch schlafen? Poppy und ich brauchen ein bisschen Zeit für uns.«

»Klar«, sagte Jim, den Terrys sanftere Ausdrucksweise beruhigte. »Die Jungs sind eh gerade in meinem Arbeitszimmer mit irgendwas beschäftigt. Dean isst bei uns Abendbrot, und wir schauen uns nachher noch einen Film an.«

Jim wartete an der Haustür, während Terry hineinging, um Deans Zahnbürste und Schlafanzug zu holen. Etwas quietschte, und er sah auf. Jim blickte in Poppy Rutters verquollenes Gesicht. Sie hob müde die Hand zum Gruß.

»Ich hol ihn morgen früh wieder ab«, sagte Terry, dessen Hals nicht mehr ganz so stark gerötet war. Er streckte Jim Deans Rucksack entgegen. »Ich habe ein bisschen glutenfreies Brot und Nudeln eingepackt, nur für den Fall.«

»Gut zu wissen.«

»Die Saisonvorbereitung beginnt morgen«, sagte Terry mit weniger walisischem Einschlag in der Stimme. »Bruno kann jederzeit einsteigen. Ich mache aus ihm einen Außenverteidiger, der sich gewaschen hat.«

Jim musste bei der Vorstellung lachen.

»Bruno ist nicht so der Fußballtyp, aber danke für das Angebot. Bis morgen.«

»Nicht zu früh«, sagte Terry. »Ich komm zu euch rüber.«

»Recht so!«

Als Jim dem Haus der Rutters den Rücken kehrte, begann das Schreien und Kreischen von Neuem. Er beschloss, Terry und Poppy fünf Minuten zu gönnen, bevor er zurückkehrte, um einzuschreiten. Jim tat so, als würde er etwas im Kofferraum seines Wagens suchen, der in der Nähe geparkt war, sodass er alles mitanhören konnte. Nach einem letzten Schimpfkonzert kehrte Stille im Haus der Rutters ein.

Erleichtert und zufrieden ging Jim nach Hause.

5

»Das GPS-Signal ist nur bis auf 15 Meter genau«, sagte Bruno, der den Computerbildschirm vom Drehstuhl seines Vaters aus im Blick behielt.

Dean zuckte mit den Achseln.

Auf der virtuellen Karte beobachteten die Jungen, wie sich eine blinkende rote Katze durch die Hintergärten der St. Andrew's Road bewegte, wobei eine rote Linie ihren Weg nachzeichnete.

»Mildred hat angehalten«, sagte Bruno.

Er trat ans Fenster des Arbeitszimmers, das zum Garten hinausging, und entdeckte seine rote Katze, die sich auf dem Dach des Schuppens von Haus Nummer 7 putzte. Die Karte im Computer seines Vaters zeigte Mildreds Position etwas weiter entfernt im Garten von Nummer 5 an.

»Die Geschworenen könnten aus solch ungenauen Angaben falsche Schlüsse ziehen«, sagte Bruno.

Die Katze ließ die Jungen warten, bevor sie sich wieder auf den Weg machte. Dean verlor zuerst das Interesse. Er ließ sich auf dem Fußboden nieder, um den Lauf seiner Stöpselpistole mit einem Pfeifenreiniger von einer Verstopfung zu befreien.

Bruno starrte weiter auf den Bildschirm und ärgerte sich über die Ungenauigkeit des Signals.

»Was ist eine Hure?«, fragte Dean, nachdem er die quersitzende Kartoffelpatrone herausgepult hatte.

»Ich schlag's nach«, sagte Bruno. Er gab das Wort in die

Suchmaschine ein. Die Kindersicherung blockierte das Ergebnis. Bruno holte sich das Wörterbuch seines Vaters.

»Keine Ahnung, was es bedeutet«, sagte er schließlich und stellte das Nachschlagewerk wieder ins Regal, bevor Dean hineinsehen konnte. »Mildred läuft wieder los!«

Die rote Katze auf dem Bildschirm kam in beeindruckendem Tempo voran.

»Da ist sie«, sagte Dean, der Mildred vom Fenster aus dabei beobachtete, wie sie geschmeidig einen Zaun überwand und von dort auf den Küchenanbau von Nummer 9 sprang.

»Sie nimmt wahrscheinlich den Weg übers Dach.« Stolz beobachtete Bruno den Weg der roten Katze auf dem Monitor. »Jetzt ist sie auf der Straßenseite. Ich glaube, sie hat vor *Mr Simner's* angehalten. Vielleicht geht sie rein, um ein Viertelpfund von den Rhabarber-Vanille-Bonbons zu kaufen.«

Die rote Bildschirmkatze lief weiter und hielt wieder an. Bruno stoppte die Zeit, die Mildred an einem Platz verbrachte, mit seiner Armbanduhr. Zwei Minuten. Drei Minuten. Vier Minuten.

»Das ist öde«, sagte Dean. »Wann sehen wir uns an, was die Kamera gefilmt hat?«

»Wenn Mildred wieder da ist.«

»Und wie lange dauert das?«

»Sie kommt immer um halb fünf zum Abendessen. Dann können wir ihr die Kamera abnehmen.«

Mildred machte sich irgendwann wieder auf die Pfoten. Bruno verfolgte ihren Zickzacklauf durch die gesamte St. Andrew's Road.

»Ich hab heute Morgen was Schlimmes angestellt«, sagte Dean und riss Bruno damit aus seiner Versunkenheit. Dieser schwenkte mit dem Stuhl zu Dean herum. »Ich habe die SIM-Karte meiner Mum aus ihrem Telefon genommen.«

»Warum?«, fragte Bruno.

»Damit sie sich nicht mehr auf der Toilette einsperrt, um Textnachrichten zu senden, wenn sie sich unbeobachtet fühlt. Denn sonst lassen sich meine Eltern garantiert scheiden.«

Dean zog die SIM-Karte aus der Tasche und reichte sie Bruno.

»Hebst du die für mich auf?«, fragte er. »Deine Taschen durchsuchen sie nicht.«

Bruno nahm das Diebesgut entgegen und steckte es hastig ein, für den Fall, dass sein Vater plötzlich hereinkam.

Das Klacken der Katzenklappe kündete von Mildreds Rückkehr. Wenig später war die Halsbandkamera abgeschnallt und an den Computer seines Vaters angeschlossen.

»Na, dann mal los«, sagte Bruno. »Schauen wir mal, wo die Katze langläuft.«

Es gab zwei Gründe, aus denen Bruno die Aufnahme enttäuschend fand.

Wenn Mildred sich rasch bewegte, über den Gehsteig lief oder über einen Zaun kletterte, war das Bild zu wacklig, um darauf irgendetwas genau zu erkennen. Die Folge war eine quirlige Mischung verwischter Eindrücke und Farben, die an eine Verfolgungsszene aus einem Horrorstreifen erinnerten. Gelegentlich konnte man bekannte Gebäude und Ecken erkennen, wenn Mildreds Bewegungen weniger ruckartig waren, oder wenn die Katze eine Pause einlegte, um sich zu putzen, auch wenn dies wiederum zu verschwommenen Nahaufnahmen ihres weißen Bäuchleins führte.

Noch schwerer war es, etwas herauszuhören. Das Gebimmel von Mildreds Glöckchen, das neben der Kamera am Halsband baumelte, ruinierte die Aufnahme. Miauen war zu hören. Genauso wie vorbeifahrende Autos und Mildreds hastiger Atem.

Es machte Bruno Spaß, den Weg der Katze übers Dach des Nachbarhauses zu verfolgen, gewährte dies doch einen Rundblick über die gesamte Stadt. Er war ganz aus dem Häuschen, als er sah, wie Mildred mit Boris, einem schwarzen Kater aus der Nachbarschaft, auf dem Dachfirst die Nasen zusammensteckte. Die Katzen küssten sich, dessen war er sich sicher, bis Boris Anstalten machte, Mildred zu beißen, und seine Fangzähne ihr dabei so nahe kamen, dass man ohne Weiteres eine zahnmedizinische Untersuchung hätte vornehmen können.

Mildred flüchtete sich vom Dach unter ein am Straßenrand geparktes Auto, und da wurde die Aufnahme auf einmal richtig spannend.

»Ist das meine Mum?«, fragte Dean und starrte plötzlich wie gebannt auf den Bildschirm.

Auf dem Bild war, teilweise von der Rundung eines Autoreifens verdeckt, eine Frau auf der Straße zu sehen. Sie stand zehn oder zwölf Meter von der Kamera entfernt und deutete wild auf eine Sache oder eine Person, die vom Reifen verdeckt war. Obwohl der Winkel, aus dem Mildred die Szene aufnahm, den Kopf der Frau abschnitt, war sich Dean sicher, dass seine Mutter am Morgen dieselbe gelbe Hose getragen hatte.

»Wann war das?«, fragte Dean.

»Ist Stunden her. Als wir im Garten gespielt haben.«

Das Geschehen fand außerhalb der Reichweite des Mikrofons statt. Keiner der beiden Jungen konnte hören, was Deans Mum sagte. Es klang, als drohte sie jemandem oder als bedrohte dieser Jemand sie.

Ein Schuh kam ins Bild. Der Besitzer war noch immer vom Reifen verdeckt. Der Schuh war braun und ramponiert, und Bruno war überzeugt, dass er keinem Kind, sondern einem Mann gehörte.

»Spricht sie mit deinem Dad?«, fragte Bruno, dem ein Geräusch auffiel, das nach einer männlichen Stimme klang.

»Nein«, sagte Dean. »Die Stimme meines Dads hört sich tiefer und walisischer an.«

»Klingt, als würden sie sich streiten.«

Bruno verglich die Zeitanzeige unten im Bild mit der Karte, auf der Mildreds Weg verzeichnet war. Diese zeigte, dass Mildred sich zu dieser Zeit am nördlichen Ende der Straße befunden hatte, etwa auf der Höhe von *Mr Simner's*.

»Sie spricht bestimmt mit *ihm*«, sagte Dean widerwillig.

»Wem denn?«

»Dem Mann, dem sie immer auf der Toilette Nachrichten schreibt.«

In diesem Moment wechselte Mildred ihren Standort. Die Aufnahme ruckelte und verschwamm erneut zwischen den Bewegungen ihrer Vorderbeine. Die Katze stoppte, und die Kamera war auf eine umgekippte Milchflasche gerichtet, die Mildred zunächst beschnupperte, um dann die ausgelaufene Flüssigkeit aufzulecken. Über das Mikrofon war nur noch zu hören, wie es schnurrte, klirrte und schmatzte.

Als Mildred innehielt, um die Milch zu genießen, die ihr Mäulchen flutete, hörten die Jungen etwas, das Dean ganz sicher für die Stimme seiner Mutter hielt. Sie hörten es sich zwei- oder dreimal an, um den Tonspurfetzen zu verstehen. Ein vorbeifahrender Wagen, der die Aufnahme wie ein Erdbeben übertönte, machte es unmöglich, alles genau zu entschlüsseln.

Bruno schrieb jede Variante in sein Notizbuch, bevor er sich auf die wahrscheinlichste festlegte:

»Klaue wird dich nicht länger schützen (Autogeräusch) …
stör dich (Autogeräusch)«

»Das ergibt doch keinen Sinn.« Dean war nicht überzeugt. »Es kann nicht *stör* heißen.«

Die Jungen hörten es sich noch einmal an.

»*Streu dich* …«, sagte Bruno, der das Ohr an den Lautsprecher des Computers gelegt hatte, triumphierend.

»So ein Käse. Das ist noch unsinniger als *stör*.«

Bruno spielte die Szene noch einmal ab.

»*Stell*«, sagte Dean, nachdem sie sich alles noch einmal angehört hatten. »Es heißt bestimmt *stell dich nicht so an* …«

Bruno stimmte zu und änderte den Wortlaut ein wenig verdrossen in seinem Block ab.

»Vielleicht hat er sich über irgendwas aufgeregt«, wagte Dean einen Vorstoß.

Bruno fand, dass dieser Schluss viel zu nahe lag. Sein Vater sagte immer, dass bei der Untersuchung der Beweismittel die einfachste Erklärung kaum je die gesamte Geschichte erzählte.

Bruno sann eine Weile nach. Dann fällte er sein Urteil mit den Worten, die schon tausend TV-Detektive vor ihm verwendet hatten:

»Erst hat mich dieses Rätsel verblüfft, aber wenn man es recht betrachtet, ist es eigentlich ganz einfach. Der Mann, den deine Mum geküsst hat, besitzt offenbar einen gefährlichen Hund. Du hast die Schuhe gesehen: Sie sahen zerfressen aus, so als hätte ein Hund darauf herumgekaut. Das würde auch das Wort *Klaue* erklären, denn so heißt bestimmt der Hund.«

»Warum würde meine Mum einen Mann mit einem gefährlichen Hund küssen? Klingt nicht so, als wäre der nett.«

»Frauen sind ein unlösbares Rätsel«, zitierte Bruno einen seiner Lieblingsdetektive, obwohl ihm nicht ganz klar war, was das bedeuten sollte.

»Hm, allerdings hört man auf der Aufnahme kein Bellen«, sagte Dean verwirrt. »Wo ist sein Hund?«

»Tot«, sagte Bruno im Brustton der Überzeugung. »Deshalb schützt ihn Klaue auch nicht länger.«

Dean war von diesen Ausführungen so baff, dass er sich auf den Fußboden setzte, um mit seiner Stöpselpistole herumzuhantieren. Er lud sie und feuerte gegen die Rückenlehne von Brunos Stuhl.

Bruno sah sich den Rest der Aufzeichnung an. Er hoffte, dass der Mann mit den vom Hund zerkauten Schuhen noch mal ins Bild kam und man mehr von ihm sah. Zu seiner Enttäuschung war alles, was er erblickte, eine geschmacklose Nahaufnahme von Mildreds Hinterteil, eine saukomische Sequenz, in der der Postbote in der Nase popelte, und ein kurzer Blick auf Mrs Simner, die die Blumenkübel vor ihrem Geschäft goss.

In der Zwischenzeit war Dean nach oben gelaufen, um eins von Brunos Heften mit Detektivgeschichten zu holen. Als er zurückkehrte, wirkte er verändert. Die Unbeschwertheit war aus seinen Zügen gewichen, ein viel düsterer Ausdruck war an ihre Stelle getreten. Bruno hatte dies zuvor einige Male bei ihm erlebt, am auffälligsten war es nach dem großen Krach seiner Eltern auf der Straße gewesen. In der Schule hatte Dean sich geweigert, den Kopf von der Tischplatte zu heben. Er hatte Schimpfwörter benutzt und nach dem Lehrer geschlagen, als dieser auf dem Flur seine Hand nehmen und mit ihm reden wollte.

»Alles okay?«, fragte Bruno.

»Nein«, fuhr Dean ihn an.

»Kann ich irgendwas tun?«

»Ich will nicht drüber reden. Lass mich in Ruhe.«

Dean malträtierte ab und an mit der Hacke das Parkett des Arbeitszimmers, und Bruno tat sein Bestes, ihn nicht zu beachten.

»Hast du dein Inhaliergerät?«, fragte er jedoch, als ihm das Pfeifen in der Brust seines Freundes auffiel.

Dean antwortete nicht.

Bruno lief ins Obergeschoss, um herauszufinden, was Dean so aufgeregt hatte. In seinem Schlafzimmer, wo sich Mildred an seinem Kopfkissen zusammengerollt hatte, war alles in bester Ordnung. Also trat Bruno ans Dachfenster, das ihm den Blick auf die Häuser gegenüber und auf ein Stück der Straße unter ihm eröffnete. Die Höhe und der Winkel gewährten ihm einen weiträumigen Blick über die St. Andrews Road. Von hier oben konnte Bruno beobachten, wie die Bewohner kamen und gingen. Er konnte in viele Fenster hineinspähen, sofern es die Gardinen zuließen, und Bruno liebte es, ungewöhnliche Vorkommnisse zu dokumentieren.

Er sah zuerst zu Deans Haus hinüber und lugte ins Schlafzimmer der Rutters. Vielleicht hatte Dean seine Eltern mitten in einem Riesenkrach beobachtet? Bruno hatte an seinem Dachfenster schon so manchen hässlichen Streit miterlebt. Diesmal jedoch war das Zimmer leer.

Ein Laut auf der Straße erregte seine Aufmerksamkeit. Bruno bemerkte, wie Deans Haustür geöffnet wurde. Zaghaft, so als würde die Sonne sie womöglich blenden, trat Deans Mum hinaus auf die Straße. Bruno erkannte sie trotz der Sonnenbrille. Sie trug die gleiche gelbe Hose wie in Mildreds Aufnahme. Deans Mum hastete über den Bürgersteig, und Bruno hatte den Eindruck, dass sie weinte.

»Die Sache wird langsam interessant«, sagte Bruno zu Mildred, aber eigentlich zu sich selbst.

Brunos erhöhter Posten erlaubte es ihm, den Weg von Deans Mum bis zum Ende der Straße zu verfolgen, wo sie auf den Beifahrersitz eines dort geparkten weißen Lieferwagens kletterte. Bruno notierte sich die Zeit. Der Lieferwagen fuhr nicht los. Etwas an der Szene ließ Bruno darauf schließen, dass sie schon bald wieder aussteigen würde.

Während er wartete, beobachtete Bruno zwei Ereignisse, die es wert waren, in sein Notizbuch aufgenommen zu werden. Das erste war das plötzliche Auftauchen von Deans Dad am Schlafzimmerfenster. Wie ein zorniger Schulleiter blickte er finster in die Richtung des weißen Lieferwagens.

Zur selben Zeit klingelte eine junge rothaarige Frau beim neugierigen Alan. Der neugierige Alan wohnte neben Dean in Hausnummer 10. Wie der Spitzname schon sagte, lauerte der Witwer ungewöhnlich gerne hinter seiner Gardine und verbreitete in der Straße Klatsch und Tratsch. Er und Bruno ertappten sich oft gegenseitig auf ihrem jeweiligen Beobachtungsposten, Bruno an seinem Dachfenster und der neugierige Alan auf dem vermeintlich geheimen Platz hinter der Schlafzimmergardine. Bruno hatte sich plötzlich in einem Zwiespalt befunden: Was war der Unterschied zwischen einem neugierigen Nachbarn und einem scharfsichtigen Detektiv? Nur einer von beiden strebte nach Gerechtigkeit und Moral, war die lässige Antwort seines Dads gewesen.

Diese Rothaarige war eine von vielen ähnlichen Besucherinnen, die Bruno in den letzten Monaten an der Tür von Nummer 10 aufgefallen waren. Es hatte sich langsam ein Muster abgezeichnet. Die Frauen waren alle zwischen zwanzig und vierzig (obwohl Bruno sich eingestehen musste, dass er in der Altersbestimmung unerfahren war). Sie kamen immer allein und blieben höchstens zwei Stunden. Obwohl die Schulpflicht Bruno bisweilen davon abhielt, seinen Ermittlungen nachzugehen, war er Zeuge von sieben verschiedenen Besucherinnen geworden, auf die dieses Profil passte.

Der neugierige Alan, dessen Gesicht so harmlos wirkte, dass es schon wieder verdächtig war, und der Bruno an eine der älteren männlichen Figuren auf den Karten des Ratespiels *Wer ist es?* erinnerte, öffnete die Haustür. Er küsste die Rothaarige auf beide Wangen und bat sie herein. Bruno sah, wie sie die Schuhe auszog und diese ordentlich auf Alans Teppich abstellte, dessen Farbe an das Erbrochene einer Katze erinnerte. Natürlich notierte sich Bruno alle diese Details. Die Schlussfolgerung lag auf der Hand: Der neugierige Alan war pensionierter Badezimmermonteur, und nun bot er Frauen aus ganz Sussex seine Dienste beim Rohrverlegen an. Oder er führte irgendeine Art von Sex-Etablissement. Bruno hatte den Verdacht, dass Klempnern und Sex gar nicht mal so unterschiedlich waren.

Nach etwas über fünf Minuten stieg Deans Mum aus dem weißen Lieferwagen. Jetzt weinte sie definitiv. Bruno verfolgte, wie sie unbeholfen durch die St. Andrew's Road zurückhastete. Überraschenderweise lief sie an ihrer eigenen Haustür und zwei weiteren Häusern vorbei bis zu ihrem Auto. Bruno fiel auf, dass ihre Hände zitterten, als sie ihre Handtasche durchwühlte. Schließlich fand sie die Schlüssel und quetschte sich auf den Fahrersitz, wo sie einige Zeit sitzen blieb, die Stirn gegen das Lenkrad gelehnt.

Bruno sah nach Deans Dad, der immer noch am Erkerfenster stand und das Verhalten seiner Frau mit gekreuzten Armen überwachte. Er schien außer sich vor Wut zu sein.

Irgendwann hob Deans Mum den Kopf, ließ den Wagen an und fuhr mit quietschenden Reifen davon.

Bruno hielt diese Fakten in seinem Notizbuch fest und kehrte dann zu seinem Freund ins Arbeitszimmer seines Vaters zurück.

»Alles okay?«, fragte Bruno.

Dean schüttelte den Kopf, aber er antwortete nicht.

6

Und so begann ein Abend, der später genauso mühsam zu entwirren sein würde wie ein mit Blut und Schmutz verklebtes Katzenfell. Selbst der robusteste Katzenkamm würde es schwer haben, mit seinen Zinken durch ein solch wirres Knäuel von tragischen Ereignissen und furchtbaren Missverständnissen zu dringen.

Vielleicht fing alles in dem Moment an, als Mildred erbittert an der Esszimmertür kratzte, um eingelassen zu werden. Der Katze würde der Zutritt gewährt werden, jedoch erst, wenn die Menschen mit dem Essen fertig waren.

»Ich warte noch darauf, das Neuste darüber zu erfahren, wer unserer guten Mildred nachstellt«, sagte Helen und warf einen Blick auf Brunos Pommes frites, während sie sich eine zweite Kelle von der dickflüssigen Erbsensuppe auftat. »Konntest du das Verbrechen aufklären? Wird bald jemand verhaftet?«

»Katzenweibchen, die im Stadtgebiet leben, entfernen sich meist nicht allzu weit von ihrem Zuhause«, zitierte Bruno etwas, das er mal gelesen hatte. »Wer auch immer hinter Mildred her ist – er oder sie ist ganz in der Nähe.«

»Gibt es einen Hauptverdächtigen?«

»Wir stehen noch ganz am Anfang der Ermittlung.« Bruno durchbohrte sein Spiegelei mit einem Stück Pommes. »Es wäre Unsinn, zu diesem Zeitpunkt mehr dazu zu sagen.«

»Was denkst du, Dean?«, fragte Helen, um den bedrückten Jungen mit ins Gespräch einzubeziehen. »Siehst du Mildred jemals, wenn sie herumstreunt? Deine Mum sagt, die Katze kommt manchmal zu euch in den Garten.«

»Mildred ist mir egal«, sagte Dean missmutig. »Ich will nach Hause. Warum kann ich nicht nach Hause gehen?«

Helen, die wusste, was Jim zuvor belauscht hatte, erklärte Dean, dass seine Eltern gern ein wenig Zeit allein verbringen würden. Am nächsten Morgen würde er heimgehen können. Unzufrieden mit dieser Antwort, stocherte Dean mit dem Besteck in den Pommes herum. Unterdessen zerkratzte Mildred mit ihren Krallen weiter die Esszimmertür.

»Ihr könnt mich nicht hier festhalten, als wäre ich euer Gefangener«, murrte Dean und zermatschte sein Ei mit dem Messer.

»Vorletzte Nacht habe ich beobachtet, wie Mildred ins Dachfenster von Nummer 8 eingestiegen ist«, sagte Bruno, um die Anspannung zu lösen.

»Wer wohnt noch mal in Nummer 8?«, fragte Helen. »Ich verliere langsam den Überblick.«

»Die Pedwells«, sagte Jim. »Colin und Teresa und ihr Sohn Leon – der Typ mit dem Drachentattoo am Hals, der so gerne Punkmusik hört. Colin und Teresa sind übrigens zusammen in Urlaub gefahren. An die Algarve, glaub ich.«

»Dann muss Leon derjenige gewesen sein, der das Fenster offen gelassen hat.«

»Ja«, erwiderte Jim.

»Mildred blieb mindestens zwanzig Minuten in Nummer 8, und sie sah derangiert aus, als sie wieder hervorkam.«

»Ein tolles Wort!«, sagte Helen erfreut, wiederholte es und korrigierte Bruno in bester Lehrerinnenmanier. Bruno hatte es *dorangschiert* ausgesprochen.

Helen versuchte ihr Bestes, um Dean ins Gespräch zu verwickeln, der immer noch auf sein Essen einstach, obwohl sie ihn behutsam darum gebeten hatte, es sein zu lassen. Sie lenkte das Gespräch auf seine Lieblingsthemen Angeln und Fußball, ohne sich mit einem davon wirklich auszukennen. Der Junge schmetterte jede ihrer Fragen mit finsterer, mutloser Miene ab.

»Ein fremder Mann ist gerade durch den Garten gelaufen!«, rief Bruno und stand auf. Nur von seinem Platz aus konnte man durchs Esszimmerfenster schauen. »Er kam hinter dem Schuppen hervor und ist dann zur Pforte raus!«

»Ich sehe niemanden«, sagte Helen, die widerstrebend neben ihren Sohn ans Fenster trat. »Du kannst dich nach dem Abendessen darum kümmern, wenn ich bei der Nightline bin.« Helen arbeitete seit einigen Jahren ehrenamtlich bei der Brighton Nightline, dem Sorgentelefon der Stadt. Sie kehrte an ihren Platz zurück und warf ihrem Mann einen vielsagenden Blick zu; sie hatten solche Behauptungen schon oft gehört. »Iss bitte zuerst dein Gemüse auf.«

Im strahlenden Glanz des Sonnenuntergangs erkundeten der müde Vater und sein überglücklicher Sohn den Tatort.

Bruno mutmaßte, dass der Täter durch die Pforte in den Garten eingedrungen und von dort rasch über den Rasen zum Schuppen gelaufen sei, hinter dem man von den rückwärtigen Fenstern aus nicht gesehen werden konnte.

»Wurde etwas entwendet?«, fragte Bruno, der sich auf dem Weg nach draußen seine Detektivausrüstung für Notfälle geschnappt hatte. Dean, der neben einem verdrießlichen Gesichtsausdruck auch eine Sherlock-Holmes-Kappe aufgesetzt hatte, beobachtete das Ganze vom Gartenteich aus.

Jim und Bruno untersuchten die gepflasterte Stelle hinter dem Schuppen. Aus einer Spur Erde schloss Bruno, dass jemand einen zerbrochenen Blumentopf angehoben und verschoben hatte, obwohl Jim eingestand, dass er möglicherweise selbst dafür verantwortlich war. Er mochte vor ein paar Wochen einen abgestorbenen Rhododendronstrauch ausgegraben haben. Oder vielleicht war das im letzten Jahr gewesen, das konnte er nicht mehr genau sagen. Bruno fertigte eine Skizze des Fußabdrucks, der sich neben dem Blumentopf befand, in seinem Notizbuch an.

»Sollten wir nach Fingerabdrücken suchen?«

»Das ist sicher nicht nötig.«

»Wir sollten das lieber gründlich angehen«, sagte Bruno. »Wegen stümperhafter Polizeiarbeit sind schon Anklagen vor Gericht gescheitert.«

»Sieh dir die abgeschlagenen Stellen am Boden des Topfes und die verschiedenen Erdringe an«, sagte Jim, den die Begeisterung seines Sohnes über ein echtes Verbrechen in ihrem Garten selbst ein wenig mitriss. »Du kannst daran erkennen, dass dieser Blumentopf zwei- oder dreimal bewegt wurde.«

Jim hob den Topf an, was einen Hohlraum von etwa einem Daumenbreit zwischen der Unterseite des Topfes und den Betonplatten offenbarte. Er schürte Brunos Entzücken, indem er erklärte, was für ein hervorragendes Versteck dies abgab.

»Wofür?«, fragte Bruno, der vor Aufregung ganz hibbelig war.

»Keine Ahnung«, sagte Jim, aber seine Stimmlage beflügelte die Vorstellungskraft seines Sohnes.

In diesem Moment stieß Mildred zum Ermittlungsteam. Sie wand sich zwischen Jims Beinen hindurch und schoss auf etwas zu, das hinter dem Blumentopf verborgen war. Nach einem bühnenreifen Gerangel gelang es Jim, ihr den mysteriösen Gegenstand, den sie erbeutet hatte, aus der Schnauze zu reißen.

»Katzenminze«, sagte Bruno, der das Kraut in der Hand seines Vaters erkannte.

»Genau!«

»Warum schmuggelt jemand Katzenminze in unseren Garten?«

»Eine gute Frage«, sagte Jim, in dem auf einmal der Verdacht keimte, dass sein Sohn ihn mit einem seiner ausgeklügelten Lausbubenstreiche hinters Licht führte.

»Jemand macht sich an Mildred heran!«, rief Bruno mit einem Mal voller Panik. »Ich wusste es!«

Eine Stunde später hatte Bruno ein Zelt aufgebaut und darin sein Fernglas, sein Notizbuch, eine Lupe, Fingerabdruckpulver, einen Kompass und einen Messlöffel deponiert.

»Was hast du vor?«, rief Jim durch das geöffnete Küchenfenster.

»Wir überwachen den Schuppen. Wir schlafen heute im Garten.«

»Das werdet ihr nicht!«, sagte Jim mit Nachdruck. »Jetzt komm mir bloß nicht so, Columbo! Ein guter Detektiv begibt sich nicht wissentlich in Gefahr!«

Bis die letzten Strahlen der Sonne vom Himmel verschwunden waren, hatte Bruno alles auf Fingerabdrücke untersucht. Er hatte ein Täterprofil erstellt und sogar ein Phantombild gezeichnet. Die Zeichnung ähnelte so ziemlich allen Kriminellen, die Bruno je gesehen hatte, sei es bei *Crimewatch* oder in Fernsehkrimis. Das Ergebnis war ein finsteres Gesicht, das mit seinem anzüglichen Grinsen selbst die härteste Großmutter erschreckt hätte. Als sein Vater ihn in die Zange nahm, musste Bruno einräumen, dass er das Gesicht des Gartenganoven gar nicht genau hatte erkennen können, weil dieser einen schwarzen Kapuzenpulli getragen hatte.

Helen erwartete nicht, Poppy bei der Brighton Nightline zu treffen, aber dort saß sie, ihr Hals eng mit einem purpurnen Pashminaschal umwickelt, während sie an ihrem Stammplatz ins Telefon sprach. Helen winkte Poppy zu und bemerkte dabei das geschwollene blaue Auge ihrer Freundin. Poppy lächelte zurück und verzog das Gesicht zu einer verlegenen Grimasse, die sagte: *Wir müssen über so vieles reden.*

Helens erste Anruferin war eine Alleinerziehende, die vollkommen durcheinander war. Sie erzählte, dass ihre launische Tochter ausgeflippt war und sie geschlagen hatte, nachdem sie gebeten worden war, ihr Zimmer aufzuräumen. Helen hielt sich an die Regeln und hörte einfach zu, im Gegensatz zu Poppy, die dazu tendierte, das Gespräch zu bestimmen. Menschen riefen mit Problemen an, die von Selbstmordgedanken über Bankrott bis hin zu Sexualproblemen reichten. Poppy fand meist einen Weg, das Gespräch auf sich zu lenken. Durch das Büro hindurch konnte Helen hören, wie Poppy ihren Anrufer mit den Einzelheiten über ihren widerlichen Ehemann bombardierte.

»Er ist ein Mistkerl!«, zischte Poppy ins Mundstück, als ob sie einer langjährigen besten Freundin etwas anvertraute. »Er hat meine Bankkarte versteckt, für den Fall, dass ich davonlaufe.«

Helen bemühte sich, Poppy für einen Moment auszublenden, und konzentrierte sich auf die missliche Lage ihrer Anruferin.

»Wir *müssen* reden«, flüsterte Poppy, nachdem sie endlich aufgelegt hatte, aber Helen hatte immer noch ihre Anruferin am Ohr. »Geh nicht, bevor wir miteinander gesprochen haben.« Sie formte die Worte mit den Lippen, weil ihr Telefon wieder klingelte. »Es ist echt wichtig.«

Helens zweiter Anrufer erkundigte sich nach der Farbe ihrer Unterwäsche. Sie verkniff sich eine Antwort und hängte ein. Der nächste Anrufer schwieg. Helen hörte dem sanften Schnaufen zu und versuchte herauszuhören, ob der Urheber masturbierte oder aufgewühlt war. Auf einmal war die Leitung tot.

Der Anrufer danach war ein aufgewühlter Mann, der darum bat, mit Poppy sprechen zu können. Helen erklärte, dass es gegen die Bestimmungen war, Wünschen der Anrufer nach einem Gespräch mit einem bestimmten Freiwilligen nachzukommen; sie würde ihm so lange zuhören, wie er wollte, den Anruf jedoch nicht durchstellen. Der Mann, dessen Stimme ihr vage bekannt vorkam, ließ ein besorgniserregendes Zischen hören, bevor er den Anruf beendete.

Schließlich kam der Moment, an dem Poppy und Helen beide gerade nicht mit einem Anrufer beschäftigt waren. Die beiden Frauen konnten endlich zusammen auf dem durchgesessenen Sofa sitzen und eine Packung Haferkekse mit Schokoladenüberzug öffnen, wobei jede von ihnen normalerweise nur einen davon aß.

»Ich stecke wirklich in einem Riesenschlamassel«, gestand Poppy und nahm sich einen zweiten Keks, obwohl der erste immer noch unberührt auf ihrem Knie lag. Das blaue Auge war nur dürftig mit Make-up kaschiert, vielleicht sogar absichtlich. »Du hast dir das bestimmt schon gedacht, aber ich wollte es dir trotzdem erzählen. Bitte verurteile mich nicht zu hart dafür. Und vergib mir auch nicht zu schnell. Ich brauche nur jemanden, der mir einfach mal in Ruhe zuhört.«

Helen nickte aufmunternd.

»Ich hatte mir einen Liebhaber für die Nachmittagsstunden genommen«, fuhr sie fort. »Einen Geschäftsmann aus Worthing.« Helen versuchte nicht daran zu denken, wie banal das klang, und drückte die Hand ihrer Freundin mitfühlend. »Das war echt selbstsüchtig. Es wäre leichter gewesen, sich aus Rache in den Zölibat zurückzuziehen.«

Poppy beschrieb die geheimen Stelldicheins am Nachmittag mit allen pikanten Details, wie aufregend das alles gewesen war. »Ich hab's Terry heute Nachmittag gestanden. Du siehst ja, wie er reagiert hat. Terry sagt, dass er mich umbringt, wenn ich versuche ihm Dean wegzunehmen.«

»Könnt ihr das nicht klären?«

»Ich war kurz davor, Terry zu verlassen. Ian hatte ein Picknick für uns vorbereitet und wartete in seinem Lieferwagen auf mich. Wir hatten unser neues Leben schon geplant. Es sollte damit beginnen, dass ich meinen entsetzlichen Ehemann verlasse.«

Helen fragte, was mit Dean sei. Poppy sagte, dass sie anfangs vorgehabt habe, ihn mitzunehmen und um das alleinige Sorgerecht zu kämpfen.

»Und was machst du jetzt?«

»Ich denke, ich werde bei Terry bleiben. Vielleicht können wir das wieder kitten. Dean braucht seinen Vater mehr als ich einen Liebhaber. Ich habe mit Ian Schluss gemacht und ihm das Herz gebrochen. Er ist der zweite Mann, den ich heute verletzt habe.«

Dann schlich sich ein anderer Ausdruck in Poppys Gesicht, so als ob ihr ein beunruhigender Gedanke gekommen wäre. »Ich glaub, da gibt's noch was, über das wir sprechen müssen«, fuhr sie fort, ihre Stimme klang jedoch nicht wirklich beschämt. »Es verstößt aber gegen die Schweigeklausel der Telefonseelsorge.«

Helen tat so, als ob sie vollkommen ahnungslos wäre, sie hatte allerdings schon vor Monaten Verdacht geschöpft. Poppy dämpfte ihre Stimme immer dann, wenn sie mit einem bestimmten Anrufer sprach. Helen hatte sogar einmal zufällig mitbekommen, wie Poppy sich verabredet hatte, als sie dachte, dass Helen gerade telefonierte. Laut den Richtlinien hätte sie Poppy melden müssen, aber insgeheim hatte Helen gehofft, dass dieser Mann ihre Freundin vor Terry Rutter retten würde, so hart sich das auch anhörte.

»Was denn?«, fragte Helen.

»Ich bin unschlüssig, ob ich's dir sagen soll.«

Das Telefon klingelte.

»Heb nicht ab«, sagte Helen. »Was ist denn?«

»Du weißt, ich kann's nicht einfach klingeln lassen. Es könnte ein Notfall sein.«

Schweren Herzens riss sich Poppy von ihrem Gespräch los. Der Anruf dauerte noch an, als Helens Schicht endete. Helen wartete bis Viertel nach neun auf dem Sofa, aber Poppys Anruf schien noch nicht aufs Ende zuzugehen. Helen blieb, solange sie konnte. Ihr Parkticket war nur bis neun gültig, und die Politessen von Brighton waren unbarmherzige Zicken.

»Ich ruf dich morgen an«, gab Poppy ihr lautlos zu verstehen. Sie leistete freiwillige Arbeit, bis um 22 Uhr die Nachtbelegschaft übernahm. »Keine Sorge, ich komm damit klar. Tu so, als ob ich niemals was gesagt hätte.«

»Ich rufe dich *heute* noch an«, sagte Helen. »Schick mir eine SMS, wenn du hier fertig bist.«

Poppy zeigte ihr den erhobenen Daumen, aber das, was sie gesagt hatte, machte Helen zu schaffen, als sie über die Strandpromenade nach Hause fuhr. Bevor sie ins Haus ging, schrieb sie Poppy zwei Nachrichten und rief an, als sie keine Antwort erhielt. Unter Poppys Anschluss ging sofort die Mailbox dran.

Während Helen bei der Telefonseelsorge war, schauten Vater, Sohn und Gast Fernsehen. Auf den digitalen Kanälen lief immer irgendwo ein Detektivdrama. Jim und Bruno liebten altmodische Krimis, in denen der Hauptermittler ein exzentrischer Trottel war, der nicht so aussah, als könnte er den Fall lösen. Dies erlaubte es den beiden, seine detektivischen Schwächen nach Lust und Laune durchzudiskutieren, was ihnen den größten Spaß bereitete.

Mildred miaute und wendete eine Reihe von gewieften Tricks an, um sich Zugang zu einer Schale mit Käsechips auf dem Wohnzimmertisch zu verschaffen. Als Erstes stolzierte sie über den Teppich. Während sie Jims Hausschuh auswich, der sie beinahe streifte, maunzte die Katze mit dem Kamerahalsband flehentlich.

»Möchtest du etwas Toffee?«, fragte Jim den bockigen Jungen im Lehnsessel.

Dean schüttelte den Kopf, ganz die Stille vor dem Sturm.

»Er hat vorhin was gesehen, das ihn durcheinander gebracht hat«, flüsterte Bruno seinem Vater ins Ohr.

»Was?«, fragte Jim mit unterdrückter Stimme.

»Irgendwas von meinem Kinderzimmerfenster aus.«

Jim wusste sehr gut, was man von dort aus sah, und er sog die Luft ein, bevor er Brunos Aufmerksamkeit wieder auf den Fernseher richtete, wo Inspector Stiesel gerade versuchte, den Mord am Postangestellten des Dorfes aufzuklären. Alles deutete bisher auf die Ehefrau, die eine Affäre mit dem örtlichen Metzger hatte. Jim tippte auf den Bruder des Metzgers. Bruno tippte auf die Frau. Jim erinnerte seinen Sohn daran, dass der Hauptverdächtige in der Regel niemals der Täter war.

»Ein Haustier könnte niemals der Partner eines Detektivs sein«, sagte Bruno und spielte damit auf Stiesels Hund an, einen hyperaktiven Spaniel namens Roger, der den linkischen Kommissar unterstützte, indem er Hinweise beschnüffelte und heimlich verdächtige Rentner beschattete.

»Tiere haben viel ausgeprägtere Sinne«, hielt Jim dagegen. »Mildred beispielsweise kann Geräusche hören, die außerhalb dessen liegen, was das menschliche Ohr wahrnimmt. Ihre Nase ist mindestens fünfzigmal so empfindlich wie deine. Wenn man sie richtig abrichtet, könnte sie alle möglichen Fälle lösen.«

Bruno schnipste mit den Fingern. Mildred mit dem schwarzen Schnäuzchen erschien wie aus dem Nichts, ihr Glöckchen bimmelte bei jeder Bewegung. Bruno hatte das Glöckchen selbst bemalt. In Form und Farbe glich es Mildreds Kopf. Die Ähnlichkeit war bestechend. Die rote Katze sprang aufs Sofa. Sie ließ Jim links liegen und tapste über die Kordfalten zu Brunos großzügigen Fingern.

»Aber Mildred würde die Beweise nicht zueinander in Bezug setzen können«, erwiderte Bruno, der alle Möglichkeiten erwog, wie seine Katze bei einer polizeilichen Ermittlung helfen könnte. »Sie würde vielleicht die Hinweise aufspüren, aber sie könnte sie nicht verknüpfen.«

Auf der Mattscheibe stand Stiesel vor einer zweiten Leiche. Der Metzger, an dessen Hemd das Blut der täglichen Schlachtung klebte, lag ermordet auf seiner Ladentheke. Stiesel untersuchte die Würgemale am Hals des Metzgers. Der Hund Roger schnüffelte hier und dort, ohne die herabhängenden Fleischstücke zu beachten, und durchforstete den Tatort mit seiner Spürnase.

»Der Hauptermittler setzt die Beweise zusammen«, sagte Jim. »Er behält zu jeder Zeit den Überblick über den Stand der Ermittlungen, er führt die Aufzeichnungen über das Verbrechen. Mildred hätte die Aufgabe, frischen Wind hineinzubringen.«

Roger bellte und machte Stiesel damit auf einen Fußabdruck in der Nähe der Besenkammer aufmerksam, den selbst ein Blinder mit dem Krückstock entdeckt hätte. Stiesel belohnte den kläffenden Spaniel mit einem Leckerbissen aus seiner Manteltasche.

»Eine Katze spricht nicht die Menschensprache«, sagte Bruno, der über die Aussage seines Vaters nachgrübelte. »Wie könnten sie sich austauschen?«

»Da gibt es Mittel und Wege«, erwiderte Jim. »Falls ich jemals in die Welt der Detektive zurückkehre, würde ich auf jeden Fall ernsthaft erwägen, unsere Katze einzustellen.«

»Wir könnten einen Maunz-Code festlegen«, schlug Bruno vor, der das Schmunzeln seines Vaters bemerkt hatte. »Ein Maunzen bedeutet ›Ich habe die Mordwaffe gefunden‹. Zwei Mal maunzen heißt ›Der Verdächtige lügt‹.«

»Ja«, stieg Jim auf den Witz ein. »Schwanzwackeln bedeutet ›Während du den Zeugen verhörst, begebe ich mich zurück zur Polizeiwache, um mir die Aufzeichnungen noch mal anzusehen, falls wir etwas übersehen haben‹.«

Bruno jauchzte und schüttelte sich vor Lachen. Der Junge fügte hinzu: »Dreimal maunzen heißt ›Ich glaube, wir müssen die Frau des Opfers noch mal befragen‹.«

Vater und Sohn prusteten los, so laut, dass ein Ruck durch Dean ging.

»Ihr könnt mich hier nicht festhalten!«, schrie er so heftig, dass Mildred wie der geölte Blitz zur Katzenklappe schoss.

Der Junge begann mit der Faust auf die Lehne des Sessels zu donnern. Jim, der gar nicht wusste, wie ihm geschah, schlug vor, den Jungen etwas Milch warm zu machen.

»Ich will keine Milch«, stieß Dean aus. »Ich will nach Hause. Ihr Blödmänner könnt mich nicht zwingen hierzubleiben.«

Schon war er aufgesprungen, und sein dürrer Körper wurde von einem Tobsuchtsanfall geschüttelt, bei dem er nach den Magazinen auf dem Tisch und nach Helens Zierkissen mit den Motiven von William Morris schlug.

Jim und Bruno waren entsetzt, als Dean die Ärmel seines Pullis hochzog und begann, sich selbst in den Oberarm zu beißen.

»Das reicht«, herrschte Jim ihn an und erhob sich vom Sofa. Als er versuchte Dean aufzuhalten, sauste dieser durchs Haus, stürzte zur Vordertür hinaus und auf die Straße.

Am anderen Ende des Hauses öffnete sich abrupt die Katzenklappe. Mildred begann in der Küche zu jammern.

Jim und Bruno liefen in unterschiedliche Richtungen. Bruno kümmerte sich um seine Katze, deren Pfoten nicht länger weiß waren und aus deren Mäulchen Blut tropfte. Auf dem Boden des Hausflurs zuckte ein halbtoter Vogel, den sie gerissen hatte. Er hatte nur noch einen Flügel, und sein Gedärm war aus der Bauchhöhle getreten wie rote Würmer. Mildred umkreiste ihren Fang stolz und schlug mit der blutigen Pfote nach dem sterbenden Vogel.

»Du Räuber«, sagte ihr Herrchen und wischte mit einem Küchentuch über das Kamerahalsband. »Dich möchte ich nicht im Dunkeln treffen.«

Jim folgte Dean und entdeckte ihn rasch auf der anderen Straßenseite. Es war kein detektivisches Gespür vonnöten, um zu erkennen, in welcher Gefahr er sich befand.

»Lassen Sie mich in Ruhe!«, heulte Dean, trat um sich und versuchte sich zu befreien.

»Mein Hund ist weggelaufen«, sagte der Mann und zog Dean an der Hand über den Bürgersteig. »Dieser Junge hat mich angerempelt.«

»Lassen Sie ihn gehen«, befahl Jim und beschleunigte seinen Schritt. Der Mann und Dean waren bereits bei *Mr Simner's*, als Jim damit drohte, die Polizei zu rufen, falls der Mann nicht sofort stehenblieb. Er hielt schlagartig an und drehte sich zu ihm um. Jim holte die beiden ein.

Die Schaufensterdekoration von *Mr Simner's*, ein rotierender Riesenlutscher, der beleuchtet war, tauchte die Züge von Deans Entführer in schillernde tropische Farben. Immer noch hielt der Mann Deans Hand fest.

»Lassen Sie los!«, forderte Jim, der bereits 999 gewählt hatte, aber noch zögerte, auf die Anruftaste zu drücken. Vielleicht deutete er das, was er sah, falsch. Der Mann vor ihm passte nicht zu dem, was er erwartet hätte. Asoziale, hinterhältige Halunken, die imstande waren, ein Kind zu rauben, sahen nicht so aus: glatt rasiert, mit weichem blondem Haar, das über die Ohren fiel, und einer Buddy-Holly-Brille. »Wer sind Sie?«

Die Kleidung wollte auch nicht recht ins Bild passen. Ein rot-weißgeringelter Strickpulli und ein silberner Gürtel. Dieser Aufzug war zu auffällig, zu bunt – nicht die Kleidung eines Mannes, der hoffte, im Schutz der Dunkelheit unterzutauchen. Er sah eher so aus, als ob er sich für ein erstes Date in einem Mittelklasserestaurant angezogen hätte und nicht dafür, einen Jungen in seine Gewalt zu bringen. Jim fiel auf, dass er keinen Mantel trug, dass seine Brille keine Gläser hatte und dass sein Ehering fehlte. Er nahm die wilden, vorstehenden Augen wahr, deren Pupillen so groß wie Untertassen waren.

»Lassen Sie mich«, sagte Dean und machte sich los.

»Es ist nicht so, wie es aussieht«, sagte der Mann, schubste den Jungen von sich und rannte weg. Durch den Aufprall verlor Jim den Halt und wäre fast umgekippt.

»Alles okay, Mr Glew?«, fragte Dean, der sich als Erster erholte.

»Mir geht's gut«, sagte Jim und untersuchte sein schmerzendes Knie. »Und dir?«

»Auch.«

»Kanntest du den Mann?«

Dean schüttelte den Kopf.

Einen Moment lang befürchtete Jim, dass er wieder ausrasten könnte. Doch unter einem Laternenpfahl, der sein gnadenloses Licht herabwarf, entlud sich die Anspannung des Jungen in kümmerlichen, traurigen Schluchzern.

»Komm wieder ins Haus«, sagte Jim und legte den Arm um Deans zusammengesackte Schultern. »Morgen sieht alles ganz anders aus.«

Jim und Dean traten auf ihre Schatten, als sie den Weg durch die St. Andrew's Road zurückliefen. Als sie sich der Haustür der Glews näherten, warf Dean einen Blick auf sein Zuhause. Jim sah ebenfalls für einen Moment hinüber und bemerkte, dass das Licht im Wohnzimmer der Rutters noch an war.

Als Bruno sich aus dem Dachfenster lehnte, um das Geschehen auf der Straße zu beobachten, waren Jim und Dean schon wieder im Haus.

Im erleuchteten Fenster schräg gegenüber fiel Brunos Blick auf eine vertraute Szene. Leon der Punker machte Stretching, das an Yoga erinnerte, aber ruppiger war. Bruno sah Leon nur bis zur Taille, seine nackte Brust zierten Totenschädel und Drachen. Der Ausdruck auf seinem Gesicht jagte Bruno eine Gänsehaut über den Rücken. Es war ein hungriger Gesichtsausdruck, so als ob er das verschlingen wollte, was er da anstarrte.

Als er fertig mit seinen Dehnübungen war, zündete sich Leon eine seiner süßlich riechenden Zigaretten an. Ihr Geruch waberte manchmal hinüber zu Brunos Dachstube, und er erinnerte ihn an das Gewürzregal in der Küche.

»Komm da weg, Bru«, forderte Helen ihn auf. »Du weißt, dass du nicht aufs Dach darfst.«

»Ich bin nicht *auf dem Dach*«, sagte Bruno. »Mit den Füßen bin ich noch auf dem Teppich. Seltsame Dinge passieren.«

»In deiner Welt passieren immer seltsame Dinge. Weg da, bitte. Ich schau mir das nicht mehr länger an.«

»Eine Frau durchwühlt die Wertstoffbox vom neugierigen Alan.«

»Nicht auf Zehenspitzen, Bru, ich warne dich.«

Bruno reckte den Hals, um besser sehen zu können.

»Eine geisterhafte alte Frau. Sie hat ein Hochzeitskleid an. Oder ein langes Nachthemd. Sie sieht verrückt aus. Jetzt schaut sie in Deans Recyclingtonne. Ich glaube, sie hat was verloren.«

»Komm da runter! Ich habe jetzt genug davon.«

Bruno hörte, wie sich die Haustür öffnete, der Schwung ließ die Verkleidung des alten Hauses ächzen und erzittern. Kurz darauf sah er, wie sein Vater die Straße überquerte, wobei das reflektierte Licht der Straßenlampe auf dem kahl werdenden Hinterkopf seines Dads schimmerte.

»Dad geht rüber, um mit ihr zu reden«, sagte Bruno. »Er muss sie vom Wohnzimmerfenster aus gesehen haben.«

»Bist du sicher? Nicht auf Zehenspitzen!«

Bruno sah zu, wie sein Vater sich der Geisterfrau vorsichtig näherte. Sie unterbrach ihr Wühlen in Deans Recyclingbox und legte die Hände auf die Schultern seines Vaters, ganz so, als wären sie alte Freunde. Das Licht der Straßenlampe schien durch das Nachthemd der Frau und verriet, dass sich darunter ein verwelkter Körper verbarg.

Ihre Unterhaltung dauerte weniger als eine Minute. Bruno lehnte sich nach vorn, um besser verstehen zu können, was sein Vater sagte.

»Die Frau geht weiter«, sagte Bruno. »Jetzt durchstöbert sie die Recyclingtonne der Pedwells.«

Bruno beobachtete den gemächlichen Rückweg seines Vaters zum Haus. Seine kahle Stelle glänzte so hell wie eine Glühbirne und bewegte sich auf ihrem kurzen Weg über die St. Andrew's Road zwischen zwei geparkten Autos hindurch.

»Dad kommt wieder rein«, sagte Bruno.

Ihm brannten so viele Fragen auf der Zunge, dass er zur Kinderzimmertür schoss und so schnell er konnte die Treppe hinablief.

Im Wohnzimmer schenkte Helen eine Runde heiße Schokolade aus.

Obwohl Bruno ihn mit Fragen löcherte, hielt sich sein Vater bedeckt. Bruno forschte im Gesicht seines Dads nach Hinweisen, was auf der Straße passiert sein könnte. Und er merkte, dass seine Mum das auch tat.

»Wo ist Mildred?« Bruno sah auf die Uhr. »Normalerweise bettelt sie um diese Zeit immer um ihre Kekse.«

Seine Eltern zuckten mit den Schultern, sie waren in Gedanken woanders. Bruno beobachtete seinen Vater, der seine Brille putzte, genau. Irgendetwas stimmte nicht.

Als alle ihre heiße Schokolade ausgetrunken hatten, bestand seine Mum darauf, dass die Jungen zu Bett gingen. Dean, der jetzt verdächtig ruhig war, folgte ihrer Anweisung.

»Du musst mir *alles* erzählen«, sagte Bruno, als Dean weg war.

»Es ist schon lange Schlafenszeit.«

»Ich will unbedingt wissen, was die …«

»Geh ins Bett, Sohn«, sagte Jim unnachgiebig. »Ich bin echt erledigt.«

Bruno gab schließlich nach, aber erst, nachdem sein Vater versprochen hatte, dass er ihm am nächsten Morgen alles haarklein erzählen würde.

Dean schlief entweder schon oder tat so als ob, als Bruno in sein Zimmer hinaufkam. Bruno legte einen Schokoriegel auf Deans Kopfkissen, den er als Mitternachtssnack für sie beide aufgespart hatte. Er putzte sich die Zähne im Bad unterm Dach, dann zog er sich seinen Pyjama an.

Da er Mildred in seinem Kinderzimmer nicht finden konnte, kehrte Bruno auf seinem üblichen Spionageposten zurück.

»Komm da runter«, flüsterte seine Mum. »Du hast für heute Nacht genug herumgeschnüffelt.«

Als Bruno sich vom Fenster zurückzog, erhaschte er aus dem Augenwinkel eine Bewegung auf der Straße. Vielleicht trogen ihn seine müden Augen, aber er war sich sicher, dass er gesehen hatte, wie der neugierige Alan zur Vordertür in Deans Haus hineinspazierte.

»Wo ist Mildred?«, sagte Bruno schläfrig und schlüpfte unter seine warme Decke.

»Sie wird bald heimkommen«, versicherte Mum. »Ich lasse deine Tür einen Spalt offen.«

Mildred war schon weg. Sie war mit einem gekonnten Satz durch die Katzenklappe gesprungen. Flink, imposant, lautlos, vom Sims zur Wand, in die Hecken und über die Gosse, an Abflussrohren hoch und über geheime Vorsprünge, die nur die Pfoten einer Katze kannte, kletterte Mildred aufs Dach des Hauses empor.

Der tief stehende Mond ließ ihr rotes Fell glänzen und einzelne silberne Härchen darin wie Sterne leuchten – Härchen, die bei Tag nicht auffielen. Ihre Schnurrhaare strahlten prächtig, und sie genoss die frische Sommerluft auf ihrer feuchten Nase. Die Katze stolzierte auf der Spitze des Hausdachs herum. Eine sanfte Brise umschmeichelte ihren steil aufgerichteten Schwanz.

Wäre sie nicht so versessen darauf gewesen, sich zu putzen, wären Mildreds feine Ohren vielleicht auf die merkwürdigen Ereignisse unten auf der Straße aufmerksam geworden. Die Katze hätte die perfekte Aussicht gehabt, sie hätte alles gesehen.

Hätte Mildred den Weitblick besessen, sich von dem Vergnügen loszureißen, das es bedeutete, ihr Fell sauber zu lecken, hätte sie vielleicht das Kommen und Gehen durch die Haustür von Nummer 12 gesehen. Und natürlich wäre alles, was die

Katze beobachtet hätte, auch im Blickfeld der Kamera gewesen, denn die hing immer noch an Mildreds Hals, während diese damit beschäftigt war, ihr Hinterteil zu erkunden.

Von etwas abgelenkt, vielleicht von einer unsichtbaren Schwingung im Dunkel, stieg die Katze so schnell vom Haus herab, wie sie hinaufgeklettert war.

DIENSTAG, 29. JULI

7

Jim erwachte frühmorgens.

Im Bad schluckte er seine Herztabletten und spürte sogleich, wie ihm etwas übel und schwindelig wurde. Dann ging er hinunter in die Küche und setzte den Kaffee auf, den er und seine Frau zusammen im Bett tranken, während die Sonnenstrahlen in langen, scharfen Bahnen das Schlafzimmer durchschnitten.

Helen, deren Körper noch auf den frühen Schulbeginn geeicht war, informierte Jim über die Neuigkeiten, die sie von Poppy erfahren hatte, inklusive der Affäre. Als Jim an der Reihe war, entschied er sich, Helen nichts von Deans mysteriösem Entführer zu erzählen. Es würde seine Frau nur beunruhigen. Sie hatte nach dem ungeheuer anstrengenden Schuljahr einen ruhigen Start in die Sommerferien verdient.

»Was suchte die Frau?«

»Welche Frau?«

»Die alte Frau im Nachthemd. Bruno hat gesehen, wie du auf der Straße mit ihr gesprochen hast.«

»Das war sonderbar«, sagte Jim. »Sie wühlte da so rum, also bin ich raus, um nachzusehen, was das Problem war. Sie meinte, ihre Katze wäre weg und fragte, ob ich sie gesehen hätte.«

»Wie seltsam.«

»Noch seltsamer war, dass sie Mildred bis aufs i-Tüpfelchen beschrieb, als ich sie fragte, wie ihre Katze denn aussehe. Es kann nicht so viele rote Katzen mit drei weißen Pfoten und einem schwarzen Schnurrbart in der Nachbarschaft geben.«

»Lass das Bruno besser nicht hören«, sagte Helen und hielt inne, um einen Schluck zu trinken. »Ich muss dir was gestehen«, fuhr sie dann fort, indem sie das Thema wechselte. »Ich habe beschlossen, Poppy wieder meine Wohnung anzubieten, falls sie eine Bleibe braucht. Ich geh nachher kurz zu ihr rüber, wenn *er* weg ist.«

Jim rügte Helen dafür, dass sie sich einmischte, und verbot ihr dieses Vorgehen. Helen sagte, es sei *ihre* Wohnung und Poppy sei *ihre* Freundin, daher könne Jim ihre Entscheidung nicht beeinflussen.

»Noch ein weiterer Vorfall, und ich melde es der Fürsorge. Wenn Terry dir nicht das Leben gerettet hätte, hätte ich schon vor Monaten da angerufen.«

»Er kann nicht durch und durch schlecht sein«, hielt Jim dagegen. »Er leitet in seiner Freizeit ein Fußballteam für die unter Zwölfjährigen.«

»Er ist ein Schwein«, sagte Helen heftig. »Terry Rutter ist ein Schwein. Wir haben ihn in der Schule auf die *Liste* gesetzt.«

»Welche Liste?«, fragte Jim, nicht sicher, ob er das überhaupt wissen wollte.

»Die, auf der unheimliche männliche Stars und furchteinflößende Lehrer stehen. In den Gesichtern mancher dieser Männer kann man überdeutlich lesen, welche ekelhaften, lüsternen Gedanken sie hegen.«

Jim ließ seine Frau über Terry Rutters Ähnlichkeiten mit Paarhufern wettern und schlürfte seinen Kaffee. Er hatte ebenfalls eine Entscheidung getroffen: Er würde die Polizei anrufen und den Vorfall mit Dean auf der Straße melden. Jim hielt es jedoch für angebracht, Terry Rutter zuerst auf die Sache aufmerksam zu machen.

Nachdem sie ihre Kaffeetassen geleert hatten, schmusten Jim und Helen noch etwas und gaben sich einen Kuss, was sie selten taten. So bedrückend das Zerwürfnis der Rutters war, es erinnerte das Paar daran, wie gut es um ihre eigene Familie bestellt war.

Als Helen ins Bad ging, durchdachte Jim noch einmal die Ereignisse des Vorabends. Eins war sicher: Deans Entführer war keinesfalls der Hund entlaufen. Die unsinnige Lüge stellte Jim vor ein Rätsel. Der Mann konnte nicht auf Dean gewartet haben – er hatte ja nicht voraussehen können, dass der Junge auf die Straße laufen würde. Hatte Dean ihn belästigt? Jim bezweifelte das. Vielleicht hatte er den Mann gestört? Oder der Junge hatte ihm irgendwie einen Schrecken eingejagt? Dennoch, irgendetwas war komisch an der Sache.

»Wo gehst du hin?«, fragte Helen, die zurückkam, um ein frisches Handtuch zu holen.

»Zu den Rutters. Ich muss mit Terry sprechen.«

Auf dem Weg nach unten erwischte Jim die Jungs noch auf dem Treppenabsatz. Dean sah nicht mehr ganz so düster aus. Sie versprachen, Jim die Tageszeitung zu besorgen.

»Immer noch kein Zeichen von Mildred«, sagte Bruno und blickte besorgt zu seinem Vater auf. »Sie war die ganze Nacht weg. Das hat sie noch nie gemacht.«

Jim versicherte ihm, dass Mildred bald zu Hause sein würde.

Nach einer zweiten Tasse Kaffee trat er hinaus in den strahlenden Morgensonnenschein. Die Efeuklaue am Dach der Rutters sah an diesem Morgen besonders wild aus, sie hatte das Haus fest im Griff und würgte geradezu an den Regenrinnen über den Fenstern im Obergeschoss.

Eigentümlicherweise stand die Haustür der Rutters einen Spaltbreit offen.

Jim ging hinüber und drückte auf den Klingelknopf. Als

er von drinnen keine Geräusche hörte, drückte er ihn noch einmal. Terry und Poppy sollten um diese Zeit längst wach sein. Es war unwahrscheinlich, dass sie nach einer leidenschaftlichen Versöhnung am Vorabend immer noch im Bett lagen.

»Terry?«, rief er und betätigte den Türklopfer. Dies führte dazu, dass die Tür noch weiter aufschwang. Haus Nummer 12 war genauso geschnitten wie das der Glews. Jim konnte bis zum Ende des dunklen Flurs in die Küche schauen, die in grelles Sonnenlicht getaucht war. »Poppy?«, rief Jim. »Terry – seid ihr da?«

Jim war sich nicht ganz sicher, aber es sah so aus, als ob in der Küche jemand auf dem Boden lag.

Er stürzte ins Haus.

Bis zu Mr Patels Zeitschriftenladen zwei Straßen weiter durfte Bruno ausschwärmen, ohne vorher die Erlaubnis seiner Eltern einzuholen.

»Du kannst ein Pfund von meinem Taschengeld haben«, sagte Bruno und bot Dean eine Münze aus seinem Portmonee an.

»Nein, danke«, sagte Dean. »Ich habe eigenes Taschengeld, das ich ausgeben kann.«

Als sie die St. Andrew's Road entlangliefen, bemerkte Bruno, dass Dean den Bürgersteig nach etwas absuchte.

»Hast du was verloren?«, fragte Bruno.

Dean ging in die Hocke, um etwas Glänzendes näher zu betrachten.

»Nein«, sagte Dean geheimnistuerisch und hielt den Blick weiter auf den Bürgersteig gesenkt.

In Mr Patels Laden ging Bruno zuerst den Ständer mit den Spielzeugen durch und überlegte, ob es gerechtfertigt sei, den Rest seines Taschengelds für einen Sechserpack selbstklebender Schnurrbärte auszugeben. Die Auswahl in der Packung reichte vom Modell »Schurke« bis zu »Casanova« und würde sich als praktisch erweisen, wenn er einmal verdeckt ermittelte, was sicher irgendwann in der näheren Zukunft der Fall sein würde. Dean hielt sich im hinteren Teil des Ladens auf und schmökerte in Anglermagazinen.

Das Glöckchen an der Ladentür klingelte. Als Bruno das Gesicht des Kunden sah, der den Laden betrat, ging er hinter dem Schreibwarenregal in Deckung.

»Morgen, Leon«, sagte Mr Patel in dem typischen Singsang, den Bruno vor seinen Eltern nicht imitieren durfte. »Du bist aber heute früh auf.«

Leon, der ältere Junge, den Bruno am Vorabend halb nackt beim Training beobachtet hatte, gönnte Mr Patel nur ein knappes Kopfnicken. *So viele Tattoos machen es einem sicher unmöglich, sich höflich zu benehmen,* dachte Bruno. Es musste schwer sein, mit einer anzüglich grinsenden Schlange um den Hals überzeugend zu lächeln.

Durch ein paar herunterhängende Lineale und baumelnde Zirkel beobachtete Bruno, wie sein käsebleicher Nachbar durch die gewundenen Gänge zwischen den überladenen Regalen steuerte. Als Bruno sich an den hungrigen Ausdruck im Gesicht von Leon erinnerte, erschauerte er und stieß mit dem Ellenbogen gegen die in einer Leiste steckenden Füller, was seine Tarnung fast hätte auffliegen lassen.

Der ältere Junge benahm sich verdächtig, fand Bruno, obwohl er sich eingestehen musste, dass jedes Benehmen verdächtig wirkte, wenn man es lange genug beobachtete. Leon verbrachte über zwei Minuten damit, stumpf auf den Chipskorb zu starren, bevor er sich dagegen entschloss, eine Tüte zu kaufen. Stattdessen wanderte der Blick seiner blutunterlaufenen Augen zur Kühltruhe, in der sich Eishörnchen und Eis am

Stiel befanden. Wieder schien er sich nicht entscheiden zu können. Bruno fragte sich, ob die Tinte der vielen Tattoos vielleicht Leons Gehirn angegriffen hatte.

Was Leon schließlich irgendwann auf den Tresen fallen ließ, waren eine Handvoll Schokoriegel, ein *Gehirnjogging*-Magazin mit Kreuzworträtseln und Wortsuchspielen und – das war das Erschreckendste – eine Tüte mit Leckerbissen für Katzen von der Sorte, die alle Katzen unwiderstehlich fanden.

»Und einmal die grünen Rizlas, bitte«, sagte Leon und wischte sich mit einem tätowierten Finger die tropfende Nase ab.

Mr Patel nahm eine kleine rechteckige Packung aus dem Zigarettenregal, mit deren Inhalt Bruno sich nicht auskannte.

Bruno machte folgenden Vermerk in seinem Notizbuch:

8:55 Leon der Punker kauft Schokolade und Katzenleckerbissen, obwohl er keine Katze hat!

Unverzüglich und ohne ein Geräusch legte Bruno die Schnurrbartkollektion in seinen Warenkorb, in dem sich schon der *Guardian* und eine Schachtel Cornflakes mit Schokoladengeschmack befanden.

Als Leon den Laden verlassen wollte, drängte sich die massige Gestalt von Mrs Simner durch die Tür. Ein Ständer mit billigen Sonnenbrillen, der in der Nähe stand, fiel ihrem Zusammenprall zum Opfer – wobei Leons nach Halt suchende Hand beinahe im wogenden Busen von Mrs Simner landete. Der Punker machte schließlich Platz, um die schwitzende Frau in den Laden zu lassen.

Mrs Simner legte zwei Päckchen Gummihandschuhe, eine Auswahl von Scheuerbürsten und eine Flasche Desinfektionsmittel auf Mr Patels Ladentheke.

»Wie läuft das Geschäft?«, fragte Mr Patel.

»Eine Möwe hat sich heute Morgen während der Lieferung in den Laden verflogen«, beklagte sich Mrs Simner. »Sie hat eine Riesensauerei angerichtet.«

Wie es seine Art war, lächelte Mr Partel leicht, während er die Sachen über die Scannerkasse zog. Mit diesem unverbindlichen Gesichtsausdruck begegnete er all seinen Kunden, egal, ob sie ein Lotterielos oder ein Schmuddelheft kauften. Bruno bewunderte Mr Patel, weil er überzeugt war, dass dieser einer der wenigen Menschen auf der Welt war, die einen Lügendetektortest bestehen könnten.

Nachdem Mrs Simner gegangen war, trat Bruno an den Tresen.

»Was ist das?«, fragte er und zeigte auf die Rizla-Päckchen.

»Nur was für Erwachsene«, erwiderte Mr Patel nicht unfreundlich.

Auf dem Heimweg hielt Bruno ein paar Mal an, um verschiedene Katzen unter dem Kinn zu kraulen. Eine hatte ein Gesicht, das an einen bärtigen Mimen aus einem Shakespeare-Drama erinnerte. Eine andere hinkte und hatte einen verstümmelten Schwanz. Bruno fragte sich, welche tragischen Ereignisse der Katze wohl dieses Schicksal beschert haben mochten.

»Ich hab was für dich«, sagte Dean, als sie an Mrs Simner vorbeikamen, die den Eingangsbereich ihres Geschäfts wischte. »Zum Dank, weil du so ein guter Freund bist.«

Dean reichte Bruno einen Stift, an dessen Ende sich eine Minilupe befand.

»Danke«, sagte Bruno, um einen passenden Gesichtsausdruck bemüht. »Du kannst bei uns übernachten, wann immer du willst.«

Bruno steckte das Geschenk ein. Insgeheim schwor er sich, dass er den gestohlenen Gegenstand am Nachmittag zurückbringen würde. Er würde ihn heimlich wieder in die Stifteauslage stecken, während Mr Patel einen Kunden bediente.

Dean knuffte Bruno in den Arm, was diesem gefiel. Er beschloss, Dean nach dem Frühstück die Stelle als Partner anzubieten.

»Das ist er!«, rief Dean und deutete auf einen Mann im Tweedjacket, der *Mr Simner's* betrat. Mrs Simner stellte den Mop im Eimer ab und folgte ihrem Kunden nach drinnen.

»Wer?«

»Der Mann, der mir die Sherbet Lemons gegeben hat.«

Bruno rutschte so leicht in den Detektivmodus, wie es einer Katze im Fallen gelang, alle vier Pfoten auf eine sichere Landung einzustellen. Er zog Dean auf einen Beobachtungsposten hinter ein parkendes Auto.

»Bist du sicher, dass er es ist?«, wisperte Bruno, der die Tür des Süßwarenladens durch die Windschutzscheibe sehen konnte. »Wir konnten gar keinen richtigen Blick auf sein Gesicht werfen.«

»Er hat dieselbe Jacke an. Und er hat denselben komischen Gang, so als ob seine Hose zu eng wäre.«

Bruno wusste, dass solche Einzelheiten nicht als schlüssige Beweise anerkannt wurden. Der Nervenkitzel, den er dabei verspürte, einen echten Verbrecher zu beschatten, erlaubte es ihm jedoch, seine Zweifel zu unterdrücken.

»Es ist sehr früh, um Süßigkeiten zu kaufen«, sagte Dean.

»Stimmt«, sagte Bruno und notierte sich die Zeit in seinem Block: 9:02. »Ein sehr verdächtiges Verhalten.«

Die Jungen warteten darauf, dass der Mann den Süßwarenladen verließ. Bruno grämte sich, dass er seine Digitalkamera nicht dabeihatte.

»Was macht er nur da drin?«, fragte Dean ungeduldig.

»Ich schätze mal, dass er sich Nachschub an Ködern beschafft und sich mit Buttertoffee und Riesen-Erdbeeren eindeckt, um im Park Jungs wie dir aufzulauern. Ich gehe erst, wenn ich sein Gesicht gesehen habe.«

Die Jungen beobachteten den Laden für weitere neun Minuten, bis der neugierige Alan sie aus ihrem Versteck scheuchte.

»Weg von meinem Scheißauto«, blaffte der Rentner und machte eine Handbewegung, damit die Jungen von seinem polierten Vehikel verschwanden. »Ihr habt kein Recht, es anzufassen.«

»Wir haben nichts angefasst«, sagte Bruno.

»Haut ab«, sagte der neugierige Alan und wedelte mit den Händen, als verscheuchte er lästige Fliegen. »Wenn's nicht die Möwen sind, dann sind's schmutzige Hände. Verflixte Quälgeister.«

Der neugierige Alan fuchtelte hinter den Jungen her und blieb an seinem Kofferraum stehen.

»Was hat der heute wieder für ein Problem?«, fragte Dean, als sie wegliefen.

»Keine Ahnung«, sagte Bruno. »Normalerweise horcht er einen immer aus.«

Bens Beine kannten den Weg, und so steuerte er automatisch auf sein Elternhaus zu. Doch dann schien sich Dean daran zu erinnern, dass er strikte Anweisung hatte, bei seinem Freund darauf zu warten, dass sein Vater ihn abholte.

»Wann kommt dein Dad?«, fragte Bruno.

»Halb zehn«, sagte Dean. »Wie spät ist es?«

»Gerade Viertel nach neun durch. Du kannst noch schnell bei uns frühstücken.«

Jim betrachtete das Blut, das sich als glänzende karmesinrote Lache über den Küchenboden ausgebreitet hatte.

Der Körper, der auf dem Rücken lag und in dessen Augenhöhlen sich trockene Sümpfe aus Blut gebildet hatten, war der von Poppy Rutter. Das Oberteil des Schlafanzugs, einst blau, jetzt blutgetränkt, war an den Knopflöchern entlang aufgerissen und enthüllte blutbeschmierte Brüste und einen mit Blut gefüllten Bauchnabel. Jim verspürte den Drang, ihr Oberteil zuzuknöpfen. Aber er wusste, dass er den Tatort nicht verändern durfte.

Jim erwartete keinen Pulsschlag, suchte ihn aber trotzdem, nur, um sich bestätigt zu finden. Dabei geriet er mit dem Knie seiner Kordhose ins dunkelrote Blut, als er kurz den Halt zu verlieren drohte. Aus der Farbe von Poppys Gesicht, bläulich und fleckig, schloss Jim, dass sie seit mindestens sechs Stunden tot war. Jim wusste, dass die Totenstarre an den Augenlidern begann und sich von dort aus im ganzen Körper ausbreitete und dass es zwölf Stunden dauerte, bis sie bei den Zehen angekommen war. Systematisch überprüfte Jim den Körper mit einem Stift aus seiner Tasche. Die Steifheit endete an den Knien.

Die tiefe, klaffende Wunde links an der Stirn musste die Todesursache sein. Jim untersuchte sie, ohne sie zu berühren. Die Wunde war nicht von einem Messer verursacht worden. Seine Vermutung war, dass sie durch einen kräftigen Hieb mit einem stumpfen Gegenstand entstanden war. Er konnte erkennen, dass Poppys Nase mindestens an zwei Stellen gebrochen war.

Seltsamer war die Spur, die sich auf dem Küchenboden abzeichnete. Die Abdrücke, pfotenförmig und blutfarben, passten zu einem kleinen, vierbeinigen Tier. Ihr Profil, oval und ohne Krallen, erinnerte ihn spontan an einen Hund. Er würde das überprüfen, wenn er nach Hause kam.

Jim dachte eine Minute nach. Er zog sein Telefon aus der Tasche und wählte 999.

»Ich muss einen Mord melden«, sprach Jim ins Handy. Ihm fiel auf, dass er selbst noch nie telefonisch einen Mord gemeldet hatte, obwohl er über die Jahre hinweg in vielen Mordfällen ermittelt hatte. Er hatte oft überlegt, wie es sich wohl anfühlte, diese Worte auszusprechen und auf der anderen Seite der Strafermittlung zu stehen. Es fühlte sich schlimmer an, als er es sich vorgestellt hatte.

Jim gab seinen Namen und die Adresse an. Der Einsatzwagen war unterwegs.

In diesem Moment bemerkte Jim ein brachiales Röcheln. Er folgte dem Geräusch durch den Flur ins Wohnzimmer.

Im Dunkel lag der schnarchende Terry Rutter, seine riesige Gestalt aufs dreiteilige Sofa gefläzt.

Als Jim sich den Vorhängen näherte, die nur halb geschlossen waren, stolperte er über eine leere Flasche Whisky. Das Klirren der kreiselnden Flasche weckte Terry nicht auf.

Jim zog die Vorhänge ganz auf. Das Sonnenlicht strömte ins Wohnzimmer und beleuchtete zwei zerbrochene Sektflöten, deren Scherben über das rissige Parkett verstreut waren. Jim konnte keine deutlichen Blutspuren auf dem Boden entdecken: Poppy war in der Küche ermordet worden.

Auf dem gläsernen Wohnzimmertisch, der an einer Ecke einen Sprung hatte, stand eine Flasche billiger Sekt, entkorkt und halb voll.

Jim sah einen Moment lang auf die Straße und betrachtete die St. Andrew's Road aus einem ungewohnten Blickwinkel. Wie er Bruno immer sagte, musste ein guter Detektiv ein Verbrechen aus verschiedenen Perspektiven und von unterschiedlichen Standpunkten aus betrachten. Er schaute prüfend hinüber auf die andere Straßenseite zu seinem eigenen Haus. Am Fenster des großen Schlafzimmers sah er die Silhouette seiner Frau, die sich die Haare kämmte.

Auf dem Fensterbrett stand ein Familienfoto: Poppy, Terry und Dean, die am Palace Pier ein Eis aßen, im Hintergrund die abtauchende Achterbahn.

Jim blickte auf Terry hinab. Er prägte sich das schlafende Untier aus jedem nur möglichen Winkel ein. Terry schnarchte wie ein wütender Mann. Er schnarchte, als ob er ein tief liegendes Hemmnis loswerden wollte. Vielleicht war seine Luftröhre von Schuld verstopft. Oder von Furcht. Vielleicht waren Terry Rutters Lungen von innen mit Mord verklebt, und der Schlaf bemühte sich, ihn davon zu befreien.

Terry trug die Klamotten vom Vortag, die alte Hose und den weißen Pulli, den er angehabt hatte, als Jim ihn am Nachmittag um einen Gefallen bat. Terrys riesige Hand ruhte auf seinem dicken Bauch, der sich hob und senkte. Der Ehering fehlte. Wenn man genau hinsah, konnte man die etwas blassere Stelle erkennen, wo der Ring bis vor kurzem gesteckt hatte.

Jim bemerkte die Blutstropfen auf Terrys Hosenschlitz. Er nahm die Kratzer in Terrys Gesicht wahr. Er roch seinen Whiskyatem.

»Terry«, sagte Jim und rüttelte ihn behutsam. »Wach auf, Terry. Hörst du mich?«

Terry kam widerstrebend zu sich, das Licht drang unbarmherzig in seine roten Augen.

»Du musst aufwachen«, fuhr Jim fort und half seinem benebelten Freund in eine aufrecht sitzende Position. »Die Polizei wird jeden Moment hier sein. Ich habe furchtbare Neuigkeiten.«

In der Küche goss Bruno zuerst Milch über seine eigenen Schokoladencornflakes, dann über Deans.

Mildreds Napf stand neben der Katzenklappe. Ihr Fressen

war noch immer unberührt, obwohl Bruno es ihr schon vor einer Stunde aufgetan hatte.

»Was denkst du, wo Mildred ist?«, fragte Dean etwas munterer.

»Ich weiß nicht«, erwiderte Bruno. »Die Katze bleibt nie die ganze Nacht draußen. Ich hoffe, es geht ihr gut.«

»Wenigstens kannst du herausfinden, wo sie sich herumgetrieben hat, sobald sie wieder da ist. Die Halsbandkamera wird's dir zeigen.«

»Ich habe schon das GPS-Signal überprüft«, sagte Bruno. »Es sieht so aus, als ob sie immer noch in der Nähe ist, aber wegen der Ungenauigkeit ist es schwer zu sagen. Ich schaue nach dem Frühstück noch mal nach.«

»Sie kommt schon zurück«, beruhigte ihn Dean und steckte den Löffel in die Cornflakes.

»Das wird sie. Mildred weiß, dass niemand sie so sehr lieben kann wie ich.«

Bruno hörte die Schritte seiner Mum. Sie kam die Treppe herunter in den Flur. Er war sich nicht sicher, aber es hörte sich an, als hätte sie den Riegel an der Haustür vorgelegt.

Die Schritte stoppten vor der Küchentür. Bruno hörte einen unheilvollen Laut in der Pause, bevor seine Mum mit dem halb vollen Wäschekorb den Raum betrat.

»Warum hast du die Tür verriegelt?«, fragte Bruno, dem das gerötete Gesicht seiner Mutter sofort auffiel.

»Hab ich nicht«, erwiderte sie brüsk und stellte den Korb neben die Waschmaschine, die sie zu füllen begann, ohne einen der beiden Jungen anzusehen.

In diesem Moment erbebte das Haus unter dem Heulen von Polizeisirenen. Sogar in der Küche, die im hinteren Teil des Gebäudes lag, erschütterte ihre Lautstärke die alten Fenster.

Als Dean und Bruno zur Tür stürmten, die zum Flur führte, um einen Blick aus dem Wohnzimmerfenster zu werfen, sprang Helen von der Waschmaschine auf und stellte sich ihnen in den Weg. Sie hielt die Klinke der Tür zum Flur fest und scheuchte die Jungen weg.

»Dein Vater hat mich gebeten, darauf zu achten, dass ihr die Küche nicht verlasst«, sagte Helen. Ihre Stimme signalisierte Bruno, dass dies kein Spiel war.

»Warum?«, fragte Bruno, dessen Aufregung nun der Wut eines verwöhnten Kindes wich.

»Das sagt er dir, wenn er zurück ist. Setzt euch hin und esst euer Frühstück auf, alle beide.«

Die Jungen sahen sich fassungslos an. Bruno suchte im Gesicht seiner Mutter nach Anhaltspunkten.

»Ist Mildred was passiert?«, fragte er und folgte ihr zurück zur Waschmaschine. Er erhielt keine Antwort.

Dean kehrte an den Tisch zu seinen Cornflakes zurück. Brunos Vorstellungskraft lief jetzt auf Turbogeschwindigkeit. Schnell hatte er eine makabre Schlussfolgerung gezogen und dachte angestrengt darüber nach, wie er sich diese bestätigen lassen konnte, ohne dass Dean etwas davon mitbekam. Während Bruno sich seiner Mum näherte, die jetzt abspülte, kreisten in seinem Kopf Gedanken an einen Katzenmord.

»Frag nicht«, sagte sie, als Bruno zu ihr an die Spüle trat.

Bruno bemühte sich weiter. Er schlang die Arme um die bebende Taille seiner Mum.

»Mildred ist tot, nicht wahr?«, flüsterte Bruno voller Grauen. »Ihr werdet mir erzählen, dass sie von jemandem überfahren wurde, der Fahrerflucht begangen hat, oder? Deswegen ist die Polizei draußen, ja?«

»Ich bin sicher, Mildred geht's gut. Belassen wir's dabei, Bru«, sagte Helen, schüttelte den Jungen ab und knallte den nächsten Kochtopf aufs Abtropfgitter. Bruno hörte das Entsetzen in der Stimme seiner Mum. »Dein Vater wird gleich da sein, und erklärt es euch dann.«

Bruno änderte seine Taktik, stampfte mit dem Fuß auf und beklagte die Ungerechtigkeit von seinem und Deans Freiheitsentzug. Er verlangte, sofort seinen Vater zu sprechen. Bei diesem Trotzanfall riss Helen der Geduldsfaden. Sie schrie, und ein Teller rutschte ihr aus der Hand. Er zerbrach, als er auf den gekachelten Fußboden traf.

»Setz dich an den Tisch!«, kreischte sie und deutete zornig mit dem Finger darauf.

Bruno kam der Aufforderung nach. Er und Dean saßen in schicksalsschwerer Stille. Sein Freund aß die Cornflakes auf. Bruno nicht. Das einzige Geräusch kam nun von Helen, die die Teller abspülte.

Jim wartete im Wohnzimmer, während Terry einen Blick in die Küche warf. Er entschied sich Helen per SMS zu warnen, für den Fall, dass die Jungen sich auf den Weg zum Haus machen wollten. Man musste es Dean vorsichtig und kindgerecht beibringen. Der Junge durfte nicht sehen, welchen Weg das Schicksal gewählt hatte, um das Leben seiner Mutter zu beenden.

Als Terry zurückkehrte, setzte er sich neben Jim aufs Sofa.

»Die Polizei wird bald hier sein, Terry«, sagte Jim nach einigen Minuten.

Terry antwortete nicht. Er saß trostlos da, den Kopf in die Hände gestützt.

»Wo ist Dean?«, fragte Terry schließlich. »Weiß er es schon?«

»Er ist in Sicherheit, drüben bei uns. Er weiß es nicht.«

Bruno nannte Jim den »Menschlichen Lügendetektor«, eine

Auszeichnung, die Jim gefiel und auf die er insgeheim stolz war. Wenn jemand steif und angespannt dasaß, verriet ihn das meistens. Der körperliche Ausdruck eines Lügners war eingeschränkt, er machte wenige Bewegungen mit Armen und Händen. Jim glaubte nicht an das alte Klischee, dass ein Lügner Augenkontakt vermied. Das Auftreten eines Zuckens war viel entscheidender. Ein Lügner hatte solche Mühe damit, seine Worte, seine Mimik und seine Körpersprache zu kontrollieren, dass dies zu einer unfreiwilligen Bewegung führte, einem Ausschnellen des Beins oder einem aufschlussreichen Krampf im Schulterblatt.

»Was wirst du der Polizei sagen?«, fragte Jim.

Terry hob den Kopf und sah Jim geradeheraus an. Terry war ein großer Mann, aber seine grünen Augen waren klein und schmal, wie die eines Reptils. In diesem Moment sah Jim Terry zum ersten Mal aus der Perspektive seiner Frau. Vielleicht hatte die Nacht Spuren im Gesicht seines Nachbarn hinterlassen. Vielleicht war es die Trauer. Vielleicht war es der Kater. Terry sah irgendwie anders aus, seine Züge waren bedrohlicher, als ob sein Gesicht nun zu jemandem gehörte, der fähig war, seine Frau nachts zu Tode zu prügeln.

»Fragst du mich, ob ich meine Frau getötet habe?«, fragte Terry. Jim hörte den walisischen Einschlag stärker als sonst in seiner Stimme.

»Ja, das tue ich. Ich frage dich, ob du deine Frau getötet hast. Hast du?«

Ehe er antwortete, sah Terry Rutter an seiner Kleidung hinunter. Er sah das Blut im Schritt seiner Jeans, dann sah er Jim erneut in die Augen.

»Nein«, sagte Terry und legte sich die Hand aufs Herz. »Nein, hab ich nicht«, wiederholte er, und diesmal blähten sich seine Nasenflügel.

»Sie werden glauben, dass du's getan hast. Es sieht nicht gut aus.«

»Dann wirst du ihnen beweisen, dass sie falsch liegen«, sagte Terry, ohne Trotz in der Stimme. »Das schuldest du mir zumindest.« Die Polizeisirenen drangen ins Haus, und schon bald war die Straße voller Einsatzfahrzeuge.

»Wirst du mir helfen?«, fragte Terry und versuchte, die trockenen Blutstropfen von seiner Hose zu kratzen.

Die Türglocke läutete.

»Soll ich gehen?«, fragte Jim.

Terry schüttelte den Kopf. Er seufzte tief und hievte sich vom Sofa hoch.

Jim hörte, wie Terry die Polizisten in den Flur ließ. Jim zählte die Schritte eines Inspectors und zweier Constables, als sie hereinschlurften. Als Terry sie in die Küche brachte, hörte das Gespräch sich an, als wäre er ein Makler, der eine makabre Hausbesichtigung anführt.

Sie fragten Terry, ob er wüsste, wie seine Frau in der Küche gestorben sei. Er sagte, dass er das nicht wisse. Er sagte, dass er am Abend zuvor viel getrunken und wohl auf dem Sofa das Bewusstsein verloren habe.

Jim erkannte eine der Stimmen, da er jahrelang mit der Polizei Brighton zusammengearbeitet hatte: Inspector Skinner. Sie war Anfang dreißig, ähnelte von der Gestalt her einer Birne und war sehr gut in ihrem Job. Sie war ein warmherziger Familienmensch, eher ein Weichei als eine hartgesottene Ermittlerin, wie man sie aus Polizeiromanen kannte. Eingeweihte tippten darauf, dass sie noch eine steile Karriere vor sich hatte. Inspector Skinner war bekannt dafür, dass sie sich ihre Notizen nach einem ausgeklügelten System mittels farbig für bestimmte Zwecke festgelegter Post-its machte. Sie hatte Jim einmal erzählt, dass das Geheimnis guter Ermittlungsarbeit effektive Organisation und ein gutes Gedächtnis seien, weswegen Frauen von Natur aus gute Detektive abgäben. Ein Detektiv war aufgefordert, alles aufzuzeichnen. Ihrer Erfahrung nach hassten Männer es, Sachen aufzuschreiben.

Jim nickte, als Inspector Skinner den Raum betrat, gefolgt von einem zusammenschrumpften Terry Rutter.

»Könnte ich draußen mit Ihnen sprechen, Mr Glew?«, fragte Inspector Skinner. »Nehmen Sie bitte Platz, Mr Rutter. Einer meiner Kollegen begleitet Sie gleich zum Wagen. Sie werden in die John Street gebracht, um ein paar Fragen zu beantworten. Bitte rühren Sie nichts an, nicht einmal Ihre Kleidung. Ein Officer bleibt hier bei Ihnen.«

Kurz darauf stand Jim vor dem Haus, während einige Polizisten den Tatort abriegelten. Inzwischen parkten drei Polizeiwagen und ein Krankenwagen auf der Straße.

»Nett, Sie wiederzusehen, Jim«, sagte Inspector Skinner und ließ ihren Stift über einem selbstgemachten Schreibblock mit fünf verschiedenfarbigen Post-its schweben. »Wie schade, dass wir uns nicht unter fröhlicheren Vorzeichen begegnen. Erzählen Sie mir, was Sie über Terry Rutter wissen.«

Umringt von Sirenen, geschäftigen Polizisten und gelüpften Gardinen legte Jim freiheraus Zeugnis über seinen Nachbarn ab. Er erzählte von der heftigen Auseinandersetzung und Deans mysteriösem Entführer am Vortag. Er erklärte auch seine Befangenheit: dass Terry ihn reanimiert hatte und sie Freunde geworden waren.

»Denken Sie, er hat's getan?«, fragte Inspector Skinner.

»Ich weiß es nicht.«

»Haben Sie ein Bauchgefühl?«

»Ich habe Terry gefragt, ob er's gewesen sei. Ich habe ihm in die Augen gesehen.« Jim hielt inne. »Ich glaube nicht, dass ich Mord in den Augen von Terry Rutter gesehen habe, aber …«

»Aber?«

»Auf seinen Jeans ist überall Blut. Das kann kein gutes Zeichen sein.«

Jim versprach, später am Nachmittag auf dem Revier vorbeizukommen, um seine Aussage zu Protokoll zu geben.

Bruno war ein wenig enttäuscht von Inspector Skinner, als sie die Küche der Glews betrat. Ihr fehlten der Spleen und die theatralische Art, die er inzwischen von jemandem erwartete, der an der Spitze der Verbrechensbekämpfung stand. Inspector Skinner trug ein elegantes Kleid, so eins wie seine Mum anhatte, wenn sie die Schulversammlung leitete. In den Taschen ihres Kleides steckte eine Sammlung verschiedener Farbstifte, und um ihren Hals hing ein blaues Notizbuch an einem Band – eine Idee, die Bruno sich sofort klauen musste. Er konnte keine Waffe sehen, aber vielleicht war diese in Inspector Skinners Handtasche versteckt. Bruno liebte Stifte, aber sie nützten einem nichts bei einer gefährlichen Verfolgungsjagd durch die Straßen der Stadt. Ebenso wenig wie der Schmetterling, der den Pony des Inspectors zurückhielt: Man konnte keine Verbrechergang mit einer Haarspange entwaffnen, egal wie prächtig sie auch war.

Inspector Skinner folgten ein eleganter Mann im Anzug und zwei uniformierte Polizisten.

»Du bist Dean, oder?«, fragte sie sanft und näherte sich dem Frühstückstisch, wo die beiden Jungen saßen. Sein Freund nickte ernst und nahm die freundlich dargebotene Hand an. »Ich bin Inspector Skinner, Dean. Ich arbeite für die Polizei von Brighton und Hove. Dies ist Dr. Collins, unser Opferschutzbeauftragter. Könnten wir bitte im Wohnzimmer miteinander sprechen?«

Dean folgte den Erwachsenen durch den Flur. Bruno sah

seine Eltern an. Sie setzten sich zu ihm an den Tisch, als die Küchentür sich geschlossen hatte.

»Bens Mum wurde gestern Nacht ermordet«, sagte Jim. »Ich habe ihre Leiche heute Morgen gefunden.«

Bruno benötigte mehr als einen Moment, um diese Information zu verarbeiten. Der Schock hallte in ihm wider. Zur selben Zeit rasten die Ereignisse der vergangenen Nacht durch seinen Verstand: die Geisterfrau, der neugierige Alan und die vermisste Mildred, ein schwindelerregendes Kaleidoskop von Vorgängen und Verdächtigen.

»Von wem?«, fragte Bruno.

»Das wissen sie noch nicht. Es wird eine Ermittlung geben«, erwiderte Jim. »Sie erzählen es jetzt Dean. Das ist ein sehr trauriger Tag.«

Das Kaleidoskop formte sich zu einem festen Bild. Bruno stellte sich den Plan des Verbrechens vor, wie einen Himmel voller Sterne, nur dass die Sterne die Gesichter der Straßenbewohner waren und das Gesicht von Deans Mum an der Stelle des Mondes prangte.

»Werde ich verhört?«, fragte Bruno.

»Das halte ich für unwahrscheinlich.«

»Es ist ganz natürlich, dass du traurig und durcheinander bist«, fügte Helen hinzu. »Es ist wichtig, dass du darüber sprichst. Du kannst uns alles fragen, jetzt oder später.«

Die Tür öffnete sich. Inspector Skinner betrat die Küche.

»Ich glaube, Dean würde gerne mit dir reden, Bruno«, sagte sie. »Er wird für eine Weile zu seiner Tante in Wales ziehen, während sein Vater uns bei den Ermittlungen hilft. Jetzt ist ein guter Zeitpunkt, um sich zu verabschieden.«

Als Bruno zu seinem Freund ins Wohnzimmer kam, zitterte dieser am ganzen Leib, eine Asthmaattacke hatte ihn fest im Griff.

»Wo ist dein Inhalator?«, fragte Bruno.

»Ich will keinen Inhalator«, keuchte Dean. »Ich will meinen Dad. Sie sagen, ich kann nicht zu ihm.«

Bruno fühlte sich dieser Situation nicht gewachsen. Er wusste, wie er Mildred trösten musste, wenn sie von den Impfungen beim Tierarzt wiederkam. Das hier war etwas anderes. Zum ersten Mal fühlte sich Bruno überfordert.

»Ich will meinen Dad«, sagte Dean immer wieder zwischen heftigem Röcheln. »Sie denken bestimmt, mein Dad war's. Ich will meinen Dad!«

Und dann wurde Bruno klar, was seine Aufgabe war.

Er packte seinen Freund, um dessen Ausbruch aufzuhalten.

»Ich werde rausfinden, was mit deiner Mum passiert ist«, sagte Bruno eindringlich. »Ich werde den Fall für dich lösen. Und dann kann dein Dad nach Hause kommen.«

Nachdem er geklopft hatte, trat der Opferschutzbeauftragte ins Zimmer. Bruno empfand seine schief gebundene Krawatte als despektierlich.

»Zeit zu gehen, Dean«, sagte der Beauftragte leise. Er nahm Dean an die Hand und führte ihn zur Haustür.

Bruno kämpfte gegen die aufsteigenden Tränen an und versprach: »Ich werde dieses Verbrechen aufklären.«

8

Bruno sah aus dem Dachfenster. Viele seiner Nachbarn sahen ebenfalls aus dem Fenster, der neugierige Alan eingeschlossen. Der alte Mann versuchte nicht mal, sich zu verbergen. Einige Nachbarn taten wenigstens so, als wollten sie Diskretion wahren, und verwendeten ihre Gardinen notdürftig zur Tarnung.

Dean stand auf dem Bürgersteig neben einem Polizeiwagen mit blinkendem Blaulicht, der vor dem Haus der Rutters geparkt war. Bruno nahm an, dass die Polizei es sich anders überlegt hatte.

Wie aufs Stichwort eskortierten zwei Polizisten Terry Rutter aus der Haustür von Nummer 12 zu Dean, der bewegungslos verharrte und vielleicht überlegte, ob er seinen Vater umarmen oder auf ihn einschlagen sollte. In Handschellen kniete Terry sich nieder, und seine Haltung erinnerte für einen Moment an den traurigsten aller Heiratsanträge. Bruno wünschte sich, dass er hören könnte, was Deans Dad sagte.

Für einen Moment sah es so aus, als ob Dean ausrasten würde, aber Terry gelang es, seinen zitternden Sohn gerade noch rechtzeitig zu beruhigen. Sie umarmten sich äußerst flüchtig, bevor die Polizisten Vater und Sohn zu zwei verschiedenen Polizeiwagen begleiteten.

»Du bist gestern Nacht ins Haus der Rutters gegangen«, sagte Bruno in Richtung des neugierigen Alan. »Ich bin mir sicher, dass ich das nicht geträumt habe.«

In dem Moment, als die Einsatzfahrzeuge ohne Sirenengeheul wegfuhren, klopfte Brunos Mum zum zweiten Mal an die Kinderzimmertür.

»Kann ich reinkommen?«

»Ich bin beschäftigt«, sagte Bruno. »Wo ist Dad?«

»Er ist zur Polizeistation gegangen, um eine Aussage zu machen. Kann ich dir was zu essen machen?«

»Bitte lass mich in Ruhe«, wiederholte Bruno und wartete, bis er die leiser werdenden Schritte seiner Mum hörte.

An seinem Schreibtisch holte Bruno ein Blatt DIN-A3-Papier heraus und schrieb *Poppy Rutter* in die Mitte. Er notierte die Namen der Verdächtigen um ihren Namen herum. *Terry Rutter. Der neugierige Alan.* Und der Mann, mit dem Deans Mum auf der Aufnahme des Kamerahalsbands gestritten hatte. Bruno gab ihm den Namen *Affären-Mann.* Er schrieb außerdem den Namen des Mannes nieder, der versucht hatte, Dean mit seinen Süßigkeiten zu locken. Bruno entschied, ihn *Sherbet-Lemon-Mann* zu nennen.

Männer sind furchtbar, dachte Bruno und hielt einen Moment inne. *Warum sind es immer Männer?*

Er schrieb auch Mildreds Namen auf und setzte ein Fragezeichen daneben. War es Zufall, dass sie sich gar nicht mehr blicken ließ? Sie konnte natürlich nicht der Mörder sein, aber der Zeitpunkt ihres Verschwindens war ganz und gar verdächtig.

Dean ging zum Computer seines Vaters und öffnete das Programm, das beim Kamerahalsband dabei gewesen war. Überraschenderweise zeigte die rote Katze Mildreds Aufenthaltsort immer noch mitten auf der St. Andrew's Road an. Wenn man die Ungenauigkeit in Betracht zog, konnte das bedeuten, dass sich Mildred in einem der Gärten der sechs am nächsten gelegenen Häuser versteckte. Bruno sah fünfzehn Minuten lang auf den Monitor und hoffte, die Katze würde sich bewegen, aber sie blieb an ein und derselben Stelle. War sie tot? Oder saß sie in der Falle? Vielleicht hatte sie im Garten eines sadistischen Nachbarn ihr Geschäft erledigt und war dabei erwischt worden.

Bruno wartete, bis seine Mum im Badezimmer war, und schlüpfte dann durch die Haustür nach draußen. Er lief die St. Andrew's Road auf und ab, suchte unter geparkten Autos, in den vollgestopften Mülltonnen und hinter randvollen Recyclingboxen. Heute war normalerweise der Tag, an dem die Müllabfuhr kam. Die Recyclingwagen konnten die Straße nicht befahren, weil sie zu beiden Seiten mit polizeilichem Absperrband abgeriegelt war. Nur Anwohner durften hinein und hinaus. Ein Polizeibeamter, der das Südende bewachte, sagte, das Tape würde entfernt werden, sobald die Leiche abtransportiert war.

Mildred war nicht aufzufinden. Deans Haus war mit blauem Polizeiband weiträumig abgesperrt. Mehrere Männer, die weiße Schutzanzüge und lila Handschuhe trugen, gingen ein und aus. Als Bruno sich unter dem Absperrband hindurchduckte, in der Hoffnung, Mildred würde sich in Deans Mülltonne aufhalten, drohte ihm eine Polizistin mit dem Finger und zwang ihn, den Tatort zu verlassen. Selbst als Bruno protestierte und erklärte, dass er Inspector Skinner bei ihrer Ermittlung half, gluckste die Polizistin nur herablassend und verscheuchte den Jungen mit einer Handbewegung.

Zurück am Computer seines Vaters sah sich Bruno, der heute ein Shirt mit einer griesgrämigen Katze mit Fliege trug, noch einmal Mildreds Aufnahme vom Vortag an. Der Streit zwischen Deans Mum und dem mysteriösen Mann vom Montag stand plötzlich in neuem Licht da. Er und Dean hatten angenommen, dass es einfach der *Affären-Mann* war. Die vom Hund zerkauten Schuhe gehörten jetzt einem Mörder, nicht nur einem Ehebrecher. *Es wäre alles da,* dachte Bruno, *wenn ich nur die Worte von Deans Mum verstehen könnte*:

»Klaue wird dich nicht länger schützen (Autogeräusch) stell dich (Autogeräusch) …«

Worüber stritten sie sich? Vielleicht hatte Deans Mum es sich anders überlegt. Vielleicht hatte sie beschlossen, dass sie Deans Dad wieder liebte, und den *Affären-Mann* abserviert. Das ergab Sinn. Bruno zog ein altes Detektivmagazin zu Rate und las laut:

Die drei häufigsten Mordmotive sind Geld, Macht und Eifersucht.

Bruno sah das Verbrechen vor seinem inneren Auge. Mildred hatte den Anfang eingefangen: Deans Mum hatte mitten auf der Straße auf grausame Art und Weise mit dem *Affären-Mann* Schluss gemacht. Der Mörder hatte den Nachmittag damit verbracht, seinen Verlust zu beklagen. Als seine Trauer in Eifersucht umschlug, hatte er sich mitten in der Nacht in Deans Haus geschlichen, um die Frau zu töten, die ihm das Herz gebrochen hatte. Bruno hatte genügend Detektivdramen gesehen, um diesen Plot im Schlaf aufsagen zu können. Es war der klassische Fall eines sitzengelassenen Liebhabers, eine der Grundfesten des Krimigenres. Das einzige Problem war, dass er diesen Ablauf der Ereignisse noch beweisen musste.

Die Lösung schoss Bruno in den Kopf, wo sie sich einrollte und niederließ wie eine Katze, die es sich in einem einladenden Schoß bequem macht. Vielleicht hatte Mildred etwas gesehen, das mit dem Mord zusammenhing. Vielleicht war sie sogar Zeugin einer Szene geworden, die den Tod von Deans Mum erklärte? Seine Katze und ihr Kamerahalsband zu finden würde das Verbrechen lösen, da war er sich sicher.

Mit dem Textverarbeitungsprogramm auf dem Computer seines Vaters erstellte Bruno ein Suchplakat für seine Katze. Er fügte ein Foto von Mildred ein, auf dem sie in einer leeren Badewanne saß. Unten auf dem Poster gab er den Finderlohn an. Seine Eltern würden im Fall der Fälle für die fünfzig Pfund geradestehen.

Je länger Bruno darüber nachdachte, desto sicherer war er sich. Mildred war eine Katze von außergewöhnlicher Intelligenz – ein IQ-Test, den sie zuvor gemacht hatten, belegte dies. Indem sie verschwand, wollte Mildred ihn auf irgendetwas aufmerksam machen. Er musste also den Grund für ihre Abwesenheit herausfinden. Ein Detektiv, der an Zufälle glaubte, war kein Detektiv.

Mit diesem Gedanken im Hinterkopf machte sich Bruno wieder an die Arbeit am Plakat, suchte sich die fetteste Schriftart aus und ergänzte in Großbuchstaben:

DIESE KATZE IST ZEUGIN IN EINEM MORDFALL. BITTE LASSEN SIE IHR KAMERAHALSBAND UNANGETASTET

Bruno zeigte es seiner Mum, die im Schlafzimmer war und weinte. Sie erlaubte ihm, das Poster in der Straße aufzuhängen, allerdings unter einer Bedingung. Er musste den Teil über Mildred als Zeugin wieder herausnehmen. Bruno sagte, dass er nur helfen wolle. Seine Mum sagte, dass sie das wisse.

Als sich Bruno am Abend aus dem Dachfenster beugte, sah er, wie die Leiche weggebracht wurde. Zwei Leute – Bruno konnte wegen der astronautenhaften Anzüge nicht erkennen, ob es sich um Männer oder Frauen handelte – trugen die Bahre hinaus und verfrachteten sie hinten in den Krankenwagen. Deans

Mum war vollkommen mit einem weißen Tuch bedeckt. Der Junge in Bruno schauderte beim Gedanken an die zerschundene Leiche, der Detektiv in ihm versuchte die Traurigkeit zu unterdrücken. Er wusste, dass er für seinen Freund stark sein musste. *Gefühle trüben die Objektivität*, rief Bruno sich einen Ausspruch seines Vaters ins Gedächtnis.

»Wo bringen sie die Leiche hin?«

»Das weiß ich nicht, Bru«, sagte seine Mum vom Bett aus. »Und ich weiß nicht, ob es schicklich ist, wenn du zusiehst.«

»Alle anderen machen das auch. Der neugierige Alan kann gar nicht genug bekommen.«

»Ich bin sicher, das stimmt nicht.«

Die Sonne ging unter, und die Luft roch nach Mord und Grillfesten. Eine Polizeisirene jaulte in einer benachbarten Straße auf. Bruno lehnte sich noch etwas weiter hinaus, weil er hoffte, den vorbei jagenden Wagen zu sehen. Das Verbrechen war überall. Es zu bekämpfen war seine Bestimmung. Wenn er älter war, könnte er bei der Polizei von Brighton arbeiten. Die Stadt hatte einen Ermittler verdient, der eine bessere Show bot als die wenig berauschende Inspector Skinner. Vielleicht würde er ein Cape tragen, das er immer dann durch die Luft sausen lassen konnte, wenn er ein wichtiges Beweismittel entdeckt hatte. Oder er könnte sich ein bedrohliches Hinken zulegen, das Brightons kriminelle Unterwelt das Fürchten lehren würde. Das Mindeste, was er tun konnte, war eine große Pfeife zu rauchen. Bruno verwarf die letzte Idee sofort wieder – ein ungesund lebender Detektiv war ein schwacher Detektiv. Diejenigen, die schwach im Kopf waren, lösten keine Fälle.

»Glaubst du, dass Deans Dad schuldig ist?«

»Das wird die Polizei entscheiden«, sagte Mum nach einer Pause.

»Ich habe Dean versprochen, dass ich ihn unterstütze.«

»Wie kannst du ihm helfen?«

»Ich werde die Unschuld seines Vaters beweisen. Der Hauptverdächtige ist niemals der Täter. Es ist zu einfach, davon auszugehen, dass Terry Rutter der Mörder ist.«

»Du bist ein guter Freund, Bru. Darf ich dir einen guten Rat geben? Mach Dean nicht allzu große Hoffnungen. Es könnte durchaus sein, dass sein Dad schuldig ist. Er ist kein netter Mann.«

»Er hat Dads Leben gerettet. Wir schulden ihm alles.«

Bruno hätte eigentlich längst im Bett sein sollen, als sein Vater von der Polizeiwache zurückkam. Stattdessen saß er an seinem Schreibtisch und fertigte eine Zeitleiste mit den Geschehnissen in der Mordnacht an.

Er schätzte, dass der neugierige Alan gegen Mitternacht in Deans Haus eingedrungen war. War dies vor oder nach dem Mord gewesen? Die Geisterfrau hatte um etwa 23:11 Uhr nach seinem Dad gegriffen. War sie eine Komplizin?

Als er das Knarren der Haustür hörte, schlich sich Bruno auf leisen Sohlen nach unten. Er belauschte das Gespräch seiner Eltern im Wohnzimmer vom Treppenabsatz in der ersten Etage aus.

»Sie legen Terry den Mord zur Last«, sagte sein Vater. »Sie sagen, es wäre ein klarer Fall.« Bruno fügte diese Angaben auf einer neue Seite seines Notizbuches hinzu. »Es gibt Spuren, die auf eine Vergewaltigung vor dem Mord hindeuten«, fuhr er fort. Bruno erschauerte bei dem Wort. Mit Ausnahme der Belästigung von Kindern war dies das schlimmste Verbrechen, das ein Erwachsener begehen konnte. »Sie denken, dass Terry sie vergewaltigt und dann ermordet hat. Die Spuren auf ihrem Körper erhärten diesen Verdacht.«

»Hat Terry es zugegeben?«, fragte seine Mum.

»Er hat die Vergewaltigung gestanden, nicht aber den Mord. Er hat ausgesagt, dass er den ganzen Abend über Whisky getrunken hat, während Poppy mit dir ihrer ehrenamtlichen Arbeit bei der Nightline nachging. Er hatte Sekt gekauft, um auf ihren Neubeginn anzustoßen, sobald sie nach Hause kam.«

»Das hört sich nicht wirklich nach Terry Rutter an.«

»Sie lehnte erst den Sekt ab und dann seine Annäherungsversuche. Da hat er sie vergewaltigt.«

»Das hört sich schon eher nach ihm an.«

»Er macht den Alkohol für seinen Ausraster und für den Gedächtnisverlust verantwortlich. Danach ging er ins Pig and Whistle und kann sich nicht mehr dran erinnern, wann er den Pub verlassen hat. Das Nächste, woran er sich erinnert, ist, wie ich ihn am Morgen aufgeweckt habe. Er sagt, der Mord muss passiert sein, als er im Pub war oder völlig benebelt auf dem Sofa lag.«

»Da höre ich ja in der Schule glaubhaftere Ausreden.«

»Er sagt, er habe sie im Wohnzimmer vergewaltigt, könne aber rein gar nichts über ihren Tod sagen.«

Diese Information war fast genug für Bruno, um den Fall als abgeschlossen zu betrachten. Ein Mann, der zu einer Vergewaltigung fähig war, war definitiv fähig, einen Mord zu begehen.

»Was hat die Polizei dich alles gefragt? Du warst lange weg.«

»Es gab einen Zwischenfall mit Dean und einem Unbekannten, wahrscheinlich Stunden vor dem Mord. Ich war dabei, als es auf der Straße passiert ist. Sie versuchen jetzt, ihn ausfindig zu machen.«

»Was für einen Zwischenfall?«

»Ich bin mir nicht sicher, was ich da gesehen habe.«

»Warum hast du mir nichts davon erzählt?«

»Du hättest dir nur Sorgen gemacht.«

»Und ich hätte jedes Recht dazu gehabt. Wer war er?«

»Sie wissen es nicht. Dean weigert sich, mit der Polizei zusammenzuarbeiten. Ich glaube nicht, dass er den Mann kannte.«

Das muss der Sherbet-Lemon-Mann *sein,* dachte Bruno und umkringelte den Namen in seinem Notizbuch. Morgen würde er versuchen, dessen Identität aufzudecken. Bruno wusste, dass er seinen Eltern von den Sherbet Lemons und der SIM-Karte, die Deans Mum gehörte, erzählen sollte, aber er wollte seine Ermittlungen ohne ihre Einmischung führen. Er musste einen Weg finden, um an die Daten auf der SIM-Karte zu gelangen.

»Könnte dieser Mann ihr Mörder sein?«, fragte seine Mum.

»Inspector Skinner sagt, dass sie Poppys Leiche heute noch so lange weiter untersuchen, wie es dauert, aber dass sie eher versuchen, Terrys Schuld zu beweisen, statt ihn zu entlasten.«

»Das kann man doch nicht abtun, es wäre ein zu großer Zufall.«

»Sie haben auch nach Poppys Treue gefragt. Es könnte sein, dass sie dich verhören. Ich rate dir, ganz und gar bei der Wahrheit zu bleiben.«

»Ich werde alles sagen, was ich weiß.«

»Aber keine Spekulationen, Helen. Nur die Fakten.«

»Ich weiß.«

»Und sie werden auch Bruno befragen.«

»Warum?«, fragte Helen. Bruno hörte, dass seiner Mum das gar nicht recht war.

»Für den Fall, dass Dean ihm etwas anvertraut hat. Dean will nicht mit der Polizei sprechen, solange sie seinen Dad nicht freilassen.«

»Glaubst du, dass Bru der Sache gewachsen ist? Ich habe Angst, dass ihn die ganze Sache zu sehr mitnimmt.«

»Ich frage ihn morgen früh. Er könnte etwas Wichtiges wissen.«

»Wenn er noch zu durcheinander ist, muss die Polizei warten. Ich bin mir nicht sicher, wie gut er das alles aufnimmt.«

Das war zu viel für Bruno, er konnte es nicht länger aushalten. Zwei Stufen auf einmal nehmend rannte er die Treppe hinab und stürmte ins Wohnzimmer.

»Natürlich bin ich der Sache gewachsen!«, schrie er lauthals, und sein Notizbuch schwang am Band um seinen Hals hin und her. »Ich glaube nicht, dass Deans Dad der Mörder ist, und ich werde es beweisen! Ich habe bereits die Ermittlungen eingeleitet. Die Polizei wird sehr an meinen Fortschritten interessiert sein.«

Die Reaktionen seiner Eltern waren ziemlich verwirrend. Jim schmunzelte. Helen brach in Tränen aus.

Später, als er sich gerade ins Bett gelegt hatte, zog ihn ein Geräusch auf der Straße wieder ans Dachfenster. Unter der Straßenlampe sah er den neugierigen Alan einen Handwagen über den Gehsteig auf der anderen Straßenseite ziehen. Auf der Karre befand sich ein glitzerndes Päckchen, so funkelnd und strahlend wie eine Diskokugel, nur dass es rechteckig war. Das Leuchten des Pakets passte überhaupt nicht zu der späten Abendstunde. Bruno war sich nicht sicher, ob Alan seine Aktivitäten verbergen oder zur Schau stellen wollte.

Als der neugierige Alan an seinem Auto war, verstaute er das Päckchen im Kofferraum. Die Bewegung glich eher einem Ziehen als einem Heben. Die angespannten Arme und das verzerrte Gesicht des neugierigen Alan sagten Bruno, dass der Inhalt viel schwerer sein musste als ein Tablett mit Cupcakes oder ein neues Paar Schuhe.

Alan kehrte zum Haus zurück und wiederholte den Vorgang, indem er ein längeres, aber ebenso schimmerndes Paket hinter sich herzog und es auf dem Rücksitz ablegte. Nachdem er das

Auto und den Kofferraum abgeschlossen hatte, zog er seinen klappernden Handwagen zurück ins Haus und schloss die Tür. Bevor er wieder ins Bett stieg, vermerkte Bruno den Vorfall in seinem Notizbuch.

Es dauerte eine Weile, bis Bruno einschlafen konnte. Er wälzte sich hin und her und versuchte das Bild abzuschütteln, wie die Leiche von Deans Mum aus dem Haus gebracht wurde. Seine Gedanken verdüsterten sich und wanderten von dem Tag, an dem sein Vater einen Infarkt gehabt hatte, zu der Vorstellung, er könnte seine eigene Mum auf solch grässliche Weise verlieren.

Als er es nicht mehr aushalten konnte, schlich Bruno hinab zum Schlafzimmer seiner Eltern. Er trat ein, ohne anzuklopfen, und fand seinen Weg durch die Dunkelheit, bis er an der Seite des Bettes ankam, wo seine Mum lag.

»Ich bin's«, sagte Bruno, als er hörte, wie seine Eltern sich bewegten.

»Was willst du, mein Engel?«, fragte seine Mum und knipste die Nachttischlampe an.

»Nichts«, sagte Bruno und hoffte, dass sie es einfach wusste. Das tat sie. Sie umarmten sich fest. Bruno küsste seine Mum auf die Stirn, und sie küsste ihn zurück.

»Möchtest du bei uns schlafen?«, fragte sein Dad. »Platz genug.«

Bruno sagte, dass er sich schon besser fühlte, und nachdem ihn seine Eltern noch einmal in den Arm genommen hatten, flüsterte er »Gute Nacht«.

Als er wieder oben in seinem Bett war, rettete ihn irgendwann der Schlaf.

MITTWOCH, 30. JULI

9

Als Jim am nächsten Morgen erwachte, fuhr er als Erstes den Computer in seinem Arbeitszimmer hoch. Einige Gedanken hatten sich im Schlaf während der unruhigen Nacht gefestigt. Zunächst einmal hatte die Polizei die Mordwaffe noch nicht gefunden. Inspector Skinner hatte Jims Verdacht bestätigt, dass der Tod von einem Schlag gegen den Kopf herrührte und nicht von den kleineren Kratzern und Schrammen auf Poppys Körper. Wenn Terry nicht der Mörder war, mussten die Ursachen der Verletzungen voneinander getrennt werden.

In der Küche gab Jim gehäufte Teelöffel Instantkaffee in zwei Tassen und füllte diese mit kochendem Wasser auf. Wenn Terry sich die Zeit genommen hatte, die Mordwaffe loszuwerden, warum hatte er sich dann nicht die Mühe gemacht, seine Kleider auszuziehen und sie verschwinden zu lassen oder zumindest zu reinigen? Solche Vorsicht gefolgt von solcher Sorglosigkeit ergab keinen Sinn. Er hatte sogar die Polizei mit Blut auf der Jeans empfangen – das tat niemand, der einen Mord vertuschen wollte.

Jim ließ zwei Süßstoffpillen in seine Tasse fallen, goss aber keine Milch hinein. Er kehrte in sein Arbeitszimmer zurück und googelte »Abdrücke von Hundepfoten«. Die Bilder stimmten nicht mit den Abdrücken überein, die er gesehen hatte. Hundepfoten waren oval und hatten offenbar erkennbare Krallen:

Jim versuchte sich den Tatort erneut vor Augen zu rufen und erinnerte sich an runde Abdrücke ohne Krallen. Google bestätigte seinen nächsten Gedanken. Die Pfoten gehörten zu einer Katze:

Die Rutters hatten keine Katze und, was das betraf, auch keinen Hund. Dass eine Katze dem Haus zu irgendeinem Zeitpunkt während der Nacht einen Besuch abgestattet hatte, war von geringer Bedeutung, es sei denn, diese Katze war durch einen unvorstellbaren Glücksfall Mildred gewesen, und ihr Kamerahalsband hatte alles aufgenommen. Jim entschied, sich den Tatort noch einmal genau anzusehen. Unter Schock und in der Eile hatte er möglicherweise etwas Wichtiges übersehen.

Im Badezimmer nahm Jim seine Tablettenbox aus dem Regal im Spiegelschränkchen. *Es gibt viele Arten von Gefängnissen,* dachte Jim, während er sich durch seine morgendliche Tablettenration kämpfte.

Im Schlafzimmer, wo aus dem CD-Player das sanfte Wogen digitaler Wellen erklang, lag seine Frau immer noch zwischen den Laken.

»Du bist früh wach«, sagte sie, als ihr Jim den Kaffee auf den Nachttisch stellte.

»Ich konnte nicht mehr schlafen.«

Durch einen Spalt in der zugezogenen Gardine konnte Jim einen Polizisten sehen, der die Haustür von Nummer 12 bewachte. Jim kannte den Mann. Sie hatten erfolgreich in einem Fall in der Nähe des Brightoner Yachthafens zusammengearbeitet, bei dem Stahl gestohlen worden war. Jim hatte den Fall gelöst, den Erfolg aber dem Constable zugeschustert. Er wurde ohnehin bezahlt, und man wusste nie, wann einem ein Kontakt bei der Polizei noch mal nützte.

»Etwas passt nicht zusammen«, sagte Jim. »Die Polizei hat die Mordwaffe noch nicht gefunden, und das, obwohl der mutmaßliche Mörder noch vor Ort war.«

»Vielleicht hat er die Mordwaffe an einem sicheren Ort versteckt?«

»Warum ist er dann nicht auch seine Kleider losgeworden? Sie belasten ihn nur.«

Helen schaltete die Anlage aus. Plötzlich erfüllte Stille den Raum, und dann auch Sonnenlicht, als Jim die Vorhänge aufzog. Er legte sich zu seiner Frau aufs Bett. Sie trank ihren Kaffee.

»Und es da ist noch was«, sagte Jim. »Ich habe gestern Abdrücke am Tatort gefunden.«

»Fußabdrücke?«

»Von einem Tier. Ich dachte erst, dass sie von einem Hund stammen, aber ich habe eben festgestellt, dass sie von einer Katze sind.«

»Die Rutters besitzen keine Katze.«

»Genau«, sagte Jim.

»Bruno würde dich glauben machen wollen, dass Mildred da drinsteckt. Er ist sich sicher, dass Mildred verdeckt ermittelt.«

Jim stieß einen tiefen Seufzer aus.

»Ich habe das Gefühl, dass ich gestern etwas übersehen habe. Ich war nicht vorbereitet. Ich schulde es Terry, den Tatort noch mal abzusuchen.«

»Du hast den Job aufgegeben«, sagte Helen.

»Das ist was anderes. Eine einmalige Sache.«

»Meinen Segen hast du nicht.« Jim merkte ihr an der Stimme an, wie besorgt seine Frau war.

»Ich muss helfen, Helen. Ich verdanke ihm mein Leben.«

»Werden sie dich reinlassen?«

»Der Constable, der gerade gegenüber Wache schiebt, schuldet mir einen Gefallen.«

Die Decke knarzte. Bruno war wach.

»Er hat Suchposter für die Katze gemacht. Ich hab ihm erlaubt, sie heute Morgen anzubringen.«

»Viele Katzen gehen in Brighton verloren«, sagte Jim ernst und dämpfte seine Stimme, falls sein wachsamer Sohn zuhörte. »Sie werden überfahren. Gestohlen. Wir sollten uns auf eine harte Wartezeit gefasst machen. Es könnte natürlich auch sein, dass Mildred zurückkommt. Ein Nachbar hat sie vielleicht aus Versehen in seinen Schuppen gesperrt. Lass uns hoffen, dass es so ist.«

Das Knarren über ihnen wurde zu dumpfen Schlägen, als Bruno durch sein Kinderzimmer lief.

»Mir ist was eingefallen«, sagte Helen schließlich. »In der Mordnacht wollte Poppy mir was erzählen. Sie sagte, sie hätte die Regeln gebrochen. Ich dachte, dass sie mir von ihrer Affäre erzählen wollte. Vielleicht hatte es etwas mit dem Mord zu tun.«

»In welcher Weise?«

»Am Montagabend fragte jemand namentlich nach ihr. Das bedeutet, sie hat persönliche Details herausgegeben, was gegen die Regeln der Nightline verstößt. Ich habe die Stimme erkannt, da bin ich mir sicher. Ich kann sie nur nicht zuordnen.«

»Kannst du mir die Nummer des Anrufers besorgen?«

»Vielleicht. Ich seh die Protokolle nachher durch, wenn du denkst, dass das was bringt. Wir speichern die Anruferdetails eine Woche lang und vernichten die Daten dann. Vielleicht kommt dabei was raus.«

Jim wies seine Frau an, so viele Informationen wie möglich zu beschaffen. In diesem Moment flog die Schlafzimmertür auf. Bruno platzte herein und schwenkte sein Lexikon des Katzenverhaltens.

»Wusstet ihr, dass eine Katze über 200 Millionen Riechzellen in der Nase hat? Menschen haben nur 5 Millionen. Um Mildred zu finden, müssen wir wie Mildred denken. Mildred denkt mit ihrer Nase.«

Bevor seine Eltern etwas erwidern konnten, hatte Bruno sich umgedreht und polterte die Treppe wieder hinauf.

Nachdem Jim ihn beschwatzt hatte, ließ Police Constable Derek Sherwin ihn in Haus Nummer 12 hinein.

»Sie haben zehn Minuten«, sagte der Constable und trat zur Seite. »Die Forensik kommt um neun wegen der Fingerabdrücke. Bitte hinterlassen Sie am Tatort nicht noch mehr davon.«

Jim hielt die Hände hoch und wackelte mit den Fingern, die in Plastikhandschuhen steckten.

Er nahm den Geruch in der Küche schlagartig wahr. Obwohl man die Leiche entfernt hatte, war eine eingetrocknete

Blutlache zurückgeblieben. Jim verzog das Gesicht, als ihm der ekelhafte metallische Duft in die Nase stieg.

Im Schnellverfahren skizzierte Jim in seinem Notizblock die Küche der Rutters und schrieb die Maße dazu, die er mit einem Maßband abnahm.

Jim stand nicht der Komfort eines kriminaltechnischen Labors zur Verfügung, und er brauchte auch keines. Die Polizei würde Blut- und DNA-Spuren aufspüren. Er suchte nach etwas, das die Polizei übersehen haben könnte. Ihr Verlangen, Terry Rutter zu überführen, konnte sie für eine andere Lösung blind gemacht haben. Sein Vorteil lag darin, dass er sich auf altmodische Methoden verließ. Moderne Polizeiarbeit setzte auf Computer und Technologie. Jim setzte auf Ahnungen, Zeugen und gesunden Menschenverstand.

Systematisch suchte Jim unter allen Küchenschränken, falls etwas heruntergefallen und dorthin gerollt war. Er hielt sich vom Blut fern und sah unter dem Kühlschrank und hinter der Waschmaschine nach.

Auf seiner Skizze trug er ein, wo Poppys Leiche gelegen hatte, was auf dem Laminatboden mit einem einzelnen weißen Farbpunkt markiert war. Kreideumrisse waren etwas, das in amerikanische Detektivserien gehörte. In echten Polizeiermittlungen verzichtete man um jeden Preis auf Kreide, weil sie den Tatort verunreinigte. Man machte Beweisfotos und entfernte dann die Leiche.

Jim war nicht zimperlich. Ein toter Körper besaß selten die Macht, seine Seele aus dem Gleichgewicht zu bringen, aber es war anders, wenn man das Opfer kannte. Das groteske Bild von Poppy mit eingeschlagenem Schädel ging Jim einfach nicht mehr aus dem Kopf.

Er dachte über die Position von Poppys Leiche nach. So, wie sie dagelegen hatte, mit den Füßen zur Küchentür, könnte es bedeuten, dass ihr Mörder aus dem Garten ins Haus gekommen war. Jim sah nach, die Hintertür war unverschlossen. Dies sprach vielleicht für seine Theorie, konnte aber auch das Ergebnis schlampiger Polizeiarbeit sein.

Jim öffnete die Küchentür nach draußen und trat in den farbenprächtigen Garten der Rutters. Der sorgfältig gestutzte Rasen war von einem beachtlichen Aufgebot an Sommerblumen umgeben. Ihr Duft drang nicht in Jims Nase, die noch mit dem Geruch des Todes angefüllt war. Jim wusste, dass ein liebevoll gepflegter Garten zweierlei bedeuten konnte: Entweder, sein Besitzer hatte einen Hang zu kunstvoller Gestaltung, oder er wollte aus dem Haus flüchten.

Am Ende des Gartens, das war auf beiden Straßenseiten gleich, führte eine Pforte zu einem Trampelpfad, der rückwärtigen Zugang zu allen Reihenhäusern bot. Die Pforte war nicht verschlossen. Sie ließ sich ohne Geräusch oder Anstrengung öffnen.

Jim lief über den Pfad, zuerst gen Süden an den Törchen von Nummer 14 und Nummer 16 vorbei, wobei er die eine oder andere Brombeerranke und Brennnessel beiseiteschob.

Am Ende der St. Andrew's Road endete auch der Pfad. Ein außer Form geratener Strauch schwarzer Johannisbeeren versperrte ihm den Zugang zur angrenzenden Straße.

Jim ging denselben Weg zurück, an den Törchen von Nummer 16 und 14 vorbei und dann zum Haus der Rutters, das untersucht wurde, Nummer 12. Trotz der Jahreszeit war der Boden locker und feucht, die Art von Nässe, die nächtliche Fußspuren eines Mörders vielleicht ganz gut festhielt.

Jim kletterte über ein kaputtes Schaukelpferd und ging den pfützenübersäten Pfad in die andere Richtung weiter. Er passierte die Pforte von Nummer 10, wo Alan Archer wohnte. Er ging an der Pforte der Pedwells in Nummer 8 und den Pforten von Nummer 6 und 4 vorbei. Das nächste Haus gehörte Mrs Simner. Ursprünglich hatten der Grundriss und das Grundstück von Nummer 2 den anderen Reihenhäusern geglichen. Die Simners hatten aber das Wohnzimmer vorn im Haus in den späten Achtzigern zu einem geräumigen Laden umgebaut und den Wohnraum nach hinten erweitert. Dafür hatten sie den Garten halbiert und die Pforte näher ans Haus gesetzt. Der Teil, der hinter dem Törchen nun direkt vom Pfad aus erreichbar war, beherbergte eine Reihe von größeren Mülltonnen für die umweltfreundliche Entsorgung von Abfällen aus dem Geschäft.

Der Pfad mündete in die angrenzende Edburton Road. Der Mörder hätte sich leicht zu Nummer 12 Zugang verschaffen können, indem er diesen Weg benutzte. Er hätte durch die Gartenpforte hereingekommen sein können, sich im Schutz der Dunkelheit durch den Garten angeschlichen, sich selbst durch die unverschlossene Küchentür hineingelassen und den Tatort auf demselben Weg auch wieder fluchtartig verlassen haben können. Jim folgte dem Pfad bis zum Schluss. Die Tonnen der benachbarten Edburton Road waren noch nicht geleert worden. Diese Tonnen waren so mit stinkenden Abfällen vollgestopft, dass sie überquollen. Offensichtlich hatte die Störung durch die Anwesenheit der Einsatzfahrzeuge am Dienstagmorgen ihre Kreise über die St. Andrews Road hinaus gezogen.

Der Regen ist der natürliche Feind jeden Verbrechers, dachte Jim. Der Wolkenbruch vom Sonntag war einer von vielen sommerlichen Regenschauern gewesen. Jim konnte seine eigenen Fußabdrücke erkennen, als er zum Tor von Nummer 12 zurückkehrte. Heute war Mittwoch. Hätten die Schuhe eines Mörders diesen Weg in der Nacht von Montag auf Dienstag betreten, wären die Abdrücke noch immer im weichen Boden zu sehen.

Jim suchte und fand mindestens ein Dutzend verschiedener Schuhabdrücke, die meisten davon unvollständig. Keine der

Spuren führte zur Pforte der Rutters oder davon weg. Er kehrte in die Küche der Rutters zurück, zog aber seine Schuhe aus, bevor er eintrat. Diesmal untersuchte er das ausgetretene Laminat und fand das, wonach er Ausschau gehalten hatte, in der Nähe der Spülmaschine. Ein kaum noch sichtbarer, aber vollständiger Fußabdruck aus getrocknetem Schlamm. Es konnte nichts zu bedeuten haben. Mit seinem Telefon fotografierte Jim den Abdruck.

Wie jeder gute Detektiv sah er im Küchenmülleimer nach, der leer war. Er untersuchte die blutigen Pfotenabdrücke. Sie stammten definitiv von einer Katze.

Mit den Schuhen in der Hand bewegte sich Jim den Flur hinunter ins Wohnzimmer, wo er Terry Rutter schnarchend auf dem Sofa vorgefunden hatte. Jim stellte seine Schuhe auf den Boden. Er zog ein Polsterelement nach dem anderen herunter und lehnte sie gegen die viktorianische Kaminumrandung.

Jim tauschte seine dreckigen Plastikhandschuhe gegen ein neues Paar. Systematisch arbeitete er sich durch Bonbonpapiere, Krümel und Kleingeld. Er fand zwei Kassenbons, auf denen das Datum der Mordnacht ausgewiesen war. Eine war vom Pig and Whistle über elf Pfund fünfzig. Sie war um 22:58 Uhr ausgestellt worden und die Servicekraft war *Marc*. Auf dem zweiten Beleg stand nur der Preis (£ 8,37) und der Zeitpunkt der Rechnungsstellung (23:37). Der Name des Geschäfts war nicht angegeben. Jim notierte sich all dies in seinem Block.

Er ließ die Kassenbons dort zurück, wo sie gewesen waren, und legte die drei Sofasegmente zurück. Auf dem Weg nach draußen steckte er ein gerahmtes Foto von Terry Rutter ein, das auf dem Kaminsims stand. Es war erst kürzlich entstanden. Es zeigte ihn bei einem Fußballspiel an der Seitenlinie.

»Verbindlichsten Dank, Derek«, sagte Jim, als er auf die Straße hinaustrat. »Sagen Sie der Forensik, sie sollen den Schuhabdruck beim Geschirrspüler untersuchen. Sie finden ihn, wenn sie genau hinsehen. Und sammeln Sie Pluspunkte, indem Sie mal unter dem rechten Polstersegment der Couch nachsehen. Sie könnten dort einige Kassenbons und eine Beförderung finden.«

»Sie sind ein guter Mann, Mr Glew«, sagte der Constable und tippte sich an den Helm. »Wohin führt Sie die Ermittlung als Nächstes?«

»Nach Hause an den Frühstückstisch«, sagte Jim und rieb sich den Bauch. »Und dann in den Pub.«

»Ein bisschen früh«, sagte der Constable mit einem skeptischen Blick.

»Ich hab Lust auf das Bier, das Marc ausschenkt«, sagte Jim und zwinkerte.

10

»Wo ist Bruno?«, fragte Helen, als ihr Ehemann seinen Hausschlüssel auf den Frühstückstisch fallen ließ.

»Ich hab vorhin gesehen, wie er seine Plakate aufhängte. Er hat alle Laternenmasten damit beklebt und unter jeden Scheibenwischer eins geklemmt.«

Diese Information beruhigte Helens Magen nicht. Sie war seit dem Vortag nicht auf der Toilette gewesen, und ihre Eingeweide krampften sich vor lauter Sorge zusammen.

»Ich habe einen Anhaltspunkt.«

»Der da wäre?«

»Haben wir Meerrettich da?«, fragte Jim, öffnete den Kühlschrank und stocherte im Seitenfach herum.

Helen seufzte und kam ihm zu Hilfe. Trotz seiner beruflichen Beobachtungsgabe hatte er oft Mühe, selbst die größten Dinge in einem Kühlschrank zu orten. Seine Frau deutete auf das entsprechende Fach.

»Du weißt schon, dass du mich quälst, oder?«, fragte sie. »Ich konnte weder schlafen noch essen, und alles, woran du denkst, ist der Meerrettich.«

Wieder und wieder tauchte er erst den Finger und dann, als ihm Helens Stirnrunzeln auffiel, den Löffel ins Glas. »Es ist das Einzige, was den Geruch des Todes übertüncht.«

Helen saß am Frühstückstisch und warf ihm einen ernsten Blick zu.

»Und was hast du jetzt herausgefunden?«

Jim machte sich einen Kaffee und setzte sich ihr gegenüber hin.

»Ich habe eine Rechnung gefunden, die beweist, dass Terry Rutter in der Mordnacht im Pig and Whistle war, kurz bevor sie schlossen«, sagte Jim und nahm einen Schluck von seinem Kaffee. »Ich habe außerdem eine zweite Quittung gefunden, die beweist, dass Terry noch woandershin gegangen ist, nachdem er den Pub verlassen hatte. Um 23 Uhr 37 hat er dort 8 Pfund 37 ausgegeben. Wofür gibt ein Mann 8 Pfund 37 aus, wenn er den Pub verlässt?«

»Essen«, meinte Helen. Ihr Mann stimmte zu. »Aber dass er einen Kebab gegessen hat, spricht Terry nicht von dem Mord frei.«

»Stimmt«, sagte Jim, »obwohl Mord und Kebab irgendwie nicht zusammengehen. Man futtert doch nicht gemütlich aus einer Schale Formfleisch, wenn man gerade brutal jemanden erschlagen hat.«

»Oder eine Mordwaffe«, sagte Helen, obwohl sie nicht wirklich daran glaubte. »Keine Ahnung, was für eine Art Waffe man für 8 Pfund 37 bekommt.«

Jim zog sein Notizbuch aus der Hemdtasche. Helen erkannte ihren Sohn an der Art, wie ihr Mann den Stift hielt und sich an der Nase kratzte, wenn er nachdachte.

»Ich rufe gleich bei der Nightline an«, sagte sie. »Welche Daten brauchst du?«

»Welche Daten speichern sie denn?«

»Die Anruferkennung eine Woche lang, allerdings rufen viele unserer Klienten aus der Telefonzelle an, weil die Nummer kostenlos ist. Wir nehmen nicht die Namen und Geschichten auf, nur die Nummer und den Zeitpunkt des Anrufs.«

»Die Nummer des männlichen Anrufers in der Mordnacht wäre schon mal ein Anfang. Wenn der Anrufer nach Poppy gefragt hat, könntest du vielleicht nachsehen, wie oft er angerufen hat. Und jedes andere auffällige Muster von Anrufen während Poppys Schichten wäre ebenfalls hilfreich.«

»Der Teamleiter könnte nein sagen. Wir müssen eine Vertraulichkeitsklausel unterzeichnen«, sagte Helen, aber Jim war schon wieder in seine Notizen vertieft. »Hast du gehört, was ich gesagt habe?« Jim blickte auf. »Wir unterschreiben eine Klausel, mit der wir erklären, dass wir die Identität des Anrufers nicht preisgeben.«

»Sei überzeugend«, sagte Jim. »Sei kreativ.«

Helen benutzte das Telefon im Wohnzimmer auf der zur Straße gewandten Seite des Hauses. Bevor sie wählte, sah sie sich auf der Straße nach Bruno um und entdeckte seinen Pulli, der zwischen zwei Autos hervorblitzte.

Sally, die Teamleiterin der Nightline, nahm ab. Sally war nicht leicht zu überreden. Helen erklärte die Situation. Sie wisse, dass dies gegen die Grundsätze der Wohltätigkeitsorganisation verstieß, aber Sally müsse einsehen, dass Dean seinen Vater verlieren könnte. Sally stimmte zu. Sie würde nachsehen und Helen zurückrufen.

In der Zwischenzeit ging Helen hinauf ins Schlafzimmer. Sie spähte aus dem Erkerfenster. Diesmal konnte sie ihren Sohn nicht sehen. Sie ging hinauf in sein Zimmer. In der Schublade, die sich in Brunos Schreibtisch befand und von der Bruno glaubte, dass sie noch immer geheim wäre, fand sie eine von seinen Zeichnungen. Helen erkannte Brunos akkurate Handschrift.

Sie las den ersten Namen *Poppy Rutter*, dann die Namen darum herum. Helen dachte sehr genau nach. Sie wusste, wer *der neugierige Alan* war. Der *Affären-Mann* war selbsterklärend. Helen hatte nicht die geringste Idee, wer der *Sherbet-Lemon-Mann* sein könnte. Sie sprach die Worte laut aus und sie ließen sie bis ins Innerste erschauern. Natürlich konnte sie Bruno nicht fragen. Es wäre ein ausreichender Grund für ihren Sohn, sie des Schlafzimmerschnüffelns für schuldig zu befinden. Er musste weiter das Gefühl haben, dass er ihr vertrauen konnte.

Das Telefon begann zu klingeln, und Jim nahm nach einer Weile ab. Helen faltete die Zeichnung ihres Sohnes wieder zusammen und legte sie ins Geheimfach zurück.

»Ist für dich«, rief Jim, als sie die Treppe hinunterstieg.

Nach dem Telefongespräch gab Helen die Informationen in der Küche an ihren Mann weiter. Er hielt die Einzelheiten in seinem Notizbuch fest.

»Zwei Telefonnummern«, sagte sie, »beides Mobilnummern. Sie haben Poppy im Laufe der letzten Woche öfter während ihrer Schicht angerufen. Die erste gehört zu dem Anrufer, mit dem ich kurz am Montagabend gesprochen habe, der nach Poppy gefragt hat. Die zweite hat letzte Woche fünf Mal mit Poppy gesprochen, aber nicht in der Mordnacht.«

»Interessant«, sagte Jim, ohne von seinem Notizbuch aufzusehen. »Wie oft arbeitet Poppy … Verzeihung: arbeitete Poppy ehrenamtlich?«

»Drei oder vier Mal die Woche, das kam auf Terrys Schichten an.«

»Lies mir die Nummern vor.«

Helen tat wie geheißen.

»Wie machst du jetzt weiter?«

»*Pronto, signora!*«, erwiderte Jim im Tonfall eines italienischen Pizzadienst-Betreibers. »Komm mit mir ins Wohnzimmer. Mal sehen, ob jemand Pizza Hawaii bestellt hat.«

»Stell die Rufnummernunterdrückung ein.«

»Logisch«, sagte Jim, wählte und hielt sich den Hörer ans Ohr.

»Wen rufst du zuerst an?«

»Den Mann, mit dem du in der Mordnacht gesprochen hast. Es klingelt.«

Helen sah ihren Mann an. Es war das erste Mal seit dem Herzinfarkt, dass sie solche Bestimmtheit in seinem Gesicht wahrnahm.

»Geht keiner dran?«

»Nein«, sagte Jim und schüttelte den Kopf. »Und auch nicht die Mailbox. Ich versuche es mit der anderen Nummer.«

»Ich schaue mal nach Bruno«, sagte Helen. »Er ist schon lange weg.«

Helen konnte Bruno nicht vom Wohnzimmerfenster aus sehen. Und sie sah ihn auch nicht, als sie aus der Haustür auf die Straße trat.

»Bruno!«, rief sie. Als keine Antwort kam, blickte Helen nach links, aber ihr Sohn war nicht auf dem Pflasterweg zwischen dem Haus und den geparkten Autos. Sie schaute nach rechts, entdeckte Wertstoffboxen und einen Postboten, der Briefe austrug, aber keinen Bruno. Helen rief nach Jim, und dann schrie sie den Namen ihres Sohnes.

Was als Nächstes geschah, sah Helen nicht mit normalen Augen, sondern durch einen Nebel aus Panik, durch wogende Farbfelder in der Form von Autos und mit einem Pochen, so tief in ihrer Brust, dass sie das Gefühl hatte, die Schwerkraft spiele ihr einen Streich.

Irgendwo auf der Straße klingelte ein Handy, aber nicht so schrill, wie sie zum zweiten Mal Brunos Namen schrie.

Mit einem Mal kam ihr Sohn auf der gegenüberliegenden Straßenseite zwischen zwei geparkten Wagen hervor.

»Rein mit dir«, befahl sie, umfasste Brunos Handgelenk und zog ihn ins Haus. »Was unterstehst du dich, nicht zu kommen, wenn ich nach dir rufe! Was hast du da draußen gemacht?«

»Ich habe mit Boris geredet«, antwortete Bruno. »Ihn gefragt, ob er weiß, wo Mildred ist.«

»Wer ist Boris?«

»Die fette Katze, die in Nummer 2 wohnt.«

Brunos Antwort beruhigte Helens Herz fast gänzlich. Sie sank auf die Knie und umarmte ihren Sohn.

»Geh rauf und zieh dich um. Wir müssen in einer Stunde auf der Polizeiwache sein.«

Als Helen ihren Sohn auf den Kopf küsste, erhaschte sie einen Blick auf jemanden, der sich auf der gegenüberliegenden Straßenseite hinter einem roten Geländewagen verbarg. Sie konnte ein Paar Schuhe sehen. Als sie über die Straße ging, um sich Gewissheit zu verschaffen, waren die Schuhe verschwunden – ihr Träger ebenfalls.

»Bruno«, sagte Helen und rief ihn noch einmal die Treppe zu sich herab. »War jemand bei dir, als du die Katze gestreichelt hast?«

»Nein«, sagte Bruno gedehnt.

»Bist du sicher?«

»Ja.«

Helen sah ihn prüfend an: Die braunen Augen ihres Sohnes verbargen etwas vor ihr. Vielleicht war es nur die Pubertät.

»Ich habe ein Paar Schuhe gesehen«, sagte Helen und hörte die Angst in der eigenen Stimme.

»Schuhe?« Bruno zuckte unschuldig mit den Schultern. »Boris trägt keine Schuhe. Vielleicht siehst du Gespenster.«

»Sieh mich an«, sagte sie und hielt die Tränen zurück, als sie ihren Sohn ein zweites Mal umfing. »Du kommst, wenn ich dich rufe, Bruno. Okay?«

»Du musst dir keine Sorgen machen«, erwiderte Bruno, als Helen ihn so fest umarmte. »Ich bin elf. Das ist alt genug, um auf mich selbst aufzupassen. Jemand, der das Verbrechen bekämpft, sollte nicht auf seine Mutter hören müssen.«

»Eine Mutter macht sich Sorgen, egal, wie alt du bist – denk daran! Es ist mein Job, mir Sorgen zu machen. Und es ist dein Job, dich nicht in Gefahr zu bringen.«

Bruno flitzte die Treppe hinauf. Helen gesellte sich zu ihrem Mann ins Wohnzimmer. Er hatte den Wortwechsel vom Sofa aus verfolgt.

»Irgendwas führt er im Schilde«, sagte Helen, die versuchte, ihr Herz mit langen, gleichmäßigen Atemzügen zu zügeln.

»Es geht ihm gut.«

»Das sagst du immer.«

»Weil er immer irgendwas im Schilde führt und es ihm immer gut geht.«

»Er ist zu furchtlos«, sagte Helen. »Das macht mir Angst.«

»Du musst akzeptieren, dass er älter wird.«

Das war eine törichte Bemerkung. Helen fehlte die Kraft, um darüber zu streiten.

Jim blätterte immer noch in seinem Notizbuch. Er sagte, er würde weiter versuchen, die beiden Handynummern zu erreichen. Keiner der beiden Besitzer war ans Telefon gegangen. Helen sagte, sie müsse vor Brunos Befragung auf dem Polizeirevier noch duschen.

11

Auf der Autofahrt hielt Bruno Ausschau nach Mildred, selbst als sie schon einige Minuten von zu Hause entfernt waren.

Auch auf der belebten London Road sah er nach ihr, konnte aber Mildreds Köpfchen nicht zwischen den Schuhen und Taschen der Kauflustigen entdecken.

»Was möchtest du zum Abendbrot essen?«, fragte Mum, als sie im Stau am Supermarkt vorbeikamen.

Er sah Mildreds rotes Fell auch nicht zwischen den Skatern im The Level Park – was vielleicht kein Wunder war, denn sicher mochte sie den Lärm nicht, das ständige Geratter der Skateboards auf den Halfpipes aus Beton.

Es gab Momente, in denen Bruno glaubte, dass Mildred die Menschensprache verstehen konnte. Er war besorgt, dass die Katze es hören könnte, wenn sein Dad sie ungesellig nannte oder wenn seine Mum sie als gierig abstempelte. »Nicht vor Mildred«, sagte er seinen Eltern immer. Er entschuldigte sich stets, wenn Mildred und er allein waren. »Hör nicht auf sie«, sagte er zu seiner Katze. »Du bist weder gierig noch ungesellig. Du bist perfekt.«

Während sie im Stau standen, erinnerte sich Bruno an den Tag, als er Mildred im Katzenheim gefunden hatte. Seine Eltern hatten ein Paar hyperaktive schwarze Kätzchen nehmen wollen. Bruno hatte darauf bestanden, dass es Mildred sein sollte, eine ausgemergelte Katze, die sich hinten in ihrem Käfig zusammengerollt hatte. Brunos Eltern sagten, dass sie geschwächt aussah und betonten, wie schön es war, Kätzchen aufwachsen zu sehen. Bruno rührte das nicht. Seine Wahl war auf die einjährige Mildred gefallen, eine Halblanghaarkatze mit einigen kahlen Stellen. Der Leiter des Heims äußerte seine Bedenken. Er sagte, Mildred sei als Kätzchen misshandelt worden. Die Katze habe Angst vor Menschen und verweigere oft das Futter. Diese Angaben verstärkten Brunos Entschlossenheit nur. »Ich will diese Katze wieder glücklich machen«, erklärte er seinen Eltern, die sich geschlagen gaben.

In den ersten drei Tagen und Nächten in ihrem neuen Zuhause hatte Mildred im Katzenkörbchen gekauert und bei jedem die Zähne gefletscht, der mutig genug war, ihr seine Zuneigung zeigen zu wollen. Bruno, der sich schon darauf eingestellt hatte, Kratzer und Bissspuren davonzutragen, ließ nicht locker, bot ihr Hähnchenfleisch und Speck an, obwohl ihm von dem Geruch übel wurde. Langsam lernte Mildred, Bruno zu lieben. Nur er durfte ihr weißes Bäuchlein kraulen. Nur er durfte seinen Daumen in die geheiligte Stelle zwischen die Ballen ihrer Pfoten legen. Nur er durfte ihren schwarzen Schnurrbartbogen streicheln. Bald wurde die Katze zu Brunos treuem Begleiter, und er erwiderte ihre Zuneigung, indem er darauf bestand, dass seine Mum ihm mittags immer eine größere Portion auftat, um etwas von seinem Essen mit Mildred teilen zu können. Gewissenhaft kämmte er sie auf Flöhe durch, liebevoll zog er den Kamm durch ihr knotiges Fell. Er pries die Schönheit seiner Katze: Ihr Schwanz konnte eine rote Klobürste oder eine Federboa sein, je nach Stimmung. Ein paar Monate später hatte sich Mildreds Persönlichkeit verändert – von einer nervösen, ängstlichen Kreatur, die jeden Windstoß fürchtete, zu einer Frösche jagenden, Dächer überquerenden Genießerin von Fleisch und Käse. »Mildred bevorzugt ihr Steak halb durch«, hatte Bruno während eines Grillfestes anlässlich seines zehnten Geburtstags erklärt. Obwohl Bruno sich selbst untersagt hatte, Fleisch zu essen, gestand er es Mildred zu, weil es in ihrer Natur lag, genau wie das Jagen.

Bruno sah wieder aus dem Autofenster. Er entdeckte Mildred nicht unter den Heroinsüchtigen, die sich auf der Grasfläche um die St. Peter's Church sonnten.

»Wir könnten eine Pizza bestellen. Vegetarian Supreme. Die magst du doch am liebsten.«

Ein Polizeiwagen mit Blaulicht sorgte dafür, dass Bewegung in den Stau kam. Einige Autofahrer, darunter auch sie, waren gezwungen, auf den Bürgersteig zu fahren, um eine Notfallgasse zu bilden. Bruno fragte sich, welchem Verbrechen die Polizisten auf der Spur waren. Vielleicht würde er seine eigene Detektei gründen, wenn er älter war, um Fälle zu lösen, in deren Mittelpunkt Haustiere standen.

»Zum Dessert könnte es einen Kuchen geben«, sagte Mum. »Wir haben sehr lange nicht zusammen gebacken.«

Bruno erinnerte sich an den ersten Tag, an dem er die Katzenklappe entsperrt hatte. Seine Eltern hatten gesagt, dass Mildred noch nicht bereit sei, aber Bruno wusste, es war an der Zeit. Mildred hatte die ersten Wochen ihres Lebens im Käfig einer Wühlmaus verbracht. Am Tag ihrer Rettung füllte sie noch nicht einmal die Hand des freiwilligen Helfers aus, obwohl sie zwei Monate alt war. Ihre Besitzerin, eine verrückte Frau, deren Haus voller misshandelter Katzen war, in Käfige eingesperrt, die eigentlich für kleinere Tiere gedacht waren, hatte sich geweigert, deren promiskuitive Mutter zu sterilisieren. Am Tag ihrer Rettung dachte man, dass die winzige Katze es nicht schaffen würde, so dehydriert und unterernährt war sie.

Was für ein Gefühl musste es für Mildred gewesen sein, als sie ihre Nase zum ersten Mal durch die Katzenklappe steckte? Von einem Wühlmauskäfig in einen größeren Käfig im Tierheim, von dort aus in ein Gästezimmer in einem knarzenden viktorianischen Haus und dann in den Garten, wo es unablässig zwitscherte und zirpte, ohne dass man sah, woher diese Laute kamen. Wie mussten diese ersten Momente der Freiheit gerochen haben? Bruno erinnerte sich, wie seine Katze ihrer Nase schnüffelnd über die Terrasse und aufs Gras gefolgt war. Die Familie applaudierte, als Mildred zum ersten Mal unter einem der Büsche, wo Bruno ein wenig vertrautes Katzenstreu verteilt hatte, ihr Geschäft verrichtete. Die Katze hatte sich vorsichtig in die Hocke begeben und sah total verängstigt aus, da sie sich ihres Publikums gewahr war. Seine Eltern klatschten aus einem anderen Grund als er. Sie klatschten, weil ihre Teppiche jetzt wieder sicher waren. Bruno klatschte, weil es bedeutete, dass Mildreds Umwandlung jetzt vollzogen war. Sie war nun bereit für die Welt dort draußen. Mildred hatte nicht gemaunzt, seit sie sie aus dem Tierheim abgeholt hatten. Sie hatten gedacht, dass sie das gar nicht könnte, aber als Mildred wieder zu der Familie auf der Terrasse stieß, fand sie ihre Sprache wieder. Auf den Hinterbeinen, während die Finger einer ganzen Familie ihr glänzendes Fell streichelten, entfuhr Mildred ihr erstes Maunzen.

»Oder soll ich dir Veggie-Würstchen mit Kartoffelpüree machen? Kopf hoch, Bru. Ich dachte, du fändest es toll, zu einer echten Polizeiwache zu fahren.«

Er sah Mildred nicht auf den Zwiebeltürmen des Royal Pavilion. Er konnte sich vorstellen, wie seine Katze zwischen den Minaretten und Kuppeln hin und her sprang. Er könnte Mildred einen Hindernisparcours im Garten bauen, wenn sie nach Hause kam. Vielleicht war es seine Schuld, dass sie verschwunden war. Vielleicht hatte er nicht genug dafür getan, die Neugier zu befriedigen, die eine Katze von überdurchschnittlicher Intelligenz besaß. Vielleicht, und dieser Gedanke entsetzte Bruno am meisten, war der Grund für Mildreds Verschwinden, dass sie sich gelangweilt hatte.

»Stopp!«, brüllte Bruno, weil er Mildred tatsächlich unter einem Pulk von Angestellten sah, die vor dem American-Express-Gebäude eine Raucherpause machten. Seine Mum konnte ihn nicht davon abhalten, seinen Gurt zu lösen und aus dem Auto zu springen – zum Glück rollten sie nur langsam im Stau dahin, so dass sie den Wagen schnell zum Stehen brachte. Bruno hechtete in die Menge der verblüfften Büroangestellten, ohne darauf Acht zu geben, durch wessen Beine er gerade hindurchkrabbelte. Er warf sich über Mildred, als würde er einen Ball bei einem Gedränge im Rugbyspiel erobern.

Kurz darauf entschuldigte sich Bruno bei der Besitzerin der Handtasche, die er erbeutet hatte. Sie schien für seine reumütige Beschreibung von Mildred und ihrer Ähnlichkeit mit dem betroffenen Utensil kein Verständnis zu haben.

»Sie kommt zurück«, sagte Mum mit wenig überzeugender Stimme, als er geknickt zurück ins Auto stieg. »Ich helfe dir beim Suchen, wenn wir von der Polizeiwache zurück sind.«

»Bist du sicher, dass du deine Mum nicht dabeihaben willst?«

Bruno nickte und setzte einen Gesichtsausdruck auf, der Inspector Skinner signalisieren sollte, dass er reif genug war, um diese Situation allein zu bewältigen.

Auf einmal war ihm der Strickpulli, den er heute trug, etwas unangenehm: Darauf war eine Katze von Mildreds Farbe, die eine altmodische Polizeihaube trug. Das Gesicht der Katze war streng und ernst, als ob sie sagen wollte, dass Verbrechen sich in keinem Fall lohne.

Sie saßen in einem Vernehmungsraum, der Brunos Erwartungen nicht erfüllte. Er hatte eine fensterlose, stickige Zelle mit einer vertrockneten Pflanze und einem überquellenden Aschenbecher erwartet. Bruno suchte nach dem einseitig durchsichtigen Spiegel, aber alles, was er vorfand, war ein Fenster, das den Blick auf einen sonnenbeschienenen Parkplatz frei gab. Ein Wasserspender stand dort, wo der Lügendetektor hätte sein sollen. Es gab keine Kameras. Nicht mal ein Mikrofon. Beim Gedanken daran, dass seine Aussage gar nicht aufgenommen wurde, fühlte sich Bruno geringgeschätzt.

Es gab vier verschiedene Post-it-Blöcke auf dem Tisch zwischen ihnen. Bruno war von diesem Schreibwarenregenbogen angemessen beeindruckt.

»Dein Vater hat mir gesagt, dass du Detektiv werden willst, wenn du groß bist«, sagte Inspector Skinner, bevor sie mit einer Stimme, die man als gönnerhaft empfinden konnte, hinzufügte: »Ich bin sehr beeindruckt.«

»Ich habe eine Karte«, sagte Bruno, griff vorn in sein Notizbuch und schob sie über die blanke Tischplatte zwischen ihnen zu ihr hinüber.

»PRIVATDETEKTEI BRUNO GLEW«, las sie laut vor.

»Zu diesem Zeitpunkt ermittele ich in zwei Fällen. Selbstverständlich schreibt die Schweigepflicht gegenüber meinen Klienten vor, dass ich meine Informationen nicht preisgeben darf.«

»*Selbstverständlich*«, sagte Inspector Skinner. »Warum ist es so wichtig für dich, ein Detektiv zu sein?«

»Weil es nichts Wichtigeres gibt, als die Ordnung zu wahren«, zitierte Bruno einen Fernsehermittler.

»Da stimme ich dir zu«, sagte Inspector Skinner. »Voll und ganz.«

»Darf ich *Ihnen* eine Frage stellen?«, fragte Bruno und hoffte, dass er dabei nicht ungezogen klang. Inspector Skinner sah von Brunos Visitenkarte auf. »Wie heißen Ihre Katzen?«

»Woher weißt du, dass ich eine Katze habe?«, fragte Inspector Skinner mit einem belustigten Schmunzeln.

»Ich weiß, dass Sie zwei Katzen haben, denn Sie haben Haare von zwei verschiedenen Katzen auf dem Ärmel Ihrer Strickjacke. Wie lautet der Name Ihrer schwarzen Katze?«

»Sehr beeindruckend.« Inspector Skinner lachte leise. Diesmal spürte Bruno, dass sie es auch so meinte. »Du könntest einigen der Polizisten in meinem Team noch etwas über kriminalistische Arbeit beibringen. Meine schwarze Katze heißt Magic.« Und dann, als wäre ihr der Name etwas peinlich, fügte sie hinzu: »Meine Tochter hat ihr den Namen gegeben. Ich wollte sie Bella nennen.«

»Das heißt *schön*«, sagte Bruno.

»Das stimmt, ja. Und sie ist schön. Unsere ganze Familie liebt Katzen.«

»Und die andere Katze?«

»Die andere Katze ist eine Gescheckte und heißt Tiger.«

»Weil die Fellzeichnungen an einen Tiger erinnern?«

»Genau«, sagte Inspector Skinner. »Kein sehr einfallsreicher Name.«

»Haben Sie Bilder dabei?«

Inspector Skinner zog das Handy aus ihrer Handtasche und zeigte Bruno den Sperrbildschirm: Ihre beiden Töchter, die zwei Katzen knuddelten. Von diesem Moment an wusste Bruno, dass er Inspector Skinner trauen konnte. Er hatte noch immer nicht entschieden, wie viele Informationen er ihr geben konnte, aber jemand, der Katzen liebte, verdiente es, großzügig von ihm behandelt zu werden. Er hatte noch eine weitere Frage, aber er wusste, es wäre nur fair, ihre Fragen zuerst zu beantworten.

»Erzähl mir etwas über Dean«, sagte Inspector Skinner, die sehr große braune Augen hatte.

Bruno erklärte, dass sie in der Grundschule in dieselbe Klasse gingen. Sie hatten dort aber die meiste Zeit nicht viel miteinander zu tun, da sie in fast allen Unterrichtsfächern in unterschiedlichen Lerngruppen waren. Während Bruno in der Mittagspause gerne zum Lesen in die Bücherei ging, zog Dean es vor, Fußball zu spielen. Dean kam nachmittags jedoch oft zum Spielen zu Bruno und schlief manchmal bei ihm, wenn seine Eltern sich zofften.

»Würdest du sagen, Dean ist ein glücklicher Junge?«

»Nicht, wenn seine Eltern sich streiten. Bei ihren Streitereien wird er ganz still. Oder wütend. Manchmal still und wütend zugleich.«

Inspector Skinner starrte Bruno in die Augen, bevor sie das aufschrieb. Ihr Starren beeindruckte Bruno. So, wie sie starrte, konnte man glauben, sie könnte Gedanken lesen. Bruno wusste, dass das natürlich Quatsch war. Er nahm sich vor, sich das ins Gedächtnis zu rufen, wann immer sie ihm eine schwierige Frage stellte.

»Gab es im Zusammenhang mit Dean irgendetwas Ungewöhnliches in den Tagen vor dem Vorfall im Haus seiner Eltern?«

Bruno erzählte vom *Sherbet-Lemon-Mann* und davon, wie Dean gesagt hatte, dieser Fremde hätte ihm im Park Süßigkeiten angeboten. Er schilderte, wie sie am Morgen, als die Leiche von Deans Mum entdeckt wurde, den *Sherbet-Lemon-Mann* in *Mr Simner's* hatten hineingehen sehen.

»Sein Mund ist geformt wie der eines Karpfens«, fügte Bruno hinzu, nachdem er in seinem Notizbuch nachgeschlagen hatte. »Und er geht so, als wäre seine Hose zu eng.«

Inspector Skinner kritzelte diese Details schnell auf ein pinkes Post-it.

»Warum pink?«, fragte Bruno.

»Pink steht für einen neuen Anhaltspunkt«, erwiderte sie. »Was wollte der *Sherbet-Lemon-Mann* von Dean? Warum hat er Dean Süßigkeiten gegeben?«

»Er sagte, er will, dass Dean ihm einen Gefallen tut. Er sagte, dass er Dean das nächste Mal, wenn sie sich im Park begegnen, mehr Süßigkeiten gibt und ihm dann erklärt, was er dafür tun muss. Ich habe Dean gesagt, dass da was faul dran ist.«

»Sehr faul«, stimmte Inspector Skinner zu und hörte sich jetzt weniger oberlehrerhaft an. »Was für einen Gefallen?«

»Weiß ich nicht.«

Dean fragte sich, ob es Inspector Skinner inzwischen leidtat, dass sie kein Zimmer mit Kameras und Aufzeichnungsgeräten gewählt hatte. Sie hatte seinen Wert als Kämpfer gegen das Verbrechen ganz offensichtlich unterschätzt.

»Würdest du diesen Mann bei einer Gegenüberstellung identifizieren können?«

Bruno erinnerte sich selbst daran, dass Inspector Skinners Augen nicht sehen konnten, was in seinem Kopf vor sich ging. Er verneinte.

»Bist du sicher?«, fragte Inspector Skinner und rückte ihre Brille zurecht.

»Ja«, sagte Bruno gedehnt und fühlte, wie sein Augenlid zuckte. »Ich habe sein Gesicht nie gesehen.«

Inspector Skinner starrte ihn weiter an. Obwohl sie nun auf das Thema Poppy Rutter umschwenkte, wusste Bruno, dass sie an der Glaubwürdigkeit seiner Aussage zweifelte.

»Wie war Deans Mum?«, fragte Inspector Skinner, den Stift über einem grünen Post-it.

»Warum grün?«

»Grün steht für das Opfer.«

»Dean hat gesagt, dass sie einen Mann geküsst hat, der nicht ihr Dad war. Dean sagte, dass sie diesem Mann auf der Toilette Textnachrichten geschrieben hat.«

»Interessant«, sagte Inspector Skinner und begann rasch in einem Stapel grüner Post-its zu blättern. Bruno fragte sich, welche Verbindung sie gezogen hatte. War es unverschämt, das zu fragen? Vielleicht sollte er einen Informationshandel vorschlagen, obwohl dies vielleicht seine Ermittlungen beeinträchtigte. »Weißt du, wen Deans Mum geküsst hat?«

Bruno schüttelte den Kopf. Er wusste, er sollte Inspector Skinner von der Aufnahme aus der Halsbandkamera erzählen, aber das tat er nicht. Dies war *seine* Spur. Die Polizei würde die Identität des Mannes vielleicht durch die vom Hund zerkauten Schuhe oder durch seine Stimme feststellen können. Was würde für ihn dabei herausspringen, wenn er Inspector Skinner den Fall lösen ließ? Außerdem würden sie vielleicht einen Weg finden, dieses Beweismaterial gegen Deans Dad zu verwenden. In den Filmen, die er mit seinem Vater ansah, klagten die Verbrecher immer darüber, dass die Polizei ein abgekartetes Spiel spielte, obwohl Bruno bezweifelte, dass so etwas in der echten Polizeiwelt vorkam. Sein Dad hatte sich geweigert, das zuzugeben oder zu leugnen. Wenn die Polizei darauf aus war, die Schuld von Deans Dad zu beweisen, dann waren er und Inspector Skinner nicht auf derselben Seite.

Bruno wusste zudem, dass er die SIM-Karte von Deans Mum aushändigen sollte, und er würde das auch tun, sobald er eine Möglichkeit gefunden hatte, die Daten, die darauf gespeichert waren, abzurufen. Wenn Deans Mum ihr Telefon genutzt hatte, um heimlich mit jemandem in Verbindung zu treten, konnte es Nachrichten darauf geben, die Deans Dad entlasteten.

»Denkst du, dass Dean den Mann kannte, den seine Mum geküsst hat?«, fragte Inspector Skinner.

Bruno sagte, er wüsste es nicht. Er bezweifelte es.

Das Gespräch dauerte noch weitere zwanzig Minuten an. Bruno beschrieb das Naturell von Deans Vater. »Mein Detektivgespür sagt mir, dass Terry Rutter den Mord nicht begangen hat.«

»Das werde ich mir aufschreiben«, sagte Inspector Skinner, tat es aber nicht. Bruno erzählte Inspector Skinner nicht, dass der neugierige Alan spätabends Nummer 12 besucht hatte.

Bruno gefiel der Rhythmus von Inspector Skinners Befragung. Die Art, wie sie sprach, hatte etwas angenehm Melodisches. Weil Inspector Skinner Katzen liebte, erzählte er ihr von der Geisterfrau, die in der Mordnacht durch die Straße gestreift war. Inspector Skinner sagte, das sei wahrscheinlich eine falsche Fährte, aber sie machte sich trotzdem auf einem pinken Post-it eine Notiz mit Brunos Beschreibung.

Auch als sie zum dritten Mal nachbohrte, sagte Bruno, dass er keine Ahnung habe, wer der *Sherbet-Lemon-Mann* sei. Inspector Skinner erinnerte ihn höflich daran, dass es ein Vergehen sei, die Justiz zu behindern. Bruno schluckte und zuckte, aber er blieb stark.

»Wie würden Sie es anstellen, eine verschwundene Katze zu suchen?«, fragte Bruno, als Inspector Skinner ihre Post-it-Notizen zusammenpackte.

»Ist deine Katze verschwunden?«

»Ja«, sagte Bruno. »Mildred ist am Abend des Mordes verschwunden. Ich bin mit meiner Weisheit am Ende.«

»Trägt Mildred einen Mikrochip?«

»Nein. Ihr Name steht auf dem Halsband.«

»Ist sie sterilisiert?«

»Ist sie.«

Inspector Skinner nahm ihre Brille ab. Sie polierte die Gläser mit dem Ärmel ihrer Strickjacke.

»Es gibt keine einfache Lösung«, sagte sie. »Ich würde bei

den Nachbarn nachfragen, weil Katzen normalerweise nicht weit von zu Hause fortlaufen. Es könnte sich lohnen, sich mit den Tierkliniken in der Nähe in Verbindung zu setzen, falls Mildred abgegeben wurde.«

Vielleicht las Inspector Skinner die Enttäuschung in Brunos Gesicht. »Fälle löst man oft, indem man das Motiv ergründet«, fügte sie hinzu. »Wenn du einen Mordfall lösen willst, musst du herausfinden, warum jemand das Opfer ermorden wollte. Manchmal versuche ich, wie der Verdächtige zu denken, den ich gerade verhöre. Ich versuche, mich in ihn hineinzuversetzen und das Verbrechen aus seiner Perspektive zu betrachten.«

»Um meine Katze zu finden, sollte ich also wie meine Katze denken?«, fragte Bruno, sichtlich enttäuscht.

»Das kann nicht schaden«, sagte Inspector Skinner. »Katzen sind vortreffliche Plünderer. Sie lassen sich von ihren Gelüsten leiten. Als Magic letztes Jahr verschwand, stellte sich heraus, dass sie in der Speisekammer eines Nachbarhauses war. Diese Katze ist verrückt nach Marshmallows. Sie war zwei Tage lang eingesperrt und hatte sich durch vier Packungen hindurchgefressen. Die Besitzerin der Speisekammer fand Magic, als sie Mehl zum Kuchenbacken suchte, und brachte sie zurück. Glücklicherweise hat sie keine Anzeige erstattet.«

Brunos Vertrauen in Inspector Skinner hatte sich rasch zerstreut. Er hatte erwartet, dass sie ihm irgendeinen cleveren Kniff verraten würde. Stattdessen war ihr bester Rat fürs Katzenfinden nach all den Jahren bei der Polizei nur eine Geschichte über Marshmallows.

»Melde dich, falls dir noch etwas einfallen sollte«, sagte Inspector Skinner und reichte ihm eine Visitenkarte mit dem geprägten Wappen der Polizei von Brighton. Bruno nahm sie entgegen, peinlich berührt, dass auf seiner eigenen Geschäftskarte über dem Namen nur eine Clip-Art-Lupe zu sehen war.

12

Das Pig and Whistle war kein Pub, der für einen klassischen Krimi entworfen worden war. Es war kein anrüchiger Zufluchtsort der Unterwelt, in dem die Verbrecher der Stadt nach einem anstrengenden Tag des Schwindelns, der Trickbetrügereien und des Gesetzesbruches Zuflucht fanden. Es gab keine halbnackte, hingebungsvoll balzende Barsängerin. Keinen schmuddeligen Jazz im Hintergrund. Keinen Zigarrenrauch, der im Hals kratzte. Kein Hinterzimmer, wo die Kellnerin ihre Spitzenunterwäsche ablegte und für einen tanzte, wenn man tief ins Portmonee griff.

Das Pig and Whistle hatte sich auf Gourmet-Hamburger und Schaumweine spezialisiert. Es gab drei verschiedene Arten von Mayonnaise auf der Karte. Oliven, die so groß waren wie kleine Äpfel, standen in Schüsseln auf dem Tresen. Das hier war nicht das korrupte Los Angeles. Das hier war Brighton, wo die Einheimischen sich gerne dumm und dusselig zahlten, wenn sie dafür das ungewöhnliche Privileg genossen, ihr Brot in ein Schälchen mit gewürztem Olivenöl zu tunken.

Jim setzte sich auf einen Barhocker und wartete darauf, bedient zu werden. Er dachte an die Detektive, die ihn beeinflusst hatten, während er an einer von den kostenlos angebotenen Cashews knabberte. Wie würde Philip Marlowe das Pig and Whistle wohl finden? Sicher hätte Marlowe das Rauchverbot nicht eingesehen. Und dies war nicht der Ort, an dem ein Mann einen Whisky nach dem anderen herunterkippen konnte. Vielleicht hätte sein Held mit der Zeit einen Geschmack für Prosecco und Hummus mit Cayennepfeffer entwickelt. Vielleicht hätte eine Platte mit italienischem Aufschnitt seinen Geist in die richtigen Bahnen gelenkt und Marlowes Quote von gelösten Fällen erhöht.

»Ein Glas Orangensaft, bitte«, sagte Jim und checkte das Namensschild des Barmanns. Er hoffte, dass Philip Marlowe ihn nicht hören konnte. Jim mochte keinen Whisky. Obwohl sein Mentor es missbilligt hätte, zog er lieblichen deutschen Wein vor.

Marc war ein kleiner Mann, der schielte und dessen gebleichte Haare wie die Borsten einer abgenutzten Zahnbürste gefärbt waren. Jim zog sein Notizbuch hervor, als sein Drink eingegossen wurde.

»Erinnern Sie sich, dass Sie diesen Mann am Abend des 28. um 22:58 Uhr bedient haben?«, fragte Jim und zeigte ihm das Foto von Terry Rutter.

Marc, dessen Stimme tiefer war als erwartet, fragte Jim, ob er Polizist wäre, eine Frage, die Jim immer genossen hatte. Sie unterstrich seine Bedeutung, sein Auftreten als Ermittler. Jim sagte, dass er ein Privatdetektiv sei, ein Satz, der ihm immer noch gut über die Lippen ging.

»Ich erinnere mich an Ihren Mann«, sagte Marc und nahm das Foto auf der polierten Bar zwischen ihnen genau unter die Lupe. »Er war stinkbesoffen. Ich lehnte es ab, ihn zu bedienen, und forderte ihn auf zu gehen.«

»Warum?«

»Sein Gesicht gefiel mir nicht. Manchen Gästen sieht man an, dass sie Ärger machen werden.«

»Ist er friedlich gegangen?«

»Nein. Er sagte, wenn ich ihn nicht bediene, würde er rausfinden, wo ich wohne, und mein Haus niederbrennen.«

»Sie haben ihn letztendlich doch bedient. Ich habe die Quittung gesehen, die das beweist.«

»Hab ich«, sagte Marc, überrascht von Jims Kenntnis. »Ihr Mann saß zusammengesackt an der Bar und fuhr jeden an, der es wagte, neben ihm zu stehen. Ich ertappte ihn dabei, wie er aus den zurückgelassenen Gläsern der Gäste trank, die er vergrault hatte. Einmal dachte ich, er sei eingeschlafen. Wir sind Mitglied bei der Initiative Pubwatch. Ich meldete es dort, aber sie hatten mit einem Vorfall im The Arches zu tun. Ihr Mann wachte auf und bestand darauf, dass ich ihm was zu essen verkaufte. Ich sagte, die Küche hätte geschlossen. Er machte deswegen einen ziemlichen Aufstand. Ich war kurz davor, die Polizei zu rufen.«

»Aber Sie haben nachgegeben.«

»Hab ich. Der Manager will, dass wir so diskret wie möglich mit solchen Situationen umgehen. Alles, was ich ihm verkaufen konnte, waren Chips. Er kaufte zehn Päckchen Seasalt and Vinegar zu je einem Pfund 15. Ihr Mann aß sie an der Bar, kaute mit offenem, sabberndem Mund. Das meiste landete auf dem Boden. Er glotzte mich an, während er aß, so als ob er *mich* essen würde, wenn ich ihm noch mehr Kummer bereitete.«

»Um welche Zeit ging er?«

»Als wir schlossen – er war der Letzte, der ging. Er murmelte was vom Raj Mahal oben bei der Kreuzung. Ich hab sogar im Restaurant angerufen, um den Manager zu warnen.«

»Ich kenne den Laden«, sagte Jim. »Wie hieß der Besitzer noch mal?«

»Raj.«

»Ach, richtig.«

Jim trank seinen Orangensaft aus und schrieb Marcs Bericht in sein Notizbuch.

»Noch was«, sagte Marc, nachdem er einen Gast an der anderen Seite der Theke bedient hatte. »Ihr Mann hatte Blut an den Händen. Das ist mir aufgefallen, als er kurz eingepennt ist.«

In diesem Moment traf eine Textnachricht auf seinem Telefon ein. Jim las die Nachricht:

Todeszeitpunkt zwischen 23 Uhr und 3 Uhr bestätigt. IS

Jim dachte angestrengt nach. Marcs Bericht und die Quittungen bestätigten, dass Terry nicht die ganze Zeit am Tatort gewesen war. Terry hatte seine Frau vergewaltigt, bevor er ins Pig and Whistle gegangen war – das hatte er zugegeben. Wenn Terry der Killer war, musste er den Mord nach seiner Rückkehr ins Haus begangen haben. Warum wartete jemand so lange zwischen zwei so grauenhaften Taten? Konnte ein Mann ein Curry essen, um sich für den Mord an seiner Frau in Schwung zu bringen? Konnte er mit dem Naanbrot süße Tandoorisauce auftunken, wenn er wusste, was er vorhatte? Oder war irgendetwas geschehen, als er nach Hause zurückkam? Hatte Poppy ihn in irgendeiner Form gereizt?

Jim bedankte sich bei Marc für dessen Hilfe und ging den kurzen Weg hinauf zum Raj Mahal an der Ecke der Ditchling Road zu Fuß.

Vor dem Herzinfarkt hatten Jim und Helen das eine oder andere Mal in dem Restaurant zu Abend gegessen, das von sich behauptete, »Brightons authentischstes Curryhaus« zu sein. Sie hatten sich Schüsseln mit fettigen Hähnchengerichten und schales indisches Bier schmecken lassen. Als Bruno alt genug war, durfte er mit, obwohl er nur Omelette und Pommes aß. An das Gemüsecurry traute er sich noch nicht heran.

»Ich bin nicht hier, um zu essen«, sagte Jim, dem bei dem

Gedanken an Onion Bhajis, den Zwiebelringen mit indischen Gewürzen in Kichererbsenteig, das Wasser im Mund zusammenlief. »Ist Raj da?«

»Eine Minute«, sagte der Kellner, ein feingliedriger Mann mit einem Piratenschnäuzer. »Setzen Sie sich bitte.«

Jim stellte sich neben eins der Sofas im Barbereich. Das betagte Restaurant hatte seine Gestaltung und sein Inventar seit zehn Jahren nicht geändert. Die knalligen orangefarbenen Wände, goldene Buddha-Statuen und Gemälde vom Taj Mahal waren das Werk eines Raumgestalters, der noch nie in Indien gewesen war.

Das Zierfischbecken im Foyer des Restaurants war noch da. Zuvor war das Aquarium mit vier riesigen roten Hummern bevölkert gewesen. Mit zusammengebundenen Scheren und wirbelnden Fühlern patrouillierten sie das enorme Becken und zeigten den faszinierten Gästen ihre verdrießlichen Gesichter. Bruno war entsetzt über ihre Gefangenschaft gewesen und hatte eine Befreiungsaktion vorgeschlagen, um den Tieren zu helfen. Während seine Eltern die Bedienung ablenkten, wollte er die Gefangenen in einem verstärkten Doggie Bag in die Freiheit tragen.

Heute bewachte nur noch ein Hummer den kiesbedeckten Boden des Beckens. Er sah abgekämpft und einsam aus, seine Muskelkraft hatte er an das grausame Alter verloren.

»Er ist tot«, sagte ein Mann, der wie ein Manager gekleidet war, und trat zu Jim, der in den gewaltigen Tank starrte.

»Er bewegt sich«, sagte Jim. »Seine Fühler wackeln.«

»Das ist nur der Wasserfilter, der sie tanzen lässt. Er ist gestern gestorben. Ich konnte mich noch nicht dazu durchringen, ihn zu beseitigen. Ich bin Raj. Was kann ich für Sie tun, Sir?«

Jim zog das Foto von Terry Rutter heraus.

»Hat dieser Mann Montagnacht zwischen elf und Ladenschluss in Ihrem Restaurant gegessen?«

»Nein«, sagte Raj, nachdem er das Foto in Augenschein genommen hatte.

»Sind Sie sicher?«, fragte Jim und brachte den Manager dazu, es sich noch einmal anzusehen.

»Ich bin mir sicher«, sagte Raj mit einem Londoner Akzent. »Ich kenne den Mann, und er hat hier seit Wochen nicht gegessen.«

»Haben Sie Montagnacht einen Telefonanruf erhalten, der Sie warnte, dass ein schwieriger Gast auf dem Weg zu Ihnen sein könnte?«

»Habe ich«, sagte Raj. »Von Marc, der im Pig arbeitet. Der Gast ist hier nie angekommen.«

Auf dem Heimweg plante Jim die nächste Phase seiner Ermittlung. Er musste sich mit jedem Takeaway in Verbindung setzen, das sich in Gehweite des Pig and Whistle befand. Irgendwo musste irgendjemand Terry Rutter bedient haben, nachdem er den Pub verlassen hatte. Herauszufinden, wohin er gegangen war, konnte der Schlüssel sein, um die Unschuld seines Nachbarn zu beweisen.

Als er in die St. Andrew's Road einbog, entdeckte Jim den neugierigen Alan, der sein Auto wusch, eine Handlung, die der Witwer mindestens einmal am Tag vornahm. Der alte Mann konnte Stunden damit verbringen, das ohnehin makellose Auto zu schrubben und mit einem Schwamm zu waschen. Diese Posse erlaubte es ihm, alle seine Nachbarn zu behelligen, selbst dann, wenn sie es ganz offensichtlich eilig hatten oder wenn ihnen die nachbarschaftlichen Freundlichkeiten schon früher am Tag ausgegangen waren. Manchmal verließ Jim das Haus durch das Törchen am Ende des Gartens, wenn er dadurch ein lang gezogenes Gespräch mit dem größten Tratschmaul der Straße vermeiden konnte.

»Tagchen, Detektiv«, rief der neugierige Alan, schwenkte einen seifigen Schwamm und überquerte die Straße. »Ich hatte gehofft, dass ich Sie treffe.«

»Tag«, sagte Jim und suchte nach einem Ausweg. Wo war Bruno, wenn man ihn brauchte? »Kann leider nicht stehen bleiben – bin heute sehr, sehr, sehr beschäftigt!«

Alan ließ sich davon nicht abschrecken und krallte sich Jim kurz hinter *Mr Simner's*.

»Ich hab gehört, dass Sie die Leiche entdeckt haben«, sagte der alte Mann aus dem Mundwinkel heraus. Der Schnurrbart und Bart des neugierigen Alan begannen im Innern der Nase, wie die freiliegenden Rohre, die aus dem Spülkastens einer Victorianischen Toilette ragten. Jim war Gesichtsbehaarung immer irgendwie suspekt. »Legen sie's dem Ehemann zur Last?«

»Ich habe nicht die geringste Ahnung«, erwiderte Jim, dem die Schweißtropfen auf der gefurchten Stirn des Witwers auffielen.

»Sie müssen doch *irgendwelche* Informationen haben«, bohrte der neugierige Alan nach. »Wir wissen alle, dass Sie Kontakte zur Polizei haben.«

»Sie sollten die Polizei anrufen, wenn Sie das umtreibt.«

»Ich kann Ihnen einen Informationsaustausch anbieten«, sagte der neugierige Alan mit einer tuntigen Stimme, die Jims Frau mutmaßen ließ, er sei schwul, ungeachtet der Tatsache, dass der Witwer fast dreißig Jahre lang verheiratet gewesen war. »Ich habe ein Rätsel für Sie, das Ihren beruflichen Appetit wecken könnte.«

»Ich bin nicht sicher, ob Sie irgendwelche Informationen haben, die mich interessieren könnten.«

»Könnte sein«, sagte der neugierige Alan und schirmte seinen Mund mit der ädrigen Hand ab, so als würde er Geheimsachen mit ihm teilen. »Er ist zurück.«

»Wer?«

»Simon Simner«, sagte der neugierige Alan und deutete mit dem Schwamm auf *Mr Simner's*. »Ich habe ihn gestern bei Mr Patel gesehen, als ich meine Ausgabe der *Daily Mail* gekauft habe. Das eine Jahr, das er angeblich zwischen Schule und Uni ausgesetzt hat, dauert inzwischen fünf Jahre an! Mit dem Knaben stimmt irgendwas nicht. Er ist ein junger Mann, der aussieht, als wäre er im Rentenalter. Er ist bestimmt nicht älter als 21, scheint aber sehr krank zu sein. Neben ihm wirke ich regelrecht gesund.«

»Sehr interessant, Alan«, sagte Jim, dem es nicht gelang, Interesse zu heucheln.

»Es gibt …«

»Tschüs, Alan.«

Jim wandte dem alten Schandmaul den Rücken zu und betrat *Mr Simner's*, einerseits, um dem neugierigen Alan zu entkommen, andererseits, weil ihm der Totengeruch immer noch nachhing. Toffee war die Lösung für die meisten Probleme.

Drinnen rang Mrs Simner mit einem Bonbonglas, in dem sich die Buchstaben des Alphabets befanden und das sich nicht auf seinen Platz auf dem obersten Regal zurückzwängen lassen wollte.

»Tag, Mr Glew«, sagte sie und stieg die Leiter hinunter. Jim war sich sicher, dass Mrs Simner die bei Weitem unattraktivste Frau war, die er je gesehen hatte. Sie sah aus wie eine Nacktschnecke auf zwei Beinen, eine Beschreibung, über die Bruno und er sich außerhalb der Hörweite seiner Frau diebisch amüsieren konnten. »Womit kann ich Ihnen dienen?«

»Ein viertel Pfund Toffee, bitte.«

»Bonfire oder Erdbeer?«

»Bonfire«, sagte Jim, der den bitteren Geschmack der dunklen Toffee-Sorte liebte. »Sagen Sie's nur nicht meiner Frau.« Jim tippte sich ans Herz, wie um sich über seinen alten Feind lustig zu machen.

Die jaulende Sirene eines Polizeiwagens war irgendwo in der Nachbarschaft zu hören.

»Die sind bestimmt auf dem Weg zum Rutter-Haus«, sagte Mrs Simner, während sie das Tablett ins Auge fasste. Sie sprach kehlig, durch perlweiße Zähne. »Schreckliche Geschichte.«

»Stimmt«, sagte Jim, als Mrs Simner sich bereit machte, das Toffee ins Stückchen zu brechen. Trotz ihrer Masse ächzte sie ein wenig, als das Toffee unter dem Druck des Rollholzes zersprang. »Schrecklich.«

»Ich hab gehört, dass sie den Ehemann verhaftet haben«, sagte Mrs Simner und ließ die Bruchstücke in die Silberschale auf der Messskala gleiten. »Ich bin im Lauf der Jahre ein paar Mal mit Rutter aneinander geraten. Ich habe außerdem gehört, dass Sie dabei helfen, seine Unschuld zu beweisen. Ich muss sagen, einige der Anwohner sind ziemlich überrascht.«

Jim war es egal, ob die Nachbarn wegen seiner Einmischung schockiert oder beruhigt waren.

»Im Zweifel für den Angeklagten«, sagte Jim trocken. »Ich würde das Gleiche für jeden anderen Nachbarn tun. Und ein Viertelpfund Schokoladenerdnüsse für Bruno, bitte.«

»So lange schuldig, bis das Gegenteil bewiesen ist, das gilt für einen solchen Mann«, sagte Mrs Simner und holte das entsprechende Glas. »Poppy hat mir von all seinen Untaten erzählt. Mir tut's leid um sie und Dean. Was wird jetzt aus dem armen Jungen?«

Mrs Simner wartete so eindringlich, wie nur eine Mutter

es konnte, auf die Antwort. Jim zuckte diplomatisch mit den Schultern. Die Ladenbesitzerin schüttete die Erdnüsse auf die Waage. Die Skala war am Anschlag. Mrs Simner schaufelte eine Menge Erdnüsse zurück ins Glas.

»Ich habe gehört, dass Ihr Sohn von seiner Reise zurück ist«, sagte Jim, erpicht darauf, das Thema zu wechseln.

»Ist er«, sagte sie. In ihr riesiges Gesicht trat der Ausdruck großer Liebe.

»Hat ihm seine Reise gefallen?«

»Ich glaube, schon«, sagte Mrs Simner. Nach einer langen Pause fügte sie hinzu: »Er erzählt mir nicht viel davon. Jungs reden nicht gern mit ihren Müttern, nicht wahr?«

»Scheint so«, sagte Jim, der die Traurigkeit in ihrer Stimme hörte, während ein Neuzugang an der Wand hinter dem Tresen seinen Blick auf sich zog. Jim erkannte seinen alten Freund in der gerahmten Fotografie. Mr Simner war der archetypische Besitzer eines Süßwarenladens: dick, vergnügt, mit einer gestreiften Schürze und einem großen Herzen. Er hatte Süßigkeiten geliebt, und er hatte die Kinder geliebt, die in Scharen sein Geschäft aufgesucht hatten.

Die Trauer hatte Mrs Simner nicht gut getan. Vor dem Tod ihres Mannes war sie eine sehnige Frau gewesen, die Art von dünn, auf die andere Frauen nicht neidisch sind. Der Laden war für einen Monat geschlossen gewesen, und als er wieder öffnete, hatte Mrs Simners Gewicht sich verdoppelt. Bruno sagte, sie sei von einer Süßen Schnur zu einem Wunderball auf Beinen geworden, eine Bemerkung, die ihm einen strengen Rüffel seiner Mutter eingetragen hatte.

Auf ihren Sohn Simon hatte die Trauer einen gegenteiligen Effekt. Wenn Jim nach Brunos Methode die Figur mit Süßigkeiten verglich, war Simon von einem stattlichen Pfefferminzbonbon zu einer Zuckerstange geworden. Jeder, der seine blasse, schlanke Gestalt zu Gesicht bekam, ließ eine Bemerkung darüber fallen, allerdings kam dies nach dem Tod seines Vaters eher selten vor.

»Wo ist Simon denn gewesen? Als ich in dem Alter war, hat man sich zwischen Schule und Studium noch keine Zeit für so was genommen.«

»Asien«, sagte Mrs Simner, als eine schokoladenüberzogene Erdnuss von ihrem Schippchen über den Tresen und auf den Boden rollte. »Er hat ein Mädchen kennengelernt«, fügte sie hinzu. Jim fiel auf, wie der adipöse Arm schwabbelte, mit dem sie die Süßigkeiten austeilte.

»Gibt doch nichts Schöneres als eine Ferienromanze«, erwiderte Jim.

»Woher soll ich das wissen?«, sagte sie still und tütete die Schokoladenerdnüsse ein.

»Als Süßigkeiten noch süßer waren«, sagte Jim.

»Genau«, sagte Mrs Simner und lachte freudlos. »Als Süßigkeiten noch süßer waren.«

Jim bezahlte Mrs Simner für das Toffee und die Schokoladenerdnüsse.

Helen und Bruno waren noch immer weg, als Jim nach Hause kam. Er rief Inspector Skinner an, um sie über den Verlauf seiner Ermittlungen in Kenntnis zu setzen, sprach mit ihr über die Quittungen und die Informationen, die Marc und Raj ihm gegeben hatten.

»Ich habe gerade die Aussage Ihres Sohnes aufgenommen«, sagte Inspector Skinner, als Jim geendet hatte. »Ich mag ihn sehr. Er ist ein cleverer Junge.«

»Das ist er«, stimmte Jim zu.

»Viel Glück bei der Suche nach Mildred. Wenn sie morgen nicht zurück ist, setze ich meine besten Leute auf den Fall an.

Wenn Bruno die Suche anführt, glaube ich allerdings, dass meine Leute auch nicht mehr viel dazu beitragen könnten.«

Jim lachte leise und legte auf. Nachdem er rasch eine Tasse Kaffee getrunken hatte, erstellte er eine Liste aller Takeaways, die fußläufig vom Pig and Whistle zu erreichen waren.

13

Bruno leerte Mildreds Futternapf und spülte ihn aus. Er füllte die katzenförmige Schale mit ihrem Lieblingsfutter, obwohl der Inhalt des Beutels wenig Ähnlichkeit mit den üppigen, gewürzten, saftigen Stücken Tunfisch aufwies, die auf dem Etikett mit blumigen Worten angepriesen wurden.

»Denk wie eine Katze«, sagte Bruno und machte es sich mit *Geheimnisse der felinen Körpersprache* auf dem Bett bequem. Leider gab es kein Kapitel darüber, wie man eine verschwundene Katze wiederfand. Er hatte die Software des Kamerahalsbands mehrfach überprüft, und die rote Katze, die Mildreds Position markierte, hatte sich immer noch nicht von der Mitte der St. Andrew's Road wegbewegt. Dies hatte ihn zu mehreren bedrückenden Schlussfolgerungen geführt. Eine bewegungslose Katze war keine gesunde Katze. Bruno versuchte, darin Trost zu finden, dass das Signal ungenau war.

Das Durchblättern seiner Katzenmagazine förderte einige nützliche Informationen zutage, und Bruno schrieb die wichtigsten nieder:

1. Eine vertriebene Katze nimmt kein Futter an und wird ihren Unterschlupf nicht verlassen.
2. Eine kranke, verletzte oder panische Katze wird sich still verstecken.
3. Katzen, die sich fürchten, suchen Orte auf, an denen sie sich verbergen können.

In Wahrheit wurde ihm bei dieser Lektüre noch jämmerlicher zumute. Mildred könnte es vorziehen zu verhungern, statt zum Vorschein zu kommen. Auf einer Seite in seinem Katzenlexikon wurde Besitzern, die ein vermisstes Haustier suchten, empfohlen, alle Lieblingsbeschäftigungen ihrer Katze aufzulisten. Dies könnte ein aufschlussreiches Verhaltensmuster enthüllen. Bruno befolgte den Ratschlag:

Füße beschnuppern.
Im Sonnenschein schlafen.
Am Abflussloch der Badewanne lecken.
Bienen und Schmetterlinge jagen.
In Pappkartons herumsitzen.

Bruno markierte den letzten Punkt mit einem X und machte sich in Gedanken eine Notiz, die Recyclingboxen in der Straße nach dem Abendessen noch einmal zu überprüfen.

Unten gesellte sich Bruno zu seinen Eltern an den Küchentisch. Sein Dad las in seinem Notizbuch. Seine Mum ging die Auswahl von Pizzen in einem Hochglanzflyer durch.

»Ich habe eine Bitte«, sagte Bruno. Seine Eltern sahen von ihrer jeweiligen Lektüre auf. »Inspector Skinner hat mir bestätigt, dass ich denken muss wie Mildred, wenn ich Mildred finden will. Dürfte ich daher um ein Staubsauge-Verbot bitten, bis sie wohlbehalten wieder hier ist? Stellt euch vor, dass Mildred ihre traumatisierte Nase durch die Katzenklappe steckt und dann den röhrenden Staubsauger hört. Es könnte ausreichen, damit sie sich umdreht und niemals zurückkehrt.«

Seine Eltern stimmten dieser Bitte widerwillig zu. Brunos Vorschlag, dass die Familie den Garten mit Mildreds Lieblingsfleischsorten dekorieren könnte, wurde abgelehnt, was ihn nicht wirklich überraschte.

»Irgendwas Neues?«, fragte Bruno und zog sein eigenes Detektivnotizbuch hervor.

»Einiges«, sagte sein Vater.

»Dann fange ich eine neue Seite an.«

»Der Todeszeitpunkt wurde auf den Zeitraum zwischen 23 Uhr und 3 Uhr festgelegt. Ich weiß, dass Terry Rutter um 23 Uhr im Pig and Whistle war, was bedeutet, dass er den Mord nach seiner Rückkehr begangen hat, falls er es gewesen ist.«

»Nach seiner Rückkehr aus dem Pub?«, fragte Bruno und notierte schnell die neuen Informationen.

»Nein. Er ging nach dem Pub noch irgendwo hin. Er gab um 23:37 Uhr 8 Pfund 37 aus, wahrscheinlich für etwas zu essen. Ich habe die meisten Takeaways in Fußweite des Pig and Whistle angerufen. Bis jetzt ist es mir ein Rätsel, wohin er gegangen ist.«

Brunos Mum nutzte die Gelegenheit, um herauszubekommen, welche Pizza der völlig vertiefte Junge bestellen wollte.

»Und jetzt müsst ihr mich fragen«, sagte Bruno, nachdem er geantwortet hatte und seine Mum endlich zufrieden war. Seine Eltern schauten ihn verständnislos an.

»Dich was fragen?«

»Ob ich auf neue Hinweise gestoßen bin, die den Fall lösen könnten.«

»Bist du?«

»Möglicherweise. Ihr müsst mir erst eure Handys ausleihen. Ich würde meins benutzen, aber ich darf ja erst eins haben, wenn die Schule im September wieder anfängt.«

Seine Eltern sahen sich an. Nach einer Unterhaltung unter vier Augen im Flur übergaben sie ihm ihre Telefone.

Unter dem Dach nahm Bruno die SIM-Karte aus dem Telefon seines Dads, um sie gegen die SIM-Karte von Deans Mum auszutauschen. Als er das Handy einschaltete, war die neue

Karte nicht lesbar. Bruno wiederholte den Vorgang mit dem Telefon seiner Mum. Diesmal funktionierte es. Bruno rief die Mailbox an und hielt sich das Telefon ans Ohr.

Helen gab die Pizzabestellung vom Telefon im Wohnzimmer aus durch. Als sie ihre Adresse nannte, fragte das Mädchen Helen, ob es sich um »diese« St. Andrew's Road handelte. Helen sagte, dass sie es sei. Sie hörte die Aufregung, aber auch das Grauen in der Stimme des Teenagers. Plötzlich wurde Helen bange um Brunos Wechsel auf die weiterführende Schule im September. Es würde sich schnell herumsprechen. Spielplätze waren wie das Römische Kolosseum, wo die Wehrlosen schnell in Stücke gerissen wurden. Würde seine Verbindung zu einem Mord in den Sommerferien Bruno im Werben um neue Freunde interessanter machen? Oder bot es für die Menge einen ausreichenden Grund, ihn zu verachten, bevor er überhaupt die Chance hatte, sich einzuleben?

Es klingelte an der Tür, als Bruno die Treppe hinunterkam. Er öffnete und nahm die riesige Pizzaschachtel für sich und die kleineren Schachteln für seine Eltern entgegen.

»Was ist da drüben auf der anderen Straßenseite passiert?«, fragte der Lieferjunge, dessen Schnurrbart noch etwas spärlich wuchs. Er deutete auf Deans Haus, das immer noch mit Polizeiband abgesperrt war.

»Mord«, erwiderte Bruno und fügte dann wie beim Cluedo-Spiel hinzu: »Die Ehefrau. In der Küche. Mit einem stumpfen Gegenstand.«

»Wissen sie schon, wer's getan hat?«

»Die Ermittlungen laufen«, sagte Bruno und sah am Lieferjungen vorbei, ob ein vorbeilaufender Nachbar zuhörte. »Wir können zu diesem Zeitpunkt noch nicht viel dazu sagen.«

»Ich hab denen auch schon mal was gebracht«, sagte der Lieferjunge und suchte in seiner Hosentasche nach der Quittung. »Der Mann beschwert sich gern mal. Wie ist noch mal der Nachname?«

»Rutter.«

»Richtig. Mr Rutter. Er kontrolliert die Pizzen, bevor er sie bezahlt. Er macht die Schachteln auf und sieht sie sich an, als wollte man ihn um seinen Belag betrügen. Einmal hat er sich geweigert, mich zu bezahlen, weil nicht genug Schinken auf seiner Pizza war. Ist das zu fassen? Er war neulich nachts im Laden und hat Stunk gemacht.«

»In welcher Nacht?«, fragte Bruno.

»Montag.«

»*Montag?*«

»Ja«, bestätigte der Lieferjunge.

»Um welche Uhrzeit?«

»Gegen Mitternacht. Er kam rein, bestellte eine Pizza und schlief auf dem Stuhl ein, während sie zubereitet wurde.«

»Wann ist er gegangen?«

»Wir konnten ihn nicht aufwecken. Wir haben alles probiert – ist ja nicht gut fürs Geschäft, wenn ein Betrunkener bewusstlos auf dem Fußboden des Ladens liegt. Er schlief noch weit nach Ladenschluss. Der Besitzer musste warten, bis er nüchtern genug war, um aufzustehen. Er torkelte raus, wahrscheinlich nach Hause, ohne sich zu entschuldigen.«

Bruno erklärte, dass er der Polizei bei ihren Ermittlungen half. Er bat den Lieferjungen auf eine Tasse Tee herein; die Aussage müsse offiziell aufgenommen werden. Der Lieferjunge schüttelte den Kopf und deutete auf seine Warmhaltetasche. Er müsste noch mehr ausliefern, und die Kunden würden sich beschweren, wenn ihr Essen kalt war.

»Warte hier«, sagte Bruno. »Oder ich bezahl dich nicht.«

Bruno holte seinen Vater. Er setzte sich auf die unterste Treppenstufe, während Jim die Aussage des Lieferjungen und seine Kontaktdaten notierte.

»Arbeiten Sie für die Polizei?«, fragte der Lieferjunge.

»Ich bin Privatdetektiv«, sagte Jim und reichte ihm seine Karte. »Ich helfe der Polizei bei dem Fall. Ihre Auskunft könnte die Ermittlungen in ein neues Licht tauchen.«

»Ich arbeite auch an dem Fall«, sagte Bruno und legte eine zweite Geschäftskarte in die Hand des Lieferjungen. »Wenn dir noch irgendetwas einfällt, zögere nicht, dich zu melden. Meine Nummer steht unten auf der Karte.«

»Die Polizei meldet sich«, berichtigte ihn sein Vater und lächelte, als er die Tür schloss.

Die Familie kam erneut in der Küche zusammen. Nachdem er sein Notizbuch zu Rate gezogen hatte, sagte Jim, dass er Inspector Skinner anrufen müsse.

»Was wirst du ihr erzählen?«, fragte Bruno.

»Dass Terry Rutter ein Alibi hat.«

»Du könntest ihr sagen, dass es einen neuen Hauptverdächtigen gibt«, sagte Bruno, der diesen Moment wählte, um das Handy seiner Mutter hervorzuholen. »Ich habe eine vielversprechende Spur verfolgt.« Er wählte die Mailbox an und stellte auf Lautsprecher.

Die erste Nachricht wurde abgespielt, aufgenommen am Tag des Mordes um 16:46 Uhr. Der erste Teil der Nachricht bestand hauptsächlich aus Weinen. »*Mach das nicht, Pops*«, wiederholte der Mann immer wieder mit einer Stimme, die nicht Terry Rutter gehörte, worauf wieder Schluchzer zu hören waren. Am Ende der Nachricht sagte er mehrere Worte, die nicht zu Brunos Wortschatz gehören sollten. Bevor er auflegte, drohte der

Mann damit, Selbstmord zu begehen: »*Ohne dich gibt es nichts Schönes mehr in der Welt.*«

»Ich erkenne die Stimme«, sagte seine Mum. »Ich erkenne den verzweifelten Tonfall. Er hat die Nightline mehrmals angerufen. Ich bin sicher, dass er in der Nacht des Mordes angerufen hat. Ich bin sicher, dass er nach Poppy gefragt hat.«

»Ich erkenne die Stimme ebenfalls«, sagte sein Vater. »Ich glaube, das war der Mann, den ich in derselben Nacht angesprochen habe. Der Mann, der mit Dean auf der Straße war.«

Die zweite Nachricht war am selben Tag um 19:32 Uhr aufgezeichnet worden. Die Stimme gehörte demselben Mann, obwohl sie so klang, als hätte er sich in den verstrichenen drei Stunden einer Lobotomie unterzogen. Er schrie etwas in rasendem Tempo. Irgendetwas an der Heftigkeit seiner verdrehten Worte brachte Bruno auf die Idee, dass er aus einem Wrack eines Unfallwagens heraus telefonierte. Bruno sah ein zertrümmertes Gefährt vor sich, einen verstümmelten Mann, der in Rauch und Schutt starb. Es war schwer auszumachen, was der Mann genau sagte. Bruno hörte immer wieder das Wort »Krebs«. Er sagte mehrmals »Schatz« auf eine Weise, die das Wort wie eine Beleidigung klingen ließ. Nach einer langen Pause, in der man ein Grollen hören konnte, stieß der Mann eine Drohung aus, die Brunos Mum erschauern ließ.

»*Ich werde dich drankriegen für das, was du mir angetan hast. Ich werde dich drankriegen, und ich werde deine Familie drankriegen.*«

»Es gibt noch eine dritte Nachricht«, sagte Bruno.

Die letzte Nachricht war die bizarrste von allen. Sie war um 22:45 Uhr aufgenommen worden, nur Stunden vor dem Mord an Deans Mum. Diesmal klang die Stimme des Mannes leiernder, als ob er sie von einen tragbaren Kassettenrekorder abspielte, dessen Batterien schwach waren. Er hörte sich besessen an, seine Worte schwer vor Traurigkeit und voller langgezogener Vokale.

»Ich steh draußen, Pops. Ich kann dich fast sehen. Du warst mein Engel. Du hast mir einen Grund zum Leben gegeben, und jetzt hast du mir diesen Grund weggenommen. Wie konntest du diesen Mann mir vorziehen? Warum stellst du dein Telefon nicht an? Ich habe dich den ganzen Abend über angerufen. Ich muss deine gütige Stimme hören. Sie hat mich einmal gerettet, und sie kann mich wieder retten. Ich warte hier die ganze Nacht. Wenn nötig, werde ich für immer hier warten.«

Der Mann stieß ein langgezogenes Schluchzen aus und legte auf.

Bruno erwartete, dass seine Eltern sofort auf seine ermittlerische Brillanz zu sprechen kommen und diese loben würden. Er erwartete, mit elterlicher Anerkennung überschüttet zu werden, so wie eine folgsame Katze mit Leckerlis belohnt werden sollte.

»Warum hast du das für dich behalten?«, putzte ihn sein Dad herunter. »Das ist wichtiges Beweismaterial!«

»Die besten Detektive spielen nicht nach den Regeln«, antwortete Bruno wie aus der Pistole geschossen, eine Antwort, die er immer schon hatte anbringen wollen. »Kann sein, dass ich mal alle fünfe gerade sein lasse, aber ich erledige den Job.«

»Das ist kein Spiel«, schalt ihn seine Mum. »Der Ruf eines Mannes steht auf dem Spiel.«

»Und Beweise zurückzuhalten ist eine Straftat«, fügte sein Dad hinzu, der vor Wut schäumte. »Ich bin sehr enttäuscht von dir, Bruno. Ich dachte, ich hätte dich besser erzogen.«

Bruno starrte seinen Vater trotzig an. »Du hast mir beigebracht, zu glauben, dass nichts wichtiger ist, als die Wahrheit herauszufinden und einen Fall zu lösen«, sagte er und schlug sein Notizbuch mit einem Knall zu. »Genau das versuche ich. Du hast deine Methoden, ich habe meine.«

Die Pizzakartons blieben geschlossen. Innerhalb von Minuten war die Familie angeschnallt und auf dem Weg zur Polizeiwache in der John Street.

»Wir brauchen ein mobiles Blaulicht«, sagte Bruno vom Rücksitz aus und machte sich eine Notiz in seinem Block. »Das würde diesen Stau in Gang bringen.«

Der Constable am Eingangstresen sagte, dass Inspector Skinner mitten in einem Verhör steckte. Jim bestand darauf, dass sie gestört werden *musste*. Der unbeeindruckte Constable tätigte einen Anruf und begleitete Jim dann in eine Sicherheitszone der Wache. Bruno wurde gebeten, bei seiner Mutter im Wartebereich zu bleiben, so sehr er auch protestierte.

Nach fünfzehn Minuten kehrte sein Vater zurück, mit einem belustigten Ausdruck im Gesicht.

»Du hattest recht«, sagte sein Vater. »Es gibt einen neuen Hauptverdächtigen. Sein Name ist Ian Cox, ein Vertreter aus Worthing. Er und Deans Mum hatten eine Affäre.«

»Glauben sie, dass er's getan hat?«

»Das tun sie«, sagte sein Vater. »Genau genommen hat er sich heute Nachmittag gestellt – gleich nachdem du mit Mum die Wache verlassen hattest. Er legt in diesem Moment ein Geständnis ab. Sie sind einverstanden, dass ich zusehe.«

14

Jim blickte durch den Einwegspiegel in den Verhörraum. Aus diesem Winkel sah er einen Teil von Inspector Skinners Gesicht und das des Geständigen, den Jim tatsächlich als den Mann erkannte, der versucht hatte, Dean zu entführen. Ian Cox sah nervös aus. Jim betrachtete seine akkurat getrimmten Koteletten und seine geflickte Brille.

Jim wusste, was Bruno sagen würde: Ian Cox sah nicht aus wie ein Mörder. Er wusste auch, was er antworten würde: Du wärest überrascht, wie Mörder aussehen.

»Ich habe einmal versucht einen Krimi zu schreiben«, begann Ian Cox sein Geständnis. »Ich widmete der Vorbereitung und Planung ein ganzes Jahr. Ich las auf meiner Pendlerstrecke nach London. Ich las während meiner Mittagspause. Ich las an meinem Schreibtisch, wenn mein Boss dachte, dass ich mich mit den Verkaufszahlen von Viagra nach Brasilien oder denen von Prozac nach Indien beschäftigte. Ich las im Bad, wenn ich nach Hause kam und bevor ich zu Bett ging. Der Schein meiner Leselampe machte meine Frau verrückt. Schreiben Sie auch?«

»Nein«, sagte Inspector Skinner. »An dieser Art von Beschäftigung bin ich nicht interessiert.«

»Ich las über zweihundert Kriminalromane in einem Jahr und weitere fünf Ratgeber über das Schreiben von Kriminalliteratur. Ich sog all die Regeln auf und begann, meine eigene Detektivwelt aufzubauen. Ich dachte mir einen Schnüffler aus.

Und ein Opfer. Nur als es um den Killer ging, war ich mit meiner Weisheit am Ende.«

»Warum?«

»Ich kam mit dem Motiv des Killers nicht klar. Als es ans Eingemachte ging, wollte mir kein überzeugender Grund einfallen, warum mein Killer tötete. Mord an sich war mir ein Rätsel. Das war allerdings, bevor meine Frau starb und bevor ich Poppy Rutter traf.«

»Wie haben Sie Poppy Rutter kennengelernt?«

»Vor sechs Monaten hat meine Frau ihren unerbittlichen Kampf gegen den Krebs verloren. Das Schwerste daran, jemanden an Krebs sterben zu sehen, ist das Warten. Das Leben hängt in der Luft. Die Trauer hängt in der Luft. Ein Schatten liegt auf allen Erlebnissen. Sie können die Traurigkeit und den Tod in jeder Mahlzeit schmecken. Musik, die Sie einst geliebt haben, hat keine Macht mehr, Sie zu rühren. Sie sind an ein Schicksal gekettet, das unvermeidlich, aber weit entfernt ist.«

Ich war verzweifelt und erleichtert, als Maggie schließlich starb. Diese Gefühle zogen mich in entgegengesetzte Richtungen, zerrissen mich. Jegliche Kraft, die ich noch haben mochte, war zerstört. Ich hatte keine Energie mehr, um weiterzumachen – nicht mal, um Selbstmord zu begehen. Ich lag nur im Bett und wollte sterben. Meine Knochen fühlten sich an, als ob kein Lebenswille mehr in ihnen wäre.

Eine Woche später erreichte mich ein Brief, der in Maggies gestochener Schrift verfasst war. Sie hatte ihn ein paar Wochen vor ihrem Ende geschrieben und einer Freundin die Anweisung gegeben, ihn mir nach ihrem Tod weiterzuleiten. In dem Brief stand, dass sie mir verbot, zusammenzubrechen. Dass es eine Beleidigung für unsere Ehe wäre, wenn ich das Leben aufgäbe. Dass das Leben weitergehen müsse und ich mein Glück finden solle.

Mit diesen Worten im Kopf rief ich eine Hotline an, bei der verzweifelte Menschen Hilfe finden. Der freundlichste Mensch der Welt nahm meinen Anruf entgegen – oder besser gesagt, die netteste Stimme, die ich je gehört habe. Ich bezweifele, dass ich hier wäre, wenn jemand anderes abgenommen hätte. Poppy hörte sich meine Geschichte an und sagte, dass meine Frau recht habe, wenn sie sagte, das Leben müsse weitergehen. Sie sagte, ich hörte mich nach einem wunderbaren Mann an. Sie sagte, dass ich meine Ehe ehren müsse, indem ich stark bliebe.

Ich hatte aufgehört, von mir zu erzählen, aber ich konnte nicht auflegen. Ich fragte und die freundliche Stimme erzählte mir von ihrer Familie. Von ihrem wundervollen Sohn und ihrem schrecklichen Ehemann. Sie sagte, dass sie neidisch auf Maggie sei. Sie sagte, dass sie sich wünschte, jemand liebte sie so wie ich meine Frau geliebt hatte. Sie habe vergessen, wie sich Liebe anfühle. Vielleicht war es selbstsüchtig von Poppy, so etwas zu sagen, aber mir gefiel es. Zu lange hatte das langsame Dahinsiechen meiner Frau an mir gezehrt. Vom Leben eines anderen zu hören war eine erfrischende Ablenkung. Die Stimme einer Frau zu hören, die nicht vom Krebs zerfressen war, stärkte meine Lebensgeister.

Unser erstes Gespräch dauerte mehr als vier Stunden. Am nächsten Tag sprachen wir noch einmal genauso lange und dann erneut am nächsten Abend. Wir vermieden es, über die Quellen unseres Unglücks zu sprechen, und redeten über albernen Kram, Erinnerungen an die Schulzeit und Filme, die wir mochten. Die meiste Zeit über war es ein einfaches Gespräch. Ich denke, dass wir beide vergessen hatten, wie sich Leichtigkeit anfühlt. Die Firma, für die ich arbeite, vertreibt weltweit Arzneimittel. Wir sind auf Schmerzmittel spezialisiert. Aber Poppys freundliche Stimme war das Mittel, das meinen Schmerz linderte. Wenn sie da war, fühlte ich mich stark.

Poppy schlug vor, dass wir uns persönlich treffen. Sie sah nicht so aus, wie ich sie mir vorgestellt hatte. So seltsam das klingen mag, ich war fast davon ausgegangen, dass sie aussehen würde wie meine Frau. Ich war erleichtert, als ich feststellte, dass es keine Ähnlichkeit gab. Sie zu küssen fühlte sich fremd und belebend an.

Es war Poppy, die unsere Beziehung vorantrieb. Sehr schnell verkündete sie, dass sie sich ein neues Leben mit mir aufbauen wolle. Wir waren uns einig, dass sie ihren Ehemann verlassen und dass ich mich um sie kümmern würde. Sie zeigte mir Fotos von Dean. Maggie hatte keine Kinder bekommen können. Ich versprach, Dean zu lieben wie einen eigenen Sohn. Ich mietete uns eine Bleibe und sah mich nach einer geeigneten Schule um. Dieser Neustart fühlte sich an wie eine Fügung. Maggies Tod ergab plötzlich einen Sinn.

Alles war vorbereitet. Am Montagnachmittag fuhr ich hin, um Poppy und Dean abzuholen. Wir würden im Julisonnenschein zu unserer Wohnung in Worthing fahren. Ich hatte sogar mein Eigenheim zum Verkauf angeboten und Poppy versprochen, ihr das Haus ihrer Wahl zu kaufen. Ich hatte zugesagt, das gesamte Geld, das ich geerbt hatte, für sie und Dean auszugeben – für uns. Es war eigentlich Maggies Geld. Ihrem Dad hatte ein gut gehendes Schuhgeschäft in Knightsbridge gehört. Maggie muss sich im Grabe umgedreht haben.«

»Hat Poppy viel Geld von Ihnen genommen?«, unterbrach ihn Inspector Skinner.

»Ich habe all die kleinen Dinge bezahlt: Hotels und Zimmerservice. Ich hab ihr keinen großen Batzen Geld gegeben oder so etwas. Sie war nicht aufs Geld aus – so war das nicht. Sie war nur unbekümmert und selbstsüchtig, und sie zögerte nicht, einen wehrlosen Mann für ihre Belange einzuspannen. Mein Geld ermöglichte ihr die Flucht. Poppy schrieb mir am

Montagmorgen eine SMS, um mir zu sagen, dass sie käme. Sie schrieb, sie habe ein wenig Angst, es ihrem Mann zu erzählen. Ich schrieb ihr zurück, sie solle das Ziel im Auge behalten: ihr neues Leben mit mir. Sie antwortete nicht. Am Nachmittag saß sie auf dem Beifahrersitz und trug die Spuren dieses Gesprächs. Ihr Ehemann war gewalttätig, mit Worten wie mit Fäusten. Und sie hat ihn mir vorgezogen.«

»Haben Sie Dean je getroffen?«

»Erst in der Mordnacht.«

Inspector Skinner bot ihm kein Taschentuch an, als eine Träne über Ian Cox' müdes Gesicht lief. Als Ian um ein Glas Wasser bat, lehnte sie die Bitte ab. Er würde etwas zu trinken bekommen, wenn sie fertig waren.

»Also hat Poppy Rutter Ihnen ein neues Leben versprochen und Sie dann hängen lassen? Wie haben Sie sich dabei gefühlt?«

»Ich wollte sie bestrafen. Sie hatte ihr Versprechen gebrochen, und ich stand erneut vor dem Nichts. Ich hatte die Nightline angerufen. Ich hatte nur gewollt, dass mir jemand zuhört. Aber statt mir zuzuhören, hatte Poppy Rutter mich benutzt. So fühlte ich mich. Benutzt und verlassen. Mein Leben war schon einmal auf den Kopf gestellt worden, und ihretwegen musste ich das alles noch einmal durchmachen. Poppy hat mich ein zweites Mal gebrochen.«

»Wie haben Sie sie umgebracht?«

»Als Poppy am Montagnachmittag aus meinem Lieferwagen gestiegen war, fuhr ich direkt nach Hause und schluckte so viele Tabletten, wie ich in die Finger bekam. Ich wollte sterben, aber ich hatte nicht den Mut, über eine Klippe zu fahren. Ich dachte, dass die Dosis reichen würde, um zu sterben, aber ich wachte irgendwann am Abend auf dem Badezimmerfußboden auf. Ich hatte pochende Kopfschmerzen. Ich konnte nur verschwommen sehen.«

»Was für Tabletten waren das?«

»Antidepressiva – ich hatte sie auf der Arbeit gestohlen und sie genommen, um Maggies Siechtum durchzustehen. Als mein Blick wieder so klar war, dass ich fahren konnte, raste ich zurück nach Brighton. Das war bereits spät am Abend. Ich war überrascht, dass ich nicht angehalten wurde. Ich saß in meinem Van auf der Straße, nicht weit von Poppys Haus entfernt. Es war Montag, und mir fiel ein, dass sie ihren Telefondienst bei der Nightline hatte. Ich rief an und fragte nach Poppy, aber sie wollten mich nicht zu ihr durchstellen. Also wartete ich, bis sie nach Hause kam.

Sie lief an meinem Wagen vorbei. Ich winkte, aber sie sah durch mich hindurch, als wäre ich ein Fehler, den sie leicht vergessen konnte.«

Inspector Skinner lehnte Ian Cox' Bitte um ein Glas Wasser ein zweites Mal ab.

»Und dann zog Poppy eine schauderhafte Show ab. Ich stand auf dem Bürgersteig und beobachtete die beiden im Wohnzimmer, das glückliche Paar. Sie stießen auf irgendwas an. Ich bin sicher, sie ahnte, dass ich zusah. Sie küsste ihn auf eine Art, die mir zeigen sollte, dass sie niemals mir gehören würde. Ich fühlte mich so betrogen.

Und dann tauchte Dean auf der Straße auf. Ich weiß nicht, was er um diese Zeit da draußen gemacht hat, aber ich ergriff die Chance, die sich mir bot. Es war ziemlich schwer, ihn auf mich aufmerksam zu machen. Ich erzählte ihm, dass mein Hund weggelaufen sei. Als das nicht zog, packte ich ihn. Ich hatte vor, ihn für eine Nacht zu entführen und Poppy zu zeigen, wie weh es tat, das zu verlieren, was man am meisten auf der Welt liebte. Aber ein Nachbar kam mir in die Quere und zwang mich dazu, den Jungen loszulassen.«

Inspector Skinner schrieb sich etwas auf.

»Reden Sie weiter. Was passierte als Nächstes?«

»Ich lief eine Weile durch die Gegend. Ich war verzweifelt und fühlte mich wie betäubt. Und dann lief der Ehemann an mir vorbei. Terry Rutter. Er ging mit schweren Schritten – ich dachte, dass er hinter mir her wäre, aber er stampfte weiter.

Ich kehrte in die St. Andrew's Road zurück und holte einen Rohrschneider aus meinem Van. Ich konnte Poppy durch das Wohnzimmerfenster sehen. Sie weinte. Ich klingelte und klopfte ans Fenster. Irgendwann ließ sie mich rein.«

»Und dann?«

»Ich gab Poppy eine zweite Chance. Wir konnten noch immer fliehen. Als sie mich abwies, habe ich ihr auf den Kopf geschlagen, bis sie sich nicht mehr bewegte. Ich verstehe Mord jetzt. Poppy Rutter hat ihren Mörder in mir gefunden.«

»Nur für die Aufzeichnung, Sie gestehen den Mord an Poppy Rutter?«

»Ja. Ich habe Poppy Rutter umgebracht.«

»Haben Sie sie im Wohnzimmer umgebracht?«

»In der Küche. Fern von den neugierigen Blicken auf der Straße. Ich wollte nicht gefasst werden.«

Inspector Skinner verbrachte mindestens eine Minute damit, einige Post-its durchzusehen.

»Erklären Sie mir, wie sie Sie getötet haben.«

Inspector Skinner ließ Ian Cox den Mord nachstellen, sie ließ sich zeigen, welche Hand er benutzt hatte, wie der Angriffswinkel gewesen war und wie Poppy gefallen war.

»Und warum gestehen Sie ausgerechnet jetzt?«, fragte Inspector Skinner, als sie zu ihren Plätzen zurückgekehrt waren.

»Ich habe Mitleid mit Dean. Er ist kurz davor, seinen Vater zu verlieren, für ein Verbrechen, das ich begangen habe. Das ist einfach nicht fair. So sehr ich Terry Rutter hasse, das kann ich Dean nicht antun.«

»Wo ist der Rohrschneider?«

»Ich habe ihn ins Meer geworfen, als ich nach Worthing zurückfuhr. Ich kann es Ihnen auf der Karte zeigen.«

Jim beschrieb das Geständnis auf der Fahrt nach Hause. Bruno ließ es ihn zwei Mal wiederholen, überprüfte die Wortwahl und fragte immer wieder nach.

»Worüber grübelst du?«, fragte Jim, als das Auto in die St. Andrew's Road einbog.

»Rohrschneider«, sagte Bruno vom Rücksitz aus. »Haben wir einen zu Hause?«

»Könnte sein«, sagte Jim. »Warum?«

»Ich glaube nicht, dass Ian es getan hat«, sagte Bruno.

»Er hat gestanden«, sagte Helen. »Der Fall ist gelöst.«

»Er lügt«, sagte Bruno. »Seine Version der Ereignisse passt nicht zu der von Terry Rutter.«

»Warum sollte er lügen?«, fragte Helen und drehte den Motor ab.

»Was soll er denn mit einem Rohrschneider?«, fragte Bruno. »Er ist doch Pharmavertreter.«

»Vielleicht hatte er ein Leck im Bad«, sagte Jim.

»Können wir an seinem Haus vorbeifahren?«, fragte Bruno. »Ich könnte als Schlosser verkleidet ermitteln.«

»Er hat *gestanden*«, wiederholte Helen. »Das kann nicht länger unsere Sommerferien ruinieren.«

»Sieht er aus wie ein Mörder?«, fragte Bruno. »Was hatte er an, als er gestand?«

»Eine Strickjacke und hohe Turnschuhe.«

Jim genoss Brunos Ausdruck im Rückspiegel. Sein Sohn machte ein Gesicht, als ob er ein saures Bonbon lutschte.

»Warum sollte Poppy ihn ins Haus lassen?«, fragte Bruno, skeptisch.

»Ihr Mann hatte sie gerade angegriffen«, sagte Jim. »Sie war vermutlich verstört und brauchte …«

»Genug!«, kreischte Helen, so laut, dass ihr Sohn zusammenschreckte. »Es tut mir leid«, sagte sie dann in ruhigerem Ton. »Aber ihr beide macht die Dinge noch schlimmer, als sie ohnehin schon sind.«

Als die Familie aus dem Auto stieg, sahen alle für einen Moment zum Haus der Rutters hinüber. Der Charakter des Hauses begann sich zu verändern, das rote Mauerwerk schien eine Spur dunkler geworden zu sein. Das Haus sah so aus, als ob es sich vornüberneigte, als ob der Mangel an Wärme und das Fehlen menschlichen Treibens darin sich auf seine Stabilität auswirkten. Vielleicht versuchten die Häuser zu beiden Seiten auch, Nummer 12 abzuschütteln. Vielleicht konnten Nummer 14 und Nummer 10 das Gewicht ihres angriffslustigen Nachbarn nicht mehr ertragen.

»Kommt Dean bald nach Hause?«, fragte Bruno.

»Deans Vater könnte trotzdem wegen des Angriffs auf Deans Mum angeklagt werden«, sagte Jim. »Auch wenn der Mord aufgeklärt ist, solltest du nicht damit rechnen, dass dein Freund in nächster Zeit nach Hause zurückkommt.«

Bruno dachte einen Moment lang über das Versprechen nach, das er Dean gegeben hatte. Nach einem letzten Blick auf das Haus der Rutters folgte er seinen Eltern nach drinnen.

15

Im Wohnzimmer blinkte die rote Taste des Anrufbeantworters.

Seine Mum bot an, ein Stück kalte Pizza warm zu machen, aber Bruno lehnte ab. Er wollte lieber ein wenig Zeit allein in seinem Kinderzimmer verbringen. Er wollte eine neue Übersicht des Verbrechens zeichnen und die neuen Aussagen auswerten. Er wollte über Ian Cox' Worten brüten. Und vor allem wollte er einen Rohrschneider in die Hand nehmen und das Gewicht der Mordwaffe spüren.

Bruno war dabei, als seine Mum die gespeicherte Nachricht mit abhörte. Sie fing den Blick seines Vaters auf und machte die ganze Zeit ein unbehagliches Gesicht.

»Also«, sagte Bruno, als sie auflegte. »Was ist passiert?«

Sie setzte sich zu Bruno aufs Sofa.

»Schlechte Neuigkeiten, Bru«, sagte sie und nahm seine Hände in ihre, als ob sie sich darauf vorbereitete, die Traurigkeit herauszupressen. »Eine Dame, die in der Semley Road wohnt, hat dein Katzensuchposter gesehen. Eine Katze wurde heute Morgen überfahren. Mildreds Beschreibung passt auf sie.«

»Ist sie tot?«, fragte Bruno, dessen Stimme immer leiser wurde.

»Das ist sie, Bru.«

»Hat die Katze ein Halsband?«

»Das weiß ich nicht. Die Dame dachte, wir würden vielleicht gern zu ihr kommen, um sie zu identifizieren, bevor sie sie zum Tierarzt bringt. Was denkst du?«

Bruno sah seinen Vater fragend an und erntete einen ernsten Blick.

»Lasst uns gehen«, sagte Bruno und zog die Hände aus denen seiner Mum.

Die Familie ging im Gänsemarsch, Jim führte die Truppe an, Helen ging in der Mitte, und Bruno bildete das Schlusslicht. Auf ihrem Weg konnte Bruno die Geräusche jeden Haustiers, Insekts und Vogels im Viertel hören. Kreischende Möwen hockten auf Hausdächern. Hunde heulten. Als er in die Semley Road einbog, schlug Bruno fast um sich, als er in einen Wirbelsturm von Schnaken geriet, deren Flügel wie verrückt sirrten.

»Nimm meine Hand«, sagte seine Mum, als sie an der Haustür waren. Bruno hörte nicht hin. Er ließ den Türklopfer in Form eines brüllenden Löwen herabsausen, worauf ein Bellen im Hausinnern erklang. Die Tür wurde geöffnet. Bruno erkannte in der Frau eine Kundin von *Mr Simner's*. Er hatte sie beim Kauf von weißen Schokoladenriegeln angetroffen, und die Frau hatte erklärt, dass diese für ihren Hund Bitsy seien. Bruno hatte sie so höflich, wie er konnte, darauf hingewiesen, dass Schokolade gewissermaßen Gift für Hunde und Katzen sei, weil der Verzehr bei ihnen zu Bluthochdruck, Dehydration und Verdauungsproblemen führen könnte. Als Erwiderung hatte die Frau ein undankbares Glucksen hören lassen und Bruno für den medizinischen Rat gedankt. Dann hatte sie den anwesenden Bitsy danach befragt, ob diese Enthüllung seine Vorliebe für Süßigkeiten eindämmen würde. Der Yorkshireterrier antwortete mit einem dummen, freudigen Kläffen. Die Dame hatte ihre Schokolade bezahlt und den Laden verlassen, wobei sie Bitsy von einer Auslage mit Ostereiern wegzerren musste.

»Wir sind hier, um Mildred zu identifizieren«, sagte Bruno, und sein Gesicht brannte vor Angst.

»Sie ist bei den Hyazinthen.« Die Dame stellte sich als Mrs Coleman vor. Falls sie Bruno erkannte, ließ sie es sich nicht anmerken. »Kommen Sie mit in den Garten. Entschuldigen Sie die Unordnung. Bitsy hat den Sack mit den Teddybären meines Enkels gefunden. Es sieht hier drin aus wie nach einem Kuscheltiermassaker.«

Die Dame führte die Familie durch das viktorianische Haus, das dem der Glews bis auf die fliederfarbenen Tapeten und den Geruch nach Hund ähnelte. Die Wände des Hausflurs waren mit Bildern von Bitsy gepflastert. Manche davon waren Schnappschüsse von Bitsy, die klitschnass aus einem See auftauchte oder einen Tennisball in der Schnauze hatte. Manche waren hochwertige Fotos, die in einem Fotostudio gemacht worden waren und auf denen Bitsy und Mrs Coleman nebeneinander saßen wie Mann und Frau.

Der Star dieser Fotografien jaulte hinter der geschlossenen Wohnzimmertür, und seine wie auf einem Trampolin auf und ab springende Silhouette war durch das Türglas zu erkennen.

»Ignorieren Sie Bitsy«, sagte Mrs Coleman. »Besuch regt sie immer auf. Eigentlich regt sie alles auf.«

»Sie verfüttert Schokolade an ihren Hund«, flüsterte Bruno seinen Eltern über die Schulter zu. »Das macht sie zu einer Hundemörderin.«

»Sei still«, sagte seine Mum und drängte Bruno, Mrs Coleman weiter in Richtung Küche zu folgen.

Auf der Terrasse stand mitten auf dem Gartentisch ein Pappkarton. Der Deckel war mit einem Ziegelstein beschwert.

»Ich lasse Sie allein«, sagte Mrs Coleman voller Mitgefühl. »Ich habe sie ein wenig zurechtgemacht. Ich hoffe, das war in Ihrem Sinne.«

Die Familie stand um den Pappkarton herum.

»Lass mich das machen«, sagte Bruno, als sein Vater den Ziegelstein wegnehmen wollte.

»Es ist besser, wenn du das nicht siehst«, sagte sein Vater.

Bruno beharrte darauf und drängte sich zwischen seinen Vater und den Karton.

Bruno nahm den Ziegelstein weg und hob den Deckel an. Er starrte in den Karton. Der katzenförmige Klumpen war mit einem blauen Geschirrtuch bedeckt, das Bruno vorsichtig zurückzog. Er besah sich das rote Fell. Die weißen Pfoten. Das weiße Bäuchlein. Er suchte Mildreds schwarzen Schnurrbart. Bevor seine Eltern etwas tun konnten, ergriff Bruno die Flucht. Er polterte durchs Haus, zurück durch die Semley Road, über die Edburton und die St. Andrew's Road hinauf. Er warf sich aufs Bett zwischen seine Kissen. Bruno ließ die Tränen laufen, die sich in den letzten paar Tagen angestaut hatten. Er wand sich und schluchzte und warf sich auf dem Bett herum.

Irgendwann hörte er die Haustür. Wenig später saß seine Mum am Rande des Betts.

»Wie geht's meinem Brunobär?«, fragte sie.

»Da ist ein katzenförmiges Loch in meinem Herzen.«

»Ich weiß, Baby«, sagte sie und zog Bruno in ihre Arme.

Detektive weinten nicht, aber das war Bruno in diesem Moment egal.

»Wir werden sie finden«, sagte seine Mum, als seine Tränen langsam versiegten. »Wir müssen alle anderen Möglichkeiten ausschließen. Wenigstens wissen wir, dass nicht sie es ist, die heute Morgen überfahren wurde. Es ist der Verlust einer anderen Familie.«

»Aber ich habe schon überall nachgesehen. Mildred kommt nicht zurück.« Und dann schob Bruno sie ein wenig zurück. Er sah zu seiner Mum auf, als könnte sie mit der Weisheit eines Erwachsenen eine Antwort geben, die Bestand hatte. »Oder?«

Seine Mum zögerte nicht. »Das wird sie, mein Engel. Sie wird bald nach Hause kommen. Lass uns runtergehen. Dein Vater sucht gerade einen Detektivfilm heraus, den ihr beide euch ansehen könnt. Ich mach dir deine Pizza warm. Du musst was essen.«

Bruno gestattete seiner Mutter, ihm einen Kuss zu geben, und sie weinten noch ein bisschen zusammen. Dann ging Bruno hinunter zu seinem Vater. Seine Mum steckte ihre kalten Pizzen in die Mikrowelle.

16

Der Fernsehermittler des Abends war ein prahlerischer, Zigarren rauchender, Pistolen schwingender amerikanischer Polizeibeamter in Zivil.

»Ich mag den New Yorker Akzent«, sagte Bruno und ahmte den Klang der Stimme nach. Er zog eine Banane aus der Früchteschale und zielte damit auf seinen Vater. »Ich verhafte Sie wegen Mordes. Ich habe Zeugen von Manhattan bis Brooklyn, die nur darauf warten, Sie schlimmen Finger hinter Gittern zu sehen.«

»Das ist ein toller Akzent«, sagte Jim, der die Hände erhoben hatte: *Nicht schießen!* »Leg die Pistole hin, Sohn, oder ich muss dich wegen illegalen Waffenbesitzes festnehmen. Wir sind immer noch in England. Wir tragen keine Schießeisen. Wir bekämpfen das Verbrechen mit Knüppeln und Notizbüchern.« Jim ließ die Hände sinken. »Ich bin nicht sicher, ob dieser Film schon was für dich ist. Könnte sein, dass wir umschalten müssen.«

»Ich habe schon Schlimmeres in unserer eigenen Straße gesehen.«

»Der Punkt geht an dich«, sagte Jim. »Aber erzähl's nicht deiner Mutter.«

Sam Draper, der an diesem Abend auf der Mattscheibe zu sehen war, jagte einen Serienkiller. Mehrere Prostituierte waren in ganz New York brutal ermordet worden. Und Sam Draper sagte dauernd Sachen wie »Das stinkt zum Himmel« und »Ein alter Verräter ist besser als eine neue Leiche«. Man folgte Draper bei seinen Ermittlungen durch die Stadt, während er von einem zum nächsten Informanten fuhr. Seine »Augen« waren überall. Draper besuchte Obdachlose und tauschte Zigaretten gegen wichtige Informationen. Er besuchte Bardamen und tauschte Küsse gegen Telefonnummern. Er besuchte ehemalige Straftäter und tauschte Schläge gegen den genauen Ort von Verstecken.

»Hattest du in Brighton auch Spitzel, die für dich arbeiteten?«

»Nicht direkt Spitzel«, sagte sein Vater. »Ich hatte einige verlässliche Quellen.«

»Wen?«

Sein Vater tippte sich an die Nase. Diese Information würde er für sich behalten, und Bruno respektierte das; er hatte gelernt, dass ein Detektiv seine Geheimnisse und seine Methoden wahren musste.

»Wie macht man jemanden zu seinem Spitzel?«, fragte Bruno.

»Das ist eine schwierige Frage«, antwortete sein Vater. »Schau dir zum Beispiel Draper an. Er erpresst Exkriminelle mit dem, was er über sie weiß. Er umwirbt Bardamen. Er bezahlt Obdachlose mit Zigaretten oder Kleingeld.«

»Also findet er ihren wunden Punkt und macht ihn sich zunutze?«

»Genau. Warum – willst du dir einen Informanten suchen?«, fragte sein Vater und lachte leise in sich hinein.

»Ja«, sagte Bruno mit überaus ernster Stimme. »Ich habe schon jemanden im Kopf. Ich muss nur seinen wunden Punkt finden.«

»Wen?«, fragte sein Vater, aber Bruno tippte sich an die Nase.

»Touché.«

Nachdem der Film vorbei war, wies Jim seinen Sohn an, sich die Zähne zu putzen und seinen Pyjama anzuziehen.

Als Bruno oben war, schaute Jim eine Zeitlang aus dem Wohnzimmerfenster. Er starrte auf die St. Andrew's Road hinaus und versuchte sich den Mord vorzustellen, so wie Ian Cox ihn beschrieben hatte. Den ersten Teil hatte er miterlebt: Ian Cox' Versuch, sich Dean zu schnappen. Er sah Ian Cox' rotweiß geringelten Pulli vor sich, der unter der Laterne strahlte wie ein Leuchtturm.

Es war schwerer, sich den zweiten Teil auszumalen. Er versuchte sich vorzustellen, wie Terry Rutter, von der Vergewaltigung mit Blut befleckt, die Straße entlangwalzte, an Ians Lieferwagen vorbei und dann weiter zum Pig and Whistle. Es fiel ihm schwer, vor seinem geistigen Auge zu sehen, wie Ian Cox die Straße zurückgeschlichen war und ans vordere Fenster geklopft hatte. Er hatte Probleme damit, sich vorzustellen wie Poppy Rutter die Tür geöffnet hatte. Jim konnte nicht sehen, wie Ian ins Haus trat, und er konnte das Gespräch nicht hören, das damit endete, dass Poppy Rutter totgeschlagen und blutend auf dem Küchenfußboden lag. Er versuchte sich vorzustellen, wie Ian Cox vom Tatort floh. Er versuchte, bei seiner rasenden Fahrt nach Hause dabei zu sein und dabei, wie er den Rohrschneider in hohem Bogen in die tosenden Wellen des Ärmelkanals warf.

»Was schaust du dir an?«, fragte Helen und gesellte sich zu ihm ans Fenster.

»Den Mord«, sagte Jim. Nach einer Pause fügte er hinzu: »Aber ich kann sie nicht sehen.«

»Was sehen?«, fragte Helen.

»Ians Version des Mordes.«

In diesem Moment bekam Jim eine SMS.

IC wegen Mordes an PR verhaftet. IS

Jim teilte das sofort seiner Frau mit.

»Dann musst du anfangen, es auch zu sehen«, sagte Helen unter Tränen. »Denn ich will meine Sommerferien zurück. Und ich will meinen Ehemann zurück.«

Jim nahm ihre Hand, und Helen wehrte sich nicht dagegen. Sie sah mit ihm gemeinsam auf die Straße hinaus.

Nachdem er die beiden Treppen bis unters Dach hinaufgelaufen war, traf Jim Bruno dabei an, wie dieser sich aus seinem Dachfenster lehnte.

»Was ist das für ein Geruch?«, fragte Bruno.

»Wahrscheinlich die Abfalltonnen«, sagte Jim wenig überzeugend. »Sie haben das Recyclingzeug noch nicht abgeholt. St. Andrew's Road fängt an wie eine Müllhalde zu riechen.«

»Es kommt aus dem Dachboden auf der anderen Straßenseite«, hielt Bruno ihm entgegen.

Jim gab sich geschlagen. »Das ist Marihuana«, räumte er ein. »Eine illegale Droge.« Jim sah zu, wie sein Sohn zum Bücherregal ging und eines seiner Detektivhandbücher herauszog. Er fand die richtige Seite, las sich den Inhalt durch und machte sich eine Notiz in seinem Block.

»Ich rieche das an den meisten Abenden«, sagte Bruno, kehrte zum Fenster zurück und schnupperte.

»Freunde dich nicht zu sehr mit diesem Geruch an. Er ist verboten, Bru.«

»Ich schätze, das macht aus Leon dem Punker einen potenziellen Spitzel.«

»Wieso?«

»Er ist ein Gesetzesbrecher, und das heißt, dass ich seinen

wunden Punkt kenne. Wenn du den wunden Punkt von jemandem kennst, kannst du ihn zu deinem Spitzel machen.«

»Das ist nicht so einfach.«

»Pssst«, sagte Bruno. »Jemand kommt aus Leons Haus. Wahrscheinlich sein Drogendealer. Wo ist meine Kamera? Ein belastendes Foto, und Leon ist für immer mein Spitzel.«

»Mal langsam mit den jungen Pferden! Du bist nicht Sam Draper, junger Mann! Du bist elf Jahre alt. Diese Ausdrucksweise kann ich nicht dulden.«

»Es ist die alte Frau, der du am Abend des Mordes begegnet bist«, fuhr Bruno fort, ohne den Protest seines Vaters zu beachten. »Die Geisterfrau. Sie ist verrückt. Schau mal, wie sie im Nachthemd die Straße entlangläuft. Ich nehme an, sie wohnt bei der Familie von Leon. Damit hatte ich nicht gerechnet.«

»Lass mal sehen.« Jim wechselte seinen Sohn am Fenster ab. »Du hast recht. Das ist die Frau.«

»Was wollte sie von dir?«, fragte Bruno, als sie zum zweiten Mal die Plätze tauschten.

Jim zögerte. »Sie hat mich nach der Uhrzeit gefragt«, antwortete er schließlich, wobei er bemerkte, wie seine Nase zuckte.

Bruno setzte einen Gesichtsausdruck auf, den er von Inspector Skinner gelernt hatte: *Ich kann in deine Seele blicken, und deine Seele sagt, dass du lügst.*

»Nach der Uhrzeit?«, fragte der Junge ungläubig.

»Ja«, sagte Jim und kratzte sich an der Nase. »Nach der Uhrzeit.«

»Und das war alles? Von hier aus sah es viel ernster aus.«

»Sie ist alt und durcheinander«, sagte sein Vater. »Zeit, dass du ins Bett gehst. Die Operation ›Findet Mildred‹ startet morgen früh. Du brauchst deinen Schlaf.«

Bruno stieg ins Bett. Vater und Sohn sagten einander, dass sie sich lieb hatten.

»Irgendwas stinkt zum Himmel«, sagte Bruno, als ihm die Augen zufielen.

»Das kommt von der anderen Straßenseite«, sagte Jim und küsste Bruno auf die Stirn. »Gute Nacht.«

DONNERSTAG, 31. JULI

17

Bruno schlief in dieser Nacht nicht viel. Er ging seinen Plan immer wieder in Gedanken durch.

Um 5:46 Uhr, als die Vögel ihr morgendliches Konzert begannen und sich die ersten Sonnenstrahlen langsam in die Stadt stahlen, setzte sich Bruno an seinen Schreibtisch. Er dehnte die Finger und schrieb seine neue Strategie nieder.

Um 6:01 Uhr zog Bruno ein frisches T-Shirt aus dem Schrank: Das Motiv zeigte eine Katze, die neben einem Goldfischglas schlief. Die Traumblase über ihrem Kopf zeigte die Katze in der weißen Montur eines Kochs dabei, wie sie den Fisch auf dem heißen Grill brutzelte. Dann kramte Bruno aus seiner Verkleidungskiste die Dinge hervor, die er für den heutigen Tag benötigte.

Um 6:35 Uhr stand Constable Bruno einsatzbereit an der Schlafzimmertür seiner Eltern. Diesmal würde er sich nicht so einfach abspeisen lassen.

»Du lügst«, sagte Bruno und schlug mit einem Plastikknüppel gegen den Türrahmen.

»Es ist viel zu früh dafür«, erwiderte sein Vater und vergrub sich tiefer in den Kissen.

Bruno marschierte ans Ende des Bettes.

»Ich weiß, dass du lügst, weil die Geisterfrau eine Armbanduhr trug. Ist mir in der Nacht eingefallen. Ich erinnere mich daran, dass ich dachte, wie albern die Uhr zu ihrem weißen Nachtkleid aussieht. Und ich weiß, dass du lügst, weil deine Nase gestern Abend einen Looping gedreht hat, als ich dich fragte, was sie von dir wollte.«

Sein Vater setzte sich auf. Ein gelber Ohrstöpsel kullerte über seine bloße Brust und dann über die OP-Narbe in die Laken.

»Können wir das nach einer Tasse Kaffee besprechen?«

»Wir besprechen das *jetzt*«, sagte Bruno unnachgiebig. »Anders als du wartet das Verbrechen nicht darauf, dass das Wasser kocht.«

»Na gut«, sagte sein Vater und streckte die Hand nach seiner Brille auf dem Nachttisch aus. »Ich werde dir genau erzählen, was sie gesagt hat. Es wird dir nicht gefallen.«

»Ich kriege dich wegen Justizbehinderung dran«, sagte Bruno und tippte sich an den Polizeihelm, »wenn ich diesmal nicht die Wahrheit erfahre.«

»Sie erkundigte sich, ob ich wüsste, wo ihre Katze sei, und als ich sie fragte, wie ihre Katze aussieht, beschrieb sie eine rote Katze mit drei weißen Pfoten und einem schwarzen Fleck über dem Mäulchen, der aussehe wie ein Schnäuzer.«

»Ich sollte dich sofort festnehmen«, sagte Bruno und rasselte mit einem Paar Handschellen, »aber ich habe Dringenderes zu tun.« Dann verfiel er in den amerikanischen Sam-Draper-Akzent: »Buchen Sie keinen Urlaub, und übertreten Sie keine Landesgrenzen. Ihr Arsch gehört mir, wenn das hier vorbei ist.«

»Pass auf, was du sagst«, warnte ihn seine Mum, ohne unter der Decke hervorzukommen.

»Und wie hast du vor, diese Information zu nutzen?«, fragte sein Vater.

»Die Geisterfrau steht unter Verdacht, Mildred gekidnappt zu haben. Genau wie Leon der Punker. Am Dienstagmorgen habe ich gesehen, wie er Katzenleckerli bei Mr Patel gekauft hat, obwohl er keine Katze besitzt. Zufall? Und jetzt wissen wir, dass die beiden im selben Haus wohnen. Das stinkt von hier bis nach New York.«

»Es ist zu früh, um bei einem Nachbarn an die Tür zu klopfen«, sagte Mum. »Nach dem Frühstück gehe ich zusammen mit dir rüber und wir fragen höflich, ob sie Mildred gesehen haben. Wir können so tun, als ob wir von Tür zu Tür gehen.«

Bruno lief zum Fenster und spähte durch die Gardine. »Ich muss gar nicht bei den Nachbarn klopfen. Die Geisterfrau steht gerade auf der Straße. Sie starrt die Auslagen bei *Mr Simner's* an, als ob sie nie zuvor einen kandierten Apfel gesehen hätte.«

Mit diesen Worten drehte sich Bruno um und sauste davon.

Eine Entzündung kroch von den Füßen aus die Beine der Geisterfrau hoch. Die Infektion begann bei ihren roten Zehen, lief über die fahlgelben Füße und bildete an ihren Fußknöcheln krustigen Wundschorf. Ihre dünnen grünlichen Knie sahen aus, als könnten sie jeden Moment einknicken.

Um die verwirrte Frau nicht zu erschrecken, näherte sich Bruno von der Seite. Er räusperte sich. Die Geisterfrau starrte weiter ins Schaufenster. Bruno bemerkte, dass sie mit ihrer rechten Hand eine Karotte umklammerte.

Vorsichtig klopfte Bruno mit seinem Plastikschlagstock gegen das Glas.

»Hallo, Officer«, sagte die Geisterfrau zu dem Bruno, der sich im Glas spiegelte. »Sehen Sie mal, der Mann hat keinen Kopf.«

Bruno folgte dem starren Blick der Geisterfrau. Er suchte den Boden des Geschäfts, die Regale und den Tresen ab. Kein Mann war zu sehen. Der Laden war leer. Mrs Simner war sicher noch oben im Bett.

»Welcher Mann?«, fragte Bruno höflich.

»Sprechen Sie lauter, Officer«, sagte sie und deutete mit einem verdorrten Finger auf ihr Hörgerät. »Ich traue meinen Ohren nicht mehr.«

Bruno wiederholte seine Frage.

»Der Mann mit dem gelben Kleid«, sagte die Geisterfrau. »Sein Kopf fehlt. Sie sollten das untersuchen, Officer.«

Bruno sah noch einmal ganz genau hin, aber er konnte nicht erkennen, was sie sah.

»Ich bin kein Polizist«, sagte Bruno und nahm den Polizeihelm ab. »Aber es gibt etwas, wobei Sie mir helfen können. Es geht um Ihre Katze.«

»Meine Katze, Officer?«, fragte die Geisterfrau und wandte sich Bruno zu. Ihre Augen, zwei graue, getrübte Kiesel, deren Pupillen nicht mehr zu erkennen waren, schienen sich nicht fokussieren zu können und verliehen ihrem Gesichtsausdruck etwas Wirres. »Meine Katze ist in meinem Zimmer in Croydon.«

»In Croydon?«, fragte Bruno erschrocken.

Die alte Frau deutete auf Nummer 8, als ob Croydon sich hinter der Haustür versteckte.

»Ich liebe Katzen«, fuhr Bruno fort. »Wie heißt Ihre Katze?«

»Croydon, Officer. Croydon.«

»Ich bin wirklich kein Polizist. Aber ich bin Katzenfreund. Darf ich Ihre Katze treffen?«

Die Geisterfrau stupste Bruno mit ihrer Karotte an die Brust.

»Kommen Sie mit«, sagte sie, »für einen Officer würde ich alles tun. Mein Ehemann war Officer im Krieg. Er liebte Katzen auch.« Sie steuerte über den Bürgersteig auf Nummer 8 zu. Bruno konnte sehen, wie seine Eltern dies vom Fenster aus beobachteten. Mit der Karotte als Schlüssel versuchte die Geisterfrau die Haustür zu öffnen. Als die Karotte sich als nutzlos erwies, drückte sie auf den Klingelknopf. Leon der

Punker öffnete nach einer Weile die Tür. Er hatte seine Boxershorts an, und seine Tattoos sahen von nahem noch furchteinflößender aus. Drachen kletterten über seine Brust, und Feuer verschlang seinen Hals. Seine Augen wirkten auch wild, aber anders als die der Geisterfrau. Seine Pupillen wirbelten und flackerten.

»Komm rein, Gran«, sagte Leon und trat einen Schritt beiseite, um die alte Dame vorbeischlurfen zu lassen. Als Bruno ihr folgen wollte, versperrte Leon ihm den Weg.

»Ich wurde eingeladen, eure Katze zu treffen«, sagte Bruno höflich. »Deine Oma sagte, sie würde mich mit ihr bekannt machen. Ich habe Katzenminze dabei.« Bruno schwenkte den Beutel, den er zu Hause vorsorglich eingesteckt hatte, so wie ein neuer Gast auf einer Party eine mitgebrachte Weinflasche vorzeigen würde.

»Es ist keine Katze im Haus«, erwiderte Leon schroff.

»Ich hörte, dass ihr euch in Gesellschaft einer prachtvollen roten Katze befindet. Deine Oma hat es mir gerade gesagt.«

»Gran ist dement«, sagte Leon. »Es gibt keine Katze in diesem Haus. Sie hatte in ihrem früheren Haus eine Katze. Sie hat kein Zeitgefühl.«

Höflich fragte Bruno Leon, ob es ihm etwas ausmachen würde, sich das Suchposter für seine vermisste Katze ansehen.

»Ich hab deine Katze nicht gesehen«, sagte Leon und wollte die Tür schließen.

»Bitte, schau doch mal. Könnte doch sein, dass du sie erkennst«, bat Bruno inständig und stellte den Fuß in die Tür.

»Runter von meinem Grundstück«, sagte Leon und schlingerte plötzlich auf Bruno zu, als würde er einen halbherzigen Kopfstoß versuchen. Er erwartete, dass Bruno zurückweichen würde, aber dieser rührte sich nicht. Sam Draper hätte Leon am Nacken gepackt und den dreckigen Punk geschüttelt, bis er aufgab. Bruno war weder groß genug, noch kam er an ihn heran.

»Ich weiß, was du da oben rauchst«, zischte Bruno mit einer schneidenden Stimme, die er zuvor viele Male aufgenommen und sich angehört hatte. »Ich kann es jetzt gerade an dir riechen. Ich habe Fotos von dir, wie du es rauchst. Und ich bin mit Inspector Skinner von der Brightoner Polizei im Bund. Ein Wort von mir, und dein Haus ist von Polizeiwagen umzingelt. Das Einzige, worum ich dich bitte, ist, dass du einen Blick auf das Suchplakat für meine Katze wirfst.«

Leon der Punker warf einen flüchtigen Blick auf das Foto von Mildred.

»Ich erkenn deine Katze nicht«, rotzte Leon ihm hin.

»Sieh richtig hin«, sagte Bruno und zwängte Leon das Poster in die Hand. »Halte das Poster mit den Fingern hoch und *sieh richtig hin*.« Dem letzten Teil seines Befehls verlieh er besonderen Nachdruck, als wäre er ein verbaler Rammbock.

Leon nahm das Poster widerwillig hoch.

»Immer noch nicht«, sagte er.

»Danke für deine Unterstützung«, sagte Bruno und hörte sich nun wieder übertrieben freundlich an. »Ich hoffe, du genießt diesen herrlichen Tag.« Leon wollte die Haustür schließen. »Oh, und viel Spaß mit den Katzenleckerbissen«, fügte Bruno wie beiläufig hinzu.

»Katzenleckerbissen?«

»Die, die du am Dienstag um 8:55 Uhr im Zeitschriftenladen von Mr Patel gekauft hast. Wie seltsam, dass jemand Katzenleckerbissen kauft, wenn doch gar keine Katze im Haus ist.« Indem er sich abwandte, fügte er im Flüsterton hinzu: »Dein Arsch gehört jetzt mir, Nachbar.«

»Was hast du gesagt?«, rief Leon der Punker ihm hinterher.

Bruno antwortete ihm nicht.

Innerhalb von einer Minute hatte Bruno das Suchposter für seine vermisste Katze mit Grafitpulver auf Fingerabdrücke von Leon untersucht. Als die Abdrücke seines Nachbarn sichtbar wurden, verglich er sie mit denen, die er vom Blumentopf im Garten genommen hatte, den der Eindringling am Montag bewegt hatte.

»Das Dreckschwein!«, rief Bruno mit Sam Drapers knurriger New Yorker Stimme. Die Übereinstimmung war alles andere als exakt, aber Bruno lastete das seiner einfachen Ausrüstung an. Er sprach den Schluss, den er daraus zog, laut aus: »Mildred wird in Nummer 8 gefangen gehalten!«

Einige Minuten zuvor hatte Bruno gehört, wie unten das Telefon klingelte. Sein Vater erschien an der Tür.

»Es gibt Neues in unserem Fall«, sagte Jim. »Ian Cox hat sein Geständnis zurückgezogen. Er bestreitet jetzt, Poppy Rutter ermordet zu haben.«

18

Vater und Sohn saßen auf der Terrasse. Die Morgensonne und die Windstille machten dies zu einem perfekten Ort, um ihre Aufzeichnungen zu vergleichen. Helen stärkte ihre Jungs mit Kaffee und Saft, Müsli und gebutterten Crumpets, kleinen warmen Rundkuchen aus Mehl und Hefe.

»Also, warum hat Ian Cox den Mord erst gestanden und die Aussage dann wieder zurückgezogen?«

»Halte deinen Stift bereit«, sagte Jim und nippte an seinem schwarzen Kaffee. »Das ist ein wenig kompliziert. Ian Cox zufolge ist die Version, an die wir inzwischen glauben, sehr weit von der Wahrheit entfernt. Ian sagt, dass er Poppy am Abend des Mordes vor ihrem Haus aufgelauert hat, nicht, um sie zu verletzen, sondern um sie zu überreden, doch noch mit ihm durchzubrennen.«

»Die Nachrichten auf dem Anrufbeantworter untermauern das nur zum Teil«, sagte Bruno.

»Stimmt«, sagte Jim. »Aber es geht noch weiter … Ian Cox wartete, bis Poppy von ihrer Freiwilligenarbeit bei der Brighton Nightline zurückkam. Er sagt, dass er keine Chance hatte, mit Poppy zu sprechen, bevor sie ins Haus ging. Er beobachtete sie und Terry durch das Wohnzimmerfenster. Sie stritten heftig.«

»Das meiste davon wissen wir bereits«, sagte Bruno, der noch nichts aufgeschrieben hatte.

»An diesem Punkt ändert sich seine Geschichte«, fuhr Jim fort. »Ian Cox sagt, er wurde Zeuge davon, wie die Vergewaltigung begann, und er wollte gerade die Polizei rufen, als Dean auf die Straße lief. Er wollte nicht, dass Dean sah, was seiner Mutter angetan wurde, deswegen versuchte er Dean abzulenken. Laut Ian Cox war das, was ich gesehen habe, kein Versuch, Dean zu kidnappen. Tatsächlich hätte ich beobachtet, wie er sich bemühte, eine anstößige Szene vor einem unschuldigen Jungen zu verbergen.«

»Aha«, sagte Bruno und holte tief Luft, bevor er diese Information in sein Notizbuch aufnahm.

»Du findest das nicht zu verstörend, oder?«, fragte Jim, der den Unterton in der Stimme seines Sohnes wahrnahm.

»*Nein*. Erzähl weiter.«

»Detektive sind auch Menschen. Sie dürfen so etwas fühlen wie …«

»*Erzähl weiter*«, unterbrach ihn Bruno. »Ich bin nicht verstört. Ich konzentriere mich nur.«

»Als ich Ian angesprochen habe, floh er.«

»Warum ist er weggerannt?«

»Es war leichter, wegzulaufen, als es zu erklären, schätze ich. Vielleicht dachte er, das sei die beste Art, um Dean zu beschützen.«

»Aber warum hat Ian Cox den Mord dann zuerst gestanden?«

»Schuldbewusstsein«, sagte Jim. »Ian glaubt, dass seine Affäre mit Poppy der Grund ist, warum sie sterben musste. Weil es ihn gibt, hat Dean keine Mutter mehr. Wenn Terry Rutter für den Mord an ihr ins Gefängnis geht, dann wird der arme Junge auch keinen Vater mehr haben. Ian sagt, dass er nicht dafür verantwortlich sein möchte, dass Dean beide Eltern verliert.«

»Ich wusste es«, sagte Bruno. »Ein Pharmavertreter hat keinen Rohrschneider bei sich. Es war alles zu cluedomäßig.«

»Du hattest recht«, sagte Jim und kritzelte etwas in sein Notizbuch. »Ein Orden für Inspector Glew Junior. Ich hatte auch meine Zweifel. Etwas an dem, wie er den Mord beschrieben hat, passte nicht zu der Kopfwunde von Poppy Rutter. Der Winkel, in dem er zugeschlagen haben musste, erschien mir sofort seltsam.«

»Was ich nicht verstehe, ist, warum er es sich anders überlegt hat«, sagte Bruno, der sich im Lob seines Vaters sonnte. »Warum hat er seine Aussage jetzt zurückgezogen?«

»Vielleicht hat der Gedanke daran, lebenslänglich im Gefängnis zu sitzen, gereicht, damit er seine Meinung ändert. Oder er will, dass der wahre Mörder dafür bezahlt.«

Vater und Sohn verbrachten einige Zeit damit, ihre jeweiligen Notizen zu überprüfen. Beide kauten auf den Enden ihrer Stifte herum. Beide stießen einen unwillkürlichen Laut aus, wenn sie auf eine Seite mit einer ungelösten Frage stießen.

»Ich habe meinen ersten Spitzel rekrutiert«, sagte Bruno nebenbei, als ob das keine große Sache wäre.

Jim sah von seinem Notizbuch auf.

Bruno erzählte, wie er Leon den Punker befragt hatte. Er erklärte, dass er übereinstimmende Fingerabdrücke gefunden hatte.

»Zeig mal«, sagte Jim. Bruno holte die zwei Blätter mit den Abdrücken hervor. Jim hielt sie gegen das Sonnenlicht. »Ich bin nicht sicher, ob sie übereinstimmen«, sagte Jim, während er sie sich über seine Brille hinweg genau ansah.

»Das tun sie«, sagte Bruno und hoffte, dass die Zuversicht in seiner Stimme seinen Vater überzeugen würde. »Meiner Theorie nach halten sie Mildred in ihrem Haus fest.«

»Warum sollten sie das tun?«, fragte Jim skeptisch.

»Keine Ahnung«, sagte Bruno. »Aber diese Fingerabdrücke beweisen, dass Leon in unseren Garten eingedrungen ist, *und* wir haben Katzenminze bei den Blumentöpfen gefunden.«

»Ich bin nicht sicher, ob diese Einzelheiten beweiskräftig sind, aber fahr mit deiner Theorie fort.«

»Ich habe gesehen, wie Leon am Dienstag Katzenleckerlis gekauft hat, aber er bestreitet, eine Katze im Haus zu haben. Und du sagst, dass die Geisterfrau dich gefragt hat, ob du eine Katze gesehen hast, auf die Mildreds Beschreibung passt. Das stinkt von Brighton bis nach Hove, oder nicht?«

»In der Fantasie von Bruno Glew«, sagte Jim. »Also, was planst du?«

»Eine Jedermann-Festnahme«, erwiderte Bruno und biss in ein erkaltetes Crumpet. Sein Vater hatte ihm vor einiger Zeit erzählt, dass jeder einen Verdächtigen festnehmen konnte, wenn er diesen auf frischer Tat ertappte. »Ich werde Leon dem Punker bis heute Mittag Zeit geben, um Mildred zurückzubringen, sonst wird er den starken Arm des Gesetzes zu spüren bekommen. Was braucht man, um einen Durchsuchungsbeschluss zu bekommen?«

»Einen richtigen Polizisten.«

»Denkst du, dass Inspector Skinner mir einen Durchsuchungsbeschluss für Leons Haus gibt?«

»Nein«, sagte Jim. »Drei Mal nein.«

Die beiden widmeten sich wieder ihren Notizbüchern.

»Also lassen sie die Anklage gegen Ian Cox fallen?«, fragte Bruno, nach einigen Überlegungen.

»Ich rufe Inspector Skinner nachher an. Wenn sie das machen, steht Terry Rutter erneut unter Hauptverdacht.«

»Wo ist Deans Dad jetzt gerade?«

»Im Gefängnis in Lewes«, sagte Jim. »Er wird nicht auf Kaution freigelassen. Ich besuche ihn nachher.«

»Kann ich mitkommen?«

»Nein, Sohn. Heute nicht.«

In diesem Moment hörten Vater und Sohn ein Geraschel

am Zaun hinten im Garten, als ob jemand daran hochkletterte. Bruno drehte sich um. All seine Hoffnungen wurden wahr. Sie erschien in Zeitlupe. Erst ihre schneefarbenen Zehen, dann ihre roten Ohren. Dann ihr schwarzes Mäulchen.

»Das ist Mildred!«, jubelte Bruno.

»Was hat sie da im Maul?«, fragte Jim. »Ist das ein Vogel?«

»Nein«, sagte Bruno und kniff die Augen zusammen, während seine geliebte Katze über das Gras zu ihnen herüber trottete.

»Es ist eine Schlange«, sagte Jim und stand erschrocken auf.

»Es ist ein Würstchen«, sagte Bruno, außer sich vor Freude. »Es ist ein gekochtes Würstchen!«

Es folgte eine überwältigende Szene. Der Junge und die Katze lagen sich im Arm. Mildred ließ ihr Schnurren hören, und Bruno seins. Dieses Wiedersehen dauerte einige Minuten. Bruno nahm seine Katze auf den Arm, und sie tanzten herum, Mildreds Vorderpfoten auf Brunos Schultern gelegt.

»Ich dachte, ich hätte dich verloren«, wiederholte Bruno, wieder und wieder.

Bruno ließ Mildred schließlich bei ihrem Napf in der Küche hinunter, den er rasch mit ihrem Lieblingsessen füllte. Bald war er bis zum Rand mit Hühnchen aus dem Kühlschrank gefüllt. Bruno ließ es sich nicht nehmen, Mildreds Mahlzeit mit Scheiben des mit Honig gerösteten Schinkens aufzustocken.

»Das reicht«, sagte Helen, als Bruno die italienische Fleischplatte öffnete. »Mildred wird noch krank.«

»Wenigstens können wir das mit der Jedermann-Verhaftung jetzt vergessen«, sagte Jim und sah auf die Katze hinab, die ihr Futter verdrückte.

»Sie hat ihr Kamerahalsband nicht um«, sagte Bruno, dem dies plötzlich auffiel. »Ich bin mit Leon dem Punker noch nicht ganz fertig.«

Bruno ging ins Arbeitszimmer seines Vaters und öffnete die Software des Kamerahalsbands. Auf dem Radar war das Signal der Kamera nicht länger zu sehen. Die Batterien waren offensichtlich leer oder entnommen worden.

19

Seit seinem Unfall fuhr Jim nicht mehr gerne Auto. Die Gangschaltung des alten Wagens, grob und schwergängig, ließ Jims Versuche, in einen anderen Gang zu schalten, oft mit einem tiefen Röhren aus dem Motorraum scheitern. Es war der Klang einer Maschine, deren Tage gezählt waren.

Er bog auf den Parkplatz des Gefängnisses von Lewes ein. 1853 gebaut, blickte das imposante viktorianische Gebäude gebieterisch auf die Läden und die mit Kopfstein gepflasterten Straßen von Lewes herab. Mit seinen hohen Außenmauern und seiner Fassade aus dunklen Steinen konnte das Gefängnis leicht mit einem der gnadenlosen viktorianischen Armenhäuser verwechselt werden.

Die Hauptpforte, eine stark gesicherte rote Tür, lag neben einem Bogengang, der den Besucher sogleich gefangen nahm, und ihm deutlich signalisierte: *Dein Leben gehört jetzt mir.*

Nachdem er sich eingetragen hatte und mit einer Besucherplakette ausgestattet worden war, wurde Jim an einer Reihe verschlossener Tore vorbei zum großen Besuchsraum geführt. Die Beleuchtung und der Geruch erinnerten Jim an eine alte Schulkantine. Der Raum vermittelte ihm ein Gefühl von Hygiene und Hoffnungslosigkeit.

An einem Tisch in der Mitte saß, mit dem Rücken zur Tür, Terry Rutter. Terry trug graue Gefängniskleidung. Er drehte sich um, als Jim den Raum betrat.

»Du bist mein erster Besucher«, sagte Terry. »Ich hab schon gedacht, dass alle Welt mich vergessen hat.«

»Dein Anwalt war aber sicher schon da?«, fragte Jim und quetschte sich auf den Plastikstuhl.

»War sie. Eine Frau, die das H falsch ausspricht. Sie sieht aus wie eine Visagistin. Wir haben uns schon verkracht.«

»Sie ist da, um dir zu helfen«, sagte Jim. »Du musst sie als deine Verbündete sehen.«

»Sie sagt, mein Sohn darf mich nicht besuchen. Sie ist nicht meine Verbündete.«

Jim verkniff es sich darauf hinzuweisen, dass eine Anwältin in dieser Sache wenig mitzureden hatte.

»Hast du mit Dean gesprochen?«, fragte Terry.

»Ja«, sagte Jim und wiegte den Kopf hin und her. »Ich habe kurz mit seiner Tante gesprochen. Es geht ihm den Umständen entsprechend gut. Inspector Skinner hält sie auf dem Laufenden, was den Fall angeht.«

»Hasst er mich?«

Jim suchte mühsam nach den richtigen Worten.

»Er weiß nicht, was er fühlt«, sagte Jim. »Er steht unter Schock.«

»Scheiß auf Inspector Skinner«, spie Terry nach einer Weile der Überlegung aus. »Diese Schlampe hat kalte Augen. Sie denkt, ich hätte es getan, das hab ich im Gefühl.«

Jim hatte gelesen, dass sich drei Gefangene aus Lewes innerhalb der letzten zwei Monate erhängt hatten. Die Aufsichtsbehörde hatte das Gefängnis bei der letzten Inspektion in allen Punkten scharf kritisiert, von der Unterbringung bis hin zum Wiedereingliederungsprogramm. Nicht, dass Jim große Toleranz für Kriminelle besaß. Während seiner sozialistischen Phase an der Universität hatte er Verständnis für die meisten Straftäter aufbringen können. Heute, da das Alter und seine

Familie ihn immer verletzlicher machten, hatte Jim weniger Mitgefühl für diejenigen, die sich außerhalb der Grenzen des Gesetzes bewegten.

Jim sah in Terrys verhärmtes Gesicht und fragte sich, was sein Nachbar durchmachen musste. Terrys Trauer, der Verlust seines Sohnes und das Grauen dieses Gefängnisses ließen ihn bestimmt zu einer Gefahr für sich selbst werden. Wenn er schuldig war, dann verdiente er vielleicht alles, was er durchmachte.

»Der Polizist, der mich herbegleitet hat, sagte, dass es gestern Nacht Ärger gab«, sagte Jim. »Alles in Ordnung?«

»Ich hatte vor, die Füße still zu halten«, sagte Terry, »aber sie waren sofort hinter mir her. Sie sagten, meine tote Frau wäre eine Hure und sie habe verdient, was ich ihr angetan hätte. Ich möchte mal den Mann sehen, der so eine Beleidigung erträgt ohne auszurasten.«

»Wie hast du reagiert?«

»Ich habe ihm die Nase gebrochen. Ich breche sie noch mal, wenn er meine Frau wieder beleidigt.«

Jim führte nicht an, dass solches Benehmen die Geschworenen nur gegen ihn aufbringen könnte. Stattdessen erklärte er Terry in ruhigen Worten den Gang der Ermittlungen, seiner und jener der Polizei. Jim sagte, dass es nicht die Polizei gewesen war, die Terrys Alibi – den Geschäftsführer von Joey's Pizza und Grill – entdeckt hatte, sondern er selbst. Erst jetzt fiel Jim auf, dass er einen Flüchtigkeitsfehler begangen hatte: Wegen des Geständnisses von Ian Cox hatte er das Alibi nicht überprüft. Vermutlich hatte das die Polizei getan. Jim nahm sich vor, auf dem Weg nach Hause in der Pizzeria vorbeizuschauen.

»Deine Rechtsanwältin könnte vielleicht veranlassen, dass du verlegt wirst.«

Terry schüttelte den Kopf.

»Erzähl mir, was in der Mordnacht geschehen ist«, fuhr Jim fort. »Ich weiß, dass du's schon hundertmal der Polizei gesagt hast, aber vielleicht haben sie was übersehen.«

Terry erzählte Jim seine Version der Ereignisse, sein walisischer Akzent kam dabei immer wieder durch.

»Poppy war bei der Brighton Nightline. Dean war bei euch. Ich hatte Sekt gekauft.«

»Wann kam sie nach Hause?«

»Gegen zehn, glaube ich. Vielleicht ein wenig später. Ich weiß nicht.«

»Wie viel hattest du getrunken?«

»Ich habe in der letzten Zeit nicht mehr so viel getrunken«, sagte Terry. »Ich hatte ein paar Bier am Nachmittag und trank drei oder vier Whisky, bevor Poppy von der Nightline zurückkam. Es fällt mir schwer, zu verzeihen. Ich hoffte, der Alkohol würde mein Herz weicher machen, und ich dachte auch, dass er das getan hätte – als Poppy zurückkam, öffnete ich die Flasche Sekt. Ich kämpfte gegen meinen natürlichen Widerwillen an und brachte einen Toast auf unseren Neubeginn aus. Wir stießen mit den Gläsern an. Wir sprachen darüber, dass wir unseren Schwur erneuern wollten. Ich sprach jedenfalls davon – Poppy tat ihr Bestes, um begeistert auszusehen. Sie versicherte mir, dass es ihr leidtäte. Sie versicherte mir, dass sie bereute, was sie getan hatte.«

»Und was passierte dann?«, fragte Jim, der sich unwohl fühlte, ihm zuzuhören. Er wusste, dass Terry seine Version der Ereignisse der Polizei, seiner Anwältin und sich selbst bei mehr als einer Gelegenheit erklärt haben musste. Natürlich brachte es die Wiederholung mit sich, dass seine Aussage jedes Mal etwas glatter wurde, aber etwas an der Art, wie Terry es vorbrachte, klang für Jims Gefühl wie auswendig gelernt.

»Sie sagte, dass ich ihr im Sinne eines Neuanfangs alle Fragen über die Affäre stellen sollte. Sie sagte, ich sollte alle Fragen herauslassen und dann könnten wir die ganze Sache ad acta legen. Sie sagte, dass sie nicht wolle, dass es nach dieser Nacht noch mal zur Sprache käme. Ich sagte, das wäre eine schlechte Idee. Ich war noch nicht bereit, mich der ganzen Wahrheit zu stellen. Poppy sagte, dass sie niemals wieder darüber sprechen wolle, und dass dies meine einzige Chance sei, herauszufinden, was auch immer ich wissen müsse.«

Terry schnaubte in sein Taschentuch.

»Und?«, fragte Jim.

»Und ich stellte die Fragen, bei denen meine Fäuste anfingen zu jucken.«

»Was hast du sie gefragt?«

»Ich habe sie gefragt, ob sie ihn liebe. Ob sie mich immer noch liebe.«

»Und ihre Antwort?«

»Sie antwortete beide Male mit Ja, aber sie sagte, dass sie diese Gefühle trennen könne. Sie sagte, ich müsse verstehen, dass die Liebe, die sie für Ian empfand, auf viel weniger wichtige Dinge gründete als die Liebe, die sie mir entgegenbrachte. Sie sagte, ich sei der Vater ihres einzigen Kindes und dass dies wichtiger sei als alles andere.«

»Und dann?«

Bei dem, was Terry Rutter als nächstes sagte, veränderte sich seine Stimme. Es war, als ob eine zweite Persönlichkeit die Kontrolle über das kaputte menschliche Wesen übernahm, das ihm gegenübersaß.

»Ich fragte sie, ob ich sie nicht gut genug fickte«, knurrte er. »Ich fragte, ob er sie besser rannahm.« Vielleicht entgleisten Jim die Gesichtszüge, da Terry Rutter fortfuhr: »Ich sehe dir an, dass du diese Worte nicht magst – ich bin darauf nicht stolz. Meine Anwältin sagt mir, ich solle mich der Polizei endlich in einem vorteilhafteren Licht präsentieren. Ich sage dir, was ich zu ihr gesagt habe – eine ordinäre Ausdrucksweise macht mich noch nicht zum Mörder.«

»Und was antwortete Poppy?«

»Sie sagte diesen schrecklichen Satz – es sei *anders* mit ihm. Weicher. Sanfter. Was als Nächstes kam, wird mich bis ans Ende meiner Tage verfolgen. Ich sagte, ich zeige dir, wie sanft ich dich ficken kann, und wollte sie küssen. Sie wies mich ab. Sie stieß mich weg, und als ich sie erneut küssen wollte, spuckte sie mir ins Gesicht. Du weißt, was dann passiert ist.«

»Schildere es mir«, sagte Jim. »Du bist immer noch der Hauptverdächtige. Ich versuche, deine Unschuld zu beweisen.«

»Ich verlor die Kontrolle. Ich bin nicht stolz darauf.«

»Du hast sie vergewaltigt?«

»Ja.«

»Im Wohnzimmer?«

»Es fing in der Küche an. Sie wand sich aus meinem Griff und flüchtete ins Wohnzimmer. Ich versuchte, mich zu beruhigen, aber ich konnte es nicht. Also bin ich ihr gefolgt. Wir rangen miteinander, aber sie entglitt mir – ich war betrunken und wacklig auf den Beinen.«

»Was meinst du genau mit *rangen*?«

»Wir kämpften«, sagte Terry. »Könnte sein, dass ich sie geschlagen habe – ich kann mich nicht genau erinnern. Es gelang ihr, sich zu befreien. Also verfolgte ich sie in die Küche, wo es geschah.«

»Wie hast du sie vergewaltigt?«, fragte Jim. Terry machte ein Gesicht, als ob er das nicht sagen wollte. »Sie war übersät mit blauen Flecken und Schnitten«, fuhr Jim fort. »Die muss ich von den Wunden trennen, an denen sie gestorben ist – besser gesagt, müssen die Vergewaltigung und der Mord als Verbrechen voneinander getrennt betrachtet werden.«

»Ich war sehr betrunken. Meine Erinnerung hat große Lücken.«

»Dass du dich nicht erinnern kannst, wird die Geschworenen gegen dich einnehmen.«

Aus dem Triebtäter wurde wieder Terry Rutter. Er sprach leise, als ob seine Worte ihn quälten. »Ich packte sie am Oberarm und zwang sie gegen die Spüle.«

»Red weiter«, sagte Jim.

»Ich drehte sie herum und schlug mit den Fäusten auf ihren Rücken ein, bis sie es über sich ergehen ließ.«

»Was die Blutergüsse auf ihrem unteren Rücken erklärt. Wie stark hat sie sich gewehrt?«

»Am Anfang sehr. Sie kratzte, stieß mit ihren Ellenbogen und spuckte. Dann gab sie auf.«

»Woher kam das Blut auf deinen Jeans?«

»Ihr blaues Auge platzte auf. Ich muss sie mit meinem Ring erwischt haben.«

»Du trägst deinen Ehering nicht.«

»Hab ich in dem Moment aber.«

»Nicht, als ich dich am Morgen geweckt habe. Ich erinnere mich daran, dass mir sein Fehlen auffiel. Und du trägst ihn auch jetzt nicht.«

»Ich muss ihn in der Nacht verloren haben. Oder weggeworfen. Wie auch immer, ich kann mich …«

»… nicht erinnern«, beendete Jim den Satz grimmig.

Terry streckte seine Hände aus, um seine dicken, unberingten Finger vorzuzeigen. »Ich sage dir alles, woran ich mich erinnern kann«, sagte er. »Ich weiß, es wäre viel günstiger für mich, wenn ich mich genau auf das besinnen könnte, was geschehen ist.«

Jim durchforstete für ein paar Minuten seine Notizen. In dieser Zeit putzte sich Terry noch ein paar Mal die Nase. Er blies so stark, dass Blutströpfchen seinen Ärmel färbten.

»Als ich Poppy am Morgen fand, trug sie ihren Schlafanzug«, sagte Jim und blätterte zwischen den Seiten hin und her. »Hat sie sich umgezogen, als sie von der Nightline kam?«

»Ja.«

»Was hast du getragen, als sie nach Hause kam?«

»Das Hawaiihemd, in dem ich ihr den Antrag gemacht hatte. Es war als Statement gemeint. Es passte mir nicht mehr, aber ich dachte, sie würde die Geste verstehen. Ich dachte, es wäre witzig.«

»Und sie zog sich ihren Schlafanzug an?«

»Ja.«

»Warum?«

»Das Büro der Nightline riecht klamm.«

»Es kommt mir seltsam vor, dass sie sich ihren Schlafanzug anzieht, während du ein Hemd von solcher Bedeutung trägst.«

»Nimmst du mich ins Kreuzverhör?«

»Ich gehe nur die Fakten durch.«

»Sie sagte, dass sie müffelte, und wollte sich waschen.«

»Duschte sie? Nahm sie ein Bad?«

»Nicht dass ich wüsste«, sagte Terry.

»Wo ist das Hemd jetzt?«, fragte Jim. »Als ich dich aufweckte, hattest du einen weißen Pulli an.«

Terry dachte einen Moment nach. »Ich hab mich umgezogen, bevor ich in den Pub ging. Wie ich schon sagte, das Hemd passte mir nicht.«

»Wo ist das Hemd jetzt?«

»Keine Ahnung«, sagte Terry. »Ich kann mich nicht erinnern.«

»Okay«, sagte Jim, der den Zweifel in seiner Stimme nicht verbergen konnte. Sein Stift schwebte kurz über der Seite, bevor er Terrys Worte aufschrieb. »Um welche Uhrzeit bist du im Pig and Whistle angekommen?«

»Der Alkohol zeigte Wirkung. Ich weiß noch, dass ich Poppy in der Küche zurückließ und dann ins Pig and Whistle torkelte. Danach ist mein Gedächtnis leer. Ich habe keine Ahnung, um welche Zeit das war.«

»Du erinnerst dich danach an nichts?«

»Nein«, sagte Terry.

»*Nichts*?«

»Nichts.«

Dies ärgerte Jim. Er hatte bisher nach exzessivem Alkoholgenuss noch nie einen Blackout erlebt. Das war die Ausrede eines Teenagers, die vor Gericht wenig Bestand haben würde.

»Noch mal zurück zum Trinken. Nur, um sicherzugehen: Du hattest drei oder vier Whisky getrunken, bevor Poppy nach Hause kam. Waren das einfache oder doppelte?«

»Ich habe schon wieder das Gefühl, du nimmst mich ins Kreuzverhör«, sagte Terry.

»Ich versuche deine Unschuld zu beweisen. Dafür muss ich ein Gesamtbild der Ereignisse herstellen. Bitte vertrau meinen beruflichen Fähigkeiten. Ich weiß, was ich tue.«

»Doppelte«, sagte Terry. »Große doppelte.«

»Die Polizei hat bestätigt, dass Whisky im Haus war. Ich habe die Flasche auch gesehen.«

»Ich hatte an dem Tag außerdem einige starke Schmerztabletten genommen.«

»Welche Marke und wie stark?«, fragte Jim und überflog seine Notizen. »Diese Information ist mir neu. Weiß die Polizei darüber Bescheid?«

»Ich habe es Inspector Skinner und meiner Anwältin mehr als einmal gesagt. Es war Paracetamol und Kodein. Eine verschreibungspflichtige Dosis. Ich habe sie vor einem Monat wegen einer Bänderzerrung an der Wirbelsäule verschrieben bekommen. Mein Arzt kann das bestätigen.«

»Schränkt dieses Leiden deine Bewegungsfähigkeit ein?«

»Nein«, sagte Terry. »Hab nur starke Schmerzen im Rücken.«

»Hast du schon mal Alkohol getrunken, nachdem du diese Schmerztabletten genommen hast?«

Terry dachte nach, bevor er antwortete.

»Vermutlich«, sagte er. »Aber nicht so viel.«

»Darf man die zusammen mit Alkohol einnehmen?«

»Nein. Ist 'ne schlechte Mischung.«

»Aber du hast es trotzdem zusammen genommen?«

»Ja. Verzweifelte Zeiten erfordern verzweifelte Maßnahmen.«

Jim versuchte ein verräterisches Zucken zu entdecken, aber Terry zeigte kein Anzeichen, dass er log. Jim nahm die zusätzliche Angabe in sein Notizbuch auf. Obwohl er sich nichts anmerken ließ, seufzte er innerlich. Diese Sprüche von Alkohol und Schmerztabletten waren ein dürftiges Klischee. Je mehr Jim nachbohrte, desto schwerer fand er es, Terry Rutters Behauptungen zu schlucken.

Trotzdem gab es etwas an Terrys Schilderung, das Jim überzeugend fand. Aus seiner Erfahrung heraus neigten Lügner dazu, die Dinge übermäßig auszuschmücken. Ein Lügner würde eine Geschichte mit einem glaubwürdigen Detail zu viel ausstatten. Vielleicht war die Einfachheit von Terrys Geschichte, der leidige Minimalismus seines Berichts, ein Zeichen dafür, dass er die Wahrheit sagte. Warum sollte er sich die Mühe machen, es auszugestalten? Wenn man sich nicht erinnern konnte, dann war das eben so. Oder vielleicht war es einfacher für Terry, das Lügentheater zu umschiffen. Vielleicht führten seine Trauer und sein Schuldgefühl dazu, dass sein Gehirn gar keine aufwändige Täuschung mehr betreiben konnte.

»Du erinnerst dich *gar nicht* an das Pig and Whistle?«, fragte Jim und hoffte, dass sein Nachbar seinen skelettartigen Bericht mit etwas Fleisch aufpolstern würde. Terry schüttelte den Kopf. »Und du weißt *nicht*, wo du danach hingegangen bist?«

»Das Nächste, woran ich mich erinnere, ist, wie du mich am nächsten Morgen aufgeweckt hast.«

»Du erinnerst dich nicht daran, wie du zum Haus zurückgekehrt bist?«

»Nein«, sagte Terry.

»Du hast nicht nachgesehen, ob es deiner Frau gut ging?«

»Weiß ich nicht mehr.«

»Du würdest so was doch nicht vergessen, oder, Terry?«

»Ich schätze nicht«, sagte sein Nachbar düster.

In diesem Moment wurde sich Jim der Kargheit des Raums bewusst. Er war zur selben Zeit weit und klein. Und er sah die Trostlosigkeit im Gesicht seines Nachbarn.

»Was glaubst du, wer deine Frau ermordet hat?«

»Ich habe gründlich darüber nachgedacht«, sagte Terry, ohne zu zucken oder zu wanken. »Er muss es gewesen sein. Ian.«

»Warum?«

»Wer könnte sonst wollen, dass sie tot ist?«

»Warum sollte Ian Cox deine Frau ermorden wollen?«

»Aus demselben Grund, aus dem sie denken, dass ich es war. Weil sie ihn bloßgestellt hat. Weil sie ihn zurückgewiesen hat. Weil sie der Typ Frau ist, der sogar den ruhigsten Mann zur Weißglut treiben kann.«

Gewissenhaft schrieb Jim diese Aussage auf.

»Da ist noch was«, fuhr Terry Rutter fort. »Ein paar Tage zuvor erwähnte Poppy einen ungewöhnlichen Anruf bei der Nightline. Er belastete sie und regte sie auf, aber sie wollte mir nichts Genaues darüber erzählen. Sie befürchtete, dass ich ausrasten könnte.«

Terry Rutter brach zusammen. Sein großer Körper wurde von Weinkrämpfen geschüttelt, seine massigen Schultern bebten, sein Gesicht war von den Tränen und von der Trauer zerrüttet. Gerade als Jims Augen sich ebenfalls mit Tränen füllen wollten, hörte er Terry jedoch etwas sagen, das eher an sich selbst als an Jim gerichtet war. Terrys schluchzte diese Worte mehr, als dass er sie sprach. »Ich verdiene alles, was ich bekomme.«

Auf der Fahrt nach Hause spürte Jim einen stechenden Schmerz in der Herzgegend.

Joey's Pizza und Grill war geschlossen, als Jim vorfuhr. Das Schild an der Tür besagte, dass der Laden erst um 17 Uhr öffnete.

Statt nach Hause zu fahren, fuhr Jim zu seinem alten Büro. Heute war der Umzugstag. Jim sah den Möbelwagen, der davor parkte. Er fuhr auf die andere Straßenseite, hielt an und beobachtete das düstere Bild, das sich ihm bot: zwei sehnige Männer, die seine Kartons verluden. Wellblechzäune, die das traurige Gebäude umgaben. Bei näherer Betrachtung entdeckte man am Tor des Zauns einen Zettel mit einer Bekanntmachung, dass das Gebäude am 1. August abgerissen würde.

»Du kannst da nicht reingehen, Kumpel«, sagte einer der Umzugsmänner, als Jim sich an ihm vorbeidrückte.

»Mir gehören die Räumlichkeiten bis zum Ende des Monats. Da drin ist jemand, den ich unbedingt sehen muss.«

»Der Monat ist heute zu Ende.«

»Erst um Mitternacht.«

Jim lief die vertraute Treppe hinauf und betrat sein Büro, der herrlich muffige Gestank erinnerte ihn an einfachere Zeiten. Drinnen waren das gesamte Mobiliar und die Kisten schon weg. Blasse Flecken in der Form von Tischen und Bücherregalen ergaben ein Muster auf dem Holzboden. Zu Jims Erleichterung war *er* immer noch da. Philip Marlowe hatte sich schon erwartungsvoll eine Zigarette angezündet.

»Ich weiß, was du denkst« sagte Jim, der sich Marlowes spöttischer Grimasse wohl bewusst war. »Sieh nicht so verdammt selbstgefällig aus. Du hättest jetzt schon verbrannt sein sollen. Hast du einen von deinen Deals gemacht?« Da es nichts mehr gab, worauf er sitzen konnte, hockte sich Jim auf das Fensterbrett gegenüber vom Kamin. Marlowe zog weiter an seiner Camel. »Dieser Fall ist kein Segen, egal, wie du vielleicht darüber denkst. Ich liebe meine Frau. Ich habe ihr versprochen, dass wir nach dem Berufswechsel mehr Zeit miteinander verbringen würden.«

Das Rauchen stand Philip Marlowe. Mit einer Zigarette zwischen den Lippen sah er unbezwingbar aus.

»Terry macht mich wirklich fertig«, fuhr Jim fort. »Normalerweise merke ich, wenn man mich anlügt, aber es ist mir unmöglich, ihn zu durchschauen.«

Philip Marlowe blickte enttäuscht drein.

»Ich habe das Beste in Terry Rutter gesehen«, sagte Jim. »Er hat mich während meiner gesamten Genesungszeit besucht, mir manchmal herzschonendes Essen nach Hause gebracht, mir Rat angeboten, was wundgelegene Stellen und Diäten anbetraf. Als es mir wieder besser ging, haben wir mit den Jungs im New Forest gecampt. Die Rutters haben uns beigebracht, wie man angelt, obwohl Bruno protestiert und die Tierquälerei angeprangert hat. Terry war ein großartiger Vater. Er knuddelte Dean die ganze Zeit über und sagte seinem Sohn, dass er ihn lieb habe. Und er war Bruno gegenüber so fürsorglich. Einmal klopfte ich mitten in der Nacht an seine Tür, als Bruno einen furchtbaren Ausschlag hatte, der sich über seine ganzen Beine zog. Terry zog seinen Morgenmantel an und kam zu uns rüber, ohne zu murren.«

Marlowe rauchte seine Camel und drängte Jim fortzufahren.

»Aber ich habe bei zu vielen Gelegenheiten auch die dunklere Seite von Terry Rutter gesehen. Auf dem Parkplatz des

Zeltplatzes, baute er sich vor einem Mann auf, der beim Zurücksetzen leicht gegen seinen Volvo gestoßen war. Ich dachte, dass Terry den Vater vor seiner zitternden Familie niederschlagen würde. Er wird zu schnell wütend. Poppy hat Helen einmal von einem Vorfall in Magaluf erzählt, bei dem Terry jemandem, der ein Sonnenbad nahm, ins Gesicht schlug, weil er auf Poppys Oberweite geglotzt hatte.«

Jim wandte Marlowe den Rücken zu. Er sah aus dem Bürofenster, wie er es immer tat, wenn er komplizierte Gedanken wälzte. Im stillgelegten Parkplatz unter sich sah Jim ein ausgebranntes Auto, die Reifen aufgeschlitzt, die Windschutzscheibe eingeschlagen.

»Manchmal bin ich neidisch auf Bruno«, sagte Jim, vielleicht zu sich selbst, vielleicht zu Marlowe. »Was für ein lächerlicher Gedanke! Die Schnelligkeit seines Geistes. Das Vergnügen, das er beim Rätsellösen empfindet. Ich bin seit der Operation nicht mehr derselbe. Mein Gehirn arbeitet einfach nicht mehr so schnell.«

Jim wandte sich zu Marlowe um, der sich eine weitere Zigarette angezündet hatte.

»Dieser Fall ist Gift für mein Herz«, sagte Jim. »Ich fange an, die alte Enge in meiner Brust zu spüren. Ich werde froh sein, wenn das hier vorbei ist.«

Jim und Marlowe starrten sich eine Weile an.

»Ich muss Terrys Alibi überprüfen«, sagte Jim. »Ich muss selbst hören, was der Pizzaverkäufer sagt.«

Bevor er ging, entfernte Jim Philip Marlowe von seinem Platz über dem Kamin. Er rollte den Druck zusammen und verließ das Gebäude mit seinem Mentor unter dem Arm.

20

Bruno nahm sich einige Stunden von den Ermittlungen frei, um sich wieder mit seiner Katze vertraut zu machen.

Traurigerweise war die Wiedervereinigung nicht so wonnig, wie Bruno das erwartet hatte. Mildred lag auf seinem Schoß und lehnte es ab, Blickkontakt aufzunehmen. Die Katze klammerte sich an ihn und hielt den Kopf gesenkt.

»Du hast dein Schnurren verloren«, sagte Bruno und kraulte Mildreds Kinn. »Und das Glöckchen an deinem Halsband fehlt.«

Mildred ignorierte die mit Katzenminze gefüllte Spielmaus. Nicht einmal auf den Federblinker sprang sie an.

»Die haben dich ganz schön gut gefüttert«, fuhr er fort, als er den weißen Bauch seiner Katze mit den Fingern erkundete. Er konnte die ängstliche Anspannung im Rückgrat seiner Katze fühlen. »Was auch immer Leon der Punker und diese alte Frau dir angetan haben, wenigstens haben sie deinen Bauch gefüllt.«

»Wie geht's ihr?«, fragte Mum und brachte Orangensaft in Brunos Kinderzimmer.

»Irgendwas hat sie verstört«, sagte Bruno, der seiner Katze die Pfote hielt.

»Was denn?«

»Mord.«

»Mach dich nicht lächerlich!«

»Sieh dir ihren Schwanz an«, fuhr Bruno fort, während die rote Klobürste, die an Mildreds Hinterteil hing, ohne Unterlass hektisch hin und her schwang. »Ich frage mich, welche schrecklichen Dinge sie miterlebt hat.«

»Es geht ihr gut«, sagte seine Mum. »Sie ist froh, wieder zu Hause zu sein.«

»Ich kenne mich mit Mildreds Schwanz besser aus als du!«, fuhr Bruno sie an. »Dieses Wedeln bedeutet, dass sie verstört ist.«

Als seine Mum gegangen war, nahm Bruno seinen Spionageposten am Dachfenster ein. Er hoffte, das Auto seines Vaters zu erblicken. Stattdessen fiel sein Blick auf zwei neue Besucherinnen an der Haustür des neugierigen Alan.

Zwei Frauen, dachte Bruno. *Was will der neugierige Alan an einem heißen Donnerstagnachmittag um 13 Uhr 58 mit zwei Frauen?*

Wie ein Blick durch Brunos Fernglas zeigte, handelte es sich um eineiige Zwillinge. Ihr Lachen und ihre schrillen Stimmen verrieten, dass sie Ausländerinnen waren. Russinnen vielleicht. Sie trugen so grellbunte Kleidchen wie Animateurinnen. Der neugierige Alan begrüßte seine Gäste mit je zwei Küssen. Sie zogen sich die knalligen Schuhe aus und ließen sie auf dem katzenkotzefarbenen Teppich zurück. Natürlich notierte sich Bruno alle Einzelheiten.

In nur einer Stunde, während Mum im Garten die Zeitung las und Mildred in Brunos erkaltetem Bett sicher schlief, entwarfen Vater und Sohn eine neue Strategie. Sie saßen am Tisch in der Küche, jeder kaute auf seinem Stift herum.

»Ich glaube, dass er die Wahrheit sagt«, sagte Jim, nachdem er Terry Rutters Version der Ereignisse wiedergegeben hatte.

»Aber irgendwas nagt an dir«, sagte Bruno.

»Ja.«

»Diesem unguten Gefühl sollte man trauen.«

»Das sollte man«, stimmte sein Vater zu.

»Ungute Gefühle lösen Fälle. Sie sollten wie ungebetene Gäste auf Partys behandelt werden, sage ich immer. Ungute Gefühle müssen willkommen geheißen, bewirtet und unterhalten werden. Lass die unguten Gefühle nicht die Party verlassen, ohne dass du sie kennengelernt hast.«

»Von wem ist das Zitat?«, fragte sein Vater, beinahe beeindruckt. »Holmes?«

»Nein«, sagte Bruno.

»Es klingt nicht nach Morse. War es Jonathan Creek?«

»Nee.«

»Marple?«

»*Ich* habe das gesagt«, erwiderte Bruno. »Das ist eins von meinen.«

»Eins von *deinen*?«, fragte Jim zweifelnd.

»Ja. Also, was machen wir jetzt?«, fragte Bruno.

»Heute Abend werde ich Terrys Alibi bei Joey's Pizza und Grill überprüfen. Die Polizei wird das schon gemacht haben. Aber ich muss es selbst hören.«

»Ich habe einen neuen Plan«, sagte Bruno.

»Lass hören.«

»Ich habe vor, den neugierigen Alan zu befragen. Er hat sich am Morgen des Mordes sehr seltsam verhalten. Ich spüre, dass er in dieser Sache irgendwie drinhängt.«

»Du kannst nicht einfach anfangen, Leute zu befragen«, erwiderte Jim. »Das einzige Verbrechen, dessen der neugierige Alan sich immer wieder schuldig macht, ist sein unersättlicher Appetit auf albernes Gewäsch.«

»Vielleicht«, sagte Bruno und setzte einen Ausdruck auf, den er noch nicht lange genug geübt hatte. »Aber ich habe ein ungutes Gefühl, was ihn angeht. Und du weißt, was ich immer über ungute Gefühle sage.«

»*Ich* habe ein ungutes Gefühl«, unterbrach ihn sein Vater.

»Sag schon«, sagte Bruno.

»*Du* hast irgendwas zu verbergen.«

»Unguten Gefühlen sollte man trauen«, sagte Bruno, bevor er sein Notizbuch nahm und sich aus dem Staub machte.

Während die kräftigen Männer die Sachen seines Vaters hereinschleppten, schlüpfte Bruno heimlich aus dem Haus. Er klopfte entschlossen an die Tür des neugierigen Alan.

Es dauerte etwas, bis der alte Mann kam. Bruno wusste, dass er durch die Stores beobachtet wurde, und tat sein Bestes, um ein geduldiges, ausdrucksloses Gesicht zu wahren, obwohl der Sam Draper in ihm die Tür am liebsten eingetreten hätte.

Bruno klopfte ein zweites Mal. Er hatte dem neugierigen Alan noch nie vertraut, schon wegen der ungeheuerlichen Schweißflecken, die sich in den Achseln seines einzigen weißen Hemds abzeichneten. Brunos Dad sagte, dass Mode immer weniger Bedeutung hatte, je älter man wurde, aber darauf fiel er nicht herein. Er spürte, dass die Schweißflecken des neugierigen Alan ihn absichtlich irritieren sollten. Sie konnten ein Täuschungsmanöver sein, das dazu diente, das Auge abzulenken. Bruno hatte über ein berüchtigtes Duo jugendlicher Ladendiebe gelesen, die eine ähnliche Technik anwandten. Die Jungen waren Schauspielschüler. Sie hatten es mit ihren Aufführungen epileptischer Erstickungsanfälle durch Süßigkeiten auf große Geschäfte angelegt. Während einer der beiden Jungen das Personal und die Wachleute ablenkte, füllte der andere sich die Taschen.

»Sie haben sich rasiert«, sagte Bruno, als der neugierige Alan schließlich die Tür öffnete. »Ihr Bart und Ihr Schnäuzer sind weg.«

»Nett, dass du das bemerkt hast«, sagte der alte Mann. Bruno warf einen prüfenden Blick ins Haus, konnte aber die Schuhe nicht entdecken, die den bunt gekleideten Schwestern gehörten.

Ohne die Gesichtsbehaarung wirkte der neugierige Alan wie eine anderer Mensch. Er war hagerer, und sein Hals war roh und geschwollen, wie bei der Eidechse mit der Hautkrankheit, die Bruno im Urlaub gesehen hatte.

»Darf ich fragen, warum?«

»Warum was?«

»Warum Sie sich rasiert haben.«

»Ich bin nicht sicher, was du mit deiner Frage bezweckst«, sagte der neugierige Alan.

»Sich zu rasieren wird Ihnen bei einer polizeilichen Gegenüberstellung nichts nützen.«

»Gut zu wissen«, sagte der alte Mann und machte ein Geräusch wie eine Klospülung. »Ich schließe die Tür jetzt.«

Bruno war kurz davor, die Geduld zu verlieren; die Verschlossenheit des neugierigen Alan machte ihn sehr verdächtig.

»Ich muss Ihnen einige Fragen stellen«, sagte Bruno und ließ seine kürzlich laminierte Geschäftskarte hervorblitzen. Dann drehte er sie um und enthüllte Inspector Skinners Karte auf der Rückseite. »Bitten Sie mich jetzt rein?«

»Entschuldigung«, sagte der neugierige Alan und blieb unerschütterlich im Eingang stehen, »aber ich glaube nicht, dass du die Befugnis besitzt, einen Rentner von seinem Schläfchen aufzuwecken und so eine aberwitzige Forderung zu stellen.«

»Ich habe gesehen, wie Sie in der Mordnacht bei den Rutters eingedrungen sind«, fuhr Bruno ungerührt fort. »Bis jetzt bin ich der Einzige, der das weiß.«

»Und wer würde dir glauben?«

»Ich habe ein Foto, um es zu beweisen«, log Bruno und deutete auf die Digitalkamera, die ihm um den Hals baumelte. »Wir können das auf der Polizeiwache unter den Augen von Brightons schärfsten Ermittlern erledigen, oder wir können reingehen und das Gespräch bleibt ganz unter uns. Ihre Entscheidung.«

»Ich werde dich aus Höflichkeit deiner Familie gegenüber hereinbitten und aus keinem anderen Grund.«

Die muffige Luft im Haus des neugierigen Alan ließ Brunos Haut jucken. In den Deckenleisten im Flur hingen mumifizierte Fliegen in Spinnennetzen. Bruno wusste kaum etwas über guten Geschmack, außer dass der neugierige Alan keinen besaß. Die lavendelfarbenen Wände und Teppiche mit den kaleidoskopischen Mustern passten so wenig zusammen, dass Bruno vermutete, der alte Mann wäre entweder farbenblind oder senil. Beide Folgerungen untergruben die Glaubwürdigkeit des neugierigen Alan als Zeuge.

»Möchtest du eine Tasse Tee?«, fragte der alte Mann und führte Bruno ins Wohnzimmer. Die Wände waren mit signierten Cricketschlägern, alten Tellern, Skulpturen von Pos und Füßen sowie Malereien von nackten Frauen mit Intimpiercings geschmückt.

Bruno ließ sich in einem der zerschlissenen Sessel nieder. Im Fernsehen lief ein Cricketspiel. Der neugierige Alan machte es nicht leiser.

»Koffein trübt den Verstand«, erwiderte Bruno, während er sein Notizbuch herauszog.

»Hercule Poirot trinkt gern eine Tasse Tee«, erwiderte der neugierige Alan. »Du würdest sicher nicht sagen, dass *sein* Verstand getrübt ist, oder?«

»Er trinkt Kräutertee«, stellte Bruno richtig. »Da ist kein Koffein drin.«

»Das klingt einleuchtend«, sagte der alte Mann und ließ sein gekünsteltes Lachen erklingen.

Der neugierige Alan entschuldigte sich für einen Moment. Bruno lauschte darauf, dass der Wasserkocher ansprang. Der Lärm der Bälle, die auf Schläger trafen, und des jubelnden Publikums würde seine Bewegungen übertönen.

In aller Eile begann Bruno das Wohnzimmer zu durchsuchen und fing dabei mit dem Fernsehmöbel an. Dessen Schubladen waren voller seltsamer Gegenstände. Bruno spürte ein Pfeifensortiment auf. Er legte einen ungelösten Zauberwürfel beiseite. Eine beunruhigende Mordwaffe entpuppte sich als Spaßfeuerzeug in Pistolenform.

In einem Ordner, der mit *meine Mädchen* beschriftet war, entdeckte Bruno eine Reihe von Fotografien. Jede zeigte eine andere Frau, die vor dem Fernseher des neugierigen Alan oben ohne posierte. Er erkannte die Frau vom Montag mit den roten Haaren und die beiden Schwestern mit dem Animateurinnen-Outfit. Das dritte Foto zeigte Poppy Rutter in einer ähnlichen Pose, ihre Nippel so rosig und groß wie die Brause-Ufos, die *Mr Simner's* verkaufte. Bruno legte die Fotos zurück und nahm seine Schnüffelei wieder auf.

Der Kommentator im Fernsehen sagte: »Not out.«

Auf dem Kamin fand Bruno in einem Gefäß, das wie eine große Brust geformt war, eine Reihe von Schlüsseln. An einem stand *Hintertür*. An einem *Schuppen*. An einem *Ersatz*. An einem *Rutter* (12). An einem *Pedwells* (8). Bruno tat etwas, von dem er wusste, dass er es nicht tun sollte, eine Tat, die viel darüber aussagte, was für einen Weg als Detektiv er einmal einschlagen mochte.

»Du kannst gern ein bisschen herumschnüffeln«, sagte der neugierige Alan, aber zu spät, um Bruno zu erwischen. Nachdem er das Tablett auf den Tisch gestellt hatte, ließ sich der alte Mann in einem schäbigen Sessel ihm gegenüber nieder. Eine verlockende Kuchenauswahl umgab die Porzellanteekanne. Bruno verstand das als strategisches Manöver.

»Lust auf ein Petit Fours?«

»Sprechen wir über die Mordnacht«, sagte Bruno und versuchte so zu tun, als ob ihn der Kuchen nicht reizte.

»Dann los«, stimmte der neugierige Alan zu.

»Diese Wände sind sehr dünn. Haben Sie in der betreffenden Nacht irgendetwas Verdächtiges gehört?«

»Schreie, Drohungen und dass Dinge zu Bruch gingen«, sagte der neugierige Alan und schenkte sich selbst eine Tasse ein. »Was für *diese* Familie vollkommen normal ist.«

Das Fehlen der Gesichtsbehaarung könnte sich für dich als nachteilig erweisen, dachte Bruno, der im Gesicht des alten Mannes nach einem Zucken suchte.

»Waren das tödliche Schreie und Morddrohungen?«

Der alte Mann schien sich über Bruno zu amüsieren. Er fügte Milch hinzu und aß ein halbes Petit Fours mit Zitronengeschmack, bevor er antwortete. »Ich habe nicht so genau hingehört. Ich bin nicht so neugierig wie einige andere.«

»Ich versuche einen Mord aufzuklären«, sagte Bruno. »Bitte nehmen Sie das ernst.«

Der neugierige Alan warf Bruno einen stechenden Blick zu, aber dann antwortete er.

»Gegen elf habe ich Schreie gehört, vielleicht früher. Das ist alles.«

»Und haben Sie andere verdächtige Aktivitäten bemerkt?«

»Du hast alles gesehen, was ich auch gesehen habe«, erwiderte der neugierige Alan. »Ich sah aus meinem Schlafzimmerfenster hinaus, so wie du aus deinem. Du und ich, wir sind gar nicht so verschieden.«

»Wie lange leben Sie schon in der St. Andrew's Road?«, fragte Bruno, ohne sich von der Beleidigung des alten Mannes aus dem Konzept bringen zu lassen.

»Seit achtundzwanzig Jahren.«

»Und kennen Sie *alle* Anwohner?«

»Das würde ich sagen.«

»Zu diesem Punkt benötige ich einige Auskünfte von Ihnen«, sagte Bruno.

»Na los«, sagte der neugierige Alan.

»In der Straße gibt es einen Mann, der ein Tweedjackett trägt. Ich habe ihn noch nie zuvor gesehen. Er tauchte vor einer Woche auf.«

»Du beschreibst Simon Simner«, sagte der neugierige Alan, tat einen braunen Zuckerwürfel in seinen Tee und rührte um. »Mrs Simners Sohn. Er ist von einem langen Urlaub zurückgekehrt, um zur Uni zu gehen.«

Eine Verbindung entstand in Brunos Gehirn, und das fühlte sich besser an als einen Kamm durch Mildreds Fell zu ziehen.

»Ich tratsche ja nicht gerne«, sagte der neugierige Alan frohlockend und rückte etwas näher an ihn heran, »aber er hat ein sehr seltsames Gebaren.«

»Gebaren?«

»Ja.«

Bruno machte sich eine Notiz zu dem neuen Wort.

»Warum bezeichnen Sie sein Gebaren als seltsam?«

»Es steht mir ja nicht zu, so etwas zu äußern«, sagte der neugierige Alan. »Sagen wir einfach, ich denke, dass Simon eine Identitätskrise durchmacht. Sehen wir es mal so. Ablaufendes Wasser in einem Spülbecken dreht sich im Uhrzeigersinn oder gegen den Uhrzeigersinn, je nachdem, wo man sich auf der Welt befindet.«

Bruno hatte keine Ahnung, was ihm das sagen sollte. Er machte sich eine Notiz, Abflüsse genauer zu untersuchen.

»Ich habe ihn aufwachsen sehen«, fügte der alte Mann hinzu. »Er war immer schon ein Sonderling. Möchtest du etwas Interessantes über Simon Simner wissen?«

»Möchte ich«, sagte Bruno und rückte ebenfalls näher, sodass sich ihre Nasen fast über dem Zuckerschälchen trafen.

»Er missbraucht eine Garage in der Edburton Road für seine Zwecke. Auf meinem Weg zum Supermarkt habe ich gesehen, wie er da ein und aus ging.«

»Was ist in der Garage?«

»Du bist der Detektiv.« Der neugierige Alan lachte leise. »Ich bin nur ein einfacher Bürger.«

»Eine Garage zu besitzen ist kein Verbrechen«, sagte Bruno herablassend.

»Sie gehört ihm nicht«, sagte der alte Mann, bemüht, Bruno bei der Stange zu halten. »Ich habe beim Gemeinderat nachgefragt. Die Garage gehört einer Fensterreinigungsfirma, die letztes Jahr in Konkurs gegangen ist.«

»Hat Simon einen Schlüssel?«

»Er benutzt ein Vorhängeschloss.«

»Wie finde ich die Garage?« Bruno versuchte, seine Erregung zu verbergen.

»Die Tür ist lachsrot. Du kannst sie nicht verfehlen.«

»Und wissen Sie, was in der Garage ist?«

»Etwas, das es wert ist, mit einem Vorhängeschloss gesichert zu werden«, erwiderte der neugierige Alan mit greisenhafter Selbstgefälligkeit. »Ich glaube, er schläft manchmal da drin.«

»Woraus schließen Sie das?«

»Ich habe gesehen, wie er eines Abends eine Matratze durch die Straße gezogen hat. Das solltest du besser aufschreiben.«

Da seine Klatschsucht befriedigt war, lehnte sich der neugierige Alan zurück und widmete sich der zweiten Hälfte seines Petit Fours. Die Cricketspieler jubelten auf der Mattscheibe. Der Kommentator sagte: »Die Schlagmänner entscheiden dieses Spiel.«

»Ich werde doch etwas trinken«, sagte Bruno nach einiger Überlegung. Der alte Mann diktierte den Rhythmus und die Richtung dieser Befragung. Er musste wieder die Führung übernehmen. »Wasser, bitte.«

»Ich hole dir ein Glas«, sagte der neugierige Alan, stellte seinen Teller ab und beäugte Bruno misstrauisch.

Als der alte Mann zurückkehrte, hatte Bruno das Foto der barbusigen Poppy Rutter aus der Schublade unter dem Fernsehgerät entnommen.

»Sie haben das Haus der Rutters in der Mordnacht betreten«, sagte Bruno. »Das macht Sie zu einem Verdächtigen.«

»Du hast eine wilde Fantasie«, sagte der neugierige Alan von seinem Sessel aus.

»Bestreiten Sie das?«, fragte Bruno.

»Weiß dein Vater, dass du hier bist?«

»Entweder sagen Sie es mir, oder ich bin gezwungen, Sie der Polizei zu übergeben. Ich habe Beweise, die Ihre Unschuld infragestellen könnten.«

Keiner der beiden Gegner rührte sich. Der neugierige Alan nippte trotzig an seinem Tee. Gebieterisch trank Bruno sein Glas mit einem einzigen langen Schluck aus. Dieses Patt dauerte mindestens eine Minute an und wurde schließlich davon unterbrochen, dass jemand energisch an die Haustür des neugierigen Alan pochte.

Der alte Mann kroch zum Fenster. Bruno kam hinterher. Gemeinsam spähten sie durch die Stores.

»Es ist die Polizei«, sagte der neugierige Alan.

»Es ist Inspector Skinner«, sagte Bruno und tat so, als hätte er ihre Ankunft erwartet. »Ich habe Sie gewarnt. Sie bitten sie besser herein.«

Bruno genoss die Spannung, als Inspector Skinner dem neugierigen Alan ins Wohnzimmer folgte. Sie lehnte ab, als er ihr Tee und Kuchen anbot.

»Mr Glew.« Inspector Skinner begrüßte Bruno mit einem Kopfnicken. »Was machst du hier? Ich hätte nicht gedacht, dass Mr Archer zu deinen Bekannten zählt.«

»Ich stelle ihm ein paar Fragen zum Mord an Poppy Rutter«, erwiderte Bruno. »Ich habe gesehen, wie Mr Archer in der Mordnacht das Haus der Rutters betreten hat.«

»Ist dem so? In diesem Fall ist es das zweite Beweisstück, das du vor der Polizei zurückgehalten hast. Darüber reden wir beide noch.« In Inspector Skinners Stimme schwang an diesem Tag kein Wohlwollen mit. Brunos Hochgefühl verpuffte so schnell, wie es gekommen war.

»Was kann ich für Sie tun, Inspector?«, fragte der neugierige Alan.

»Alan Archer, ich muss Ihnen einige Fragen zum Mord an Poppy Rutter stellen. Es wäre für uns alle einfacher, wenn Sie freiwillig mitkämen.«

»Verhaften Sie mich?«

»Nein, aber das werde ich, wenn Sie nicht aus freien Stücken mitkommen.«

Zwei Polizisten begleiteten den neugierigen Alan zur Rückbank eines Polizeiwagens, wobei er kurz zurückkehrte, um seine Lesebrille zu holen, die auf dem Kaminsims lag. *Was für eine Ironie!*, dachte Bruno. Er fragte sich, wie viele Nachbarn diese Szene wohl von ihren Fenstern aus beobachteten. Der neugierige Alan würde für Wochen im Mittelpunkt des Straßentratsches stehen.

»Du kommst auch mit, Mr Glew«, sagte Inspector Skinner kühl. »Offen gestanden habe ich genug von deinen kindischen Spielchen.«

»Bin ich verhaftet?«, krächzte Bruno.

»Ich habe mich noch nicht entschieden.«

Nach einem Telefonat mit Brunos Eltern, das sie im Flur führte, damit Bruno nicht zuhören konnte, begleitete Inspector Skinner ihn zum Rücksitz ihres Zivilfahrzeugs. Die Ledersitze, erhitzt von der Sonne des Tages, rochen nach Verbrechern und zerbrochenen Träumen.

»Deine Eltern folgen uns gleich«, sagte Inspector Skinner, als sie den Motor startete.

21

In Jims Körper gingen merkwürdige Dinge vor sich. Er fühlte, wie es an ungewohnten Stellen pochte, stach und gurgelte. Vielleicht war es der beißende Geruch von Inspector Skinners Parfum. Ihr Duft überlagerte den Desinfektionsmittelgeruch im Aufenthaltsraum, dessen Wände grün gestrichen waren.

»Bruno ist im Verhörzimmer 2«, sagte Inspector Skinner und reichte ihnen zwei Plastikbecher mit Kaffee. »Setzen Sie sich.«

»Das gefällt mir ganz und gar nicht«, sagte Helen und lehnte das Getränk ab. »Die Sommerferien meines Sohnes werden durch diese chaotische Ermittlung komplett ruiniert.«

Jim entschuldigte sich für den Ton seiner Frau und schürte damit Helens Unmut.

»Sie haben von mir nicht die Erlaubnis, Bruno zu befragen«, sagte Helen, um sich zu wehren.

»Ich brauche Ihre Erlaubnis nicht«, erwiderte Inspector Skinner mit grimmiger Ruhe. »Lassen Sie mich die Situation erklären: Bruno sagt, dass er gesehen hat, wie Alan Archer zum Todeszeitpunkt das Haus der Rutters betreten hat. Damit ist Bruno jetzt ein Hauptzeuge.«

»Alan ist kein Mörder«, sagte Helen durch den Tränenschleier hindurch.

»Dem stimme ich zu«, fügte Jim vorsichtig hinzu.

»Alan Archers DNA haben wir überall an Poppy Rutters Körper gefunden«, sagte Inspector Skinner. »Auf ihrem Hals. Ihrem Haar. Wir vermuten auch, dass der Fußabdruck, den Jim in der Küche der Rutters entdeckt hat, ebenfalls zu ihm gehört. Das wird gerade überprüft.«

»Könnten wir uns allein unterhalten?«, fragte Inspector Skinner Jim mit einem entschuldigenden Ton in der Stimme. »Ich muss Sie um einen Gefallen bitten.«

Jim wusste, dass das seine Frau nur noch mehr aufbringen würde. Er schlug vor, dass Helen nach Hause fuhr; ihre Anwesenheit machte es nicht besser. Helen wehrte sich eine Weile und beschuldigte ihren Mann, seine Prioritäten vollkommen falsch zu setzen.

»Nimm dir das Geld fürs Taxi aus der Haushaltskasse«, sagte Jim, als Helen schließlich nachgab. »Ich fahre Bruno nach Hause, wenn wir hier fertig sind.«

»Ich bin mehr als wütend.« Helen nahm ihre Handtasche.

»Vielleicht sollten Sie sich nicht ganz so von dem Fall vereinnahmen lassen«, schlug Inspector Skinner vor, als Helen gegangen war.

»Ich schulde es Terry Rutter. Ich habe die Leiche gefunden. Ich bin darin verwickelt, ob ich das will oder nicht.«

Jim zog sein Notizbuch hervor und bedeutete Inspector Skinner damit, dass nun der Informationsaustausch begann.

»Sagen Sie mir, was Sie über Alan Archer wissen.«

Jim beschrieb seinen Nachbarn genau, vor allem dessen neugierige Ader. Er erzählte, wie sie Alan einmal gebeten hatten, auf Bruno aufzupassen, als dieser noch viel jünger gewesen war. Jim erklärte, wie er die Babysitter immer testete: Als Falle legte er kleine Blütenblätter auf die Schubladen im Schlafzimmer. Alan hatte den Test nicht bestanden – die Blütenblätter waren allesamt hinuntergefallen und hatten offenbart, dass der Schnüffler *jede* Schublade geöffnet hatte. Jim erzählte von Alans Liebe zum Cricketspiel und von seiner Mitgliedschaft in einer örtlichen Gruppe von Gartenfreunden. Er teilte das wenige mit, was er über Alans Frau wusste, die an Brustkrebs gestorben war, und beschrieb Alans einst erfolgreiches Geschäft als Badinstallateur.

»Er hat die meisten Badezimmer in der Straße gemacht«, sagte Jim. »Ich mag ihn nicht besonders, aber ich bin sicher, dass er harmlos ist.«

»Alan Archer war schon einmal in ein Strafverfahren verwickelt«, sagte Inspector Skinner, als Jim geendet hatte. »Als er achtzehn war, war er wegen einfacher Körperverletzung angeklagt. Ich habe die Akte vorhin gelesen. Es war ein heftiger Streit in einem Pub. Er hat einem Mann eine Flasche ins Gesicht geschlagen.«

»Hat er dafür gesessen?«

»Er hat auf Selbstverteidigung plädiert«, sagte Inspector Skinner. »Er behauptete, dass er seine Freundin vor unerwünschter Zuwendung schützen wollte. Die Geschworenen schlugen sich auf seine Seite.«

»Das ist lange her«, sagte Jim.

»Ist es«, stimmte Inspector Skinner zu.

»Ein anderes Leben. Menschen ändern sich.«

»Ja.«

»Ich habe immer noch Zweifel«, sagte Jim.

»Da ist noch mehr. Eine Woche vor ihrem Tod hat Alan Archer Poppy Rutter fünfhundert Pfund überwiesen.« Inspector Skinner reichte Jim den Ausdruck des Kontoauszugs.

»Das könnte die Dinge ändern.«

»Das tut es. Seine DNA ist überall auf dem Opfer. Könnte sein, dass wir unseren Mann haben.«

»Könnte sein«, sagte Jim argwöhnisch.

»Ich habe vor, Bruno zuerst zu befragen. Könnte sein, dass er mir etwas gibt, das ich verwenden kann. Ich will ein Geständnis von Alan Archer, und ich will es vor fünf – meine Jüngste hat heute Geburtstag, und ich habe ihr versprochen, dass sie eine Fischpastete zum Abendbrot bekommt.«

Jemand klopfte an die Tür des Aufenthaltsraums. Ein junger Polizist mit einer Nase, die einmal gebrochen gewesen war, trat ein. Er verbeugte sich leicht.

»Das Labor hat die Test abgeschlossen, Ma'am«, sagte der Polizist nach kurzem Zögern.

»Und?«, fragte Inspector Skinner. »Sagen Sie schon.«

»Es wurde bestätigt, dass der Fußabdruck in der Küche der Rutters von Alan Archer stammt.«

22

Bruno war von seinem verbesserten Verhörzimmer beeindruckt. Das Aufzeichnungsgerät, der Einwegspiegel und die Anwesenheit seines Vaters bestätigten sein Aufrücken in der Hackordnung.

»Ich beginne das Verhör mit einer Rechtsbelehrung«, sagte Inspector Skinner mit einer Stimme, die Bruno gleichermaßen einschüchternd und erhebend fand. »Es ist ein Verbrechen, der Polizei Informationen vorzuenthalten. Ich habe dich schon einmal gewarnt, was die verspätete Übergabe der Mailboxnachrichten auf Poppy Rutters Telefon anging. Und jetzt finden wir heraus, dass du gesehen hast, wie Alan Archer in der Mordnacht das Haus der Rutters betreten hat. Ich mag dich, Bruno. Das tue ich wirklich. Aber wenn ich auch nur den leisen Verdacht hege, dass du während dieses Verhörs lügst, dann werde ich nicht zögern, das strafrechtlich zu verfolgen. Ich bin sicher du weißt, dass du damit jede zukünftige Karriere in der Polizei aufs Spiel setzt.«

Bruno sah ihr hageres Gesicht genau an und forschte in ihren braunen Augen mit den langen Wimpern nach der Wahrheit.

»Ich verstehe«, sagte Bruno, so ernst er nur konnte.

»Gut. Jetzt sag mir, was du gesehen hast.«

Bruno blätterte durch sein Notizbuch. Er erzählte, was er beobachtet hatte, wenn auch mit schlaftrunkenen Augen. »Ich habe gesehen, wie Alan Archer gegen Mitternacht ins Haus der Rutters hineinging.«

»Durch die Haustür?«

»Ja.«

»Wie ist er reingekommen?«

»Weiß ich nicht, aber ich weiß, dass er einen Ersatzschlüssel zum Haus der Rutters besitzt«, sagte Bruno. »Der ist in einem Topf auf seinem Kaminsims.«

Inspector Skinner schrieb sich das auf.

»Hast du gesehen, wie er das Anwesen der Rutters verlassen hat?«

»Nein«, sagte Bruno. »Das habe ich nicht.«

»Was kannst du uns noch über Alan Archer sagen?«

»Viele Dinge«, sagte Bruno und räusperte sich.

»Das ist kein Spiel«, erinnerte ihn Inspector Skinner.

Bruno bemerkte das Zucken in ihren Krähenfüßen; er würde straffrei ausgehen.

»Er ist ein Perverser mit einer Obsession für Brüste. Er bestellt sich jede Woche mindestens zwei Prostituierte.«

»Bruno!«, schaltete sich sein Vater ein. »Es reicht.«

»Ich habe Beweise«, erwiderte Bruno ruhig.

»Erzähl weiter«, sagte Inspector Skinner und seufzte.

»In den letzten paar Monaten habe ich gesehen, wie eine ganze Reihe junger Frauen zu allen möglichen Zeiten bei Alan Archer geklingelt hat. Meist waren diese Frauen allein. Manchmal kommen sie zu zweit.«

»Das reicht als Beweis nicht aus, um eine so drastische Beschuldigung zu erheben.«

»Außerdem«, fuhr Bruno fort und ignorierte den Protest seines Vaters, »ist sein Haus voller Brüste. Sie haben doch die Gemälde und Skulpturen im Wohnzimmer gesehen. Als Alan Archer Tee gemacht hat, bevor Sie gekommen sind, habe ich seine Schubladen unter dem Fernseher durchsucht. Sie sind voller Fotos, auf denen Frauenbrüste sind. Große Brüste. Kleine Brüste. Schwarze Brüste. Weiße Brüste. Brüste, die wie Spiegeleier aussehen.«

Sein Vater machte ein Geräusch wie ein Ballon, aus dem die Luft abgelassen wird.

»Noch was?«, fragte Inspector Skinner.

»Ja. Auf einer der Fotografien war Poppy Rutter zu sehen. Sie trägt obenrum keine Kleider. Ich habe es dabei.«

Bruno übergab ihr das Foto. Inspector Skinner besah sich die Aufnahme und reichte sie dann an Jim weiter.

»Du hast dir das aus Alan Archers Wohnzimmer beschafft?«

»Ja.«

»Du und ich, wir haben noch ein ernstes Gespräch vor uns«, sagte sein Dad.

Inspector Skinner sah sich einige zusammenhängende Post-it-Notizen noch einmal an.

»Was weißt du noch über Alan Archer?«, fragte sie.

»Er lädt mitten in der Nacht Päckchen in sein Auto. Sie sehen aus wie Diskokugeln, außer dass sie rechteckig sind.«

»Hmmm«, machte Inspector Skinner und warf Brunos Vater einen bedeutungsvollen Blick zu. »Was denkst du, ist in den Paketen drin?«

»Sie sind zu klein, als dass es Leichen sein könnten.«

»*Bruno*!«, sagte sein Vater. »Ich halte das nicht länger aus.«

»Ich habe es nicht mehr geschafft, das Obergeschoss seines Hauses zu durchsuchen«, fuhr Bruno fort, der jetzt wie im fünften Gang fuhr. »Mein Ratschlag ist, dass Sie Nummer 10 auf den Kopf stellen. Man liest oft von merkwürdigen Nachbarn mit seltsamen Interessen. Vielleicht bietet er hausgemachte Brustvergrößerungen an. Jedenfalls weiß er offenbar viel über Brüste.«

»Mein Team durchsucht sein Anwesen gerade«, sagte Inspector Skinner.

»Recht so«, sagte Bruno. »Gute Arbeit.«

Inspector Skinner und sein Vater gingen für ein paar Minuten nach draußen, vermutlich um Brunos Brillanz und den moralischen Verfall des neugierigen Alan zu besprechen. Bruno fragte sich, wie viele Menschen ihn durch den Einwegspiegel beobachteten.

Als sein Vater und Inspector Skinner zurückkehrten, hatte das Gesicht der Polizistin nichts Mütterliches mehr.

»Ich frage dich das jetzt ein für alle Mal«, sagte sie und nahm Platz. »Gibt es noch irgendwas, das du zurückhältst, was den Mord an Poppy Rutter angeht? Und bevor du diese Frage beantwortest, Bruno James Glew: Wenn deine Antwort sich als Lüge herausstellt, werde ich persönlich dafür sorgen, dass du wegen Behinderung der Justiz in mindestens einem Fall strafrechtlich verfolgt wirst.«

Inspector Skinner war in die meisten seiner Erkenntnisse eingeweiht. Die einzigen wichtigen Beweismittel, die er für sich behalten hatte, waren die Aufnahmen vom Streit am Montag, die Mildreds Kamerahalsband aufgezeichnet hatte, und das, was er inzwischen über die Identität des *Sherbet-Lemon-Manns* herausgefunden hatte. Die besten Detektive waren Einzelgänger, sprach Bruno sich Mut zu. Die besten Detektive stellten ihre eigenen Regeln auf.

»Es ist eine ernste Sache, Bruno«, fügte sein Vater hinzu. »Beantworte die Frage wahrheitsgemäß. Wenn du weitere Beweise zurückhältst, ist jetzt der Zeitpunkt, um es einzugestehen.«

»Ich habe euch alles gesagt, was ich weiß«, sagte Bruno trotzig.

23

Inspector Skinners Büro sah aus wie ein penibel geführter Schreibwarenladen. Ihr Schreibtisch war auf einschüchternde Weise ordentlich: Jim bewunderte die Post-it-Spender, die Pöttchen mit den nach Größe geordneten Büroklammern, den elektrischen Anspitzer, das Laminiergerät. Die Wände waren hinter Regalreihen verborgen, die zahlreiche Aktenboxen beherbergten, alle in derselben Silberschattierung. Jede Akte trug ein Etikett, das sorgfältig und kunstvoll von Hand beschriftet worden war.

»Das reicht mir nicht«, rief Inspector Skinner ins Telefon. »Ich will, dass die Tür eingerissen und das Zimmer sofort durchsucht wird. Ich warte … Ich will, dass die Mordwaffe gefunden wird. Sie könnte in dem Zimmer sein. Enttäuschen Sie mich nicht.«

Jim umklammerte seine Knie, bis das Zwicken in seiner Brust verging.

»Sie sehen schrecklich aus«, sagte Inspector Skinner und goss Jim einen Becher Wasser aus dem Krug ein, der auf ihrem Tisch stand.

»Verdauungsprobleme. Was fanden Sie in Alans Haus?«

»Eins der oberen Schlafzimmer ist verschlossen. Die Suche verzögert sich, weil meine Leute es nicht gewagt haben, eine verschlossene Tür einfach aufzubrechen. Wir müssen mit dem Verhör beginnen. Ich glaube, ich habe eben gesehen, wie sein Anwalt ankam.«

Jim sah sich das Verhör durch den einseitig durchsichtigen Spiegel an.

»Meine Tochter hat heute Geburtstag«, sagte Inspector Skinner. »Lassen Sie uns das Verbrechen, einer Sechsjährigen die Geburtstagsparty zu ruinieren, nicht zu Ihrer wachsenden Liste von Vergehen hinzufügen.« Sie lächelte Alan Archer an, während sie sprach. Ihre freundliche Art forderte zu Vertrauen und Verständnis auf.

»Ich bin eine ehrliche Frau, Mr Archer«, fuhr Inspector Skinner fort. »Es ist nur fair, dass ich offenlege, welche Karten ich gegen Sie in der Hand habe. Ich habe Ihren Fußabdruck am Tatort. Ich habe Ihre DNA überall auf dem Körper des Opfers. Ich habe einen Zeugen, der sagt, dass er gesehen hat, wie Sie zur Tatzeit ins Haus der Rutters gegangen sind. Das ist genug, um Sie hier und jetzt zu verhaften. Ich habe die Mordwaffe nicht, das gebe ich zu, aber ich arbeite daran. Meine Kollegen durchsuchen Ihr Haus in diesem Augenblick. Ich sehe Ihnen in die Augen, Alan Archer. Ich kann Ihre Angst sehen. Ich sehe die Verzweiflung in Ihrer Seele. Sie sind Witwer, das weiß ich. Ein Mann, der die Gesellschaft der jungen Frauen mag, die regelmäßig bei ihm vor der Tür stehen. Sehe ich Mord in Ihren Augen, Mr Archer? Vielleicht. Ich sage Ihnen, ich sehe Dunkelheit. Ein Geheimnis. Eine Last, von der Sie sich befreien könnten, wenn Sie sich mir anvertrauen. Reden Sie mit mir, Mr Archer. Ich bin hier, um Ihnen zu helfen.«

Der Witwer begann zu weinen.

»Bringen Sie Mr Archer ein Taschentuch und einen Cupcake von meinem Tisch«, sagte Inspector Skinner in Richtung des Einwegspiegels. »Er braucht den Zucker. Und bringen Sie mir auch einen mit.«

»Ich war ein guter Freund von Poppy Rutter, das ist alles«, sagte der alte Mann, als seine Tränen versiegt waren.

»Sie müssen mir mehr erzählen als das, Mr Archer«, sagte Inspector Skinner und pulte einen Schmetterling aus Zuckerguss von ihrem pinken Cupcake. Sie riss die Flügel ab und aß erst sie, dann die Fühler, dann den Körper. »Auf welche Weise waren Sie mit Poppy Rutter gut befreundet?«

»Wir waren seit Jahren Nachbarn. Wir unterhielten uns manchmal, meist über die Hecke hinweg, die unsere Gärten voneinander trennt. Ich ziehe Kräuter, mehr als ich selbst verbrauche. Ich habe sie Poppy immer zum Kochen angeboten. Im Gegenzug gab sie mir Zucchini und Tomaten aus ihrem Beet. In den Sommermonaten lud sie mich manchmal auf eine Tasse Tee in ihren Garten ein, wenn ihr Ehemann bei der Arbeit war. Manchmal bat sie mich, für eine Stunde auf Dean aufzupassen, wenn sie in der Stadt Besorgungen machte. Sie war eine recht einnehmende Frau, sie redete mehr, als dass sie zuhörte. Ich mochte sie.«

»Ich brauche mehr als das«, wiederholte Inspector Skinner.

»Vor drei Wochen bat mich Poppy, ihr Geld zu leihen.«

»Wie viel Geld?«

»Fünfhundert Pfund.«

»Was hat sie gesagt, wofür sie das Geld brauchte?«

»Sie sagte, sie brauchte Geld, um einen von Deans Ferienkursen zu bezahlen. Supersplash im Freizeitzentrum, glaube ich. Irgendwas mit aufblasbaren Spielelementen. Die Kosten und die Summe, die sie forderte, stimmten allerdings nicht überein, das war klar.«

»Haben Sie ihr das Geld geliehen?«

»Ich habe zuerst Nein gesagt. Poppy hatte eine frühere Leihgabe noch nicht zurückgezahlt. Ich hatte ihr zu Weihnachten eine ähnliche Summe geliehen. Sie regte sich auf und erzählte mir, wie schwer es war, mit so einem knauserigen Ehemann zu leben. Ich gab irgendwann klein bei.«

»Also schuldete Poppy Rutter Ihnen Geld, Mr Archer?«, sagte Inspector Skinner, streckte die Hand über den Tisch und zupfte den Schmetterling von dem Cupcake, den der Verdächtige nicht angerührt hatte. »Sie haben mir ein Motiv gegeben.«

»Sie hatte versprochen, es mir zurückzuzahlen. Ich war nicht darauf angewiesen. Ich habe mehr Geld, als ich für mein einfaches Leben benötige.«

»Lassen Sie uns über die Mordnacht sprechen. Geben Sie zu, dass Sie gegen Mitternacht das Haus der Rutters betreten haben?«

»Ja«, sagte Alan widerwillig.

»Klären Sie mich bitte darüber auf.«

»Die Wände der Häuser in dieser Straße sind sehr dünn, abgesehen von den Küchenausbauten hinten an den Häusern. Diese wurden in den Sechzigern gebaut, und ihre Wände sind viel dicker. Ich bin daran gewöhnt, durch die Wände von Nummer 12 Streit und Geschrei zu hören. In jener Nacht hörte ich Geräusche, die ich mir nicht erklären konnte.«

»Was haben Sie gehört?«

»Wie man jetzt weiß, hörte ich einen Ehemann, der seine Frau vergewaltigt, aber für mich hörte es sich so an, als wäre es umgekehrt gewesen. Poppy war diejenige, die am meisten schrie und fluchte. Ich hörte ein merkwürdiges Kratzen. Es hörte etwa um die Zeit auf, als die Cricket-Zusammenfassung begann. Ich hörte, wie die Haustür geöffnet wurde, und sah, wie Terry die Straße hinuntermarschierte. Ich wartete eine Weile. Als Terry nicht zurückkam, dachte ich, ich sollte mal hinübergehen, um nachzusehen, ob es Poppy gut ging.«

»Wie sind Sie reingekommen?«

»Die Vordertür stand offen. Ich klopfte, aber niemand antwortete.«

»Ein kleiner Vogel hat mir gezwitschert, dass Sie einen Schlüssel für das Haus der Rutters haben.«

»Habe ich. Und die Rutters haben einen Ersatzschlüssel für meine Haustür, falls mal was ist. Aber ich brauchte keinen Schlüssel. Die Tür stand offen.«

»Wie lange dauerte es, bis Sie eintraten, nachdem Terry das Haus verlassen hatte?«

»Bis die Zusammenfassung der Cricket-Spiele vorbei war. Eine Stunde oder so.«

»Und dann?«

»Ich sah im Wohnzimmer nach, und es war offensichtlich, dass dort so etwas wie eine Rauferei stattgefunden hatte. Ich ging in die Küche hinüber und sah Poppy auf dem Boden liegen. Ich dachte zuerst, dass sie ohnmächtig geworden wäre. Aber dann sah ich das Blut.«

»Und dann?«

»Suchte ich nach einem Puls.«

»Erzählen Sie weiter.«

»Ich dachte darüber nach, die Polizei zu rufen. Aber mir war klar, wie das aussehen würde. Also bin ich nach Hause gegangen und habe versucht zu schlafen.«

»War sie tot?«

»Ich bin kein Arzt«, sagte Alan Archer, »aber ich denke, ja.«

»Sie erwarten, dass ich Ihnen glaube, dass Sie eine Leiche liegengelassen haben, weil Sie fürchteten, dass man Ihnen das anlasten würde?«

»Ich weiß, das sieht übel aus.«

In diesem Moment betrat ein Polizist den Verhörraum und bat Inspector Skinner um eine Unterredung. Als sie zurückkam, hatte ihr Gesicht einen anderen Ausdruck.

»Warum haben Sie einen Gipsabdruck von Poppy Rutters Brüsten in Ihrem Gästezimmer?«

Diese Frage veranlasste Alan dazu, sich mit den Fingern durch die gestutzten dünnen weißen Haare zu fahren.

»Das ist ein Geschäft, das ich betreibe. Ich stelle Abgüsse für Erwachsene her. Leute verschenken sie zum Geburtstag oder zum Jahrestag. Ich mache Brüste und Pos. Manche machen auch noch anderes, aber das ist mir zu kühn.«

»Warum Poppy Rutters Brüste? Ein Geschenk für Terry? Oder für ihren neuen Freund, Ian Cox?«

Alan seufzte.

»Ich könnte jetzt lügen, aber das tue ich nicht. Ich brauchte ein Modell, um eine neue Gipsmischung auszutesten. Als Gegenleistung für das Geld, das ich ihr an Weihnachten gegeben hatte, willigte sie ein, für mich Modell zu stehen. Das ist Monate her. Ich denke, dass sie es sogar genossen hat. Es ist ein sehr schöner Vorgang. Der Gipsabdruck steht in meinem Zimmer, weil Terry das nur missfallen hätte. Er ist kein Mann, den man gerne gegen sich aufbringen möchte. Poppy Rutter hatte einen schönen Busen. Ich bewahre den Gipsabdruck als Vorführmodell für potenzielle Kundinnen auf – das sind die Frauen, die Ihr Spitzel an meiner Tür beobachtet hat. Und, bevor Sie fragen, die bezahlen mit Geld, nicht mit Sex. Dieser Drang hat meinen Körper vor langer Zeit verlassen.«

»Wir haben dieses Foto von Poppy Rutter in Ihrem Haus gefunden«, sagte Inspector Skinner und schob das Oben-Ohne-Foto über den Tisch, damit Alan es sehen konnte. »Bitte erklären Sie mir das.«

»Einfach«, sagte Alan. »Ich mache einige Tage vorher immer ein Foto zur Vorbereitung. Es ermöglicht mir, die richtige Menge Material zu bestellen.«

»Selbstverständlich«, sagte Inspector Skinner, bevor sie das Verhör beendete.

»Ich sehe keinen Mörder in diesem Verhörzimmer«, sagte Jim, als sie sich wieder in Inspector Skinners Büro trafen. Der Monitor an der Wand zeigte, wie Alan Archer sich mit seinem Anwalt beriet.

»Ich auch nicht«, sagte Inspector Skinner und markierte eine Verbindung in ihrem Notizbuch.

Sie tippte etwas in ihren Computer, lachte leise und drehte den Bildschirm zu Jim, damit er daraufsehen konnte. Die Webseite zeigte Alan Archer und ein unnötig mondänes Modell, dessen Körper zu großen Teilen in Gips gehüllt war. Alan, der versuchte, künstlerisch und nicht abartig auszusehen, bestrich ihre üppige Oberweite mit seinen gipsverschmierten Händen. »Ich glaube nicht, dass mein Ehemann so ein Vorgehen für sein Geburtstagsgeschenk billigen würde.«

Ein Polizist erschien im Türrahmen des Büros.

»Nachricht aus Wales«, sagte der Polizist. »Dean Rutter wird mit dem Rettungswagen ins Krankenhaus gebracht. Es sieht so aus, als hätte er sich ein heißes Bügeleisen an den Hals gehalten. Seine Tante fand ihn bewusstlos auf dem Boden des Wohnzimmers.«

24

Bruno erwartete auf der Fahrt nach Hause eine Standpauke, aber sein Vater war seltsam still.

»Wo ist Mum?«

»Sie ist mit dem Taxi nach Hause gefahren.«

Brighton quoll über vor Einheimischen und Touristen. Die Bürgersteige pulsierten vor krimineller Energie. Durch das Seitenfenster glaubte Bruno eine Vielzahl von Vergehen zu beobachten. Er sah eine Diebesbande, die eine Gruppe von alten Damen mit Elektrorollern ins Visier genommen hatte. Er sah Drogendealer in der Nähe der Kirche, die mit unauffälligem Handschlag Ware gegen Geld tauschten.

In einem hohen Fenster über einem schäbigen Maklerbüro beobachtete Bruno eine Frau mit gebräunten Schultern, die ihren Körper im Internet verkaufte.

An der Bushaltestelle beging ein finsterer Geschäftsmann internationalen Betrug.

In der Bäckerei aß eine fette Frau eine Hähnchenpastete, die sie nicht bezahlt hatte.

Auf der zweiten Ebene eines Baugerüsts wurde Metalldiebstahl begangen, so dass jeder zuschauen konnte.

Manchmal ist ein Verbrechen so sichtbar, dass es unsichtbar wird, sagte Bruno sich innerlich vor, um den neuen Spruch zu testen.

Wenigstens sechs Autofahrer begingen ernsthafte Verkehrsdelikte, obwohl Bruno einräumen musste, dass er mit der Straßenverkehrsordnung nicht so vertraut war, wie er es hätte sein sollen.

Als sie im Stau steckten, erklärte sein Vater, dass Dean ins Krankenhaus gebracht worden war und warum man ihn eingewiesen hatte.

»Ich rufe Dean heute Abend an«, sagte Bruno. »Hast du die Telefonnummer des Krankenhauses?«

»Nein«, sagte sein Vater.

»Sie wird nicht schwer herauszufinden sein.«

»Sicher.«

»Dieser Fall muss bald abgeschlossen werden. Um Deans willen. Wenn der neugierige Alan nicht der Mörder ist, müssen wir die Suche ausweiten. Bieg hier links ab«, sagte Bruno, als Jim rechts blinkte.

»Warum?«

»Weil wir zu Joey's Pizza und Grill müssen, um Terry Rutters Alibi zu überprüfen. Ich habe eine Liste mit Fragen aufgesetzt.«

Jim fuhr auf den nächstgelegenen Parkplatz.

»Dein Benehmen geht mir zu weit«, sagte er mit jener Stimme, die Bruno unmissverständlich signalisierte, dass er in Schwierigkeiten war. »Das verstehst du doch?«

»Ja«, sagte Bruno, der wusste, dass es Zeiten gab, in denen man seinen Eltern besser nicht widersprach. »Was ich getan habe, war unmöglich. Bitte nimm mir den Fall nicht weg.«

»Ich dulde keine Lügen mehr«, sagte Jim. »Du musst mir versprechen, ab jetzt die Wahrheit zu sagen.«

»Ich verspreche es hoch und heilig«, sagte Bruno und hob die Hand, als ob er bei Gericht einen Eid schwören würde. »Bitte nimm mir den Fall nicht weg.«

Jim sah seinen Sohn eindringlich an, und Bruno erwiderte den Blick genauso ernst, in der Hoffnung, dass dieser Gesichtsausdruck seinen Vater überzeugen würde.

Am Tresen von Joey's Pizza und Grill hielt sich Jim im Hintergrund, während sein Sohn die Verhandlungen führte. Bruno erklärte, dass sie der Polizei bei ihren Ermittlungen halfen. Die verwirrte Kassenkraft, eine türkische Frau, der ins Gesicht geschrieben stand, dass sie sich wie das Opfer eines Schabernacks fühlte, holte Joey.

»Kann ich Ihnen helfen?«, fragte der Manager an Jim gewandt.

»Wir müssen Ihnen zu diesem Mann einige Fragen stellen«, sagte Bruno und hielt ein Foto von Terry Rutter hoch sowie eine Auswahl von laminierten Karten, die Jim noch nie gesehen hatte. »Wir helfen der Polizei bei ihren Ermittlungen in einem Mordfall.«

Der Manager, ein Mann mittleren Alters mit fettiger Gesichtshaut, sah Jim an, um mehr zu erfahren.

Jim nickte und bestätigte die Ausführungen seines Sohnes.

Das ungleiche Trio setzte sich an einen der Tische im kleinen Wartebereich. Jim und Bruno saßen auf einer Seite. Der Manager saß ihnen gegenüber und fummelte an einem Bart herum, den das Gesundheitsamt sicherlich beanstandet hätte.

»Wir glauben, dass ein betrunkener Mann bei Ihnen am Montag, den 28., um 23:37 Uhr Pizza bestellt hat«, sagte Bruno. »Wir glauben, dass er im Wartebereich eingeschlafen ist, während die Pizza zubereitet wurde. Wir glauben, dass Sie Mühe hatten, ihn zu wecken, und dass er zu betrunken war, um aufzustehen. Unseren Informationen zufolge verließ er dieses Geschäft nicht vor etwa vier Uhr früh.«

»Das ist alles richtig«, sagte der Manager. »Er saß auf dem Platz, wo ich jetzt sitze, und wurde plötzlich ohnmächtig. Ich gab mir wirklich Mühe, aber ich bekam ihn nicht von der Stelle.«

Bruno wendete sich zu seinem Vater und warf ihm einen irritierenden Blick zu.

»Aber *er* war's nicht«, fuhr der Manager fort und wies auf das Foto von Terry Rutter, das zwischen ihnen lag.

»Entschuldigen Sie«, sagte Bruno. »Was meinen Sie damit?«

»Dieser Mann«, sagte der Manager und wies auf Terry Rutter, »hat am Montagabend, dem 28., eine Pizza bestellt. Er bestellte die Pizza, wartete, bis sie fertig war, aß die Pizza am Tisch hinter Ihnen und ging etwa um halb eins.«

»Aber Sie sagten, dass ein Mann eingeschlafen sei und das Lokal nicht vor vier verließ.«

»Ein anderer Mann«, sagte der Manager. »Ein Stammkunde. Der Mann auf dem Foto aß seine Pizza und ging gegen halb eins.«

Bruno war von dieser Auskunft vollkommen überrumpelt.

»Aber warum haben Sie der Polizei etwas anderes erzählt?«, fragte Jim, während Bruno wie wild in seinem Notizbuch blätterte.

»Ich habe der Polizei gar nichts gesagt.« Der Manager kratzte an einem Pickel über seinem verschwitzten Schnurrbart. »Die Polizei hat sich nicht mit mir in Verbindung gesetzt. Ihr seid die Ersten, die mich in dieser Sache befragen.«

»Ihr Lieferjunge, Gareth, hat mir was anderes gesagt«, erklärte Bruno, als er die Seite gefunden hatte. »Er gab an, dass es Terry Rutter war, der hier den größten Teil der Nacht verschlief. Sie sind Terrys einziges Alibi.«

»Gareth, dem Guten, fehlt auf seiner Pizza der Belag. Er würde alles sagen, um ein bisschen Aufmerksamkeit zu erheischen.«

Jim und Bruno sahen sich entsetzt an.

Auf der Autofahrt zurück in die St. Andrew's Road redete allein Bruno.

»Das verändert alles. Wir sind wieder bei null. Keiner weiß, wo Terry Rutter zum Zeitpunkt von Poppys Tod war, nicht mal er selbst. Uns gehen die Verdächtigen aus. Vielleicht werden die Regeln diesmal gebrochen. Vielleicht hat der Hauptverdächtige diesmal tatsächlich das Verbrechen begangen. Vielleicht weiß Dean das und hat sich deswegen selbst verletzt.«

Als sie parkten, sah Bruno an Haus Nummer 12 hoch. Mit jedem Tag, der verstrich, wurde das Haus der Rutters düsterer. Bruno stellte sich vor, was das Haus sagen würde, wenn es reden könnte, und welche abscheulichen Geschichten es womöglich offenbaren mochte.

»Lass uns ein paar Süßigkeiten holen«, sagte Bruno, dem auffiel, dass die Stimmung seines Vaters einbrach. »Zucker wird uns aufmuntern. Ich werd's Mum nicht sagen.«

Jim drückte die Tür von *Mr Simner's* auf.

Hinter dem Tresen lehnte statt Mrs Simner ein junger Mann, vielleicht zwanzig Jahre alt. Er sah von einer Zeitschrift auf, die auf dem Tresen lag.

»Wir schließen«, sagte der junge Mann. Er war dünn, aber nicht unterernährt. Sein Haar trug er in einer Art schmuddeligem Topfschnitt. Es war ohne Zweifel Simon Simner, obwohl er ganz anders ausgesehen hatte, als Jim ihm zuletzt begegnet war. Sein Gesicht war zur selben Zeit alt und jung, die jugendliche Frische war durch etwas Trauriges ersetzt worden.

»Ich hatte einen grauenvollen Tag«, sagte Jim. »Bitte verweigere einem verzweifelten Mann nicht etwas Toffee.«

»Ich hab die Kasse schon abgeschlossen«, war die Antwort. Ein kaum hörbares Kieksen war hier und da in seiner Stimme zu vernehmen, so als wäre er noch immer im Stimmbruch.

»Ich verzichte aufs Wechselgeld«, sagte Jim und legte eine Fünfpfundnote auf den Tresen. »Pack mir und meinem Jungen nur etwas Zucker ein: Ich hätte gerne ein Viertelpfund Erdbeertoffee. Gib meinem Sohn, was auch immer er gerne möchte.«

»Ich hab keine Ahnung, wo sie das Erdbeertoffee aufbewahrt.«

»Im Fach über den Weingummis«, sagte Jim und deutete darauf. »Neben den Rhabarber-Vanille-Bonbons.«

Simon trug ein gelbes Baumwollshirt. Ein goldener Adler hing an einem Band über seinem knochigen Ausschnitt. Als Simon hinaufgriff, um das Tablett zu holen, klackerten die Perlen an seinem Armband.

»Es ist ein bisschen weich geworden«, sagte Simon und schob die Scheibe auf das Schneidebrett. »Aber vielleicht ist das auch normal.« Er sah Rat suchend zu Jim auf und wartete auf die Zustimmung seines Kunden.

»Sieht gut aus.«

Jim bemerkte genau, wie Simon das Rollholz herabsenkte. Die Bewegung war absurderweise behutsam. Als das Toffee nicht zerspringen wollte, schlug Jim vor, dass Simon das Toffee-Hämmerchen verwendete, aber der überhörte seine Empfehlung. Es war ein zweiter Versuch vonnöten. Mit einem lackierten Daumennagel und klackernden Perlen überführte Simon die Toffeescherben auf die silberne Waagschale. Jede Handlung wurde mit penibler Sorgfalt ausgeführt. Er stapelte das Toffee in Haufen von gleicher Höhe und verwendete dabei eine riesige Pinzette, um die Stücke zu transportieren. Dann holte Simon eine der ladeneigenen weißen Tüten unter dem Tresen hervor. Er verbrachte eine ungewöhnlich lange Zeit damit, die Knicke herauszustreichen. Irgendwann legte er das Erdbeertoffee hinein, wobei er nun Fingerkondome trug, obwohl Jim sich sicher war, dass diese Dinger in Wahrheit einen appetitlicheren Namen trugen.

»Wo ist Mrs Simner?«, fragte Jim.

»Auf dem Friedhof.«

»Tut mir leid«, sagte Jim. »Ein Jahrestag?«

»Fünf Jahre.«

»Bitte richte ihr meine Anteilnahme aus.«

Jims Gedanken wanderten zurück zu seiner ersten Woche als Anwohner in der St. Andrew's Road. Das war neun Jahre her, und der Mann hinter dem Tresen war der unnachahmliche Mr Simner gewesen. Der Laden hatte damals einen anderen Charakter gehabt. Jim erinnerte sich an seinen ersten Besuch in dem nostalgischen Süßwarenladen, bei dem er Mr Simner und Simon zum ersten Mal getroffen hatte. Simon hatte sich unter der Schürze seines Vaters versteckt, als Jim versucht hatte, den kauernden Jungen zu begrüßen.

Als ihre Freundschaft wuchs, hatte Mr Simner Jim gegenüber im Vertrauen seine Sorgen ausgedrückt. Er hatte Simon auf Autismus untersuchen lassen, und obwohl die Ergebnisse nicht eindeutig waren, war Mr Simner weiter überzeugt, dass die Ursache für die lähmende Schüchternheit seines Sohnes eine tiefer liegende Erkrankung wäre. Eines Nachmittags, als Mr Simner im Lagerraum nach etwas suchte, war Jim alleine mit Simon gewesen. Als Jim Simon fragte, welches Spiel er mit seinem Laster spielte, machte der Junge komplett dicht. Er bedeckte sein Gesicht mit dem Arm, rollte sich in die Fötushaltung und ließ ein panisches Summen hören. Als Mr Simner zurückkehrte, warf er Jim einen verständnisvollen Blick zu. Ruhig hob er Simon vom Boden auf und trug ihn durch den Lagerraum, der hinten an den Laden angeschlossen war.

»Deine Mum erzählte, dass du gereist bist«, sagte Jim, als Simon den Rand der Tüte umknickte und sie damit verschloss. »Warst du an schönen Orten?«

»Überall«, sagte Simon und sah Jim nur flüchtig in die Augen.

»Sie sagte, Asien.«

»Da, wo Rucksacktouristen normalerweise hinfahren. Das übliche Klischee«, sagte Simon leise.

Das Rollholz kullerte vom Tresen und polterte auf den Boden. Während Simon sich herunterbeugte, um es aufzuheben, drehte Jim sich nach Bruno um. Er konnte seinen Sohn nicht entdecken.

»Wo in Asien? Ich habe viel über den Kontinent gelesen.«

»Da und dort«, sagte Simon und legte das Rollholz wieder an seinen angestammten Platz.

»Was willst du haben, Bru?«, fragte Jim und sah sich nach seinem Sohn um. Durch zwei Bonbonnieren sah er Bruno jenseits des Schaufensters etwas in sein Notizbuch kritzeln. Simon stellte das Toffeetablett zurück.

»Ich vermisse deinen Vater«, sagte Jim mit freundlicher Stimme. Es war ihm wichtig, Simon nicht zu nahe zu treten. »Er war ein guter Mann. Ich bin sicher, du vermisst ihn auch.«

»Wir schließen«, sagte Simon und blickte an Jim vorbei.

»Danke für das Toffee.«

Klarheit durchflutete Jim, als er den Laden verließ. Im Vorfeld des Mordes gehörte eine der beiden Nummern, von denen aus Poppy Rutter immer wieder angerufen worden war, Ian Cox. Der Besitzer des zweiten Anschlusses blieb ein Rätsel. Jim zog sein Telefon aus der Tasche. Während er wählte, sah Jim zurück durchs Schaufenster von *Mr Simner's*, wo Simon damit beschäftigt war, den Ständer mit den Kaugummis wieder aufzufüllen. Bevor er verbunden wurde, stellten sich seine Nackenhaare auf, so wie immer, wenn er es wusste. Jim würde es beweisen müssen, aber das würde er.

»Erwischt«, flüsterte Jim, doch er jubelte innerlich nicht,

denn er wusste, dass er bald zur Schwermut des Ladens beitragen würde.

Bruno bemerkte die Veränderung an seinem Vater, als er auf dem Gehweg zu ihm stieß. Sein Gesicht wirkte auf eine Weise erfrischt, irgendwie befriedigt.

»Warum bist du nicht hereingekommen?«, fragte Jim.

»Ich habe einen Anhaltspunkt verfolgt«, sagte Bruno. »Hast du bekommen, was du wolltest?«

»Ja«, sagte Jim und schüttelte das Toffee wie einen Sack mit Bingokugeln.

Bruno ließ seinen Vater die Straße überqueren und stellte dabei eine ungewöhnliche Energie in seinen Schritten fest.

»Ich sehe mal nach Mildred«, sagte Bruno, als sein Dad auf der anderen Straßenseite angekommen war. »Ich hab gesehen, wie sie vor ein paar Minuten in die Edburton Road gelaufen ist. Ich kann sie nicht noch einmal verlieren.«

»Geh nicht so weit weg«, rief sein Vater ihm nach.

Bruno versprach, das nicht zu tun, und tat so, als würde er weitergehen, während er den Weg seines Vaters nach Hause durch eine Reihe von Windschutzscheiben verfolgte. Als sein Vater hineinging, kehrte Bruno um.

An der Eingangstür von *Mr Simner's* hob Bruno die Hand, um zu klopfen. Simon Simners Augen kamen ihm zuvor. Sie schwebten über dem *Geschlossen*-Schild wie zwei leuchtende blaue Bonbons.

»Ich komme wegen einer Tüte Sherbet Lemons«, sagte Bruno, laut genug, um die Glasscheibe zwischen ihnen zu durchdringen. Simons Augen verschwammen, als sein Hauch das Glas trübte. »Bin ich zu spät?«

Die Tür öffnete sich gerade weit genug, dass die blauen Bonbons im Spalt Platz fanden.

»Wir verkaufen keine Sherbet Lemons«, sagte Simon Simner.

»Wir wissen beide, dass das eine Lüge ist.«

Die Tür schwang langsam auf. Bruno betrat *Mr Simner's.*

Simon Simner trippelte hinter die Ladentheke. Er schien hinter der Schreibmaschinenkasse so etwas wie eine sichere Zuflucht zu finden. Dean hatte gesagt, dass der Mund des *Sherbet-Lemon-Manns* wie ein Karpfenmaul geformt sei. Bruno wusste nicht genug über Fische, um die Beschreibung seines Freundes zu bestätigen. Brunos Meinung nach war er eher so glatt und breit wie der eines Frosches. Simon Simner blies eine Kaugummiblase auf, wie ein Frosch, der seine Schallblase aufblies, wenn er auf Partnersuche war.

Bruno wusste die folgenden Dinge über Simon Simner: Am Montag hatte er Dean Sherbet Lemons angeboten, wenn dieser ihm dafür einen Gefallen tat. Gestern, auf dem Gehweg hatte er Bruno vorgeschlagen, ihm bei der Suche nach seiner Katze zu helfen. Und zu guter Letzt sagte der neugierige Alan, dass Simon Simner eine lachsfarbene Garage in der Edburton Road für seine Zwecke missbrauchte.

»Wie hat diese hässliche Sache die Verkäufe beeinträchtigt?«, fragte Bruno, der sich dem Tresen näherte und eines seiner Lieblingszitate, das er im Kopf hatte, an die Situation anpasste. »Mord und Süßes sind keine natürlichen Gefährten.«

»Sind sie nicht«, stimmte Simon Simner zu. »Hast du deine Katze gefunden?«

»Ja.«

»Ich war enttäuscht, dass du mein Angebot abgelehnt hast.«

»Sie kam am nächsten Morgen nach Hause.«

»Du bist ein ganz besonderer Junge«, sagte Simon Simner. Seine Stimme quietschte für sein Alter zu sehr. Bruno fielen Simon Simners manikürte Fingernägel auf. Seine Hände waren die einer Frau. »Ich bin froh, dass sie nach Hause gekommen ist. Ein so besonderer Junge wie du sollte nicht ohne sein Haustier sein. Ein Viertelpfund Sherbet Lemons?«

»Ja, bitte.«

»Kommt sofort.«

Als Simon Simner sich umdrehte und unter dem Ladentresen hinter ihm nach einer Schachtel mit blauen Handschuhen suchte, bemerkte Bruno, wie er einen Schalter an einer Steckdose umlegte. Bruno folgte den entsprechenden Kabeln. Sie verschwanden hinter einem Glas mit Colafläschchen und kamen bei einem Regal mit Lollis, die man in Brausepulver mit Zitronenaroma dippen konnte, wieder heraus. Von dort aus liefen sie weiter nach oben über die Wand. Bruno sah, wo sie endeten: bei der Überwachungskamera in der oberen Ecke des Ladens. Bruno stellte sich vor, wie im Lagerraum ein Bildschirm schwarz wurde.

Simon Simner kehrte an den Tresen zurück. Aus dem Froschmaul blies er eine zweite Blase auf.

»Ich hatte gehofft, dass du mir bei meinen Ermittlungen im Fall von Poppy Rutters Tod helfen könntest«, sagte Bruno. »Hast du in der Mordnacht irgendetwas Verdächtiges gesehen?«

Simon Simner zerstach die Blase mit dem Finger. So, wie ein Frosch seinen Schallsack einzog, sog er die zusammensinkende Blase zurück in den Mund.

»Du solltest die Ermittlungen der Polizei überlassen«, sagte Simon Simner und zog einen blauen Handschuh über seine haarlose Hand. Etwas daran, wie der Handschuh sich wie von selbst an die Hand anpasste – die übliche Wirkung einer Chemikalie, die der Desinfektion diente –, drehte Bruno den Magen um.

»Ich führe meine eigenen Ermittlungen«, sagte Bruno.

Was Simon Simner als Nächstes tat, kam vollkommen unerwartet. Er kam um den Tresen herum und murmelte etwas, während er sich bewegte.

»Viele Polizisten gehen in der Straße ein und aus«, sagte Simon Simner und zog das Rollo vor der Scheibe der Ladentür herunter. Er ließ das Sicherheitsschloss zuschnappen und prüfte, ob es wirklich verschlossen war, indem er die Türklinke herabdrückte. »Wir werden unsere Gewerbegenehmigung verlieren, wenn sie sehen, wie wir nach den Öffnungszeiten noch arbeiten. Das hier wird unser Geheimnis bewahren.«

Der verminderte Einfall natürlichen Lichts veränderte das Wesen des Ladens. Neue Schatten entstanden. Die Wände mit den Bonbonnieren verloren ihren Glanz. Als Simon Simner hinter den Tresen stürmte, verstand Bruno, was Dean damit gemeint hatte, als er sagte, Simon liefe, als wäre seine Hose zu eng.

»Die Polizei ist auf dem Weg zu mir nach Hause«, sagte Bruno, der rasch nachdachte.

Simon Simner stieß ein mädchenhaftes Kichern aus. Er presste seine Zunge in ein Stück flachgedrückten, fleischfarbenen Kaugummi, blies diesen aber nicht auf. Stattdessen wackelte er nur mit der Zunge, während er Bruno mit einer düsteren Eindringlichkeit anstarrte.

Unter dem Tresen zog Simon Simner ein leeres Glas hervor. Er schüttelte es theatralisch, um das Nichtvorhandensein der Sherbet Lemons zu verdeutlichen. Bruno konnte sehen, dass der rote, zuckrige Staub am Boden des Glases zu Cherry-Colafläschchen oder Sauren Erdbeer-Schnüren gehörte.

»Es gibt noch ein anderes Glas Sherbet Lemons im Lagerraum.« Simon Simners Worte waren von einem glucksenden Geräusch begleitet, so als ob er zu viel Spucke im Mund hätte.

»Ich glaube, ein Nachbar hat meine Katze gekidnappt«, sagte Bruno. »Deswegen ist die Polizei auf dem Weg zu mir, um mich zu befragen. Sie werden sich Sorgen machen, wenn ich nicht an die Tür gehe.«

»Hilfst du mir, im Lagerraum nach den Sherbet Lemons zu suchen? Ich bin kurzsichtig, und die ganzen Etiketten verschwimmen zu einem. Komm durch. Pass auf die Stufe abwärts auf, wenn du um die Ecke gehst.«

Bruno hielt Ausschau nach Anzeichen für eine Brille in Simon Simners brillenlosem Gesicht. Es gab keine Flecken an der Nasenwurzel, dort, wo Brillen normalerweise saßen. Bruno hatte viele Bücher verschlungen, in denen es darum ging, wie man einen Verbrecher erkannte. Während die Ratschläge, die von einem zweideutigen Ohrring bis zum Kinn eines Perversen reichten, sich alle voneinander unterschieden und sich oft auch widersprachen, waren sie sich doch in einem alle einig: Die Augen eines Verbrechers logen nicht.

Simon Simners schaurige blaue Bonbons waren die Tore zu seiner dunklen Seele. Hier lauerte Gefahr, dessen war sich Bruno sicher.

Er zog seine laminierte Geschäftskarte aus der Tasche, aber Simon Simner hatte den Tresen schon verlassen. Er zog sich in den Fortsatz des Süßwarengeschäfts zurück und bog in den Lagerraum ein, wo er außer Sicht war.

Bruno konnte eine Art Knall hören, der aus dem Lagerraum kam. Es konnte sein, dass Simon Simner die Leiter bewegte.

»Worauf wartest du?«, rief Simon Simner. »Ich brauche dich als mein Extrapaar Augen.«

Bruno kannte die Regeln. Das Genre gab Wagemut vor.

»Ich kann das nicht tun«, sagte Bruno. »Das ist nicht richtig.«

Bruno trat die Flucht an. Das Sicherheitsschloss gab ein wenig nach, und er riss an der Eingangstür.

»Er hat es doppelt abgeschlossen«, sagte Bruno, als die Tür sich nicht öffnen ließ. »Ich brauche den Schlüssel.«

Bruno arbeitete hastig, als er hinter den Tresen schlüpfte, um dort nach dem geeigneten Schlüssel zu suchen. Er stocherte ohne Erfolg herum.

Und da sah Bruno sie, unter dem Tresen abgestellt: die von einem Hund zerkauten Schuhe, die dem Mann in der Aufnahme von Mildreds Kamerahalsband gehörten. Simon Simner war der Mann, der mit Poppy Rutter gestritten hatte. Das Ausmaß dieser Erkenntnis fuhr wie eine Druckwelle durch Bruno. Es fühlte sich an, als sei in seinem Kopf eine Bombe explodiert.

Eine Hand griff nach Brunos Schulter. Er schrie, als er von der Kasse weggezogen und in der Mitte des Ladens auf den Boden geworfen wurde. Bruno sah auf. Der riesige Körper von Mrs Simner stand über ihm.

»Was zur Hölle geht hier vor sich?«, dröhnte die furchterregende Frau. »Warum fasst du die Kasse an?«

Bruno überlegte schnell. »Ich wollte ein paar Süßigkeiten«, sagte er.

»Der Laden ist geschlossen.«

»Ich weiß.«

»Das Rollo ist unten.«

»Ich weiß.«

»Wo ist Simon?«

»Im Lagerraum.«

Mrs Simner rief nach ihrem Sohn. Als er hinter dem Tresen erschien, war er ein anderer Mensch. Weg waren die schleimigen Handschuhe und die gepresste Stimme.

»Warum fasst dieser Junge mit seinen keimigen Händen die Kasse an?«, verlangte Mrs Simner zu wissen.

In einer anderen Stimme, tiefer und mit weniger Speichel, erklärte Simon, wie es sich mit Brunos Wunsch nach Sherbet

Lemons, der Polizei und der Gewerbegenehmigung verhielt.
»Ich habe ihm gesagt, dass er nichts anfassen soll«, sagte Simon Simner kleinlaut. »Er musste es mir versprechen.«

»Na gut«, sagte Mrs Simner, die sich mit der scheuen Erklärung ihres Sohnes schnell zufrieden gab. Sie schloss die Ladentür mit einem Generalschlüssel auf, den sie aus ihrer Tasche holte. »Vielleicht ist das eine Angelegenheit für die Polizei. Diebe sollten bestraft werden.«

Noch bevor Bruno die Gelegenheit hatte, die vorliegende Ungerechtigkeit in Worte zu fassen, ergriff ihn Mrs Simner zum zweiten Mal. Sie zerrte ihn durch die Eingangstür und lud ihn auf dem Bürgersteig ab. Plötzlich verließ die Wut ihren Griff und ihr Gesicht. Sie ließ Brunos Handgelenk los. Auf ein fettes Knie gestützt, richtete sie den Kragen seines T-Shirts.

»Dein Vater hat Verbindungen zur Polizei«, sagte sie mit mütterlicher Stimme. »Es würde sehr schlecht aussehen, wenn sein Sohn des Ladendiebstahls überführt würde.«

»*Ich* habe Verbindungen zur Polizei«, sagte Bruno kämpferisch.

»Ich denke, es ist das Beste, wenn du dich vom Laden fernhältst.«

Eine Träne lief über ihr aufgequollenes, körniges Gesicht.

»Ich habe nichts Falsches getan.«

»Du hast Hausverbot«, sagte sie sanft. »Nur die, denen ich traue, dürfen den Laden von jetzt an betreten.«

In dem brennenden Gefühl der Ungerechtigkeit tat Bruno etwas, das er später bereuen würde. Er schubste Mrs Simner. Sie kippte hintenüber wie eine große Galapagosschildkröte. Bruno ließ sie auf dem Bürgersteig zurück, während sie Schwimmbewegungen machte, als ob sie umgedreht auf ihrem Panzer gestrandet wäre.

25

Jim trommelte gegen die Badezimmertür. Er wollte Helen von seinem Erfolg erzählen und sich dann ganz in das Lob seiner Frau einkuscheln. Einmal, als Jim den Fall des Exhibitionisten im Queen's Park gelöst hatte, lieferte Helen dem Juniorreporter des *Evening Argus* ein beinahe poetisches Zitat, das ihn erheiterte:

»Der Verstand meines Mannes ist so stark wie ein Schlagstock aus Stahl. Ich liebe ihn!«

In der gedruckten Ausgabe erwies sich dann, dass dem jungen Reporter beim Verfassen des Artikels ein folgenschwerer Interpretationsfehler unterlaufen war – »Der Verstand meines Mannes ist so stark. Ich liebe seinen Stahlstock!«. Dies bot unendlich viele Möglichkeiten, darüber Witze zu machen, und hatte Jim einen teuflischen neuen Spitznamen eingebracht.

»Kann ich reinkommen, Helen?«, fragte Jim und klopfte erneut. »Der Mann mit dem Stahlstock hat ein paar gute Neuigkeiten.«

Helen stellte den Wasserhahn an.

Jim ließ sich auf der obersten Treppenstufe nieder, als er ein Stechen in der Magengegend bemerkte. Er erwog, Inspector Skinner anzurufen. Sie musste auf das aufmerksam gemacht werden, was er herausgefunden hatte. Jim rief ihre Nummer in seinem Handy auf; sein Finger schwebte über der Anruftaste.

»Vielleicht sollte ich bis morgen warten«, sagte Jim, dem dämmerte, was er damit in Wahrheit tat. Dieser Anruf würde bedeuten, dass er noch mal in die John Street musste. Er würde zu einer Flut von Befragungen führen, zu einer auf der Wache verbrachten Nacht. Jim würde seine Aussage aufschreiben und Frage um Frage beantworten müssen.

Jims Finger schwebte weiter über der Taste. Er traute seinem Durchhaltevermögen nicht. Er hatte seit Tagen nicht richtig geschlafen. Er fühlte sich noch abgekämpfter und schwächer als sonst. Der Anruf würde ihm eine Nacht voll Bürokratie einbringen, bei dem Papierkram, den die moderne Polizeiarbeit verursachte. Sie würden auf einen Durchsuchungsbeschluss warten und dann darauf, dass *Mr Simner's* auf den Kopf gestellt wurde. Helen würde ebenfalls verhört werden. Dieser Anruf bedeutete, die ganze Familie zurück auf die Wache zu zerren.

Jim rang mit sich. Die Beweise mussten sorgfältig und umsichtig gehandhabt werden. Wahrlich, er sollte seine Notizen noch einmal genau durchgehen, bevor er sich mit Inspector Skinner in Verbindung setzte. Jim schuldete es Mr Simner, die Fakten und seine Anhaltspunkte gewissenhaft nachzuprüfen. Eine falsche Anschuldigung würde den Simners in einer für ihre Familie schweren Zeit zusätzlich Gram bereiten.

»Morgen«, sagte Jim. An diesem Abend würde er die Information für sich behalten. Nachdem er ausgeschlafen und den Morgen damit verbracht hatte, alles durchzuackern, würde er Inspector Skinner warnen. »Ich fühle mich heute so eigenartig«, sagte Jim und stellte sein Telefon aus.

Er hievte sich hoch, indem er das Treppengeländer zu Hilfe nahm. Dann schleppte Jim seinen kribbelnden Körper die Treppe hinunter und durchsuchte die digitalen TV-Kanäle. Mehr als alles andere war ihm danach, neben seinem Sohn auf dem Sofa zu sitzen und einem tollpatschigen Detektiv dabei zuzusehen, wie er herausfand, wer die Frau des Metzgers erwürgt hatte.

Bruno schlüpfte die Treppe hinauf und benutzte das Telefon im Arbeitszimmer seines Vaters. Er war inzwischen ziemlich gut darin geworden, sich leise zu bewegen.

»Die Nummer des Prince Charles Hospitals in Merthyr Tydfil«, verlangte Bruno von der Auskunft. »Stellen Sie mich bitte durch.«

Die Empfangsdame des Krankenhauses klang, als hätte sie gerade einen Heliumballon eingesogen. Bruno sprach so tief er konnte, obwohl er befürchtete, so eher nach Tuba als nach Detektiv zu klingen.

»Guten Abend«, sagte er. »Hier ist Detective Chief Inspector Bruno Glew von der Polizei Brighton. Ich möchte gerne mit Dean Terence Rutter sprechen.« Die Frau mit der Piepsstimme besaß die Frechheit, seine Amtsbefugnis infrage zu stellen. »Polizei Brighton«, wiederholte er.

Bruno sagte, dass es buchstäblich um Leben und Tod ginge und dass er sich nicht darum scherte, ob Dean unter dem starken Einfluss von Beruhigungsmitteln stand oder ob der Arzt sagte, dass er nicht in der Verfassung sei, noch mehr Aufregung zu ertragen. »Sagen Sie dem Arzt, dass ich Neuigkeiten habe, die Dean Trost spenden werden. Ich warte. Sagen Sie ihm, wer ich bin.«

Endlich stellte ihn die Empfangsdame durch. Sie sagte, sie könne nicht garantieren, dass der Junge ganz bei Bewusstsein sei.

»Bist du das, Dean?«, fragte er, als verschlafene Atemgeräusche an sein Ohr drangen. »Ich bin's, Bruno. Ich habe den Fall gelöst.« Dean hatte keine Gewalt über seine Stimme und schien nur stöhnen zu können. »Es war der Mann, der dir die Sherbet Lemons angeboten hat. Ich habe noch nicht genügend Indizien, aber ich werde es morgen früh beweisen. Das bedeutet, dass du nach Hause kommen kannst. Und dein Dad auch.

Ich habe keine DNA oder die Mordwaffe oder ein Geständnis, aber ich arbeite daran.«

»Mit wem hast du telefoniert?«, fragte Jim, als Bruno sich auf dem Sofa in seine Stammposition unter der Achselhöhle seines Vaters gekuschelt hatte.

»Dean. Ich habe ihn auf den neusten Stand gebracht, was meinen Fortschritt in dem Fall angeht.«

»Fortschritt?«

»Fortschritt«, bestätigte Bruno geheimnisvoll.

»Denk dran, was du mir versprochen hast: keine Lügen mehr«, sagte Jim.

Bruno deutete auf den Fernseher, wo gerade der Film begann.

Heute Abend war Lawler der Ermittler, ein geradliniger schottischer Polizist, der Tacheles redete und Polizeigewalt jeder Abhöraktion vorzog. Er fasste schwer Vertrauen, wenn er es aber tat, dann war er demjenigen gegenüber vollkommen loyal. Lawler sagte Dinge wie »Da läuft ein Verrückter durch Glasgow, der Leute mit Kugeln vollpumpt«. Nachdem er hörte, dass die Ehefrau des Opfers drei Kugeln auf dessen Körper abgefeuert hatte, sagte Lawler: »Was hat der arme Mistkerl verbrochen – den Hochzeitstag vergessen?« Als sein Partner ausrief, dass sie sich die Eier abfrieren würden, wenn sie noch länger blieben, sagte Lawler: »Dazu müsstest du meine erst wieder annähen. Meine Frau hat sie mir gestern abgerissen.« Obwohl er so ein Maulheld war, kümmerte sich Lawler liebevoll um seine Frau, die im Rollstuhl saß, was ihn wiederum sympathisch machte.

»Wie lange läuft der Film schon?«

»Fast zu Ende«, sagte Jim. »Geht nur noch eine halbe Stunde.«

»Wird Zeit, dass sie eine zweite Leiche finden, wenn man nach den Regeln geht.«

»Genau. Oder sie lassen einen der Polizisten aus der zweiten Reihe sterben.«

Auf dem Bildschirm nahm Lawler einen duckmäuserischen Verdächtigen in den Schwitzkasten.

»Das wärst dann *du*«, sagte Bruno.

»Erlaube mal«, sagte Jim mit gespielter Empörung. »Warum *ich*?«

»Du bist der Detektiv in der zweiten Reihe.«

»Dann bist du derjenige, der im Fall des St. Andrew's Road-Mordes die Ermittlungen führt?«, fragte Jim und kniff seinen Sohn scherzhaft.

»Das bin ich«, sagte Bruno und gab sich besonders kitzlig.

Auf dem Bildschirm verdrehte Lawler jemandem so stark den Arm, dass er ihm ein kleines Geständnis abringen konnte.

»Schreib deinen alten Herrn nur nicht zu schnell ab«, sagte Jim verschmitzt. »Ich könnte dich überraschen.«

»Ich könnte *dich* überraschen«, sagte Bruno.

Beide saßen kribbelnd vor Wonne über ihr geheimes Wissen da.

Auf dem Bildschirm sagte Lawler: »Ich schneid mir selbst die Eier ab, wenn ich in dieser Sache falschliege.«

Als der Film vorbei und die Ordnung wiederhergestellt war, zog sich Jim in sein Arbeitszimmer und Bruno in sein Kinderzimmer zurück.

26

Von seinem Dachfenster aus betrachtete Bruno den Sonnenuntergang. Er tropfte wie flüssiger Honig über die Skyline von Brighton. Die Welt fühlte sich an diesem Abend geordnet an, wie ein Puzzle, bei dem alle Teile richtig ineinandergesteckt waren. Die Gebäude, groß und klein, alt und neu, schmiegten sich in gekrümmten Reihen aneinander, die sich über die Stadt ausbreiteten. Autos blieben auf ihren Fahrspuren, blinkten, wenn sie abbogen, ihre Wege waren logisch und geordnet.

Auf der Straße unter ihm kam Leon der Punker aus seiner Haustür. Der tätowierte Katzennapper trug eine weiße Weste, die seine Schlangen und Drachen zur Geltung brachte.

»Ich bin spät dran«, sagte der Katzennapper in sein Handy, während er einer Reihe von überquellenden Mülltonnen auswich. »Ich verpass noch den Bus.« Und dann sagte er: »Oma schläft. Sie wird ein paar Stunden weg sein.«

Angespornt vom Gefühl der Unsterblichkeit entschied Bruno, dass es Zeit war, ein Risiko einzugehen. Er war sich sicher, dass Leon der Punker Mildred entführt hatte, und er würde es beweisen. Wenn man es mit anderen ruchlosen Verbrechen verglich, zählte ein Katzennapping nicht so viel wie ein Mord oder eine Vergewaltigung, aber dieses Verbrechen war Brunos Herz so nah, dass er es nicht auf sich beruhen lassen konnte. Außerdem konnte Katzennapping sich rasch zu einem schlimmeren Vergehen entwickeln. Bruno schuldete es Brighton, einen Weg zu finden, um den tätowierten Mistkerl zu überführen.

Und vor allem schuldete er es Dean, das Kamerahalsband zu finden, das im Haus von Leon dem Punker sein musste. Diese Aufnahmen konnten ausreichen, um Simon Simner hinter Gitter zu bringen.

Bruno nahm die Digitalkamera von seinem Schreibtisch. Er würde nicht länger als ein paar Minuten brauchen.

Auf weichen Sohlen schlich Bruno durch das Haus. Katzen gingen auf ihren Vorderballen und glitten so förmlich auf ihren Pfoten dahin. Bruno bewegte sich ähnlich. Die Turnschuhe fest in der Hand, vermieden seine Zehen die Stufen und Dielenbretter, die am meisten knarzten. Er konnte hören, wie sich seine Mum im Schlafzimmer die Haare fönte. Er konnte hören, wie sich sein Dad im Arbeitszimmer räusperte.

So leise, wie er konnte, öffnete er die Tür und tappte über die Straße. Für den Fall, dass seine Mum aus dem Fenster sah, verwendete Bruno die geparkten Wagen als Deckung wie eine geschickte Katze.

Als der Schlüssel im Schloss von Haus Nummer 8 steckte, probierte er ein neues Bonmot aus: »Große Detektive bewegen sich wie Katzen, auf leisen Pfoten, die Schnurrhaare gespitzt.«

Er drehte den Schlüssel, den er sich vom Kaminsims des neugierigen Alan ausgeborgt hatte. Er betrat Nummer 8, bereit für sein drittes Vergehen an diesem Tag.

Und dann wisperte Bruno: »Ich schneid mir die Eier ab, wenn ich in dieser Sache falschliege.«

»Ich bin beglückt«, sagte Jim. Ein zerknitterter Philip Marlowe starrte inzwischen von der Wand über dem Schreibtisch in seinem Arbeitszimmer herab. »Mir ist ein wenig übel, aber ich bin beglückt.«

Eine Ader über Jims linker Augenbraue begann zu pochen, ihr Takt stetig und befriedigend.

Angespornt vom Gefühl der Unsterblichkeit – eine Wärme, die in seinem Körper aufstieg – zog Jim sich die Umzugskiste heran, in der sich die ungelösten Fälle befanden. Er nahm die oberste Akte herunter und begann die Fotos und Dokumente darin auszuleeren.

»Der Fall des einäugigen Kanalmanns«, sagte Jim zu dem rauchenden Philip Marlowe. »Der berauschendste, aber auch der verblüffendste Fall meiner gesamten Karriere.«

Zur Zeit des Millenniums hatten die Polizei und der Gemeinderat über achtzehn Monate hinweg eine Welle von Anwohnerbeschwerden erhalten. Alle berichteten davon, wie sie dasselbe fantastische Wesen gesichtet hatten: Ein Mann, der manchen Schilderungen zufolge einen silbernen Anzug trug, laut anderen ein Wilder mit einem Lendenschurz war, entsprang entweder aus einem der vielen Gullilöcher, die zu Brightons riesigem unterirdischen Kanalisationsnetz führten, oder er verschwand darin.

»Der Gemeinderat hatte mich engagiert, um das zu untersuchen«, sagte Jim, obwohl Marlowe den Fall auswendig kannte. »Ich hatte selbstauslösende Kameras mit Bewegungssensoren aufgestellt und sogar eine Nacht in einem der nasskalten Abflusstunnel geschlafen, in dessen Nähe viele der Sichtungen vorgekommen waren.«

Anfänglich hatte Jim Studenten in Verdacht gehabt, die sich einen Scherz erlaubten. Diese Theorie fiel in sich zusammen, als Jims Kameras eine Folge dramatischer Bilder in einem der nördlichen Abflusskanäle aufnahmen. Jim hatte eine Waschschüssel voll Metzgereiresten ausgelegt, in der Hoffnung, die karnivoren Instinkte des Kanalmanns anzuregen. Auf den ersten Bildern war ein nackter Mann von hinten zu sehen, der sich an dem billigen Fleisch gütlich tat. Die letzten beiden Fotografien zeigten jedoch das Gesicht eines Wesens, das die Kamera inspizierte, weil es wohl vom Klicken des Auslösers angelockt worden war. Das Bild enthüllte eine Laune der Natur, einen kahlen Mann mit einem einzigen Auge mitten über der knochigen Nase. Der Hausarzt, dem Jim die Fotos zeigte, nachdem dieser in der Nähe seiner Prostata herumgewühlt hatte, schätzte anhand des ausgemergelten Körpers, dass der Kanalmann mittleren Alters war.

»Ich habe alle Patientenakten in der Gegend auf einen männlichen Zyklopen oder etwas Ähnliches durchsucht«, sagte Jim, während die seltsame Wärme weiter seine Brust hochkroch. »Das führte mich zu dem Fall eines Babys, das in Shoreham geboren worden war und dessen Name in allen Dokumenten inklusive seiner Geburtsurkunde geschwärzt war. Die Unterlagen beschrieben den Jungen mit den Worten: ›Hat ein mittiges Auge, das nicht blinzeln kann‹. Die Krankenblätter des Jungen endeten beim vierten Lebensjahr. Auf seiner Akte war notiert: ›Geheime Verschlusssache der Polizei‹.

Natürlich hatte sich Jim mit der Polizei in Shoreham in Verbindung gesetzt. Man begegnete ihm mit unnachgiebigem Schweigen. Eines Abends besuchte ein Mann, der wie ein Spion aussah, Jim in seinem Büro. Unmissverständlich informierte er Jim, dass seiner Familie schlimme Dinge zustoßen würden, wenn er die Ermittlungen nicht sofort beendete. Offiziell zog er sich von dem Fall zurück. Er informierte den Gemeinderat, dass er in einer Sackgasse steckte. Aber heimlich fuhr er mit seiner Arbeit fort. Jim folgte dem spionmäßigen Mann in dieser Nacht, eine Reise, die ihn meilenweit über die Schnellstraße bis zu einem unerwartet niedlichen Cottage in Surrey führte. Weitere Ermittlungen enthüllten den wahren Beruf des Spions: Er war ein arbeitsloser Komparsendarsteller, der einmal einen Grapscher in der bekannten Polizeiserie *The Bill* gespielt hatte. Danach hatte sich Jim noch jahrelang mit dem Fall herumgeplagt, der ihn mal hierhin, mal dorthin verschlug. Irgendwann hatte er das Interesse verloren.

»Der Fall des einäugigen Kanalmanns ist Brunos liebste Gutenachtgeschichte«, sagte Jim, als er die vollgestopfte Akte durchstöberte. »Er hat geschworen, ihn eines Tages zu lösen.«

Kurz nachdem die Unterlagen dieses alten Falls auf seinem Tisch landeten, erschien in Jims überhitztem Gehirn die Lösung. Die Beweise tanzten und wirbelten durcheinander. Er zog Verbindungen, die er bis dahin für unmöglich gehalten hatte. Jim sah das Foto des einäugigen Kanalmanns angestrengt an.

»Wie konnte ich das nur übersehen?«, fragte Jim, als sich Philip Marlowe noch eine Zigarette anzündete.

Schweißtropfen perlten in Jims Augenhöhlen und strömten über sein Gesicht.

»Ich muss einen Anruf tätigen«, sagte Jim und wählte die Nummer des rund um die Uhr besetzten Telefondienstes des Gemeinderats. »Hier ist Jim Glew«, rief er in den Hörer und ergötzte sich an Philip Marlowes rauchender Anerkennung. »Ich muss mit dem Vorsitzenden des Brightoner Gemeinderats sprechen. Bitte sagen Sie ihm, dass dies ein Anruf von äußerster Dringlichkeit ist.«

Eine Katze hat vierundzwanzig Schnurrhaare, zwölf zu jeder Seite ihrer Nase. Bruno wünschte sich Schnurrhaare, als er in die strenge Finsternis von Nummer 8 eintrat, dem Wohnsitz von Leon dem Punker.

Als er die Haustür hinter sich schloss, war der Flur schlagartig dunkel geworden. Schnurrhaare würden es ihm ermöglichen, unsichtbare Schwingungen wahrzunehmen. Schnurrhaare würden die Geisterfrau genau orten können. Er wäre sicherer mit Schnurrhaaren. Sie waren nicht an Licht und Dunkelheit gebunden.

Nummer 8 litt am selben Beleuchtungsproblem wie Brunos Haus. Wenn sämtliche Türen geschlossen waren, wurde das Haus stockduster, selbst am sonnigsten Nachmittag oder während des gleißendsten Sonnenuntergangs.

Brunos Augen hatten Mühe mit diesem raschen Wechsel. Er schaltete die Stirnlampe ein, die er in Erwartung dieses Problems an seinem Kopf befestigt hatte.

Ohne auf die Geräusche des Fernsehers aus dem Obergeschoss zu achten, schlich er den Flur entlang und wünschte sich die Balance, die ein Katzenschwanz bot. Er stellte sich vor, wie sein Schwanz sich nach links bog, als er wegen einer Unebenheit im welligen Teppich nach rechts stolperte.

Am Ende des Flurs öffnete Bruno die Küchentür und ließ das volle Licht der untergehenden Sonne herein. Auf den metallenen Oberflächen der Kochutensilien blitzten Glanzlichter auf. Die limettengrünen Wände der Küche strahlten im starken Sonnenlicht und schickten Brunos Augen ins Fegefeuer, er war geblendet durch den Wechsel von der Dunkelheit ins Licht.

Als sich seine Sehkraft stabilisierte, brauchte Bruno keine Schnurrhaare, um sein erstes Beweisstück ausfindig zu machen: Ein Napf, der von der Größe her für Katzen gedacht war, stand auf dem Abtropfgitter. Bruno machte mit seiner Kamera schnell ein Foto von dem Beweisstück.

Schnurrhaare waren auch nicht vonnöten, um die Verbrechen gegen die Sauberkeit zu erkennen, die in der Küche ganz offen zur Schau gestellt wurden. Verschimmelte Pizzakartons bedeckten die Arbeitsflächen. In Pfannen lagen alte Fleischstückchen, die in Ozeanen aus erstarrtem Fett im Stich gelassen worden waren. Das Spülbecken war mit Wasser gefüllt, das die Farbe von Morast hatte. Bruno verstand nicht, wie es dazu kam, dass Menschen so lebten. Waren es die Tattoos oder das

Rauchen von Drogen, die einen Mann zu einem solchen Faultier werden ließen?

Bruno durchsuchte die Küchenschränke. Er fand Gewürzregale und Waschpulver, aber kein Katzenfutter. Ein Foto war nicht genug, um den schäbigen Katzennapper zu überführen.

»Ich muss hinauf gehen«, sagte Bruno und holte tief Luft.

Die Musik in der Warteschleife dudelte, und Jim fühlte sich warm und wissend; die Hitze, die seinen Geist und Körper durchströmte, ließ seinen Verstand auf Hochtouren arbeiten.

»Zwei Verbrechen an einem Tag geknackt!«, prahlte Jim vor Philip Marlowe. »Wir gönnen uns heimlich ein Glas Wein, wenn ich das hier abgehakt habe.«

Die pochende Ader beschleunigte ihren Takt. Jim betupfte sie mit seinem durchnässten Taschentuch.

Als er schließlich verbunden wurde und der Vorsitzende des Brightoner Gemeinderats mit einer Reibeisenstimme antwortete, die klang, als habe man ihn gerade aus einem wichtigen Meeting herausgeholt, fiel Jim der Blick auf, den Philip Marlowe ihm zuwarf, und er hängte schnell ein.

»Was ist los?«, fragte Jim an Philip Marlowe gewandt, während ihm der Schweiß in Bächen von der Stirn rann. Er fing das meiste davon mit seinem Taschentuch auf. Manches strömte durch seine Koteletten, tropfte von seinem Kinn auf die Kopien der Kanalisationskarten und die Phantombilder des Kanalmanns. »Hast du das Vertrauen in mich verloren? Oder habe ich das Vertrauen in dich verloren?«

Die Ader über Jims Augenbraue ging vom Pochen ins Puckern über, ihr Takt völlig überspannt. Plötzlich wurde Jim das Netzwerk von Adern in seiner brennenden Stirn bewusst.

Jim sah auf die Karte der Kanalisation herab und erwartete, die Auflösung des offenen Rätsels zu sehen. Fieberhaft durchsuchte Jim die vielen Unterlagen, seine Finger wühlten sich durch Aussagen und Fotos.

»Sieh mich nicht so an«, sagte Jim und deutete mit einem wütenden Finger auf Philip Marlowe. Jim schlug mit der Faust auf den Tisch, wobei er sich der bis zum Platzen gespannten Adern in seinem Hals und seinen Schultern bewusst war.

Bruno schloss die Küchentür hinter sich und sperrte den Sonnenuntergang aus. Der Speer aus Licht, der von seiner Stirnlampe ausging, wies ihm den Weg zurück über den knarzenden Boden im Flur.

Wie würde eine Katzennase den kalten Rauch auf der Treppe wahrnehmen? Er roch wie eine starke Ausgabe der Salbeikartoffeln seiner Mutter. Während Bruno die Stufen hochstieg, kroch ihm der Drogenrauch in den Kopf und machte ihn benommen.

Auf dem Absatz am oberen Ende der Treppe schoss ein zerschnittener Strahl des Sonnenuntergangs durch einen Spalt der Tür zum Gästezimmer, das nach hinten rausging. Durch diese Lücke dröhnte der Lärm des Fernsehers; seine Lautstärke erlaubte es Bruno, sich ungehört auf alle viere niederzulassen und durch den Spalt zu spähen. Sein von der Sonne verzerrter Blick ins Zimmer gab ein Paar Füße preis, die von einem Stuhl herabhingen, einer davon mit Hausschuh, einer schorfig und nackt. Der Winkel der Tür und die stechenden Strahlen der tief stehenden Sonne verwehrten ihm einen besseren Blick auf die Geisterfrau. Bruno konnte sehen, dass ihr Kopf zur Seite geneigt war. Sie schlief bestimmt.

Auf allen vieren pirschte sich Bruno am Geländer entlang, das sich um den Treppenabsatz wand, und tappte weiter durch den immer stärkeren Drogengeruch. Eine Polizeisirene kreischte, entweder im Fernsehen oder auf der Straße.

Während Bruno die schwarze Treppe hinaufkroch, um zum Dachboden zu gelangen, enthüllte der Lichtspeer vor seiner Stirn eine Reihe ungewöhnlicher Objekte. Auf einer Treppenstufe fand Bruno ein bauchiges Glasbehältnis. Als Bruno seine Nase an die Wölbung hielt, musste er vom scharfen Geruch nach Salbeikartoffeln würgen. Ein paar Stufen weiter oben fand er eine Messskala, die der auf dem Tresen von *Mr Simner's* ähnelte. Auf dem obersten Treppenabsatz drückte Bruno die Tür auf und kroch ins Dachzimmer. Sonnenlicht und Schwindelgefühl zwangen ihn dazu, die Augen reflexhaft mit der Hand zu bedecken. Dann öffnete er seine vom Sonnenlicht durchleuchteten Finger langsam wieder.

Dachzimmer besaßen einen ausgeprägten Charakter, und dieses war keine Ausnahme. Leons Schlafzimmer war viel stickiger als seines. Es roch wie ein Gewächshaus voller verrottender Pflanzen und Kräuter.

Von Leons Dachfenster aus konnte Bruno sein eigenes Haus sehen. Er konnte in sein Kinderzimmer blicken. Bruno konnte sogar sein SHERLOCK-HOLMES-SIEHT-ALLES-Poster an der Rückseite der Tür ausmachen. Auf dem Dach sah er Mildred, die auf dem Kamin hockte und zu ihm herübersah.

»Gib mir einen Anhaltspunkt«, sagte Bruno zu seiner Katze. »Was sagen deine Schnurrhaare? Wo hat er das Kamerahalsband versteckt?«

Das Zimmer von Leon dem Punker war eine Schande. Die schwarzen Laken waren mit ungewöhnlichen Flecken bedeckt. Leon der Punker hatte entweder ein Leck oder ein exotisches Leiden.

Rizlas, noch mehr Messgeräte und Feuerzeuge bedeckten den Schreibtisch vor dem Kamin. Bruno fotografierte alles mit seiner Kamera, in dem Wissen, dass er die Fotos verwenden konnte, um Leon den Punker zu erpressen, falls das nötig sein sollte.

Auf einem Poster über dem Schreibtisch stand: FUCK THE POLICE.

In einer offenen Sockenschublade fand Bruno eine Packung getrocknete Katzenminze. Er grübelte darüber nach, ob Leon der Punker die Katzenminze vielleicht anstelle seiner illegalen Drogen rauchte. Das allerdings kam ihm unwahrscheinlich vor, selbst für einen Mann, dessen Schlafzimmer aussah, als hätte dort gerade ein Einbruch stattgefunden. Das Durcheinander war natürlich zu Brunos Vorteil. Er konnte hier herumstöbern, ohne Angst haben zu müssen, dass er die Ordnung durcheinanderbrachte, weil es keine Ordnung gab, die man hätte durcheinanderbringen können.

»Verbrechen versteckt Verbrechen«, sagte Bruno in einen verschmierten Spiegel hinein, der auf der Kommode stand, nicht sicher, ob das irgendeinen Sinn ergab. In der Sockenschublade fand Bruno weitere Beutel aus durchsichtigem Plastik. Er öffnete einen. Wieder nahm seine Nase den starken Salbeigeruch wahr.

Bruno machte erneut Fotos von den belastenden Beweisen, aber er wusste, dass er noch mehr brauchen würde. Um Leon den Punk aus dem Weg zu räumen, musste er seine Schuld bar jeden Zweifels beweisen. Die Polizei würde sich für die Drogen interessieren, aber das war nicht das, weshalb er hier war. Er durchsuchte das Zimmer weiter, öffnete mehr Schubladen, sah im Schrank nach und schaute unters Bett. Noch immer konnte er keinen zwingenden Beweis für Mildreds Gefangenschaft in diesem Haus finden.

Bruno kehrte ans Dachfenster zurück.

»Wohin, Katze?«, fragte Bruno, während die auf dem Kaminschlot hockende Mildred ihr Gesicht mit der Pfote putzte.

Jims Kreislauf hatte sich wieder beruhigt. Die überirdische Hitze und das Gefühl der Unsterblichkeit waren vergangen.

»Ein Missverständnis«, sagte Jim entschuldigend zum Vorsitzenden des Brightoner Gemeinderats, der ihn zurückgerufen hatte. »Ich dachte, ich hätte einen Durchbruch in unserem alten Fall erreicht. Ich lag falsch. Gehen Sie zurück in Ihre Oboenstunde. Ich bitte vielmals um Entschuldigung.«

Als ihm mit einem Mal ganz anders und wieder siedend heiß wurde, stand Jim vom Schreibtisch auf und stolperte zum Fenster in seinem Arbeitszimmer. Er konnte Helen sehen, die auf der Gartenbank saß. Die Sonne strömte durch die Äste eines Nektarinenbaums und fiel auf die Schultern seiner Frau. Es war einer von diesen Sonnenuntergängen, die Dichter strategisch einsetzten.

Jim klopfte gegen das Fenster. Seine Frau sah nicht von der Bank auf. Jim wurde klar, dass sie döste. Und dann ergriffen die warmen Sonnenstrahlen Jims Körper und trugen ihn davon.

Helen fühlte sich nach einem Nickerchen besser. Sie saß mit geschlossenen Augen da und genoss die abklingende Wärme.

Als die Sonne untergegangen war, trank Helen ihr Glas Wein aus. Dann ging sie hinüber zur Wäscheleine, nahm die trockenen Kleidungsstücke ab und legte sie zusammen.

Auf dem Weg ins Haus bemerkte Helen eine von Brunos Unterhosen, die offenbar vom Wind von der Leine geweht worden war und sich in einem Strauch verfangen hatte. Sie zu befreien, war alles andere als einfach. Erst versuchte Helen, die Hose mit einem Bambusrohr herauszuangeln. Dann, die sperrigen Zweige anzuheben. Helen kletterte schließlich daran vorbei und in den Strauch hinein und entriss die Hose dem dornigen Griff.

Als Helen sich aus der schwierigen Lage befreite, spürte sie einen scharfen Schmerz an ihrem großen Zeh. Zuerst dachte sie, sie wäre auf einen Stein getreten. Helen sah hinab. Durch das Gewirr von Ästen sah sie einen grauen Gegenstand, der wie eine Plastik-Armbanduhr aussah, aber größer war. Als sie genauer hinsah, erkannte sie, worum es sich handelte: Mildreds Kamerahalsband.

Helen zog das Gerät aus dem Matsch.

Im Dachzimmer musste Bruno sich nach einer aussichtslosen Suche seine Niederlage eingestehen. Leon der Punker mochte dieses Mal damit durchkommen. Er hatte sein Bestes gegeben, aber es gab keine Spur des Kamerahalsbands.

Der Lichtstrahl seiner Stirnlampe leitete ihn die obere Treppe herab. Leise überquerte er den Treppenabsatz und machte sich gerade daran, das Geländer am hinteren Gästezimmer zu umrunden. Da erregte ein glitzernder Gegenstand unter den Füßen der Geisterfrau, die vom Stuhl herabbaumelten, seine Aufmerksamkeit.

Bruno ließ sich auf Hände und Knie herab. Er schob sich näher an den Spalt in der Tür heran, erpicht darauf, einen genaueren Blick auf den funkelnden Gegenstand zu erhaschen.

Bruno kroch ins Zimmer hinein, auf die Geisterfrau zu. Aus dem Teppich wurde ein Holzboden, der unter dem Gewicht von Brunos Knien ächzte. Bruno erwartete jeden Moment, dass die Geisterfrau aufwachen würde. Erschrocken würde sie vor Angst aufspringen, und ihre pupillenlosen Augen würden Bruno entdecken, der sich an sie heranschlich. Die Furcht in ihrem Gesicht und der Gedanke daran, dass er einer alten Frau in ihrem Zuhause Angst einjagte, würden Bruno für immer verfolgen.

»Beweg dich wie eine Katze«, sagte sich Bruno im Kopf. »Auf den sanftesten Pfoten.«

Der funkelnde Gegenstand lag unter ihrem nackten Fuß. Als Bruno ihn an sich nehmen wollte, streifte er versehentlich einen ihrer verschorften Zehen, aber die Geisterfrau gab keinen Mucks von sich, als er den Gegenstand mit dem Finger barg. Ihr Fuß war eiskalt.

Bruno zog sich zurück, bis er wieder auf dem Treppenabsatz war. Der Lichtspeer, der von seiner Stirn ausging, bestätigte seinen Verdacht: Mildreds speziell für sie angefertigtes Glöckchen lag in seiner Handfläche.

»Erwischt«, sagte Bruno und stellte sich vor, wie er dieses Beweismittel dem Gericht vorlegte, wie es den Geschworenen die Luft verschlug! »Ich hab heute echt eine Glückssträhne.«

Die Welle der Euphorie blieb aus. In Brunos Herz nistete sich das Gefühl drohenden Unheils ein. Er dachte eine Minute lang nach und hoffte, dass er falschlag. Er machte kehrt und klopfte, so laut er konnte, mit geballter Faust gegen den Rahmen der Schlafzimmertür.

»*Hallo*!«, schrie Bruno gegen den Lärm des dröhnenden Fernsehers an. »*Können Sie mich hören?*«

Keine Antwort.

Bruno ging aufs Ganze. Mit kräftigen, schnellen Schritten platzte er in den Raum hinein wie ein Polizeitrupp, der ein Gebäude stürmt. Doch die Geisterfrau sah nicht von ihrem Stuhl auf. Als er ihre Schulter anstupste, erst leicht, dann so heftig er konnte, bewegte sie sich nicht.

Bruno nahm Reißaus.

Der Sprint nach Hause fühlte sich an, als geschähe er in Zeitlupe. Bruno war sich nicht sicher, was er zuerst tun wollte – sich übergeben oder seinem Vater beichten, was er gefunden hatte.

»Sie ist tot! Sie ist tot! Sie ist tot!«, sagte Bruno immer wieder zu sich selbst, als er durch die Eingangstür drängte und im Flur an seiner verwunderten Mum vorbeikam. Er raste die Treppe hinauf und krachte durch die Tür des Arbeitszimmers.

Und dann sah er seinen Vater, der sich auf dem Boden wälzte, sich die Brust hielt und Schaum vor dem Mund hatte.

27

»Er wird sterben« sagte Bruno immer wieder, als sie im Auto dem Rettungswagen hinterherjagten. Er sprach so ruhig wie ein Berichterstatter, der sich mit der unausweichlichen Wahrheit abgefunden hat. »Es ist unvermeidbar. Bis wir im Krankenhaus sind, wird er tot sein.«

»Bitte hör auf, so etwas zu sagen«, sagte seine Mum, die sich nicht traute, dem Krankenwagen durch die Rettungsgasse zu folgen. Das letzte Licht des Tages war erloschen. Der Abend wurde kühl; Bruno fröstelte es an den Armen.

Zu seiner freudigen Überraschung war Jim nicht tot, als sie am Krankenhaus ankamen.

Sie saßen unendlich lange im Wartebereich. Bruno beobachtete einen Mann, der aussah wie Inspector Morse in der letzten Episode der finalen Staffel. *Selbst die besten Detektive müssen sterben,* dachte Bruno. Inspector Morse trank Kaffee aus dem Automaten. Als Brunos Lider immer schwerer wurden, überlegte er, ob Inspector Morse noch da sein würde, wenn er aufwachte.

Helen ließ Bruno, der sich in ihre Armbeuge geschmiegt hatte, einschlafen. Das war seit Jahren nicht mehr passiert. Ihr Sohn schnarchte leise. Helen war dankbar dafür – wenn der Schlaf Bruno immer noch übermannen konnte, dann war da auch immer noch eine Spur kindlicher Unschuld im Herzen ihres Jungen.

Ein Arzt erschien, der Helen entweder aus einem Traum oder einem Tagtraum weckte, da war sie sich nicht ganz sicher. Es kam ihr vor, als hätte sie ein Déjà-vu-Erlebnis.

»Sie sollten nach Hause gehen«, sagte der Arzt, der ihr erklärte, dass Jim keinen weiteren Herzinfarkt gehabt hatte. Sie vermuteten, dass das Problem mit einem Reflux von Magensäure zu tun hatte, aber es war zu früh, um das zu sagen. Am Morgen würden sie mehr wissen. »Wir rufen Sie an, wenn es etwas Neues gibt.«

»Kann ich zu ihm?«, fragte Helen.

»Das ist im Moment nicht ratsam«, sagte der Arzt. »Er ist morgen auch noch da.«

»Versprechen Sie mir das?«

»Ja«, sagte der Arzt mit beruhigender Bestimmtheit.

Schweren Herzens verließ Helen das Krankenhaus und zog ihren schlaftrunkenen Sohn am Arm über den Parkplatz.

»Ist mit Dad alles in Ordnung?«, fragte Bruno, als Helen seinen Gurt einrasten ließ. »Ist es wieder sein Herz?«

»Es geht ihm gut. Seinem Herz geht es gut.«

Helen steuerte das Auto durch die leeren Straßen von Brighton. Mittlerweile hatten sogar die Clubs geschlossen. Die Straßen waren ruhig und still, abgesehen von ein paar torkelnden Betrunkenen und einem Milchwagen, der zwischen den Häusern hin und her flitzte.

Helen fuhr auf eine leere Bushaltestelle und stellte den Motor ab. Sie kurbelte das Fenster herunter und wollte einen Moment in der Stille der Morgendämmerung verbringen.

»Wo sind wir?«, fragte Bruno.

»An der Bushaltestelle, wo dein Vater mir den Heiratsantrag gemacht hat.«

Bruno reckte den Hals, vielleicht um die romantischen Qualitäten des Ortes abzuschätzen.

»Morgen wird ein besserer Tag«, sagte Bruno zuversichtlich.

»Warum sagst du das?«

»Weil ich den Fall morgen tatsächlich abschließen werde.« Alle anderen Themen wären Helen lieber gewesen. »Ich tue das für Dad. Wenn der Stress schuld daran ist, werde ich sein Herz vom Stress befreien. Dann geht's ihm besser, nicht wahr?«

Helen konnte ihren Sohn nicht enttäuschen, der sie mit großen hoffnungsvollen Augen ansah.

»Natürlich wird es das, mein Engel«, sagte sie, so überzeugend wie sie nur konnte.

»Und ich werde deine Sommerferien reparieren.«

»Das ist ein sehr lieber Gedanke, Bru.«

»Das ist die Wahrheit«, erwiderte er, gähnte und streckte sich.

»Wie wär's mit ein paar Pommes?«, fragte Helen. »Ich kenne ein Lokal, das noch geöffnet hat.«

Im dem 24-Stunden-Café, das nur Einheimische kannten, teilten sich Helen und Bruno einen Teller mit Pommes, über die geriebener Käse gestreut war. Um sie herum vertilgten Lastwagenfahrer riesige frittierte Frühstücke, und schlotternde Raver nippten an ihrem Tee. Bruno aß die meisten Pommes.

»So spät war ich noch nie auf«, sagte er und sah auf seine Armbanduhr. »Ich wünschte, ich hätte mein Notizbuch dabei.«

»Warum?«

»Weil ich mir etwas merken muss«, sagte er.

»Was denn?«, ermutigte ihn Helen, als Bruno eine Pommes aus dem geschmolzenen Käse zog. Dieses Mal weigerte er sich, seinen Gedanken zu teilen.

Es war taghell, als sie ihn ins Bett brachte. Mildred ließ sich auch nieder und rollte sich an Brunos Ellbogen ein.

Helen fiel angezogen ins Bett. Sie würde so lange schlafen, wie es ihr Körper ihr erlaubte, falls das Telefon sie nicht vorher weckte, was nicht geschah. Als sie aufwachte, zeigte der Digitalwecker neben dem Bett an, dass es nach elf war.

Unten stellte Helen den Wasserkocher an und rief das Krankenhaus an. Sodbrennen war der Übeltäter. Wahrscheinlich hatte Jim das Gefühl für einen Herzinfarkt gehalten, und das hatte ihn in eine Panikattacke getrieben. Etwas Magensäure war in seine Lunge eingedrungen, die Ärzte untersuchten das gerade. Er war noch nicht bereit für Besuch.

Helen machte Kaffee. Sie bereitete Saft und Toast für Bruno vor, dessen Getrappel sie noch nicht durch die Decke oder auf dem Treppenabsatz gehört hatte. Aus dem Kinderzimmer drang kein Laut, als sie die Treppe hinaufkam.

»Frühstück«, rief sie und klopfte an seine Tür, bevor sie eintrat. »Wir essen erst und fahren dann zum Krankenhaus. Du hast noch Zeit zu duschen.«

Weder Bruno noch Mildred waren im Kinderzimmer. Die Laken waren kalt.

FREITAG, 1. AUGUST

28

Helen suchte überall dort nach Bruno, wo er sich üblicherweise herumtrieb: im Garten, im Schrank unter der Treppe, in den er sich bei einem seiner seltenen Wutanfälle, verkrümelte, und dann in jedem anderen Zimmer ihres Hauses, in dem eine bedrückende Stille herrschte. Bei ihrer fieberhaften Suche entdeckte sie Mildred in der Badewanne, wo die Katze nach einem tropfenden Hahn haschte.

Helen stürmte auf die Straße, sah auf beiden Seiten die Bürgersteige hoch und runter, sicher, dass sie ihren Jungen auf einer seiner geheimen Missionen sehen würde. Sie hastete bis zu Mr Patels, und ihr Herz klopfte dabei wie wild in ihrer Brust. Doch die Bürgersteige waren bruno-los. Die Welt war bruno-los.

Zurück im Haus, rief Helen das Krankenhaus an und fragte, ob Jim an diesem Morgen Besuch von seinem Sohn gehabt hatte. Die Antwort war negativ. Das Grauen in Helens Herz verdoppelte sich.

Weil sie keine andere Möglichkeit mehr sah, rief sie Inspector Skinner an, um ihr Kind als vermisst zu melden. Die Polizistin ließ sich von Helen erzählen, was in den letzten 12 Stunden geschehen war, und dies tat sie so hastig, dass Inspector Skinner sie bat, kurz innezuhalten und tief Luft zu holen.

»Mein Ehemann darf nicht wissen, dass Bruno verschwunden ist«, sagte Helen. »Es ist eine vertrackte Situation.«

»Verstanden«, sagte Inspector Skinner. »Ich schicke einen Einsatzwagen zu Ihnen hinüber. Sie müssen beim Telefon bleiben, falls Bruno anruft.«

Helen wartete auf dem Sofa. Sie versuchte, ihren Atem unter Kontrolle zu bekommen, versuchte, die Panikattacke niederzukämpfen, die in ihrer Brust aufstieg. Die Stille des Hauses versetzte sie in Angst. Sie wurde sich der Wände bewusst und der Geräusche in den Wänden. Wie das Holz im Morgensonnenschein knackte. Wie die Wasserrohre gurgelten. Die heimlichen Laute, die ein Haus für sich behielt und in verzweifelten Momenten wie diesem offenbarte.

Mildred gesellte sich zu Helen aufs Sofa. Sie hatte keinen Sinn dafür, die poussierende Katze zu streicheln. Mildred, die normalerweise so unnahbar war, wand sich um sie herum und tauchte zwischen ihren starren Beinen auf und ab.

Trotz des staubflirrenden Sonnenscheins fühlte Helen eine spröde Kühle in ihren Knochen. Sie sehnte sich danach, Brunos polternde Schritte im obersten Geschoss des Hauses zu hören. Sie sehnte sich danach, ihrem Ehemann im Sessel gegenüber zuzusehen, wie er ein Kreuzworträtsel ausfüllte und auf seinem Kugelschreiber herumkaute, bis dessen Tinte auf seinem Hemd landete.

Ein Gedanke, der mit irgendeiner unterbewussten Ahnung verbunden war, vielleicht mit der Tatsache, dass der Computer gesurrt hatte, als sie ins Arbeitszimmer gestürzt war, um nach Bruno zu sehen, ließ Helen die Treppen hinauf hasten. Das Antippen der Maus ließ einen angehaltenen Videoclip auf dem Bildschirm erscheinen.

Helen brauchte einige Momente, um zu verstehen, was sie sich da ansah. Die verwackelte Aufnahme wurde klarer, als sie unter einem geparkten Auto ankam, dessen Reifen auf der rechten Seite zu sehen war. Ein schäbiger brauner Schuh trat ins Bild. Am unteren Rand des Monitors konnte sie Mildreds weiße Pfoten erkennen, die die Katze vor sich ausgestreckt hatte. Am oberen Ende tauchte ihr weißer Bart ab und zu auf.

Eine Frau erschien. Sie trug eine gelbe Hose – von der Art, wie sie nur eine bestimmte Anwohnerin der Straße trug. Ihr Kopf war am oberen Bildrand abgeschnitten.

Der vorbeifahrende Verkehr, Mildreds Schnaufen und das normale weiße Rauschen machten es unmöglich für Helen, dem rumpelnden Gespräch zu folgen. Der abgehackte Rhythmus deutete darauf hin, dass aus dem Versteck heraus irgendein Streit aufgenommen wurde.

Eine Flaute im vorbeifahrenden Verkehr und Mildreds vorübergehende Unterbrechung ihrer Fellpflege boten ihr ein klares Stück Klang. Die Stimme gehörte zu Poppy Rutter, dessen war Helen sich sicher.

»Klausel wird dich nicht länger schützen (Autogeräusch) …
stell dich (Autogeräusch)«

Helen wusste sofort, dass Poppy sich auf die Geheimhaltungsklausel der Nightline bezog, was implizierte, dass der Träger der braunen Schuhe einer ihrer Anrufer war. Das Datum am unteren Rand des Bildschirms zeigte, dass die Aufnahme am Montag, dem Tag des Mordes aufgenommen worden war. Helen zermarterte sich den Kopf. Die Verbindungen waren rasch hergestellt. Die Schnelligkeit ihres panischen Verstands erstaunte sie. Am Montagabend hatte Poppy versucht, Helen etwas mitzuteilen, etwas, das gegen den Kodex der Nightline verstieß. Das musste es sein. Helen spielte die Aufnahme noch einmal ab.

»Er hat es herausgefunden«, sagte Helen zu der sie umkreisenden Mildred. »Bruno hat herausgefunden, wem diese Schuhe gehören.«

Der Klang des Polizeiwagens, der in die Straße einfuhr, hatte eine andere Tonhöhe. Die Sirene, die ihr zuvor grob erschienen war, gab jetzt ein Geräusch wie ein weinendes Kind von sich. Helen wusste, dass dieser Ton sie vielleicht für immer verfolgen würde.

Dann lärmte die Türklingel.

»Eine Suchaktion wurde eingeleitet«, sagte Inspector Skinner, als sie den Flur betrat. »Wir müssen mit jedem Freund von Bruno sprechen, jedem, den er kennt. Wir müssten gründlich sein. Ich brauche eine umfassende Liste.«

»Ich muss Ihnen etwas auf dem Computer meines Mannes zeigen«, sagte Helen und bedeutete der Kommissarin, ihr die Treppe hinauf zu folgen.

Helen spielte Inspector Skinner den Ausschnitt vor. Sie erklärte, was es mit Mildreds Kamerahalsband auf sich hatte, mit dem Verweis auf die Geheimhaltungsklausel der Nightline. Sie beschrieb, wie Poppy darüber gesprochen hatte, dass sie die Verfahrensregeln der Nightline auf irgendeine Art umgangen hatte. Die beiden Dinge mussten miteinander zusammenhängen.

»Bruno hat sich diesen Ausschnitt angesehen, bevor ich heute Morgen aufgewacht bin. Ich glaube, dass er sich auf die Suche nach dem Besitzer dieser Schuhe gemacht hat.«

Unten läutete die Türklingel. Kurz darauf betrat einer von Inspector Skinners Polizisten das Arbeitszimmer.

»Heute früh hat ein Nachbar gesehen, wie Bruno in den Süßwarenladen auf der anderen Straßenseite eingebrochen ist. Der Nachbar ist unten.«

»Wann war das?«, fragte Inspector Skinner.

»Kurz vor acht«, sagte der Officer.

Im Wohnzimmer blickte Alan Archer müde und zaghaft drein. Der alte Mann verzog das Gesicht, als er Helen sah.

»Geben Sie uns alle Informationen, die Sie haben«, verlangte Inspector Skinner, und ihr Ton trug dazu bei, dass sich in Alans finsteren Blick Schmerz mischte. »Mein Unmut, was die zurückgehaltenen Informationen in diesem Fall angeht, wächst beständig.«

»Ich wollte gerade mein Auto waschen«, sagte Alan. »Ich hatte einen Eimer mit heißem Wasser bereitgestellt und war auf dem Weg zurück ins Haus, als ich sah, wie Bruno die Straße überquerte. Er ging geradewegs zur Tür von *Mr Simner's* und schaffte es, mit einer Art Hammer oder Stemmeisen – ich weiß nicht, was es war –, die Tür des Süßwarenladens zu öffnen. Ich sah, wie er hineinging.«

»Und was ist dann passiert?«, fragte Inspector Skinner. »Spucken Sie's aus.«

»Er kam rasch wieder heraus. Er ging über die Straße und steckte ein braunes Päckchen in Ihre Mülltonne.«

»*Meine* Mülltonne?«, fragte Helen.

»Ja«, sagte der alte Mann mit bedauernder Stimme.

»Was war in dem Päckchen?«, fragte Inspector Skinner.

»Weiß ich nicht.«

Inspector Skinner und Helen sahen sich an, dann übernahm Helen die Führung. Inspector Skinner zog sich einen Plastikhandschuh über, bevor sie die Tonne durchforstete. Dann holte sie eine durchsichtige Asservatentüte aus Plastik hervor und schob die ramponierten Schuhe aus dem Videoausschnitt vorsichtig hinein.

»Wann wird der Müll abgeholt?«, fragte Inspector Skinner.

»Erst am Dienstag«, sagte Helen. »Sie sind letzte Woche nicht gekommen, weil die Straße von der Polizei abgesperrt war.«

»Kennt Bruno den Abholungsplan?«

»Ja«, sagte Helen. »Er erinnert mich oft daran.«

»Dann sammelt er Beweise.«

»Ja«, sagte Helen.

Sie kehrten zu Alan Archer zurück. Er war im Wohnzimmer geblieben und bestätigte, dass dies das braune Päckchen war, das Bruno aus *Mr Simner's* entwendet hatte.

»Und was passierte dann?«, fragte Inspector Skinner.

»Bruno überquerte die Straße und ging zurück in den Süßwarenladen.«

»Und dann?«

»Ich wusch mein Auto und behandelte es mit Wachs«, sagte Alan. »Ich hab nicht gesehen, wie er wieder herauskam.«

Als er bedrängt wurde zu sagen, warum er dies nicht früher gemeldet hatte, erklärte der sich windende Alan Acher, dass sein letzter Zusammenprall mit Bruno zu seiner Verhaftung geführt habe. Er habe gedacht, dass man ihn bezichtigen würde, Lügen zu erzählen. Er wollte keinen weiteren Ärger.

»Warum haben Sie es jetzt gemeldet?«, fragte Inspector Skinner, deren Geduld mit dem alten Mann schwand. Sie drohte ihn erneut zu verhaften, falls er ihr ab jetzt nicht stets die Wahrheit sagte.

»Ich hörte die Polizeisirenen«, sagte Alan. »Ich dachte, dass etwas Ernstes passiert sein muss.«

»Bruno wird vermisst«, sagte Inspector Skinner. »Haben Sie irgendeine Ahnung, wo er sein könnte?«

»Nein« sagte Alan, »aber am Tag, als Sie mich verhaftet haben, fragte er mich über Mrs Simners Sohn Simon aus. Ich sagte ihm das, was ich auch Ihnen erzählt hatte. Er missbraucht eine Garage in der Edburton Road für seine Zwecke.«

»*Missbraucht*?«, fragte Helen, da in dem Wort eine düstere Bedeutung mitschwang.

»Ich weiß nicht, wofür. Aber ich habe gesehen, wie er eines Nachts eine Matratze dorthin gebracht hat. Es ist die lachsfarbene Garage. Sie können sie nicht verfehlen.«

Diese Auskunft bewirkte, dass Helen in Tränen ausbrach und Inspector Skinner handelte. Sie befahl dem wartenden Polizisten, die Garage ausfindig zu machen. Mit einer Stimme, die so klang, als stünde ihr die gesamte Schlagkraft der Brightoner Polizei zur Verfügung, erklärte Inspector Skinner, dass sie *Mr Simner's* einen Besuch abstatten würde.

»Soll ich mitkommen?«, fragte Helen.

»Sie müssen hierbleiben«, sagte Inspector Skinner, »für den Fall, dass Bruno anruft. Ich werde ihn finden, das verspreche ich Ihnen. Ich werde ihn sicher zu Ihnen nach Hause bringen.«

Vielleicht mochte Mildred Inspector Skinners Geruch. Vielleicht wollte die Katze der trübseligen Stimmung im Haus entfliehen. So oder so, Mildred war beim Fußmarsch über die Straße an Inspector Skinners Seite. Die Stiefel und Pfoten hielten an der Eingangstür von *Mr Simner's*. Auf dem Schild stand *Geschlossen*. Inspector Skinner untersuchte das Türschloss. Jemand hatte sich daran zu schaffen gemacht.

Mildred wartete geduldig neben einem geputzten Lederstiefel. Inspector Skinner drückte ein zweites Mal auf die Klingel.

»Sieht so aus, als hättest du ein Faible für Polizeiarbeit«, sagte Inspector Skinner und kraulte Mildred ausgiebig am Kopf. »Vielleicht sollte ich dir eine Marke geben?« Sie drückte ein drittes Mal auf die Türklingel, bevor sie hinzufügte: »Fühlt sich an, als seien wir auf der richtigen Spur, oder?«

Als die Tür aufschwang, schlüpfte Mildred, vielleicht vorangetrieben von Brunos Duft, durch die enormen Beine der Ladenbesitzerin. Die Katze fand Spuren ihres Herrchens, als die erhobenen Stimmen am Türeingang ihre von der Nase gelenkte Schnüffelei am Boden des Ladens verbargen. Mildred war an Inspector Skinners Seite zurückgekehrt, bevor die Tür zugeschlagen wurde.

»Komm, Mildred«, sagte Inspector Skinner. »Wir sind nahe dran. Kannst du das nicht riechen? Ich schon.«

Inspector Skinner schritt bis ans Ende der Straße, und Mildred begleitete sie. Das Paar ging an pyramidenartig aufgetürmten schwarzen Müllsäcken vorbei, von denen einige aufgerissen waren und billige, fettreiche Mahlzeiten für die schlemmenden Möwen darboten. Am Ende der St. Andrew's Road bog das entschlossene Paar nach rechts ab, in Richtung eines geparkten Polizeiwagens, dessen blinkendes Blaulicht im Sonnenschein kaum wahrnehmbar war. Das Auto und die wartenden Polizisten bewachten eine lachsfarbene Garage, die so aussah, als ob eine neugierige Katze darin eingesperrt werden konnte, wenn sie Pech hatte.

»Haben Sie die etwa noch nicht geöffnet?«, fragte Inspector Skinner brüsk.

»Wir haben auf Sie gewartet, Ma'am.«

»Kommen Sie in die Gänge.«

Mildred konnte Bruno hinter dem Garagentor riechen. Als sie maunzte und schrie und die Tür mit ihren Pfoten zerkratzte, wurde die Katze hochgehoben und in einen Sicherheitsabstand gebracht. Ein zweiter Officer setzte die Zähne eines Bolzenschneiders am Vorhängeschloss der Garage an. Mildred konnte nicht zurückgehalten werden, so stark war all das, was ihre Katzensinne aufnahmen. Das aufgelöste Tier jaulte und heulte und schlug mit den Pfoten gegen das Garagentor.

»Was riechst du, Katze?«, fragte Inspector Skinner, als das Torschloss aufsprang. Die Polizisten drehten den Knauf und stemmten das Garagentor auf. Mildred hatte sich schon hineingedrängelt.

Es läutete. Als Helen die Tür öffnete, sah sie den verfetteten Körper von Mrs Simner.

»Wir müssen uns unterhalten. Kann ich hereinkommen?«

Helen trat beiseite, um Mrs Simner in den Flur zu lassen. Sie trug ihre schlecht sitzende Ladenschürze, auf der ein Schokoladenfleck von der Form einer Eidechse prangte. Mrs Simner watschelte durch das Haus ins Wohnzimmer, wobei die alten Dielen unter ihrem Gewicht knarrten.

»Nehmen Sie bitte Platz«, sagte Helen.

Mrs Simner schüttelte den Kopf, sie zog es vor, am Fenster zu stehen. Mehr Polizeiwagen strömten in die Straße. Mit zitternden Händen hielt sich Mrs Simner am Fensterbrett fest. Es war nichts Warmes an ihr. Sie trug kein Make-up und sah in ihrem Nylon-Overall kalt und geschlechtslos aus.

»Ich komme als Mutter zu Ihnen«, sagte Mrs Simner im Tonfall einer Hausfrau, für die gestärkte Bettwäsche eine Selbstverständlichkeit ist, »und, weil Sie auch eine Mutter sind. Und weil ich glaube, dass es die schwerste Arbeit auf der Welt ist, Mutter zu sein.«

»Fahren Sie fort«, sagte Helen mit heiserer Stimme.

»Gerade war die Polizei an meiner Tür und suchte nach Ihrem Sohn. Es scheint, als würden sie denken, mein Sohn hätte etwas mit seinem Verschwinden zu tun. Sie sind sicher außer sich.«

»Das bin ich«, sagte Helen. »Ich bin krank vor Sorge.«

»Ich möchte, dass Sie wissen, dass mir Ihre Qualen außerordentlich leidtun.« Mrs Simner trat vom Fenster weg und setzte sich neben Helen aufs Sofa. Ihr strähniges graues Haar war streng zur Seite gekämmt, wo es von einem kindischen Haarklämmerchen gehalten wurde, einem unpassend wirkenden pinken Cartoonschweinchen. »Darf ich Ihnen eine Frage stellen?«

»Dürfen Sie«, sagte Helen, geblendet von Mrs Simners makellosen weißen Zähnen, deren Schimmer auf eine Pflege hindeuteten, die dem Rest von ihr seit Jahren verweigert worden war.

»Der einzige Job einer Mutter ist es, ihr Kind zu beschützen – stimmen Sie mir da zu?«

»Ja«, sagte Helen. Ihr fiel auf, dass sie sich nicht an den Vornamen von Mrs Simner erinnern konnte. »Von ganzem Herzen.«

Mrs Simner begann zu weinen, die Tränen liefen ihr über die aufgequollenen Wangen. Helen bot ihr kein Taschentuch an und auch keine Schulter, um sich auszuweinen.

»Dann sage ich Ihnen, was ich der Polizei gesagt habe. Mein Sohn hat eine dunkle Seite. Eine dunkle Seite, der ich mich viel früher hätte stellen sollen. Und weil ich seine Probleme nicht in Angriff genommen habe, liegt der Fehler bei mir und nicht bei ihm. Seine Fehler sind meine Fehler.«

In diesem Moment begann das Telefon zu klingeln. Als Helen abnahm, gehörte die Stimme nicht Bruno. Ein Arzt aus dem Krankenhaus erklärte, dass es eine Komplikation gegeben hätte, aber seine Arztworte wurden für sie schnell schwer und schwammig. Als sie auflegte, war Helen überrascht, dass sie noch stand.

»Bitte sagen Sie mir das, weswegen Sie hergekommen sind«, sagte Helen und nahm ihren Platz auf dem Sofa wieder ein. »Ich kann Ungewissheit gerade nicht ertragen. Ich bin nur eine schlechte Nachricht von einem Nervenzusammenbruch entfernt.«

»Ich habe Sie immer bewundert«, sagte Mrs Simner, die nicht länger weinte und deren weiße Zähne das Tageslicht von draußen einfingen. »Bei Ihnen sah Mutterschaft immer so einfach aus.«

»Es war auch anstrengend, das versichere ich Ihnen.«

»Natürlich war es das«, sagte Mrs Simner. »Aber bei Ihnen sah die Anstrengung leicht aus und so, als ob sie sich lohnt.«

»Wenn Sie das sagen.«

»Vielleicht machen alle Kinder ihren Eltern Sorgen. Vielleicht gehört das einfach zum Muttersein dazu. Mein Sohn machte mir Sorgen, schon bevor er geboren war. Ich wusste, dass er mich nicht mögen würde, schon bevor er auf die Welt kam. Ich fühlte seinen Hass in mir. Vielleicht habe ich ihm diese dunkle Seite gegeben. Vielleicht bin ich schuld an seinem Verderben.« Und dann gestand Mrs Simner ihre Schwächen als Mutter ein: wie sie sofort gewusst hatte, dass Simon die Gesellschaft seines Vaters bevorzugte und wie das ihr Selbstbewusstsein im Umgang mit ihrem Sohn zerstört hatte, selbst als er noch ein Baby gewesen war, aber besonders, als er alt genug war, um ihr zu sagen, dass er ihre Gutenachtgeschichten nicht mochte oder dass er nur wollte, dass sein Daddy ihn zu Bett brachte. »Er weinte, wenn ich ihn hielt, wenn ich ihn fütterte. Er weinte niemals bei Bertie. Eines Tages fand Simon einen sterbenden Vogel im Garten – ich nehme an, dass er von einer Nachbarskatze gerissen worden war. Ich sah, wie sich Simon niederkauerte. Er war zu dieser Zeit erst vier. Ich bat ihn mir zu zeigen, was er gefunden hatte, aber er wollte es mich nicht sehen lassen. Ich fragte ihn warum, und er sagte, dass ich immer alles schlimmer machte und nicht besser. Danach weinte ich wochenlang. Ich konnte Simon nicht verzeihen. Ein anderes Mal wollte er nicht, dass ich ihn zur Schule brachte. Bertie lag mit einem fürchterlichen Schnupfen im Bett, also musste ich es tun. Ich zerrte Simon in die Schule, er trat und schrie dabei. Was müssen die Lehrer von mir gedacht haben? Eines Tages sagte er, dass er meinen Geruch nicht möge.«

»Warum erzählen Sie mir das?«, fragte Helen, der langsam

aufging, dass die gebrochene Mum auf dem Sofa neben ihr keine Freundin war.

»Ich will nur das rechtfertigen, was ich Ihnen gleich sagen möchte. Nach Berties Tod hatte ich mich aufgegeben. Simon hatte gerade seinen Vater verloren, und er brauchte Kraft. Ich war schwach. Er versuchte mit mir zu reden, aber ich war vor Trauer ans Bett gefesselt. Ich sagte, er solle mich allein lassen. Ich stieß ihn weg. Er war achtzehn und hatte niemanden mehr. Ich blieb wochenlang im Bett. Wann immer er an meine Schlafzimmertür klopfte, tat ich so, als würde ich schlafen.

Eines Tages, als ich schließlich die Kraft gefunden hatte, aus dem Bett aufzustehen, sah ich nach Simon, aber er war weg, genau wie das Geld aus der Kasse und dem Safe. Er war weggelaufen und hatte seinen Pass mitgenommen. Er rief mich ein paar Wochen später aus Kambodscha an. Er erklärte mir, dass er niemals wieder nach Hause kommen würde. Ich fragte, warum er sich Kambodscha ausgesucht hätte. Er sagte, weil er so weit von mir entfernt sein wollte wie möglich, und dann legte er auf.«

Tränen füllten Mrs Simners Augen. Helen bot ihr keins der Taschentücher an, die auf dem Tisch lagen.

»Simon und ich haben ab und an telefoniert«, sagte Mrs Simner. »Er rief mich zu unüblichen Zeiten mitten in der Nacht an und erzählte mir, wo er war. Mal war es Thailand. Mal die Philippinen. Oft war seine Stimme exzentrisch und distanziert. Und wenn er so klang, dann sagte er, dass er mich und sich selbst hasste. Ich fragte ihn, warum er sich selbst hasste und er sagte, dass er mir das niemals sagen könnte. Ich sagte, dass ich das schon wüsste, und er sagte, das sei unmöglich. Er wollte Vergebung von mir, glaube ich. Ich wollte sie von ihm. Wenn ich ihn fragte, ob er mir vergeben könnte, wurde er still und antwortete nie.

Gestern war der fünfjährige Todestag meines Mannes. Ich hatte Simon gebeten, zu diesem Jahrestag nach Hause zu kommen. Er sagte, dass er das tun würde, aber nur, weil er im September anfinge, an der Universität Sussex Soziologie zu studieren. Er fragte mich, ob er im Süßwarenladen arbeiten könne, um etwas Geld zu verdienen, bevor eine bestimmte Vorlesung beginne. Ich sagte, dass er das natürlich tun könne. Ich rief die Universität an, um seine Geschichte zu überprüfen. Es gab keine solche Vorlesung. Ich nehme an, die Lüge erleichterte es ihm, nach Brighton zurückzukehren. Ich hatte sein Zimmer genau so belassen, sogar die Magazine und Fotos in seinen Schubladen, die mich so beschämten. Ich erkannte Simon nicht, als er nach Hause kam. Er war stark behaart, und seine Schultern hatten eine männlichere Form. Seine Stimme war anders. Ich kann nicht erklären, wie.

Vielleicht, wenn ich nach Berties Tod etwas anders gemacht hätte, wenn ich das Geschäft verkauft oder Simon irgendwohin gebracht hätte, wo man einen Jungen mit einer so dunklen Seele hinbringt, dann wären wir heute nicht hier.«

»Wo sind wir heute?«, fragte Helen.

»Da, wo mein Simon beschuldigt wird, sich an Ihrem Sohn zu schaffen zu machen.«

»Und macht er das?«, fragte Helen, während das Zimmer anfing sich um sie zu drehen.

»Ob er das macht oder nicht, ich werde Ihnen sagen, was ich der Polizei gesagt habe, ich nehme die Schuld auf mich. Eine bessere Mutter hätte ihn anders geformt. Seine Fehler sind meine Fehler. Ich habe mich geweigert, der Polizei auch nur eine ihrer Fragen zu beantworten, bis sie zugestimmt haben, dass ich für jedweden Fehler zur Rechenschaft gezogen werde, den mein Sohn gemacht hat.«

»Und was haben sie gesagt?«

»Sie sagten, dass das nicht möglich sei. Und dass ich eine Anzeige bekäme, weil ich die Zeit der Polizei vergeudet hätte, falls ich nicht mit ihnen zusammenarbeite. Sie wollten wissen, wo mein Junge ist. Sie wollten seine Handynummer. Sie wollten Einzelheiten über seine Freunde oder Kontakte in der Stadt, und darüber, wo er gerne Zeit verbringt. Sie wollten sein Zimmer sehen und wissen, ob er einer solch verabscheuungswürdigen Tat fähig ist.«

»Ist er das?«

»Ich habe mich geweigert, ihnen das zu beantworten, also muss ich mich auch weigern, Ihnen das zu beantworten. Die Polizei soll mir das zur Last legen. Meine einzige Pflicht ist es, meinen Sohn zu beschützen, darüber waren wir uns ja einig.«

»Warum sind Sie dann hier?«, fragte Helen, während Zorn in ihr aufstieg.

»Um mich bei einer anderen Mutter zu entschuldigen. Ich wünschte, ich könnte Ihnen und der Polizei helfen.«

»Wollen Sie mir sagen, dass Sie sich geweigert haben, der Polizei bei der Suche nach meinem Sohn zu helfen?«, fragte Helen, die nicht sicher war, ob sie sich würde zurückhalten können. Die Frage hing in der Luft. Mrs Simner nickte verbissen.

»Sagen Sie mir, wo er ist!«, schrie Helen und ging auf Mrs Simner los, griff nach ihrem fetten Hals und bohrte ihre Nägel hinein. Mrs Simner wehrte Helens Angriff mit einigen Schlägen ab und warf sie zu Boden.

»Sie können hier nicht einfach rausgehen«, zischte Helen und hängte sich an Mrs Simners Fußgelenke. »Sagen Sie mir, wo mein Sohn ist.«

»Nein«, sagte Mrs Simner kalt, befreite sich mit ein paar Fußtritten aus Helens Griff und flüchtete durch die Haustür.

»Sie sind ein Monster!« Helen kam verzweifelt schreiend

wieder auf die Füße. Sie verfolgte Mrs Simner weinend und fluchend über die Straße, dann schlug sie gegen die Tür des Süßwarenladens bis die Scheibe zu Bruch ging und ihre Faust blutete.

Als das Garagentor sich hob, duckte sich Mildred darunter hinweg und schoss hinein. Sie konnte Bruno überall riechen. Er war überall auf dem fleckigen Kissen. Er war überall auf seinem Notizbuch, das aufgeschlagen neben der Matratze lag, so als ob er es in Eile oder in einem Gerangel fallen gelassen hatte.

»Bringen Sie die Katze hier raus«, sagte Inspector Skinner. »Das ist ein Tatort.«

Bruno war überall, aber zugleich war Bruno nirgends. Mildreds scharfsinnige Nase wusste, dass ihr Herrchen vor kurzem hier gewesen war, vielleicht vor Stunden, vielleicht vor Minuten.

Der Polizist jagte Mildred und schlug sich das Knie an der offenen Schublade eines Computertischs an, wobei Sherbet Lemons und Kondome auf der Matratze verstreut wurden.

Mildred wurde hochgehoben und aus der Garage gebracht. Der Polizist trug die zappelnde Katze über die Straße. Mildred wurde behutsam freigelassen und dann so energisch verscheucht, dass sie sich aus dem Staub machte.

»Ich brauche jeden verfügbaren Polizisten in der Edburton Road«, sagte Inspector Skinner in ihr Funkgerät.

29

Im Krankenhaus erwachten Jims Augen vor seinen Ohren.

Er starrte hinauf in die verschwommene Welt. Jim kniff die Augen zu, um sie dazu zu zwingen, sich zu fokussieren. Ein rosafarbenes, strahlendes Licht hing in der Luft, drehte und wendete sich, und schickte dann und wann unzählige Farben über die Wände.

Jims Ohren erwachten vor seinem Herzen. Er hörte sanftes Grollen, das hinter einer Wand hervordrang, einer Wolke, die den meisten Lärm dämpfte. Das Grollen klang vage nach einer Sprache, die ihm bekannt vorkam, aber Jim konnte dem Geräusch keinen Sinn entlocken.

Als Jims Herz erwachte, verspürte er nicht das Gefühl eines stampfenden Elefanten in seiner Brust. Sein Herzschlag war leichter als der Gang einer Katze. Eine Welle der Scham überflutete Jim.

Die verwaschene Welt über ihm formte sich zu einer Silhouette. Jim wollte fragen, wo er war, aber sein Mund schlief noch immer. Er versuchte die Hand auszustrecken und nach der Silhouette zu greifen, aber seine Hände waren noch nicht wach.

»Das ist ein Zeichen dafür, dass Sie weiterschlafen sollten«, sagte die Silhouette in einer fremden Sprache. Trotzdem ergaben die Worte diesmal einen Sinn. Jim erkannte die Stimme von Philip Marlowe.

»Ist es mein Herz?«, fragte Jim, der sich noch immer nicht sicher war, ob sein Mund schlief oder wachte.

»Es war nur Sodbrennen«, sagte Philip Marlowe. »Sie müssen sich ausruhen.«

»Ich bin müde«, sagte Jim.

»Dann schlafen Sie«, beruhigte ihn Philip Marlowe, der nicht seinen üblichen taubenblauen Anzug trug. Und Jim roch auch seine Camels gar nicht. Er nahm an, dass Marlowe verdeckt ermittelte, in einer weißen Verkleidung.

»Welcher Tag ist heute?«

»Der erste.«

»Ich muss dringend etwas erledigen.«

»Lassen Sie los«, sagte Philip Marlowe. »Lassen Sie die Polizei das allein herausfinden. Sie werden schon irgendwann darauf kommen. Atmen Sie aus. Gönnen Sie Ihrem armen Körper eine Pause.«

Philip Marlowe begann Jims Brust abzutasten.

»Ich muss meiner Frau sagen, dass ich sie liebe«, sagte Jim, als Philip Marlowe in seinen Arm kniff.

»Das weiß sie.«

»Und Bruno. Mein Junge braucht seinen Vater.«

»Beide wissen das«, sagte Philip Marlowe. »Sie müssen sich ausruhen. Schlafen Sie.«

»Der große Schlaf?«

»Ja«, sagte Philip Marlowe.

»Ich bin noch nicht so weit.«

»Wir sind nie so weit«, sagte Philip Marlowe, der Jims Brust betastete und abklopfte.

»Bruno«, sagte Jim. »Was ist mit meinem Sohn?«

»Zeit, sich auszuruhen«, sagte Philip Marlowe. »Zeit zu schlafen.«

»Der große Schlaf«, stimmte Jim zu und glitt hinüber.

»Der große Schlaf«, sagte Philip Marlowe.

30

Helen verband sich die Hand, doch sie war viel zu besorgt, um den Schmerz wirklich zu fühlen. Dann verbrachte sie die langsam vor sich hintröpfelnde Zeit auf dem Sofa und wünschte sich, dass das Telefon klingelte. Als das nicht geschah, stieg Helen die beiden Treppen bis unters Dach. Sie betrat Brunos Zimmer und nahm sich Zeit, um ihren Sohn einzuatmen. Männer hatten keine Ahnung, was es bedeutete, Mutter zu sein, wie sehr es schmerzte, ein Kind zu lieben.

Sie durchquerte den Raum, der vielleicht das aufgeräumteste Zimmer aller elfjährigen Jungen in Brighton war. Seine Bücherregale waren nach den Anfangsbuchstaben der Titel geordnet, sein Teppich gesaugt, die Stifte in ihren Behältnissen nach Farben und Arten geordnet. Selbst an diesem Morgen, an einem so gesetzlosen Morgen wie diesem, war Brunos Bett gemacht.

Helen rollte sich auf Brunos Bettdecke ganz klein zusammen. Sie zog sie über ihre Beine und wickelte sich in Brunos Geruch ein. Sirenen waren in ihrer Straße oder einer benachbarten zu hören. Helen war gegen ihren Klang immun geworden.

Ein Geräusch auf dem Treppenabsatz störte Helen auf. Kurze Zeit später erschien Mildreds rotes Köpfchen. Die Katze, die vielleicht die Hoffnung gehegt hatte, dass ihr Herrchen zurückgekehrt war, trottete durchs Zimmer und kam zu Helen aufs Bett, wo sie beide Brunos Abwesenheit betrauerten.

»Er wird jetzt seit mindestens drei Stunden vermisst«, sagte Helen, vielleicht zu Mildred, vielleicht zu sich selbst.

Helen machte sich unten eine Tasse Tee, die sie nicht trank. Endlich klingelte das Telefon. Die Stimme gehörte nicht Bruno. Sie würgte den Vertreter ab, indem sie auflegte.

Nur um etwas Warmes in den Händen zu halten, bereitete sich Helen eine zweite Tasse Tee zu. Die Zeit verstrich langsam oder schnell. Helen fand sich auf der Toilette wieder, nicht sicher, ob sie sich schon erleichtert hatte oder noch musste. Von ihrem Schlafzimmerfenster aus fiel ihr der Wagen eines örtlichen Bestatters auf. Helen ertappte sich dabei, wie sie die Schubladen in Brunos Kinderzimmer durchwühlte und das Vertrauen, das nicht länger aufrechterhalten werden konnte, damit endgültig brach.

Im Wohnzimmer untersuchte Helen Mildreds Kamerahalsband, das sie auf dem Kaminsims zurückgelassen hatte. Was für ein seltsames Ding das war. Wie sehr sie wünschte, dass sie ein solches Ortungsgerät an ihrem Sohn anbringen konnte. Wie sehr sie sich schwor, Bruno niemals mehr aus ihrer Obhut zu lassen. Sie würde eine Hauskatze aus ihrem Sohn machen, wenn sie ihn je zurückbekam. Helen beobachtete sich dabei, wie sie die Treppe hinaufging und das Arbeitszimmer ihres Mannes betrat. Der surrende Computer zeigte immer noch den auf Pause gestellten Aufnahmeausschnitt mit Mildreds ausgestreckten Pfoten. Helen fragte sich, welche neuen Geheimnisse das Kamerahalsband preisgeben würde.

Sie stöpselte den Drucker vom summenden Computer ab, um einen Anschluss freizumachen. Helen versuchte, die Kamera anzuschließen, aber das Kabel ließ sich nicht einstecken. Sie suchte auf dem Schreibtisch und fand ein passenderes, das sie mit der Kamera und dem Computer verband. Als die Kamera keine Anstalten machte anzuspringen, ruckelte Helen erst an dieser und dann am Kabel. Vielleicht war die Batterie leer, falls sie mit Batterien lief.

Das Telefon klingelte. Als Helen abnahm, gehörte die Stimme nicht ihrem Sohn.

»Bruno und Simon Simner sind gerade in die Wache in der John Street hineinspaziert«, sagte Inspector Skinner.

»Zusammen?«

»Ja.«

»Freiwillig?«

»Ja.«

»Ist es tatsächlich Bruno?«

»Auf seinem Pulli ist eine Katze mit Sherlock-Holmes-Kappe und Pfeife. Ich verspreche Ihnen, dass er es ist.«

»Geht es Bruno gut?«

»Es sieht so aus«, sagte Inspector Skinner.

»Ich bin auf dem Weg«, sagte Helen.

Da alle Verhörzimmer belegt waren, wies man Bruno in der John Street am Empfang einen Stuhl zu. Wer würde zuerst eintreffen, Inspector Skinner oder seine Mum? Der Mann hinter dem Tresen, ein Kerl mit einem respektablen Schnauzbart, sah Bruno immer wieder an, so als wollte er sagen: *Ich beobachte dich, Söhnchen, also versuch erst gar nichts.*

»Darf ich das Telefon benutzen?«, fragte Bruno. Der Schnauzbart sagte Nein. »Mein Dad ist im Krankenhaus. Ich habe wichtige Neuigkeiten für ihn.« Der Schnauzbart sagte immer noch Nein.

Bruno sah in seinem Rucksack nach, konnte aber das Notizbuch nicht finden. Das war kein Problem. Das Verbrechen war bereits gelöst. Simon Simner würde in diesem Moment gestehen oder sich wenigstens darauf vorbereiten, es zu tun. Bruno wollte sein Notizbuch als Souvenir seiner Reise durch diesen

Fall behalten, von dessen blutigem Anfang bis zu diesem befriedigenden Abschluss. Er würde später nach seinem Notizbuch fahnden. Die Suche würde ein kleiner Fortsetzungsfall sein, den er genießen konnte, wie ein kleines, aber köstliches Dessert nach einer üppigen Hauptmahlzeit.

Zwei Polizistinnen in Uniform betraten den Empfangsbereich. Bruno sah zu, wie sie Kleingeld in den Schlitz der Kaffeemaschine einwarfen.

»Haben sie ihn erwischt?«, fragte die blonde Polizistin und drückte auf den Knopf für die heiße Schokolade.

»Ich hab mitbekommen, dass sie ihn gerade verhört haben«, sagte die Brünette.

Der Polizist mit dem Riesenschnauzbart hinter dem Tresen ließ ein *Wir-sind-nicht-alleine-hier*-Husten hören, um die Polizistinnen vor der Gegenwart des aufmerksamen Bruno zu warnen. Als die Blonde sich umdrehte, ließ der Riesenschnäuzer ein *Das-ist-der-Junge-der-Simon-Simner-dazu-gebracht-hat-sich-zu-stellen*-Husten hören. Während dieses Räusper-Morsecode-Schauspiels zog Bruno ein unschuldiges Gesicht, aber seine Augen nahmen jedes Detail wahr. Da man ihn nicht ins Verhörzimmer ließ, war alles, was er tun konnte, die Gespräche der Polizisten auf Hinweise zu belauschen.

Der Riesenschnauzbart ging ans Telefon und zog sich dann durch eine Tür hinter seinem Tresen zurück.

»Also, hat Simner gestanden?«, flüsterte die Blonde, befreit von der herrischen Gegenwart des Rezeptionisten.

»Pssst«, sagte die Brünette.

»Er weiß nicht, von wem wir reden«, sagte die Blonde.

Als Erwiderung darauf setzte Bruno eine Unschuldsmiene auf, so als ob er davon träumte, ein Tor zu schießen oder beim Cricket eine Sechs zu schlagen oder welchen Fantasien sich Jungen in seinem Alter sonst noch hingaben.

»Simner hat nicht gestanden«, sagte die Brünette, leise und aus dem Mundwinkel heraus, wobei sie eher umnachtet klang als diskret. »Er hat zugegeben, dass er in einen Streit mit dem Opfer verwickelt war, irgendwas mit einer Geheimhaltungsklausel bei einer Notfallhotline. Er gibt den Mord nicht zu.«

»Wer führt das Verhör?«

»Skinner. Sie zieht die Schrauben an, aber er bleibt bei seiner Geschichte.«

Bruno konnte seine Trumpfkarte nicht länger im Ärmel behalten und stand auf, worauf die Polizistinnen sich zu ihm umdrehten und ihn ansahen.

»Bitte sagen Sie Inspector Skinner, dass ich Beweismittel habe, die ihr helfen könnten, die Schrauben noch etwas fester anzuziehen.«

Helen fuhr zur Polizeiwache, so schnell sie konnte. Zum ersten Mal in ihrem Leben ließ sie rote Ampeln und Autoschlangen außer Acht. Sie flog über einen leeren Zebrastreifen und überholte einen schwankenden Laster. Sie sah Bruno überall in dem Gedränge der Sommerurlauber, die zur Strandpromenade strömten.

Helen schlängelte sich mit einer beißenden Angst in ihrem Herzen durch den Verkehr von Brighton. Dies würde der erste in einer Reihe von vielen Schrecken sein. Die Pubertät hatte ihn im Griff. Ihn so zu beschützen, wie sie es wollte, bedeutete auf verlorenem Posten zu kämpfen.

Als sie sich dem Krankenhaus näherte, lief ein kleiner Junge seinem Ball hinterher, der auf die Straße gerollt war. Helen stieg auf die Bremse und wendete das Unglück ab. Sie fuhr links ran und weinte, im Zweifel, ob sie die Ausdauer besaß, um die kommenden Jahren zu bewältigen.

»Keine Post-its?«, fragte Bruno, erfreut über das verbesserte Aufnahmeequipment.

»Jetzt nicht mehr«, sagte Inspector Skinner. »Die Anwesenheit einer Kamera sollte dir klarmachen, dass deine Aussage ausgesprochen ernst genommen wird.«

»Das freut mich zu hören«, sagte Bruno. »Ich fing schon an zu glauben, dass Sie sich von mir abgewendet hätten.«

»Im Gegenteil«, sagte Inspector Skinner, die verärgert klang. »Ich protokolliere deine zahlreichen Versuche, diese Ermittlungen scheitern zu lassen, sehr akribisch. So groß wie deine Bemühungen sind, Schlüsselinformationen vor der Polizei zurückzuhalten, würdest du genau genommen sogar als später Verdächtiger infrage kommen, wenn dies hier ein Kriminalroman wäre.«

»Der Detektiv und der Killer können nie ein und dieselbe Person sein«, sagte Bruno, in einem Ton, den er bei späterer Betrachtung vielleicht für zu selbstgefällig halten würde. »Das ist eine der Regeln.«

»Der *Regeln*?«

»Der Regeln.«

»Was besagen die Regeln noch?«

»Dass Simon Simner nicht der Mörder ist. Es ist noch Zeit für eine letzte überraschende Wendung.«

»Aber du behauptest doch, er *ist* der Mörder?«, fragte Inspector Skinner.

»Stimmt. Ist er auch.«

»Simon Simner sagt, er ist *nicht* der Mörder.«

»Natürlich sagt er das«, sagte Bruno, der sein Geheimnis nicht länger für sich behalten konnte. »Aber ich besitze ein Video, das das Gegenteil beweist.« Bruno erwartete, dass diese Enthüllung in Inspector Skinners Gesicht einen Ausdruck größten Erstaunens entfachen würde.

»Ich nehme an, du meinst das Video, das von Mildreds Kamerahalsband aufgezeichnet worden ist«, sagte Inspector Skinner und erstickte damit die Bedeutung von Brunos Enthüllung.

»Genau«, erwiderte Bruno.

»Der Filmausschnitt, der Poppy Rutter und Simon Simner dabei zeigt, wie sie am Tag des Mordes miteinander sprachen.«

»Ja. Aber nicht nur sprachen. Sie *stritten*.«

»Das beweist nicht, dass er sie ermordet hat«, sagte Inspector Skinner.

»Er ist ein Verbrecher«, erwiderte Bruno. »Simon Simner gab Dean im Park Süßigkeiten. Er ist der *Sherbet-Lemon-Mann*, von dem ich Ihnen erzählt habe.«

»Kindern Süßigkeiten zu geben ist leider kein Verbrechen.«

»Er hat mich in den letzten Tagen beobachtet.«

»Auf welche Art beobachtet?«

»Auf die Art, vor der man in der Schule gewarnt wird.«

»Mit Simon Simner wird man hart ins Gericht gehen, das kann ich dir versichern. Aber wir haben nicht genügend Beweise, um ihn wegen Mordes festzunehmen.«

»Er hat ein Motiv«, sagte Bruno.

»Erzähl weiter«, ermutigte ihn Inspector Skinner.

»Simon Simner hatte mit Poppy Rutter telefoniert. Daraufhin hat sie ihn bedroht.«

»Das hat sie«, stimmte Inspector Skinner zu. »Simon Simner hat mir gerade alles darüber erzählt. Er hatte bei der Brighton Nightline wegen einer Sache mit einem Jungen angerufen, der in seiner Nähe lebt. Als Poppy klar wurde, dass dieser Junge Dean sein könnte, hat sie gedroht, gegen die Geheimhaltungsklausel des Notrufs zu verstoßen, und gab Simon Simner bis um Mitternacht Zeit, sich der Polizei zu stellen.«

»Und in der Nacht wurde sie ermordet. Das heißt, wir haben ein Motiv«, sagte Bruno. »Und sogar ein starkes Motiv.«

»Das haben wir«, stimmte Inspector Skinner zu. »Aber ein Motiv reicht nicht aus, um jemanden zu überführen. Erzähl mir, wo du heute Morgen warst.«

Bruno hatte seine Aussage im Kopf geprobt.

»Als ich gestern Abend im Süßwarenladen war, habe ich die braunen Schuhe aus der Aufnahme entdeckt. Sie waren unter dem Tresen bei *Mr Simner's*, wo Simon gearbeitet hat. Also bin ich heute früh aufgestanden. Ich bin bei *Mr Simner's* eingebrochen …«

»Du könntest für dieses Vergehen belangt werden, ist dir das klar?«, fragte Inspector Skinner nachdrücklich.

Bruno suchte in ihrer Miene nach einem Zeichen.

»Ich besitze polizeiliche Immunität.«

»Die besitzt du ganz sicher nicht. Du treibst es zu weit, junger Mann. Ich glaube, du vergisst, worum es hier geht.«

»Meine Suche nach Gerechtigkeit ist mein Durchsuchungsbeschluss«, sagte Bruno mit den Worten eines seiner Lieblingsdetektive. »Ich bin bei *Mr Simner's* eingebrochen und habe die braunen Schuhe mitgenommen. Sie sind in der Tonne vor meiner Haustür.«

»Sie sind im Labor, wo sie von meinem Team untersucht werden«, korrigierte ihn Inspector Skinner in einem Ton, der Bruno nicht gefiel.

»Und dann bin ich in die Edburton Road gegangen. Simon Simner missbraucht dort eine Garage.«

»Die ebenfalls in diesem Moment von der Spurensicherung untersucht wird.«

»Ich klopfte an die Garage und bereitete mich darauf vor, Simon Simner zur Rede zu stellen. Ich wollte sagen, dass er bis zum Mittag Zeit hätte, sich für den Mord an Poppy Rutter zu stellen und dafür, dass er Kinder beobachtete. Er ist ein Mörder und ein Perverser. Ich wollte ihm sagen, dass die Polizei seine

Verbrechen milder betrachten würde, wenn er sich stellte und gestand.«

»Aber?«

»Die Garage war unverschlossen, aber leer. Ich schlich mich hinein. Ich bin gerade groß genug, um das Tor hinter mir herunterzuziehen. Mein Ziel war es, die Mordwaffe zu finden. Ich kenne die Statistik. Die häufigsten Mordwerkzeuge sind – wenn man mit den beliebtesten beginnt – Feuerwaffen, Messer, der eigene Körper wie bei Kopfstößen oder Erwürgen, stumpfe Gegenstände oder eine Waffe, die zum Ersticken führt. Offenkundig suchte ich nach einem stumpfen Gegenstand.«

»Warum *offenkundig*?«

»Weil mein Dad mir die Verletzungen von Deans Mum beschrieben hat. Die tödliche Kopfwunde wurde von einem stumpfen Gegenstand verursacht. Ich durchsuchte die Garage. Es roch merkwürdig, ein bedrohlicher Geruch, wie verschimmelter Fruchtsaft. Das Licht meiner Taschenlampe wurde schwächer. Die Batterien waren fast alle. Dann hörte ich, wie der Griff am Garagentor betätigt wurde. Das Tor schwang auf. Simon Simner hielt eine Schachtel Cornflakes und eine Flasche Milch in der Hand. Auch Mörder frühstücken.«

»Und was ist von da bis jetzt passiert?«

»Eine Jedermann-Verhaftung, abgesehen davon, dass er sich nicht dagegen wehrte. Ich sagte ihm, ich hätte eine Aufnahme, die bewies, dass er der Mörder sei und dass er bis nach den Cornflakes Zeit hätte, sich zu stellen.«

»Warum hast du ihn frühstücken lassen?«

»Weil Menschen mit vollem Magen eher reden.«

»Das ist wahr«, stimmte Inspector Skinner zu.

»Er ließ mich nach der Mordwaffe suchen und setzte sich währenddessen auf den Bürgersteig, um zu essen. Als er mit den Cornflakes fertig war, sagte ich ihm, dass er die Polizei anrufen müsste, oder ich würde es tun. Wir kamen überein, dass wir gemeinsam zur Wache gehen würden. Er versprach, dass er seine Sünden beichten würde.«

»Und seine Sünde ist?«

»Zum einen der Mord an Poppy Rutter.«

»Wir drehen uns im Kreis«, sagte Inspector Skinner, deren Stimme andeutete, dass sich das Verhör dem Ende zuneigte. Inspector Skinner schwieg einen Moment lang. Sie zog einen Block blauer Post-its aus der Handtasche und notierte sich etwas darauf. Dann erklärte Inspector Skinner, dass Bruno nicht länger benötigt würde. Sie riet ihm, in den nächsten Tagen in seiner Straße den Ball flach zu halten. Die Polizei werde sich wegen des Einbruchs bei *Mr Simner's* melden. Bruno, so stellte sie abschließend fest, müsse Grenzen akzeptieren.

Nachdem sie an die Tür geklopft hatte, betrat die blonde Polizistin von der Rezeption das Verhörzimmer.

»Dean Rutter ist da, Ma'am. Ich habe ihn in den Medienraum gesetzt.«

Inspector Skinner steckte die Post-it-Notizen in ihre Handtasche. Sie stellte das Aufnahmegerät ab.

»Ich bin noch nicht fertig!«, rief Bruno, als Inspector Skinner zur Tür gehen wollte.

»Ich aber mit dir«, sagte sie.

»Sie verstehen nicht«, sagte Bruno und stand auf. »Ich habe die Mordwaffe *gefunden*. Ich habe sie aufs Dach der lachsfarbenen Garage in der Edburton Road geworfen!«

31

Brunos Mum umarmte ihn im Wartezimmer. Dann schimpfte sie ihn aus. Dann umarmte sie ihn. Dann schimpfte sie ihn wieder aus.

»Ich muss Dad sehen«, sagte Bruno. »Lass uns ins Krankenhaus fahren.«

»Er muss sich ausruhen. Wir fahren später.«

»Versprich mir, dass er wieder gesund wird.«

»Wird er, mein Engel. Sie rufen mich auf dem Handy an, wenn es was Neues gibt.«

Bruno sah das widerwillig ein.

»Dean ist hier«, sagte seine Mum. »Er würde dich sehr gerne sehen.«

Bruno warf seiner Mum vor, dass sie das psychologisch geschickt eingefädelt habe. Er stimmte unter der Bedingung zu, dass er seinen Dad danach anrufen durfte.

Dean war schmaler geworden.

Die Jungen saßen im Medienraum auf einem gelben Sofa, das die Farbe von Zeichentricksonnenschein hatte. Bruno fragte seinen Freund, warum dieser nach Brighton zurückgekommen sei.

»Ich hab gesagt, dass ich nichts essen würde, bis sie mich zu meinem Dad lassen«, sagte Dean.

»Was ist mit deinem Hals passiert?«, fragte Bruno, dem der Verband auffiel.

Dean zuckte mit den Schultern und sah zu Boden.

Bruno verfluchte seinen begrenzten Wortschatz. Er konnte nicht ausdrücken, was er seinem Freund sagen wollte. Er entschied, Dean das Gespräch bestimmen zu lassen. Aus diesem Grund saßen sie still da, jeder in Gefühle verstrickt, die für ihr Alter zu groß waren.

Der Medienraum hatte gelb gestrichene Wände und enthielt eine Reihe von Computerarbeitsplätzen und einen Flachbildfernseher, der an die Wand montiert war. Bruno überlegte, ob dieses Zimmer von Polizisten oder von Journalisten genutzt wurde. Ein Wasserspender gab gelegentlich ein Gluckern von sich.

»Ich muss telefonieren«, sagte Bruno, der an der gegenüberliegenden Wand über dem Feuerlöscher einen Hörer entdeckt hatte. Die Vermittlung stellte ihn durch.

»Kann ich mit Jim Glew sprechen? Ich weiß nicht, auf welcher Station er liegt. Sein Sohn.«

Bruno wurde zu einer Empfangsdame durchgestellt. Ihre Stimme war tief, sie ließ seinen Einspruch nicht gelten. Bruno sagte, er könne seine Mutter nicht ans Telefon holen.

»Alles okay?«, fragte Dean, als Bruno zum Sofa zurückkehrte.

»Ich glaub schon«, sagte Bruno, der wusste, dass er seinen Freund nicht noch weiter belasten durfte.

Ohne Ton, mit Untertiteln, die über den unteren Bildschirmrand liefen, endete eine Sendung über Seen oder Vögel. Die Nachrichten begannen. Beide Jungen sahen wie gebannt hin. Ein Foto von Terry Rutter wurde eingeblendet. Das ungestalte Fahndungsbild, das in den letzten Tagen in den Medien immer wieder hatte herhalten müssen – ein grässliches Foto, das nur einen schuldigen Mann darstellen konnte –, erschien Bruno jetzt in einem neuen Licht. Die Nase sprang nicht mehr so scharf hervor. Die schwammigen Wangen mit der unebenen grünstichigen Haut und den ädrigen Hängebacken, die zuvor eher lose in seinem Gesicht gehangen hatten, schienen sich jetzt mehr an die Knochen zu klammern. Sie waren das Gerüst eines unschuldigen Mannes, der eine emotionale Lawine erlebt hatte. Es war, als ob diese fetten Hängebacken den gebrochenen Mann zusammenhielten.

Es mochte das erste Mal sein, dass Dean dieses Bild seines Vaters sah. Er begann zu weinen.

»Er ist kein Mörder«, sagte Bruno, um seinen Freund zu beruhigen.

»Für dich ist das ein Spiel«, sagte Dean, ein Vorwurf, der Bruno vollkommen überrumpelte. »Stell dir vor, das wäre dein Dad da oben.«

Deans Tränen liefen weiter, als ein Foto seiner Mum auf dem Fernseher erschien. Sie war im Urlaub, trug ein weißes Top und trank ein Glas Wein. Dean, der neben ihr saß, war geschwärzt. Die Sendung blendete zurück auf das Bild von Terry Rutter, dessen Lippen sich kräuselten, als wollten sie jemanden anzischen. Darunter war zu lesen: *Wird des Mordes an seiner Frau beschuldigt.*

»Kein Grund zum Weinen«, sagte Bruno. »Diese Nachrichten sind längst überholt.« So einfühlsam er konnte, erklärte Bruno, dass der Mörder bereits in Polizeigewahrsam war. Bruno wollte seinem Freund erzählen, wie er die Mordwaffe unter der Matratze in Simon Simners Garage gefunden hatte, aber das hätte sich anhören können, als würde er prahlen. Das sollte die Polizei Dean mitteilen.

Bruno spielte den Mord im Kopf durch, angefangen mit dem Streit zwischen Deans Mum und Simon Simner auf der Straße. Bruno stellte sich vor, wie dieser darauf am Nachmittag unruhig auf eine List gesonnen hatte. Simon Simner musste alle schrecklichen Möglichkeiten ins Auge gefasst haben. Wenn er nicht handelte, würde sein Kopf rollen. Poppy Rutter würde ihn der Polizei übergeben, und es würde herauskommen, dass er ein Perverser war. *Ein Verzweifelter hält Mord für eine einfache Lösung,* dachte Bruno, der sich nicht sicher war, ob das von ihm selbst stammte. Simon Simner hatte sich vermutlich durch das Gartentörchen der Rutters hineingestohlen, war über den Rasen gelaufen. Er hatte Deans Mum in der Küche angetroffen und sie mit einem Rollholz erschlagen.

»Wann kann ich meinen Dad sehen?«, fragte Dean.

»Weiß ich nicht.«

Dean brauchte eine Weile, um diese Auskunft zu verarbeiten. An Deans Handgelenk bemerkte Bruno eine Spur roter Einkerbungen, die wie eine Bisswunde aussahen.

»Bist du sicher, dass es nicht mein Dad war?« fragte Dean und sah Bruno unverwandt an. »Ich habe Albträume, in denen er es getan hat.«

»Ich bin sicher«, sagte Bruno so sanft, wie er konnte. »Simon Simner wird in den nächsten paar Stunden überführt werden.«

Die Hauptnachrichten wurden zu den Lokalnachrichten, und der Bildschirm zeigte wieder das bekannte Bild von Deans Dad.

»Ich habe Angst vor meinem Dad«, gestand Dean leise.

»Er ist unschuldig«, sagte Bruno mit so viel Nachdruck wie möglich.

»Ich muss ihn sehen, aber ich habe Angst vor ihm.«

Beide Jungen starrten hinauf zu dem stummgeschalteten Bildschirm, auf dem gerade ein Foto von Deans Haus gezeigt wurde, das mit Polizeiband abgesperrt war.

»Ich will da niemals wieder reingehen«, sagte Dean. »Kann ich bei euch wohnen?«

»Ja«, sagte Bruno, unsicher, ob dies die Wahrheit war.

Die Kamera kehrte zum Gesicht von Terry Rutter zurück.

»Da ist etwas, das ich dir erzählen muss«, sagte Dean.

»Sag schon.«

»In der Nacht, als es passiert ist, habe ich doch bei dir im Zimmer geschlafen.«

»Stimmt.«

»Einmal bin ich aufgewacht. Du hast geschlafen«, sagte Dean. »Ich hatte Durst, also bin ich runtergegangen und habe in der Küche ein Glas Wasser getrunken. Ich wollte gerade wieder raufgehen, als ich ein Geräusch auf der Straße gehört habe.«

»Ein Geräusch?«

»Wie wütendes Grunzen. Also bin ich ins Wohnzimmer geschlichen und habe durch die Gardinen nach draußen gespäht, und …« Dean unterbrach sein Bekenntnis.

»Sprich weiter«, drängte ihn Bruno. »Du kannst mir vertrauen.«

»Es war mein Dad. Er ging im Zickzackkurs über den Bürgersteig.«

»Er war betrunken«, sagte Bruno. »Betrunkene Leute laufen zickzack. Wann war das?«

»Sehr spät.«

»Okay.«

»Da ist noch was«, sagte Dean zögernd. »Mildred war auch auf der Straße. Und, naja, mein Dad hat versucht, die Katze zu treten.«

»Versucht?«

»Er hat sie verfehlt und fiel hin«, sagte Dean. »Ich dachte, das wäre vielleicht der Grund, warum Mildred abgehauen ist. Es tut mir leid, dass ich's dir nicht gesagt habe.«

»Du musst dir deswegen keine Gedanken machen«, sagte Bruno so beruhigend, wie er nur konnte. »Mildred ist wieder zu Hause und in Sicherheit.«

»Das ist noch nicht alles«, sagte Dean. »Ich habe weiter durch die Gardine gelugt. Als mein Dad wieder auf den Beinen war, da …«

»Erzähl's mir«, sagte Bruno.

»Er zog an etwas, das an seiner Hand steckte.«

»Was?«

»Ich glaube, an seinem Ring. Er zog ihn vom Finger und warf ihn auf die Straße. Ich versuchte, den Ring am Morgen zu finden, als wir zu Mr Patels Laden gingen. Ich wollte ihm den Ring zurückgeben. Was bedeutet das?«

Bruno schwieg und dachte angestrengt nach. »Dein Dad war betrunken«, erwiderte er dann möglichst taktvoll. »Betrunken und verwirrt, das ist alles. Hast du den Ring gefunden?«

»Nein«, sagte Dean traurig.

Die Jungen saßen eine Weile schweigend da. Dean begann, sich mit seinem Fischpuzzlebuch zu beschäftigen, bei dem man Fisch-Aufkleber mit der Hilfe von einfachen Hinweisen an die richtige Stelle kleben musste.

Bruno kehrte zum Telefon über dem Feuerlöscher zurück.

»Könnte ich mit Jim Glew sprechen?«, fragte er mit seiner tiefsten Stimme. »Hier ist Deputy Chief Constable Glew von der Polizei Brighton.« Die Empfangsdame kapierte das nicht und bat ihn zu warten, während der Anruf gehalten wurde. Bruno wartete.

Jetzt, da der Fall gelöst war, konnte Bruno seinem Vater sagen, dass der Mörder nicht länger frei herumlief, und sein Vater würde sich erholen.

In der Leitung hörte Bruno Piepen und Störgeräusche.

»Sie sind von der Polizei?«, fragte eine andere Empfangsmitarbeiterin.

»Ja«, bestätigte Bruno, der die Panik in ihrer Stimme wahrnahm. Es folgten eine Pause und mehr Musik in der Warteschleife. Bruno wartete.

Die Empfangsdame war schließlich wieder dran. »Es gibt da ein Problem.«

»Was denn?«

»Der Patient ist verschwunden.«

»Verschwunden?«, fragte Bruno, aber die Warteschleifenmusik war schon wieder da und dudelte für zwei unerträgliche Minuten weiter.

»Entschuldigen Sie die Verzögerung. Wir sind heute total im Stress. Mr Glew ist weg«, wiederholte die Dame vom Empfang, als sie wieder am Hörer war. »Es sieht so aus, als hätte sich Mr Glew selbst entlassen. Wir können ihn auf dem Gelände nirgends finden.«

»Ging es ihm denn gut genug, um sich selbst zu entlassen?«

»Ich habe keine medizinische Ausbildung«, sagte die Empfangsmitarbeiterin. »Die Ärzte wundern sich sehr.«

Bruno legte auf. Dean spürte, dass es Schwierigkeiten gab, und sah von seinem Puzzlebuch auf. Bruno wusste, dass er seinen Freund nicht ängstigen und sich die Panik auf keinen Fall anmerken lassen durfte. Indem er sich der deduktiven Methode bediente, wog Bruno rasch alle Möglichkeiten ab. Er ließ alle grauenvollen Schlussfolgerungen außer Acht und entschied, dass sein Dad eine letzte, wesentliche Spur verfolgte, da er nicht wusste, dass der Fall bereits gelöst war.

»Geht's deinem Dad gut?«, fragte Dean.

»Er ist auf dem Krankenhausklo und kann nicht ans Telefon kommen«, erwiderte Bruno lässig. »Ich ruf ihn später an.«

In diesem Moment betrat Inspector Skinner den gelben Medienraum, gefolgt von Brunos Mum.

»Dean, könntest du mal kurz rausgehen?«, fragte Inspector Skinner. »Wir müssen etwas Wichtiges mit Bruno besprechen.«

32

Philip Marlowe brachte Jim nicht zum Taxi. Philip Marlowe fuhr auch nicht im Fond mit, während der Wagen sich auf seiner Reise durch Kemp Town vom Krankenhaus entfernte. Jim wies den Fahrer an, zu seinem Büro in einer Nebenstraße der Lewes Road zu fahren.

»Warten Sie hier«, sagte Jim zum Fahrer, als er aus dem Auto stieg. »Ich bleibe nicht lange weg.«

Keiner der beiden Obdachlosen auf dem Bürgersteig beachtete Jim, dessen Krankenhauskittel aufklappte, wobei einer von ihnen sowieso bereits halb weggetreten war.

»Haste was Kleingeld?«, fragte das Wrack, ohne unter der Decke hervorzuschauen.

Jim schüttelte den Kopf und stolperte weiter.

Schließlich blieb er stehen und sah zu seinem Büro hinauf, ein Gebäude, das ihn verstand. Die einträglichsten Jahre seines Lebens über war er mit dem Gebäude im Gespräch gewesen, ein Gespräch, das sich mit Jim und seinem beruflichen Werdegang weiterentwickelt hatte.

»Wie spät ist es?«, fragte Jim einen Passanten mit Kapuze, bei dem es sich vielleicht um seinen verkleideten Mentor handeln mochte.

»Kurz vor fünf«, kam die Antwort, allerdings nicht mit Philip Marlowes Stimme.

Jim hatte sich nicht nach der Abrissmethode erkundigt. Er hatte diesen Teil des Vertrags beim Lesen bewusst ausgelassen.

Den Anblick von zwei Baggern der Firma JCB und zwei rauchenden Bauarbeitern mochte man jedoch etwas enttäuschend finden. Seine Karriere verdiente ein passenderes Ende. Ein Teil von ihm hoffte auf eine schwingende Abrissbirne, eine Kraft, die stark genug war, sein Büro und die Unterhaltung in seinem Kopf zu zertrümmern.

»Ich hab dort gearbeitet«, sagte Jim zu einem Kind, das neben ihm auf dem Bürgersteig stand und mit offenem Mund glotzte.

Einer der Bauarbeiter kletterte auf den Bagger, der ein Getöse von sich gab. Schon bald brummte der zweite Bagger. Die Bagger begannen, den Büroblock anzufressen und brachen Bissen aus den Betonwänden. Während Schaufeln voller Schutt abgetragen wurden, erhielt Jim kurze Einblicke in die mangelhafte Konstruktion, die das Gebäude zusammenhielt. Die Ziegel waren schlecht gelegt, die Linien der Struktur waren krumm und planlos. Die Rohrleitungen, die zuvor in den Wänden verborgen gewesen waren, hatte man falsch verlegt. Ein großer Teil des Bauwerks war von Feuchtigkeit durchdrungen.

»Ich bin erleichtert«, sagte Jim, als der erste Teil des Abrisses vorüber war, aber nicht zu Philip Marlowe. Marlowe hatte sich immer noch nicht blicken lassen. »Ich dachte nicht, dass ich das sagen würde, aber ich bin erleichtert.«

Die Bauleute kamen auf dem Bürgersteig wieder zusammen. Sie nahmen ihre Schutzhelme ab und teilten sich eine Zigarette, deren Marke Jim nicht erkannte. Jim dachte darüber nach, Philip Marlowe zu fragen. Dann fragte er doch einen der Bauarbeiter.

»Wie lange dauert es, einen Supermarkt zu errichten?«

»Die werden erstaunlich schnell gebaut«, erwiderte der Bauarbeiter. Seine Hände waren rissiger, als Jims es jemals sein würden. »In einem Monat erkennen Sie das alles hier nicht wieder.«

Jim starrte auf das Geröll.

»Sie sehen aus, als ob Ihnen kalt wäre«, sagte der Bauarbeiter mit kratziger Stimme. »Ich glaub, Sie sollten reingehen, Kumpel. Sie werden ganz blau.«

Jim gab ihm recht. Er sollte reingehen.

33

»Setz dich hin«, befahl Inspector Skinner.

Bruno nahm auf dem gelben Sofa Platz. Seine Mum setzte sich neben ihn. Bruno konnte keine ihrer Mienen deuten.

»Stimmt was nicht?«, fragte er.

»In der letzten Woche hast du die Polizei zu viel Zeit gekostet«, sagte Inspector Skinner. »Du hast Beweise zurückgehalten und diese Verzögerungen haben die Mordermittlungen behindert.« Bruno setzte zum Sprechen an, aber Inspector Skinner legte wütend den Finger an die Lippen und brachte ihn damit zum Schweigen. »Außerdem hast du dir einiges zuschulden kommen lassen, darunter Einbruch und Justizbehinderung. Für beides könntest du zur Rechenschaft gezogen werden – für ersteres wirst du das vielleicht auch, das kommt auf den guten Willen der Ladenbesitzerin an. Ein Teil von mir hofft, dass sie Anzeige erstattet, denn du bist sonst nicht mehr zu bändigen, junger Mann, und das ist gefährlich.«

Wieder wollte Bruno protestieren, aber Inspector Skinner schnitt ihm das Wort ab.

»An einem Tag wie diesem, an dem all unsere Einsatzkräfte gefordert sind«, fuhr sie fort, »muss ich die Hälfte der Polizei auf die Suche nach einem Jungen schicken, der gar nicht abhanden gekommen ist, während die andere Hälfte nach einer Mordwaffe sucht, die gar nicht existiert.«

»Sie existiert«, sagte Bruno, der sich nicht länger zurückhalten konnte.

»Bitte sagen Sie Ihrem Sohn, dass er sich zurückhalten soll.« Inspector Skinner sah Helen an. »Wie Sie merken, habe ich keine Geduld mehr.«

»Halt den Mund, Bruno«, sagte seine Mum.

»Ich werde dir sagen, was ich weiß, damit du Simon Simner in Ruhe lässt. Und dann erwarte ich von deiner Mutter, dass sie mit dir von der Polizeiwache wegfährt und mich dieses Verbrechen aufklären lässt.«

»Der Mord ist aufgeklärt«, sagte Bruno und bemühte sich, dabei nicht aufmüpfig zu klingen.

»Hör genau zu«, sagte Inspector Skinner. »Simon Simner hat ein handfestes Alibi für die Mordnacht.«

»Wer ist sein Alibi?«

»Whatson, der schnauzbärtige Polizist am Empfang. Er hat in der Nacht von Montag auf Dienstag dort gearbeitet. Simon Simner kam, um sich zu stellen, so wie Poppy Rutter es verlangt hatte. Er betrat die Rezeption um 21:26 – zu dieser Zeit war Poppy noch am Leben und bediente bei der Brighton Nightline das Telefon. Whatson sprach Simon an, der erklärte, dass er einige Minuten bräuchte, um seine Gedanken zu sammeln, und sich dann in den Wartebereich setzte. Er dachte nach und schlief dann bis zum nächsten Morgen. Als Whatsons Schicht endete, nahm Officer Hollyheart seinen Platz am Empfangstresen ein. Sie gab zu Protokoll, dass Simon um 8:01 Uhr am Dienstagmorgen ging, ohne ein Wort zu sagen. Er schlich sich einfach hinaus in die Morgensonne. Die Überwachungskamera bestätigt dies, ebenso wie seine Anwesenheit in der Polizeiwache die gesamte Nacht über. Simon Simner ist nicht der Mörder, das ist unwiderlegbar.«

»Aber warum ist er dann hier? Er hat mir versprochen, dass er sich stellen würde.«

»Aus den Gründen, aus denen auch Poppy Rutter besorgt

war. Bisher hat Simon Rutter keine Straftat begangen, jedenfalls nicht in diesem Land. Er sagt, dass er professionelle Hilfe braucht, und wir werden versuchen, ihm diese zu vermitteln.«

»Sie liegen falsch«, sagte Bruno ein wenig verbittert. »Was ist mit dem Rollholz?«

»Ein Rollholz ist ein Rollholz. Das Labor hat keinen Beweis dafür gefunden, dass es für etwas anderes benutzt wurde als dafür, Toffee auszuwalzen.«

Bruno weigerte sich, das alles zu glauben. Erfolglos suchte er nach einem Hinweis, der Inspector Skinner dazu bewegen konnte, ihre Meinung zu ändern. Tatsächlich konnte er nur daran denken, wie Dean und er Simon Simner dabei beobachtet hatten, als dieser gegen 9 Uhr am Dienstagmorgen *Mr Simner's* betreten hatte, nachdem sie von Mr Patels Laden zurückgekommen waren. Vermutlich war er von der Polizeiwache aus gekommen, und sein Weg hatte dort geendet.

»Jetzt bitte ich dich, die Polizei gefälligst in Ruhe zu lassen«, sagte Inspector Skinner.

Es klopfte an der Tür des Medienraums.

»Herein«, bellte Inspector Skinner.

»Terry Rutter hatte einen Sinneswandel«, sagte der Polizist. »Er sagt, er möchte seine Aussage ändern, und ist bereit zu reden. Er möchte einen Deal machen. Wir bringen ihn gerade ins Verhörzimmer 1.«

Diese Information versetzte Inspector Skinner in Aufruhr. Sie hastete aus dem Zimmer, aber sie kam zu spät. Bruno und Helen folgten Inspector Skinner nach draußen. Sie sahen, was sie sah. Und noch schlimmer, sie sahen, was Dean sah, von dort aus, wo er auf dem Korridor gewartet hatte.

Terry Rutter trug eine Hose und einen Pulli, beides in einer seelenlosen grauen Farbe. Er war mit Handschellen gefesselt, und ein frisches blaues Auge, wie er es hatte, sollte kein Vater haben.

»Dean!«, rief Terry Rutter, dessen Sohn vor ihm zurückwich, als er näher kam. »Es tut mir leid, Deano. Komm und umarme deinen alten Herrn.« Dean musterte seinen Dad und kehrte ihm dann den Rücken zu.

Als er sah, dass sein Sohn ihn scheute, erbebte Terry Rutter unter einem Tobsuchtsanfall. Es begann damit, dass die Nase des Polizisten, der ihn bewachte, seinen Ellbogen zu spüren bekam, und endete in einem heftigen Gerangel, bei dem ein zweiter Polizist den fuchsteufelswilden Gefangenen zu Boden schickte. Im Handgemenge war Terrys Nase aufgeplatzt, sein grauer Pulli war mit Blut bespritzt.

Der Lärm dieser heftigen Auseinandersetzung ließ Dean in den Medienraum flüchten.

»Ich will mit meinem Sohn reden!«, dröhnte Terry Rutter, während der Polizist sich bemühte, seine Arme und Beine niederzudrücken. »Runter von mir, Scheiße noch mal! Ich verlange, dass ich etwas Zeit mit meinem Sohn verbringen kann, bevor ihr Arschlöcher den Schlüssel wegwerft.« Irgendwie gelang es Terry, den Officer, der ihn in seiner Gewalt hatte, abzuschütteln. Er ergriff seine Chance, stürzte in den gelben Raum und knallte die Tür hinter sich zu. Die Polizisten versuchten ihm zu folgen, aber er verbarrikadierte die Tür des Medienraums auf der anderen Seite mit seinem beträchtlichen Gewicht.

Bruno wusste, dass dies nicht der Moment war, um einzuschreiten. Er ließ zu, dass man ihn und seine Mum schnell durch die übervollen Korridore der John Street manövrierte, bis man sie am Empfang absetzte.

»Bruno«, rief Officer Whatson von seinem Posten hinter dem Empfangstresen aus, als Bruno und seine Mum die Wache gerade durch die Drehtür verlassen wollten. »Das Krankenhaus hat angerufen und eine Nachricht für Detective Chief Inspector Bruno Glew hinterlassen. Ich nehme an, das bist du, obwohl ich deinen Lebenslauf gern mal überarbeiten würde.«

»Gütiger Himmel«, flüsterte Helen.

»Wie lautet die Nachricht?«

»Der vermisste Patient Jim Glew ist wieder in seinem Krankenhausbett.«

34

Im Krankenhaus lauschte Bruno dem Herzschlag seines Vaters, den der piepsende Monitor aufzeichnete. Der Arzt bestätigte seinen Verdacht: Seinem Vater würde es bald wieder besser gehen.

»Es hat dramatische Entwicklungen gegeben«, sagte Bruno und nahm sich eine Traube aus dem Früchtekorb auf dem Nachttisch. »Soll ich dich auf den neuesten Stand bringen?«

»Ich bin fertig mit den Privatermittlungen«, sagte Jim und lächelte seiner Frau hoffnungsvoll zu. »Ich bin ab jetzt nur noch Ehemann und Vater.«

Unbeirrt begann Bruno sich über Simon Simners verdächtige Aktivitäten und Terry Rutters Ausbruch auf der Polizeiwache auszulassen.

Jim fragte seine Frau, wie es ihr gehe. Helen hatte kaum gesprochen, seit sie angekommen waren. Sie sagte, es gehe ihr gut, obwohl ihr erschöpftes Gesicht deutlich zeigte, welche Kraft sie die letzten Tage gekostet hatten. Und dann erklärte sie, dass sie sich zu einem anderen Zeitpunkt noch einmal über Brunos Benehmen unterhalten müssten.

»Was hast du mit deiner Hand gemacht?«, fragte Jim, als er den Verband bemerkte.

Helen schüttelte unwillig den Kopf.

»Was ist das?«, fragte Bruno und schnappte sich die Handtasche seiner Mum. Helen hatte keine Zeit einzuschreiten, bevor Bruno Mildreds Kamerahalsband herauszog.

»Ich hab's im Garten gefunden«, gestand Helen widerstrebend.

Bevor seine Eltern protestieren konnten und indem er vorgab, dass sein Vater Polizeiarbeit leistete, bei der es um Leben und Tod ging, brachte Bruno eine Krankenschwester dazu, ihm einen Laptop aus dem Büro eines Arztes zu bringen, den sie Jim auf den vom Laken bedeckten Schoß stellte.

»Ich bin nicht sicher, ob ich die Kraft dafür habe«, sagte Jim.

Bruno verband die Kamera mit dem USB-Anschluss des Laptops.

»Die Batterie ist alle«, sagte Bruno. Er entdeckte eine Fernbedienung bei der Schale mit den Früchten. »Wofür ist die?«

»Für den Fernseher«, sagte Jim und zeigte auf die Wand.

Bruno tauschte die Batterien aus. Die Familie wartete darauf, dass die Software installiert wurde.

»Das muss ein Ende haben«, sagte Jim, der den Gesichtsausdruck seiner Frau bemerkte.

»Nur noch das hier«, sagte Bruno.

Jim war zu schlapp, um sich gegen Bruno durchzusetzen.

»Mildred wird den Fall lösen«, verkündete Bruno. Sein Vater drückte einen Knopf, und der obere Teil des Bettes hob ihn in eine bequemere Stellung. »Detektive und Katzen haben mehr gemein, als man glaubt.«

Die Glew-Familie sah sich den ersten Teil des Materials in dreifacher Geschwindigkeit an, was es ihnen erlaubte, die Aufnahme zu überfliegen, bis etwas von Bedeutung zu sehen war. Das Datum am unteren Bildschirmrand zeigte *Montag, den 28. Juli* – die Mordnacht. Zwischen 17:47 Uhr, als das Kamerahalsband wieder umgebunden worden war, und 21:16 Uhr, vergnügte sich die flinke Mildred mit mehreren ihrer Lieblingsbeschäftigungen. Zunächst befasste sie sich mit Zaunspaziergängen. In schnellerer Geschwindigkeit machte die Aufnahme den Eindruck einer wackligen Kamerafahrt auf einer Achterbahn, wobei das Vorderteil des Wägelchens die dahinsausenden weißen Pfötchen der Katze waren. Die freilaufende Mildred weigerte sich, vor Hindernissen abzubremsen, die ihr in den Weg kamen: ein Jasminstrauch von der Farbe des Sonnenuntergangs, der sich an einem Gerüst hochrankte, und den sie fast umriss, statt darüber hinwegzuspringen; eine scharfe Linkskurve; ein Spalier mit einer Passionsblume, für das sie einen Satz hinauf und einen Satz hinunter brauchte (im Schnelldurchlauf ergab dies prächtige Sprünge); eine scharfe Rechtskurve, bei der eine falsch gesetzte Vorderpfote fast zu einer spektakulären Entgleisung führte. Durch die Beschleunigung war die Geräuschkulisse auf der Aufnahme eine wilde Kakofonie von Katzenhecheln, Zaunknarren und Katzenkrallen, die sich in zitterndes Gehölz gruben.

Als Nächstes schlief Mildred unter ihrem Lieblingsstrauch. Die statische Aufnahme wurde mit hoher Geschwindigkeit vorangetrieben, die Kamera war auf einige Zweige gerichtet. Hastiges Katzenschnarchen war zu hören. Es klang wie ein knisterndes Feuer. Bald wurde es Abend, und das Licht schwand, die Leinwand des Himmels veränderte sich von Orange zu Rot zu Blau. Die ersten Sterne erschienen, ihr weit entferntes Funkeln verhieß eine Nacht voll mörderischer Unterhaltung.

»Die Kamera funktioniert im Dunkeln gut«, sagte Helen, die langsam Gefallen an dem Erlebnis fand.

»Sie hat eine besondere Linse, die so stark ist, dass sie den Effekt von Lichtquellen in der Nähe verstärkt«, sagte Jim. »Keine Nachtsicht, aber nahe dran.«

Um 21:17 Uhr, verlangsamte Bruno das Material auf normale Geschwindigkeit, da Mildred zum Haus zurückkehrte. Sie drückte sich durch die Katzenklappe, inspizierte den leeren

Futternapf und gesellte sich zu Bruno, Dean und Jim, die im Wohnzimmer fernsahen. Die Glews amüsierten sich über Mildreds Anschlag auf die Käsechips. Die Familie lachte, als Jims Hausschuh nach links und rechts schwang. Sie applaudierten, als die Katze eine hoffnungsvolle Pfote in die Schüssel steckte. Eine bezaubernde Nahaufnahme von Bruno folgte kurz darauf. Mildred ließ sich in seinen Armen nieder, und ihr Schnurren war so laut, dass es die Lautsprecher des Laptops zu zerreißen drohte.

Um 21:36 Uhr ließ Deans Ausraster Mildred auffahren. Eilig verließ sie Brunos Schoß. Sie stürzte sich aus der Katzenklappe nach draußen, dass es krachte. Angetrieben von ihren spurtenden und kletternden Pfoten, war die Katze innerhalb von einer Minute über das Haus in die St. Andrews Road gereist. Sie hielt auf einem mondbeschienenen Flecken des Bürgersteigs an. Zum ersten Mal sah man in der Aufnahme Mildreds Schnurrhaare. Sie sprossen vom oberen Bildrand herab, breiteten sich aus wie glitzernde Spinnenbeine.

In den nächsten Minuten drehte die Katze auf der Straße eine Runde. Gelegentlich ragte Mildreds weißes Kinn ins Bild. Am nördlichen Ende der Straße steckte Mildred ihre Nase durch die Katzenklappe eines Nachbarhauses.

»Was für ein neugieriger kleiner Schlawiner«, sagte Helen.

Bruno war zu sehr von dem Mitschnitt gefangen, um darauf etwas zu erwidern.

Mildred nahm ihren Rundgang durch die Straße wieder auf. Diesmal lief sie auf der gegenüberliegenden Straßenseite in südliche Richtung, schnupperte an Recyclingboxen und an Autoreifen.

Kurz darauf zog das Anwesen der Rutters Mildreds Aufmerksamkeit auf sich. Ihr starrer Blick war eine ganze Zeit lang auf das efeuberankte Haupt des Hauses gerichtet. Vielleicht nahm die Katze eine große Ruhelosigkeit im Herzen des Nachbarhauses wahr. Vielleicht witterte sie erste Anzeichen des Mordes wie die ersten Anzeichen eines Erdbebens.

Nach einem kurzem Lauf und einem Sprung fand sich Mildred direkt vor dem Haus der Rutters wieder. Die Katze starrte immer noch an dem Gebäude hoch. Vielleicht fühlte sie, wie sich sein Puls beschleunigte. Vielleicht hatte ihre feine Nase den Duft von Mord erhascht.

»Wo ist Dean?«, fragte Helen, die auf Jims Bettkante hockte.

»Im Wohnzimmer mit uns«, erwiderte Bruno und deutete auf seinen Vater und sich.

»Er hat recht«, sagte Jim, als Helen ihn fragend ansah.

Mildred wandte sich um, angezogen von einer nicht hörbaren Bewegung. Das Auftauchen zweier marmorierter Augen, die einem Fuchs oder einer anderen Katze gehörten, jagte sie zum Anfang der St. Andrew's Road. Sie kraxelte durch mehrere Sträucher und verschaffte sich auf diese Weise Zugang zu dem Trampelpfad voller Pfützen, der hinter den Häusern der Rutters, des neugierigen Alan und von Mrs Simner verlief.

Mildred verbrachte eine Minute damit, ihr Spiegelbild in einer vom Mondlicht erleuchteten Pfütze zu bewundern.

»Sie erkennt sich«, sagte Bruno stolz. »Mildred ist eine sehr intelligente Katze. Ich vertraue ihren detektivischen Fähigkeiten.«

Seine Eltern widersprachen nicht, selbst als Mildred, von ihrem eigenen Spiegelbild erschreckt, mit der Pfote auf die Pfütze schlug. Das Platschen, das sie damit erzeugte, ließ die Katze einen beeindruckenden Sprung vollführen. Die Kamera fuhr abrupt gen Sternenhimmel, in Richtung des verpixelten Halbmondes. Für einen Moment verharrte Mildred oben auf dem Zaun. Dies führte zu einer Momentaufnahme der Rutterschen Küche, bevor Mildred in den Garten der Rutters hinabsprang.

»Es ist alles hier«, sagte Bruno. »Die Geschichte des Mordes liegt vor uns. Neugierige Katzen verbrennen sich nicht die Tatzen. Neugierige Katzen lösen Verbrechen.«

»Pssst«, sagte Jim, als die spionierende Kamera sich auf den Schlafanzug von Poppy Rutter scharfstellte, die zu beobachten schien, wie die Katze sich näherte.

»Sie hat Mildreds helle Augen bemerkt«, sagte Bruno. »Sie leuchten im Dunkeln.«

»Wissen wir«, sagte sein Vater kurz angebunden. »Pssst.«

Nachdem sie etwas aus dem Kühlschrank genommen hatte, öffnete Poppy ein Fenster, durch das sie die Leckerei schleudern konnte. Mildred untersuchte das Geschenk kurz darauf. Es sah aus wie einige Brocken gekochtes Hähnchenfleisch. Die Kamera zeigte, wie die Katze es wild herunterschlang.

»Warum meint jeder, meine Katze füttern zu müssen?«, fragte Bruno. »Ich bin für ihre Ernährung zuständig.«

»Pssst!«, zischten seine Eltern unisono.

Als Mildred damit fertig war, ihre Beute zu verschlingen, wandte sie den Blick wieder auf die beleuchtete Küche der Rutters. Große PVC-Fenster gestatteten einen fast kompletten Einblick, bis auf die Stelle, an der die Rahmen zusammentrafen. Der mit einem Hawaiihemd bekleidete Terry Rutter betrat die Küche. Mildred beobachtete, wie Terry zum Kühlschrank ging. Er nahm eine Flasche heraus.

»Sekt«, sagte Jim. »Er hatte gehofft, sich mit Poppy zu vertragen. Auf einen Neubeginn anzustoßen. Das ist das Hemd, in dem er ihr den Antrag gemacht hat.«

»Hmmm«, sagte Helen.

»Hmmm?«, fragte Bruno.

»Ja«, erwiderte sie und kräuselte Lippen und Nase. »Hmmm.«

Das Objektiv der Kamera bot nicht die Auflösung, die man gebraucht hätte, um von den Lippen abzulesen. Terry Rutters verzerrtes Gesicht und sein angriffslustig ausgestreckter Finger zeigten jedoch eindeutig, dass die geplante Versöhnung nicht stattfand.

»Geh näher ran«, spornte Bruno seine Katze an. »Das Fenster ist noch geöffnet. Wenn Mildred ihnen etwas näher kommt, könnten wir hören, was er sagt.«

Zeitweise abgelenkt durch ein unsichtbares Vergnügen in der Luft, machte Mildred einen Sprung, Vorderpfoten voran. Die Katze zerrte die Kamera und die zusehenden Glews über den Rasen, als sie einer Beute folgte, die sich aus dem Staub machte, bevor man sie genau hätte erkennen können.

»Dreh dich zur Küche um«, drängte Bruno, als die Katze ihre Verfolgungsjagd aufgab. »Wir interessieren uns nicht für die Hecke!«

Vielleicht hörte Mildred ihr verzweifeltes Herrchen, denn sie drehte sich um. Die Küche der Rutters, erleuchtet wie eine makabre Theaterbühne, war wieder zu sehen. Diesmal ohne Terry und Poppy.

»Geschieht es jetzt?«, fragte Helen. »Auf dem Fußboden in der Küche? Nicht im Blickfeld?«

»Es ist zu früh«, sagte Jim mit einem Blick auf die Zeitangabe am unteren Bildschirmrand.

»Sie haben sich für den Sekt und die Vergewaltigung ins Wohnzimmer zurückgezogen«, sagte Bruno.

»Bruno«, schalt Helen. »Pass auf, was du sagst!«

Mildred verbrachte einige Augenblicke damit, den Grasflecken zu beschnüffeln, der jetzt hähnchenlos war. Dann erblickte die Katze einen Vogel, und das Mikrofon hielt das Gemetzel in allen schaurigen akustischen Einzelheiten fest.

»Ich kann gar nicht hinschauen«, sagte Helen.

Mildred klaubte den zerfetzten Vogel mit der Schnauze auf. Er verdeckte die Kamera, während Mildred ihren Fang verschleppte. Die Aufnahme war über eine Minute lang schwarz. Als sie den Vogel schließlich fallen ließ, zeigte sich, wo sie nun war: in der Küche der Glews.

Die Kamera hatte aufgezeichnet, wie Bruno Mildred entdeckt hatte. Ihr stolzes Schnurren nahm zu, als Bruno das grausige Geschenk untersuchte.

»Du Räuber«, sagte der aufgezeichnete Bruno. Die Aufnahme schwankte nach rechts und links, je nachdem, wie Mildred sich verführerisch wand und wie ihr Herrchen sie zur Belohnung am Bäuchlein kraulte. »Dich möchte ich nicht im Dunkeln treffen.«

»Was ist mit dem Vogel passiert?«, fragte Bruno.

»Ich hab ihn mit Kehrblech und Handfeger weggemacht«, sagte Helen. »Das arme Ding.«

Kurz darauf drückte Mildred sich durch die Katzenklappe und begann den raschen Aufstieg, über Zaun, dann Sims und Regenrinne. Dann stolzierte Mildred über das Dach der Glews. Die Nähe zum Mond veränderte den Charakter der Aufnahme, machte die blauen Bilder heller, aber kühler.

Die Familie konnte nicht über die Nahaufnahmen von Mildreds schauerlicher Reinigungsprozedur lachen. Die Katze bewegte ihre raue Zunge vor und zurück, bis sie zufrieden war.

Kurz darauf starrte Mildred auf die St. Andrew's Road herab. Beinahe hätte sie von ihrem Aussichtspunkt einen Panoramablick gehabt, aber dieser wurde vom steil aufragenden Dach beeinträchtigt. Eine strahlende Straßenlampe verbarg einen großen Teil des Hauses der Rutters und reduzierte das Material zwischenzeitlich auf einen verschwommenen Pixelbrei.

Mildred setzte ihre Reise wieder fort. Als die Katze am Ende der Reihenhäuser war, stieg sie herab, zuerst auf einen Anbau, dann auf einen Schuppen. Schon bald überwanden ihre eifrigen Pfoten eine gute Strecke auf dem Gehweg der St. Andrew's Road. Die Katze erklomm die Hausfront der Rutters.

»Da bin ich!«, rief Helen, als Mildred zum Schlafzimmer der Glews hinaufsah. Es war zu sehen, wie Helen sich die Haare bürstete.

Und dann wandte sich Mildred um. Und was sie sah, ließ selbst Bruno nach Luft schnappen. Innerhalb der roten Wände des Wohnzimmers der Rutters spielte sich eine hässliche Szene ab. Unter einem Plastiklüster packte Terry Rutter seine Frau.

Und obwohl diese Szene nicht länger dauerte als zehn Sekunden, war es schlimmer als alle ausgedachten Verbrechen, die Bruno im Fernsehen gesehen hatte. Terry Rutter hatte seine Frau mit einer Hand im Nacken gepackt und zog ihr mit der anderen die Schlafanzughose herunter. Und dann, als sie sich wehrte, schlug er ihr ins Gesicht. Es war ein Fausthieb, der seine Empfängerin zu Boden schickte. Und es war ein Schlag von solcher Kraft, dass Terry Rutters Faust seinen fetten Körper mit herabzog.

Die Familie Glew war von diesem Anblick wie benommen. Ihr gemeinsamer Puls schlug hastig.

»Ich hab immer gesagt, er ist ein Schwein«, sagte Helen.

»Du hattest recht«, sagte Jim. »Es war schlimmer, als ich es mir vorgestellt hatte.«

»Ich will nicht, dass du dir das noch weiter anschaust«, sagte Helen, die den Schock auf Brunos Gesicht sah. »Ich denke, du solltest auf dem Flur warten.«

»Ich gehe nirgendwohin«, widersprach Bruno und hielt sich an seiner Ecke des Bettes fest.

Helen blickte ihren Ehemann hilfesuchend an.

»Er hat es jetzt gesehen«, gab sich Jim mit einem Schulterzucken geschlagen.

Mildred war schon wieder unterwegs, diesmal in nördlicher

Richtung, wo sie den Süßwarenladen umrundete und hinter *Mr Simner's* hineinhuschte. Die Katze brach zu einem Rundgang durch die nachbarlichen Gärten auf. Sie machte ein Häufchen in Alan Archers Gemüsebeet und stahl in Mrs Simners Garten einen BH von der Wäscheleine, den sie eine Weile mit sich herumzerrte, als ob er ein kostbarer Fang wäre.

Mildreds Pfoten führten sie kurz darauf wieder in den Garten der Rutters, obwohl die Qualität des Filmmaterials durch die Anwesenheit einer Fledermaus, eines Vogels oder einer anderen Ablenkung, die nicht ins Bild kam, untergraben wurde. Mildreds auf die Sterne gerichteter Blick flog von links nach rechts, als ob sie ein Feuerwerk beobachtete, das nur sie sehen konnte. Gelegentlich kam die Küche der Rutters ins Bild. Die unberechenbare Aufzeichnung eröffnete kurze Blicke auf das andauernde Grauen. Der Angriff war mit Terry Rutters rechtem Haken nicht vorbei gewesen. Auf eine seltsame Art sah es aus, als würden sie miteinander tanzen: ein barbarischer Walzer, bei dem der tyrannische Ehemann führte. Eine Pfeffermühle, von einer nahe gelegenen Arbeitsfläche gepackt, wurde wie ein Baseballschläger geschwungen. Mildreds Blickwinkel ließ nicht erkennen, ob Poppy oder Terry die Waffe in der Hand hatte.

»An der Seite stand keine Pfeffermühle, als ich die Küche am Morgen durchsucht habe«, sagte Jim. »Da bin ich mir fast sicher.«

»Fast?«, fragte Helen.

»Mein Bildgedächtnis ist nicht mehr das, was es mal war.«

»Sieht so ein Mord aus?«, fragte Bruno tonlos.

»Ja«, sagte Helen.

Jim pflichtete ihr mit einem düsteren Nicken bei.

Mildred lief auf demselben Weg zurück durch die Gärten zum südlichen Ende der St. Andrew's Road, auf dem sie gekommen war. Auf ihrer munteren Reise fing sie drei bemerkenswerte Begebenheiten ein. Zunächst kam Mildred am Süßwarenladen vorbei und erhaschte einen Blick auf Mrs Simner, die das Schaufenster mit dem sich drehenden Lutscher neu gestaltete. Die weißen Zähne der Ladeninhaberin leuchteten zwischen den neonbunten Süßigkeiten. Wenn sie die herumschnüffelnde Katze bemerkte, ließ es sich Mrs Simner nicht anmerken.

Dann sah Mildred Terry Rutter dabei zu, wie der sein Haus durch die Vordertür verließ.

»Er hat sich umgezogen!«, rief Bruno und zeigte auf den weißen Pulli. Die Katze beobachtete, wie er im Zickzack über den Gehweg wankte, und hielt den Moment fest, in dem Terry Rutter etwas in den Mülleimer von Nummer 4 warf.

»Das muss sein Hemd sein«, sagte Jim. »Dies sind die Taten eines unvorsichtigen Mörders. Er geht danach ins Pig and Whistle.«

Als Mildred an Nummer 12 vorbeitrottete, nahm ihre Kamera das nächste wichtige Detail auf: Die Haustür der Rutters war einen Spalt offen gelassen worden.

»Seht ihr das?«, platzte Bruno heraus.

»Ja«, sagte Jim.

In den nächsten vierzig Minuten, bis die Zeitanzeige 23:31 Uhr anzeigte, stieg Mildred durch drei Katzenklappen. Die Glews ließen die Aufnahme mit doppelter Geschwindigkeit laufen, während die Kamera zwischen einer Auswahl von Futternäpfen, die den Haustieren der Nachbarn gehörten, hin und her gezerrt wurde.

Als Nächstes kehrte Mildred auf die Straße zurück. Sie hielt unter der Wagenachse eines geparkten Autos inne. Um 23:32 Uhr vergrub sich die Linse der Kamera langsam in der Halsbeuge der schlafenden Mildred.

Um 1:17 Uhr verlangsamte Bruno den Lauf der Filmaufnahme, da Terry Rutters Schritte Mildred aufweckten. Sein Knurren und sein Tritt machten der Katze Beine. Mildred fand sich kurz darauf auf dem mit Pfützen übersäten Pfad hinter dem Haus der Rutters wieder. Als die Katze über den Zaun sprang, wagte die zitternde Familie Glew nicht zu sprechen, da das Auge der Kamera an Mildreds Halsband der beleuchteten Küche der Rutters immer näher kam.

Mildreds Weg verlief über das Fenstersims und durch ein offenes Seitenfenster.

»Die Pfeffermühle ist weg«, sagte Bruno, als Mildred über die Arbeitsflächen stolzierte. Die Katze drohte das Kamerahalsband für einen kurzen Moment in die schaumbedeckte Spülschüssel zu tauchen. Stattdessen schnüffelte sie an einer Basilikumpflanze auf dem Fensterbrett, was zu einem kräftigen Niesen führte.

»Komm in die Gänge«, drängte Bruno, als Mildred in einem offenen Päckchen Grissini eine Sehenswürdigkeit entdeckte.

Der Katze gelang es, eine der Brotstangen aus der Packung herauszubekommen. Sie folgte der rollenden Stange über die Kante des Küchentresens.

Und als Mildred auf den Küchenboden sprang, war der gefallene Körper von Poppy Rutter zu sehen. Das Auge der Kamera fand die Nachbarin auf dem Rücken liegend, mit aufgerissenem Schlafanzugoberteil, ihre Brüste mit Blut beschmiert. Die neugierige Mildred schnüffelte an dem sie umgebenden Sumpf aus Blut. Einen schrecklichen Moment lang fürchtete die Familie, die Katze könnte ihre unbedarfte Zunge in die glänzende Lache tunken.

»Ich kann das gar nicht mitansehen«, sagte Bruno, aber er machte keine Anstalten wegzusehen.

Mildred umkreiste die Leiche. Ihre einst weißen Pfoten waren rasch rot. Die Familie zuckte zusammen, als sie versuchte, ihre linke Pfote sauberzulecken.

Das Mikrofon nahm Schritte auf, und obwohl die Katze noch nicht hochsah, verschwand der Reflex der Halogenleuchte auf dem Blut. Ein Schatten färbte die Aufnahme plötzlich ein. Bevor sie Reißaus nahm, taxierte Mildred die Person, zu der der Schatten gehörte. Das schielende Auge der Kamera zeigte, was Mildred sah: Terry Rutters schwankende Silhouette im Flur, betrunken und strauchelnd suchte er Halt an der Wand.

Terry blieb weniger als eine Minute im Flur stehen, bevor er unbeholfen zurückwich und eine Anzahl gerahmter Bilder mit sich riss, bevor er ins Wohnzimmer fiel.

»Beschreib, was du siehst«, sagte Jim, hielt die Filmaufnahme an und spulte sie zurück, bis Terry Rutter wieder im Flur zu sehen war.

»Er ist völlig betrunken«, sagte Bruno.

»Weiter. Das kannst du besser.«

»Ich weiß nicht, ob er Poppy ansieht. Ich weiß nicht, ob er sie sehen kann.«

»Am Morgen, wenn ich Terry aufwecke«, sagte Jim, »wird er behaupten, dass er vom Tod seiner Frau nichts weiß. Er wird vorspielen, dass er unschuldig ist und einen Riesenkater hat.«

»Und dennoch ist er hier«, sagte Helen.

»Er ist hier«, sagte Bruno.

»Er ist hier«, wiederholte Jim. »Aber hat er sie gesehen?«

»Alkohol verursacht Gedächtnisverlust«, sagte Bruno.

»Keine noch so große Menge Alkohol würde einen das vergessen lassen«, sagte Jim.

Als Jim die Videoaufnahme wieder laufen ließ und Terry seinen zerstörerischen Rückzug durch den Flur antrat, gaben die Lautsprecher einen giftigen Fluch wieder, der zu leise war, um ihn wirklich zu verstehen. Jim änderte die Einstellungen des Laptops, erhöhte die Lautstärke. Der banale Gehalt von Terry Rutters berauschtem Grollen wurde deutlich:

»Sie hat's verdammt noch mal verdient.«

»Wir haben ihn«, sagte Bruno freudlos. Er stellte sich den Moment vor, in dem Dean diese Nachricht bekam.

»Wir haben ihn«, sagte Jim betrübt.

Die Zeitanzeige stand bei 1:42 Uhr, als Mildred die Küche der Rutters verließ. Die Kamera starrte zum Mond hinauf. Es war ein Mond, von dem Bruno wusste, dass er ihn niemals vergessen würde. Im Garten der Rutters leckte Mildred Poppys Blut von ihren Pfoten.

Kurz darauf kehrte Mildred zu ihrem Lieblingsstrauch im Garten der Glews zurück. Jim erhöhte die Abspielgeschwindigkeit der Aufnahme auf das Dreifache. Eine, zwei, drei Stunden vergingen im statischen Schlaf unter dem Busch. Jim schloss die Aufnahme, als klar wurde, dass Mildreds mitternächtliches Herumtollen ein Ende gefunden hatte.

35

Minutenlang verharrten die Glews in Schweigen, jeder kämpfte mit den Nachwirkungen dessen, was sie gerade gesehen hatten. Schließlich ließ Jim den düsteren Dunst hinter sich und öffnete seinen Online-Mail-Account. Nachdem Bruno ihm gezeigt hatte, wie er sie komprimieren konnte, hängte er die Datei an und sendete das belastende Material an Inspector Skinner.

»Kann ich mir mal dein Telefon leihen?«, fragte Jim seine Frau. »Das ist der letzte Anruf, den ich als Privatdetektiv tätigen werde.«

Die Verbindung wurde aufgebaut, es läutete. Komischerweise hörte man zugleich das Klingeln eines Handys vor der Tür von Jims Krankenzimmer. Inspector Skinner trat kurz darauf ein, ihr Handy klingelte in ihrer Handtasche.

»Terry Rutter ist bereit zu reden«, sagte Inspector Skinner, nachdem sie einige knappe Freundlichkeiten ausgetauscht hatten.

»Das ist gut«, meinte Jim.

»Wir sind nahe dran«, sagte Inspector Skinner.

»Ich bin nicht mehr an dem Fall dran«, erwiderte Jim. »Es gibt kein *Wir* mehr.«

»Terry Rutter sagt, dass er nur mit Ihnen reden will«, sagte Inspector Skinner. »Ich weiß, das ist viel verlangt.«

Jim sagte, dass er mit der Polizeiarbeit fertig sei; alle Beweise, die sie benötige, um den Fall abzuschließen, lägen in ihrem E-Mail-Postfach.

Helen gab ihrem Mann recht und bat Inspector Skinner zu gehen.

Bruno, der nur schwer ertragen konnte, wie seine Eltern die Justiz missachteten, bot freundlich seine uneingeschränkten Dienste an.

»Sei ruhig, Bruno«, sagte Helen.

»Tun Sie es für Dean«, drängte Inspector Skinner unbewegt. »Der Junge muss von seinem Elend befreit werden. Er muss wissen, was sein Vater ist. Dann können wir beginnen, sein Leben Schritt für Schritt neu aufzubauen. Im Moment befindet sich der Junge im Fegefeuer. Nur Sie haben die Macht, ihn daraus zu erlösen.«

Jim bat Inspector Skinner, kurz nach draußen zu gehen. Es folgte eine angespannte Familienkonferenz. Helen drohte mit Scheidung. Bruno drohte mit Adoption. Jim wusste, was er tun musste; die Ordnung musste wiederhergestellt werden.

Bruno bat Inspector Skinner wieder herein, eine Handlung, die er gleich aus mehreren Gründen genoss.

»Ich bestehe darauf, dass mein Sohn dabei ist«, sagte Jim. »Er hat die meisten Beweismittel gegen Terry Rutter für den Fall beschafft.«

Inspector Skinner sagte, dass das unmöglich sei; die Anwälte würden es auf gar keinen Fall erlauben. Helen legte ebenfalls Widerspruch ein, sie wollte nicht, dass Bruno weiter irgendeine Rolle in der Ermittlung spielte. Doch es war Jims einziges Angebot. Schlussendlich machte Inspector Skinner ein Zugeständnis und erlaubte, dass Bruno das Ganze im Beisein von Helen durch den Einwegspiegel beobachtete.

Nach der Rücksprache mit einem zweifelnden Arzt wurde die Familie Glew im Polizeiwagen zur John Street gebracht. Bruno bestand darauf, dass die Sirene angestellt wurde, obwohl die Fahrt weniger als drei Minuten dauerte.

In Inspector Skinners Büro sahen sich Jim und Inspector Skinner das Filmmaterial von Mildreds Kamerahalsband auf einem Plasmabildschirm an, während Bruno und Helen eine strategische Besorgung machten. Zweimal schauten sie sich den Beginn der Vergewaltigung in der Küche und drei Mal Terrys Rückkehr ins Haus an. *Sie hat's verdammt noch mal verdient.*

»Damit haben wir ihn«, sagte Inspector Skinner.

»Haben wir«, sagte Jim grimmig.

Bruno, in Helens Begleitung, holte für seinen Vater Tee aus dem Automaten am Eingang. Sie kamen auf dem Korridor an einem Verbrecher vorbei, einem zerlumpten Kerl in Handschellen. Bruno bedachte den Fremden mit einem unerbittlichen Blick: *Du verdienst jede Bestrafung, die du bekommst.*

Zurück in Inspector Skinners Büro wurde die Strategie besprochen.

»Ein Geständnis aus jemandem herauszubekommen, ist relativ einfach«, sagte Inspector Skinner, ohne großspurig zu wirken. »Am liebsten benutze ich die Reid-Technik. Diese ist im Fernsehen als Good-cop-bad-cop-Prozedur bekannt geworden. Das ist natürlich eine Zuspitzung für den Film. Hier sind die Grundlagen, von denen Sie sicherlich einige kennen.«

Bruno machte sich während der gesamten Erklärung Notizen, in einem leeren Notizbuch, das er sich aus Inspector Skinners Bücherregal geliehen hatte. Er nahm sich fest vor, die Technik am Vorgehen seines Vaters nachzuverfolgen.

Jim ging zu Verhörzimmer 1 und Bruno, seine Mum und Inspector Skinner begaben sich in den dazugehörenden Zuschauerraum.

Bevor sein Vater eintrat, beobachtete Bruno Terry Rutter in den Momenten, in denen der Verdächtige sich allein glaubte. Der Mann schien im Geiste immer wieder etwas durchzugehen, sein Gesicht wirkte angespannt und konzentriert. Bruno starrte ihn unverwandt an. Er war nicht sicher, ob diese Übung ein Zeichen dafür war, dass Terry Rutter die Last seiner Schuld verzweifelt mit jemandem teilen wollte, oder ob die Wiederholung dazu diente, ein belastendes Detail zu verheimlichen.

Durch das einseitig durchlässige Glas sah Bruno, wie sein Vater das Verhörzimmer betrat. Die Glasscheibe, deren Form einem rechteckigen Fernseher glich, ließ die Geschehnisse im Verhörzimmer so wirken, als würden sie von einem weit entfernten Ort übertragen und nicht wenige Meter entfernt stattfinden. Von dort, wo er sich befand, sah Bruno nur den Hinterkopf seines Vaters. Ihm gegenüber, auf der anderen Seite des Tischs, blickte Bruno geradewegs in Terry Rutters verzerrtes, kränkliches Gesicht, das in sich zusammengefallen war. Sein blaues Auge hatte sich gelb verfärbt. Wenn der Verbrecher in ihm kurz davorstand, sich zu offenbaren, musste er sich erst einmal seinen Weg durch die puterrote Wand von geschwollenem Fleisch kämpfen.

»Guten Abend, Mr Rutter«, sagte Jim.

»Ah, wir sind jetzt wieder beim Sie, oder was?«, fragte Terry und drückte die Schultern durch.

»Ja«, sagte Jim. »Inspector Skinner sagt mir, dass Sie bereit sind zu sprechen.«

»Könnte sein. Könnte aber auch nicht sein.«

Eine Phase der Stille folgte. Bruno war beeindruckt von der Geduld seines Vaters.

»Ich brauche zuerst einen Drink«, sagte Terry, dessen Stimme harscher klang als sonst.

»Das kann ich nicht tun, Mr Rutter«, sagte Jim in so nüchternem Ton, dass Bruno stutzte. »Auf Ihre Bitte hin wurde ich aus meinem Krankenbett gezerrt. Sagen Sie, was Sie zu sagen haben, und danach werde ich dafür sorgen, dass Sie den Drink bekommen, den Sie brauchen. Das Reden wird Ihnen gut tun.«

Mehr Stille folgte, durchbrochen von Terrys stoßweisem Husten.

Bruno sah in seine Notizen:

1. Direkte Konfrontation. Der Verdächtige muss glauben, dass genügend Beweise vorliegen, um ihn zu verurteilen.

»Können wir die Handschellen abnehmen?«, fragte Terry und zeigte seine dicken, geschwollenen Handgelenke.

»Nein«, sagte Jim. »Darf ich vorschlagen, dass Sie um die Anwesenheit Ihres Anwalts bitten?«

»Warum?«

»Wir haben eine Videoaufnahme erhalten«, sagte Jim. »Das Material darauf widerspricht den Aussagen, die Sie bei der Polizei gemacht haben. Dieser Widerspruch könnte Sie schwer belasten.«

»Ist nicht nötig«, sagte Terry mit gespenstischer Ruhe, die der aufsteigenden Röte in seinem Gesicht widersprach. »Ich brauche meine Anwältin nicht.«

»Möchten Sie die Aufnahme sehen, Mr Rutter?«, fragte Jim. »Wir können sie auf dem Bildschirm hinter mir abspielen.«

Terry lehnte ab und wählte diesen Moment, um sein gerötetes Gesicht in seinen rot angelaufenen Händen zu vergraben.

Für die nächsten Minuten versteckte sich Terry vor der Welt. Bruno, der förmlich am kalten Einwegspiegel klebte, konnte nicht sagen, ob die Strategie seines Vaters aufging.

»Rein hypothetisch gesprochen, was würde mit mir geschehen?«, fragte Terry schließlich, mit gerötetem, nervös zuckendem Gesicht.

»Eine Freiheitsstrafe. Viele Jahre. Wahrscheinlich lebenslang.« Jims Stimme klang gnadenlos.

»Und mein Sohn?«

»Weiß ich nicht«, sagte Jim mit etwas weicherer Stimme. »Damit habe ich keine Erfahrung. Aber ich kann mich für Sie erkundigen.«

»Mach das«, sagte Terry und atmete schwer. »Er ist das Einzige, was für mich zählt.«

Brunos Vater tat, worum er gebeten worden war, und verließ den Raum. Es dauerte einige Minuten, bis er wiederkam.

Inspector Skinner hatte in ihrem Büro einen Punkt unmissverständlich klargemacht: »Ein Geständnis zu erzwingen bedeutet Schwächen auszunutzen. Verwenden Sie die Gefühle für seinen Sohn als Mittel, um ihn zu brechen. Seien Sie so grausam, wie Sie sein müssen.«

Terry beobachtete Jims Rückkehr ins Verhörzimmer mit scharfem Blick. Bruno bemerkte, dass Terrys schmale, unstete Augen nur auf seinen Vater gerichtet waren.

»Es ist sehr wahrscheinlich, dass Sie Ihren Sohn niemals wiedersehen werden. Er wird der Fürsorge überstellt. Eine Pflegefamilie vielleicht.«

»Das hab ich mir schon gedacht«, sagte Terry, dem die Tränen übers Gesicht liefen.

»Aber Sie helfen ihm, indem Sie mit mir sprechen«, sagte Jim. »Dean muss die Wahrheit wissen. Er muss die Möglichkeit haben, zu trauern. Je länger dieser Fall andauert, umso schwerer ist es für Ihren Sohn. Sie müssen Dean die Gelegenheit geben, sein Leben wieder in die Hand zu nehmen. Sie haben die Macht, das zu tun. Heute. Jetzt. Wenn Sie mir die Wahrheit sagen, werden Sie Ihrem Sohn in unermesslicher Weise helfen.«

Bruno hatte noch nie einen Mann wie Terry Rutter weinen sehen. Es waren kindliche Tränen, die normalerweise für die Momente in der Jugend reserviert waren, in denen man die härtesten Lektionen lernte.

»Tränen bedeuten Schuld«, sagte Inspector Skinner, die neben Bruno stand und in den Raum blickte. Als Bruno sich umdrehte, um seine Mum anzusehen, bemerkte er, dass sie dem Geschehen nicht folgte. Stattdessen saß sie auf einem Drehstuhl, der in die andere Richtung zeigte.

Als er nicht mehr so stark weinte, lehnte Terry zum zweiten Mal die Anwesenheit eines Anwalts ab.

»Ich brauche einen Whisky, *bitte, Jim*«, sagte er.

Jim weigerte sich bevor er ruhig und gehässig hinzufügte, dass weder er noch der Whisky sein Verbündeter seien.

In diesem Moment bäumte sich Terry auf, stieß sich zurück und übergab sich auf seinen Schoß.

Da er in Handschellen gelegt war, durfte er sich nicht selbst sauber machen. Ein widerwilliger Polizist, sichtlich der Meinung, dass diese Aufgabe unter seiner Würde war, unternahm einen halbherzigen Versuch, die gröbsten Brocken wegzuwischen.

»Wir haben eine Aufnahme davon, wie Sie Ihre Frau angegriffen haben«, sagte Jim und streckte den Rücken durch, seine Stimme kühl und distanziert. »Wir besitzen auch DNA-Spuren, die beweisen, dass Sie Ihre Frau vergewaltigt haben. Wir haben das Sperma in ihrem Körper. Und es gibt Wunden an ihrem Hals, Bauch und an den Innenseiten der Schenkel. Die Penetration war kurz und brutal. Sie war zerfetzt und verwundet.«

»Ich habe das schon gestanden«, sagte Terry mit wachsender Ungeduld in der Stimme. Ein Ungeheuer regte sich jetzt, das konnte Bruno sehen.

»Das Spiel ist vorbei«, sagte Jim. »Tun Sie Ihrem Sohn einen Gefallen und gestehen Sie.«

Wie eine Katze, die in Momenten größter Angst oder im Kampf ihren Schwanz aufbauscht, schien Terry größer zu werden, aus seiner Gefangenenuniform herauszuwachsen, sein Rückgrat stärker, seine Schultern breiter, seine Zähne zusammengebissen, und er tat etwas, das Bruno mehr aus der Fassung brachte als alles andere: Terry biss seinen Vater. Es war natürlich ein Biss, der die Luft traf. Der Tisch und die Handschellen trennten sie.

Jim fuhr in ruhigem und frostigem Ton fort. »Sie haben bei der Polizei ausgesagt, dass Sie in der fraglichen Nacht zum Pub zurückkehrten und auf dem Sofa einschliefen, ohne vom Mord an Ihrer Frau zu wissen.«

»Ich hab gesagt, dass ich mich nicht erinnern kann«, blaffte Terry, wobei der walisische Einschlag in seiner Stimme dunkler und hitziger wurde.

»Wir haben Videobeweise, die zeigen, dass Sie die Leiche Ihrer Frau gesehen haben. Sie haben zu ihr gesprochen. Sie sagten, und ich zitiere: ›Sie hat's verdammt noch mal verdient.‹«

»Ich hab gesagt, dass ich mich nicht erinnern kann.«

»Sie sahen auf Poppys Körper, der vergewaltigt und blutend auf dem Küchenboden lag, und sagten zu Ihrer Frau, dass *sie's verdammt noch mal verdient hat.* Diese Aufnahme wird Ihnen das Genick brechen.«

»Fick dich, Glew. Welche Aufnahme?«

»Eine Kamera, die am Halsband einer Katze hing, die in Ihr Haus eingedrungen ist, hat das aufgezeichnet. Zu Ihrem Pech hat sie Sie beobachtet, als Sie den Flur betraten und in die Küche starrten, wo Ihre tote Frau lag. Das Mikrofon nahm diese Worte auf: *Sie hat's verdammt noch mal verdient.* Erlauben Sie mir, Ihnen die Aufnahme vorzuspielen.«

Bruno beobachtete Terry Rutter, während dieser die Aufnahme ansah. Terry verarbeitete das Material langsam, vielleicht fassungslos, dass der Mann auf der Mattscheibe er selbst war. Wieder erschien das Ungeheuer auf der Oberfläche seines Gesichtes. Seine vernarbten Wangen verfärbten sich und zitterten.

»Fick dich, Glew!«, schrie Terry Rutter und hieb mit der Faust seiner gefesselten Hand auf den Tisch. Angesichts des anstößigen, grollenden Ausbruchs des Verdächtigen war Bruno beeindruckt, wie stark die Stille seines Vaters wirkte. Seine Schultern, hager und beherrscht, zuckten nicht.

»Ist mein Ehemann sicher?«, hörte Bruno die Stimme seiner Mutter von hinten.

»Es kann ihm nichts passieren«, sagte Inspector Skinner.

Bruno glaubte ihr.

Kurz darauf veränderte sich Terry Rutters Wut in etwas anderes, etwas, das sich in seinem Inneren abspielte und schmerzhaft war, vielleicht innere Einsicht, die den zuvor geprobten Worten widersprach. Der aufgebauschte Schwanz schrumpfte zurück auf die normale Größe.

Bruno zog seine Notizen zu Rate.

2. *Nehmen Sie die Schuld vom Angeklagten. Schieben Sie es auf die Umstände.*

»Ich gebe Ihnen nicht die Schuld«, sagte Jim, mit erneuerter Freundschaft in der Stimme. »Ihre Frau hat Ihnen Hörner aufgesetzt. Sie hat Sie jahrelang bei den Nachbarn schlechtgemacht. Sie demütigte Sie damit, dass sie ihren Ehering auf die Straße warf. Ich kann verstehen, dass Sie sie bestrafen wollten.«

»Sie verdiente es, bestraft zu werden«, brummte Terry Rutter, wobei sich sein Sprachrhythmus Jims sanfter, ausgeglichener Sprechweise anpasste. »Aber das bedeutet nicht …«

»Eine Frau muss ihrem Ehemann gehorchen. Wie konnte sie Ihnen und Dean das antun? Sie hatten jedes Recht, sie drauf zu stoßen.«

»Das hatte ich auch. Aber das heißt nicht …«

»Poppy musste eine Lektion erteilt werden. Poppy hat Sie betrogen. Poppy hat mit jemandem die Nachmittage in Brighton verbracht, während Sie bei der Arbeit waren, während Dean in der Schule war. Er war Witwer. Ein Vertreter aus Worthing. Poppy hat meiner Frau von diesen Nachmittagen erzählt, das habe ich in der Zwischenzeit erfahren. Sie schmückte sie großzügig aus. Sie prahlte mit ihrer Eroberung. Wer mit wem was tat und wo. Poppy tat es nicht leid. Poppy ließ sich die Einzelheiten dieser Lotternachmittage auf der Zunge zergehen. Ich an Ihrer Stelle wäre außer mir vor Wut gewesen.«

»Ich war fuchsteufelswild«, sagte Terry und klang dabei besiegt und unterwürfig, ganz das menschliche Äquivalent zu einem eingezogenen Schwanz zwischen den Beinen.

»Und zu Recht. Die Polizei hat ihren Schriftwechsel analysiert. Die Affäre dauerte vier Monate. Auf ihrem Höhepunkt schickten sie sich über zweihundert Textnachrichten pro Tag. Poppy und Ian waren kein einmaliger Ausrutscher. Es war eine langgezogene, leidenschaftliche Affäre. Sie war bereit, Sie zu verlassen – ich weiß, dass Sie das wissen. Jede Textnachricht war eine Kränkung für Sie. Sie sind vieles, Terry Rutter, aber Sie sind kein Betrüger. Sie würden alles für Ihre Familie tun. Poppy hat sich beim Kindergarten oft krankgemeldet, wussten Sie das? Sie hat wegen ihrer vielen Fehlstunden eine schriftliche Abmahnung bekommen, hatten Sie davon eine Ahnung? Bei mehr als einer Gelegenheit hat sie sich krankgemeldet, damit sie Ian nachmittags im King's Hotel an der Strandpromenade treffen konnte. Sie hat Ihnen Schande bereitet.«

Eine unterwürfige Katze legt die Ohren an. Sie kriecht demütig und unauffällig. Bruno erkannte, dass Terry Rutter während der Rede seines Vaters immer tiefer in seinen Stuhl gesunken war.

3. Bieten Sie dem Verdächtigen alternative Gedankenmodelle an, je gesellschaftsfähiger, desto besser.

»Wissen Sie, was die Nachbarn sagen?«, fragte Jim. »Was die Polizisten sagen? Sie sagen, es war ein vorsätzlicher Mord. Es herrscht Einigkeit darüber, dass Terry Rutter zur schlimmsten Sorte brutaler Kerle gehört. Alle sind sich einig, dass man Sie einsperren und den Schlüssel wegschmeißen sollte.«

Terry rutschte noch ein wenig tiefer in seinen Sitz.

»Ich glaube nicht, dass es so abgelaufen ist«, fuhr Jim fort, mit gelassener, melodischer Stimme. »Ich glaube, dass Sie versucht haben, Ihrer Frau noch eine Chance zu geben. Ich glaube, dass Sie willens waren, zu vergeben und zu vergessen. Die Aufnahme belegt das. Sie hatten Sekt gekauft. Sie waren bereit, die Sache ad acta zu legen, weil Sie wollten, dass Ihr Sohn glücklich ist. Sie sollten dafür gelobt werden, nicht gegeißelt. Aber selbst, als Sie sich so großmütig benommen haben, hat Poppy Sie bloßgestellt. Was erlaubt sie sich?«

»Ich brauche etwas Bedenkzeit«, sagte Terry nach einer Pause.

Jim unterbrach das Verhör. Er gab Terry eine halbe Stunde Zeit, um sich Klarheit zu verschaffen.

Als er das Verhörzimmer verließ, zog Jim vor dem Einwegspiegel eine Grimasse, die besagte, dass die Schlacht fast gewonnen war.

36

Alle trafen sich in Inspector Skinners Büro.

Die Dinge kamen in Gang. Chief Inspector Healweight stieß zu ihnen, eine weißhaarige Frau, die aussah wie eine übergewichtige und überpflegte Ragdoll-Katze in einem Kostüm. Bruno beobachtete das Gespräch zwischen den beiden Polizistinnen genau. Er spürte, dass sie sich nicht ausstehen konnten.

»Rutter ist gleich geknackt«, sagte Inspector Skinner.

»Die Presse sammelt sich draußen«, schnurrte Healweight. »Sie spüren, dass es eine Bekanntmachung geben wird. Was fangen wir mit diesem Simon-Simner-Typen an?«

Inspector Skinner sagte, dass sie das noch nicht entschieden hätte. Die kostümierte Ragdoll-Katze gab einen Laut von sich, der wie ein Grunzen klang – die Art von bedauerndem Geräusch, das ein Tierarzt ausstoßen mochte, wenn ihm klar wurde, dass es keine andere Möglichkeit gab, als das Tier einzuschläfern. Bruno spürte Vorbehalte in Inspector Skinners Stimme. Sie pflichtete ihrer Kollegin bei, dass man Simners Treiben Einhalt gebieten müsse, bevor Schlimmeres geschah.

»Wir lassen Terry Rutter weitere dreißig Minuten in seinem eigenen Saft schmoren«, sagte Inspector Skinner. »Sein Hawaiihemd ist auf dem Weg ins Labor. Mal sehen, wohin uns das führt.«

Bruno entschuldigte sich. Er ging nicht auf die Toilette. Stattdessen schlüpfte er in den Medienraum mit den gelben

Wänden. Bruno wählte und bat die Vermittlung um die Nummer der Hausnummer 8 in der St. Andrew's Road.

Als Leon der Punker abnahm, warf Bruno einen Blick in sein geborgtes Notizbuch, um sich an die Regeln zu erinnern, die zur Reid-Technik gehörten.

»Ich hab dich«, sagte Bruno mit der kühlen Unbeugsamkeit seines Vaters, als der Anruf verbunden wurde.

»Wer ist da?«, fragte Leon der Punker. »Soll das 'n Witz sein?«

Bruno, der den unnachgiebigen Ton seines Vaters nachahmte, erklärte, dass er genügend Beweise hätte, um den Verdächtigen wegen mindestens zweier Straftaten schuldig zu sprechen.

»Ich habe Fotobeweise, dass du ein Katzendieb und Drogenabhängiger bist«, sagte Bruno. »Ich kann dir die Bilder per Mail schicken.«

»Wir bereiten hier ein Familienbegräbnis vor.«

»Begräbnis hin oder her, ich erwarte ein Geständnis. Einfach ausgedrückt: Wenn du es jetzt gestehst, erstatte ich keine Anzeige. Wenn du es nicht zugibst, kannst du heute Abend mit einem Besuch von der Polizei rechnen.«

Leon der Punker drückte seinen Unmut über die Störung aus. Er drohte sogar damit, Bruno körperliche Gewalt anzutun, wenn er ihm das nächste Mal begegnete.

»Hörst du das?«, fragte Bruno und hielt das Telefon in die Luft. »Ich bin auf der Polizeiwache in der John Street. Ich kann dafür sorgen, dass in einer halben Stunde ein Officer bei euch ist.«

Bruno genoss die gedehnte Pause. Er fühlte, dass er die Oberhand hatte.

»Jetzt zu dem, was ich weiß«, fuhr Bruno fort. »Du hast meine Katze mit getrockneter Katzenminze angelockt. Am Dienstagmorgen hast du mein Haustier gestohlen, und dann hast du es in deinem Haus eingesperrt. Meine Vermutung ist, dass deine Oma, die Frau mit der Demenz, früher eine rote Katze wie Mildred besessen hat. Da habe ich recht, oder?«

Bruno nahm die Stille als Bestätigung. Er sah in sein Notizbuch und beschloss zur zweiten Stufe der Reid-Technik überzugehen.

»Aber ich schreibe dir nicht die ganze Schuld zu«, sagte Bruno. »Deine Großmutter war eine kranke Frau. Du hast nur versucht, einer alten Dame in den letzten Tagen ihres Lebens etwas Trost zu spenden. Wenn du mir die Situation erklärt hättest, dann hätte ich dir mein Haustier vielleicht ausgeliehen. Ich bin kein Unmensch.«

Die Stille hielt an. Es war eine Stille, die so laut wie eine Lawine war, und deren Druck auf den knirschenden Verdächtigen herabstürzte.

»Alles, was ich will, ist ein Geständnis«, sagte Bruno, als genügend Zeit verstrichen war. »Ich werde keine Anzeige erstatten.«

Es war immer noch still. Einen Moment lang dachte Bruno, die Leitung wäre tot. Dann hörte er, wie sich jemand schuldbewusst räusperte.

»Weiß du, was die Polizei sagt?«, fragte Bruno. »Inspector Skinner von der Polizei Brighton ist eine Katzenfreundin. Sie würde nur zu gerne Anzeige erstatten. Sie glaubt, dass du nie vorhattest, Mildred zurückzugeben. Aber ich habe mehr Verständnis für dich. Ich glaube, dass du mein Haustier nur ausgeborgt hast. Und ich denke, dass du nur deiner Großmutter helfen wolltest. Auf eine seltsame Weise macht dich das sogar zu einem guten Menschen.«

Bruno war sich sicher, dass er Tränen hören konnte. Tränen waren ein Zeichen von Schuld.

»Wir stehen kurz vor einer Beerdigung«, sagte Leon der Punker schließlich. »Diese Leitung muss freigehalten werden.«

»Ein Schuldeingeständnis ist alles, was ich will. Damit ist die Sache für mich erledigt. Die Polizei wird nicht zu euch ins Haus kommen.«

Mehr schuldbewusstes Schweigen.

»Ja«, krächzte die leise Stimme am anderen Ende der Leitung.

»Ja?«, fragte Bruno. *»Sag es.«*

»Ja, ich habe deine Katze ausgeborgt. Meine Oma hatte mal eine Katze wie eure. Sie konnte sie nicht unterscheiden.«

Es gab eine Pause. Dann war die Leitung tot.

Inspector Skinners Büro war leer. Als Bruno in den Beobachtungsraum zurückkehrte, war sein Vater wieder an seinem Platz. Neben Terry Rutter saß eine Frau, die eine Brille mit rechteckigen Gläsern trug. Bruno fand, dass sie sehr intelligent aussah. Er konnte die Herausforderung in ihrem Gesicht wahrnehmen. Bei einer Katze schnellt im Fall eines Verteidigungsangriffs die Schwanzspitze hoch. Bruno fand dies in der verächtlichen Nase der Anwältin und in Terry Rutters unbeugsamer Haltung wieder.

»Ich möchte meine Aussage abändern«, sagte Terry Rutter. Einen Moment lang hielt die ganze Polizeiwache die Luft an. »Ich habe mehr Erinnerungen an die betreffende Nacht, als ich behauptet hatte.« Terry ging seine alte Aussage durch wie ein Schauspieler, der ein auswendig gelerntes Drehbuch aufsagt. Der Vortrag klang ein wenig heruntergeleiert und vorgespielt.

Rutter hielt inne, als er die Vergewaltigung beschrieb. Hier wich er vom bekannten Skript ab. »Ich sagte, dass ich mich an nichts erinnern kann, was nach der Vergewaltigung passiert ist. Das ist nicht wahr. Ich erinnere mich daran, dass ich mein Hemd wechselte und das alte in eine Mülltonne auf der Straße warf.«

»Warum haben Sie die Polizei angelogen?«, fragte Jim.

»Die Nachricht vom Tod meiner Frau hat mich aus der Bahn geworfen. Genau wie dein Gesicht, als du mich am Morgen geweckt hast.«

»Warum haben Sie Ihr Hemd weggeworfen?«

»Das würde es mir leichter machen, diese Sache zu vergessen.«

»Was geschah, nachdem Sie das Hemd weggeworfen hatten?«

»Ich erinnere mich danach an nichts«, sagte Terry Rutter, »nur an eins: Ich wachte in der Nacht betrunken auf dem Sofa auf, und ich hatte das furchtbare Gefühl, dass etwas nicht stimmte. Es war ein Gefühl von Verdammnis, als ob die Welt am nächsten Morgen eine andere sein würde. Ich führte das auf den Alkohol und die Schuldgefühle wegen der Vergewaltigung zurück.«

»Sie leugnen, dass Sie Ihre Frau gesehen haben, als Sie ins Haus zurückkamen, trotz der Videoaufnahme?«

»Was auch immer im Flur geschehen ist, ist geschehen. Mein Mandant kann sich nicht daran erinnern«, schaltete sich die Anwältin in leicht verärgertem Ton ein. Sie wies dann darauf hin, dass es einen Unterschied zwischen »sie« und »du« gab. »*Sie hat's verdammt noch mal verdient* beweist keine direkte Ansprache. *Du hast's verdammt noch mal verdient* drückt ein ganz anderes Gefühl aus. *Du hast's verdammt noch mal verdient* – da hätten Sie Ihren Fall.«

»Mr Rutter, leugnen Sie, dass Sie Ihre Frau ermordet haben?«

»Mein Mandant akzeptiert die Anschuldigung wegen Vergewaltigung, aber nicht die wegen Mordes.«

»Sie leugnen trotz der *erdrückenden Beweislage*, dass Sie Ihre Frau ermordet haben?«

»Mein Mandant akzeptiert die Anschuldigung wegen Vergewaltigung, aber nicht wegen Mordes.«

»Terry, Ihnen ist doch klar, dass das vor Gericht landen wird? Ihr Sohn wird nicht damit beginnen können, seine Trauer zu verarbeiten. Dieser Fall wird über Deans Kopf schweben. Was von seiner Kindheit noch übrig ist, wird durch Ihren Starrsinn und Ihren selbstsüchtigen Versuch, die eigene Haut zu retten, zerstört werden. Er wird Sie noch mehr hassen, wenn herauskommt, dass Sie schuldig sind. Tun Sie das, was anständig und ehrenwert ist. Beenden Sie das Leid Ihres Sohnes.«

»Mein Mandant wird keine weiteren Angaben machen.«

Jim beendete das Verhör. In Inspector Skinners Büro gestand er seine Niederlage ein und bat darum, rasch nach Hause gebracht zu werden, um sich ins Bett legen zu können. Ein Polizeiwagen wurde ihm versprochen. Chief Inspector Healweight, nun auf dem neusten Stand, dankte Jim für seine Bemühungen. Sie sagte, dass sie genügend Beweismaterial für eine erfolgreiche Strafverfolgung habe.

Als der Polizeiwagen sich von der John Street entfernte, strömte ein düsteres Gefühl durch Jims Körper. Es war ein Gefühl der Unvollständigkeit. Des Versagens. Oder des totalen Chaos. Jim war es nicht gelungen, die Ordnung wiederherzustellen. Er war gescheitert. Dieses Chaos hatte er selbst angerichtet. Ein Chaos, von dem er sich vielleicht niemals wieder erholen würde.

Dann, als Jim zu weinen begann, sagte Helen etwas, das er nicht erwartet hätte. Sie steckte ihre Hand von hinten durch die Lücke zwischen den Vordersitzen und drückte sanft das Knie ihres Ehemannes.

»Du warst großartig da drin«, sagte Helen. »Du hast Bruno sehr stolz gemacht. Und ich bin stolz, dich meinen Ehemann zu nennen.«

»Du warst genial, Dad«, sagte auch Bruno und steckte seinen Kopf durch den Spalt. »Du hast mir heute so viel beigebracht.«

Das Chaos und das Gefühl des Versagens verließen Jims Körper. Eine heilsamere Empfindung erfasste ihn. Ein Gefühl des Gleichgewichts und der Ordnung. Ein Gefühl, dass alles am rechten Platz war.

Jim sah seine Familie an, deren Liebe ihn mit allem versöhnte.

»Können wir die Sirene anstellen?«, fragte Bruno. »Ein letztes Mal?«

»Na, los«, sagte Jim, lächelte seine Frau und dann seinen Sohn an. »Ein *letztes* Mal.«

SAMSTAG, 2. AUGUST

37

Bruno hatte Mühe einzuschlafen.

Der Mond stand direkt über seinem Fenster, während er im Bett lag und über Detektive in ihren vielen verschiedenen Formen nachdachte. Mit der warmen, schnarchenden Mildred, die sich an seinem Rücken zusammengerollt hatte, sann er über all die fiktionalen Detektive nach, die er und sein Dad zusammen unter die Lupe genommen hatten. Einen Fall zu lösen hatte jeden dieser Detektive persönlich etwas gekostet. *Ihre Taten sind heldenhaft,* dachte Bruno, *aber Gerechtigkeit hat ihren Preis.* Auch bei seinem Vater war das so. Für seinen Dad war das Aufgeben des Detektivhandwerks so, als würde er sich von einer Suchtgewohnheit verabschieden, die schädlich für seine Gesundheit war. Es gab zu viele Verbrechen, erkannte Bruno. Ein Detektiv konnte einen Fall lösen, aber er konnte sie nicht alle lösen. Dieser Beruf konnte einen nur unglücklich machen.

Mildred nieste, sacht und bezaubernd. Die Katze änderte ihre Stellung, drehte sich und fand einen neuen Platz, an den sie ihren müden Schwanz betten konnte.

Bruno ging zum offenen Dachfenster. Er sah hinaus über die flimmernde Stadt. Von hier oben konnte man zwei Versionen von Brighton sehen. Zum einen das funkelnde Brighton, in dem alles miteinander verbunden war, wo die Systeme der Stadt harmonisch zusammenarbeiteten. Diese Version war nur ein schöner Schein, der in Wahrheit nicht existierte, das wusste Bruno nun. Von hier oben, während er den Blick über die Stadt schweifen ließ und Mildred zart nieste und schnarchte, war dieses glitzernde und perfekte Brighton wie ein Regenbogen: eine Illusion, die durch Entfernung und Licht zustande kam.

Bruno lehnte sich ein wenig weiter aus seinem Dachfenster und erblickte nun ein ganz anderes Brighton. Bruno sah eine Stadt der Verbrecher. Scheinbar achtbare Bürger, denen man nicht trauen konnte. Drogenabhängige und Katzenentführer. Versicherungsbetrüger und Vergewaltiger. Mörder, die ihre Ehefrauen in der Nacht erschlugen.

Bruno erkannte, dass er etwas gelernt hatte. Beide Arten von Brighton waren miteinander verflochten. Die eine sicherte der jeweils anderen das Überleben. Damit die Stadt des Glitzerns existieren konnte, damit es Mildreds sachtes Schnarchen geben konnte, musste man in der zweiten Version von Brighton auf Streife gehen und die erste Version beschützen.

Bruno wusste, dass er nach dem Nervenkitzel des Detektivhandwerks süchtig war. Ihm war klar, dass die Ereignisse der letzten Tage ihn nur entschlossener hatten werden lassen, zukünftig bei der Aufrechterhaltung von Brightons Gesetz und Ordnung eine Rolle zu spielen.

Bruno kehrte zur warmen Mildred zurück. Sie schliefen zusammen ein.

Jim erwachte und fand seine Frau neben sich. Zum ersten Mal sprachen sie nach einer Zeit, die ihm wie eine Ewigkeit vorkam, über wunderbar banale Belange. Das Wetter. Mildreds Essgewohnheiten. Einen seltenen Vogel, den er der Familie auf einem Ausflug zum Devil's Dyke zeigen wollte. Helens Leseliste für die Sommerferien. Natürlich sprachen sie auch über Bruno: sein Glück, seine Ferienhausaufgaben, den leichten Sonnenbrand, den er sich in den zurückliegenden sonnigen Tagen geholt hatte.

Sie sprachen nicht über Terry Rutter oder den Fall. Ein stiller Pakt war in Kraft: Das Leben *musste* wieder zur Normalität zurückkehren. Jim hörte Wärme und Liebe in der Stimme seiner Frau. Sie sprach darüber, eine Reise an der Küste entlang bis zu einem bewährten B&B in Climping zu unternehmen, wenn es Jim besser ging. Sie würden an den steinigen Strand gehen und ihren übermütigen Sohn im blauen Wasser plantschen sehen.

Mildred weckte Bruno mit einer Abfolge von Maunzern: Frühstückszeit. Er folgte seiner Katze nach unten. Bruno wechselte Mildreds Wasser, indem er die Schüssel mit kühlem Wasser aus der Karaffe im Kühlschrank füllte. In eine andere saubere Schüssel gab er Mildreds Nassfutter. Wie immer krönte er das Mahl, indem er Cracker mit Hähnchengeschmack darüber streute, so wie es Mildred beim Frühstück gern hatte.

Bruno liebte die Geräusche, die seine Katze machte, wenn sie fraß: das erregbare, streitlustige Auf-der-Seite-Kauen. Für ihn war es ein friedvolles Geräusch. Das Geräusch einer gelungenen Beziehung.

Bruno aß seine Cornflakes am Computer seines Vaters. Es fühlte sich gut an, die Videoaufnahme noch einmal durchzugehen. Dieser Fall war einzigartig und widersetzte sich einer der goldenen Regeln: Der Hauptverdächtige und der Täter waren niemals ein und dieselbe Person.

Nachdem sie sich geputzt hatte, gesellte sich Mildred zu Bruno und machte es sich auf seinem Schoß bequem. Bruno streichelte ihr schwarzes Schnäuzchen. Er verabreichte seiner Katze eine sanfte Fußmassage, umrundete ihren weichen Fußballen mit seinem Finger. Als Antwort posaunte Mildred ihr Schnurren geradezu heraus.

Während das Videomaterial weiterlief und die niederträchtigen Taten von Terry Rutter enthüllte, fragte sich Bruno, ob man ihm erlauben würde, der Verhandlung beizuwohnen. Oder ob er als Zeuge aufgerufen werden würde. Bruno stellte sich vor, wie Mildred und er in den Zeugenstand treten würden und wie er die Pfote seiner Katze vor dem Richter hob, wenn sie ihren eindringlichen Schwur ablegten.

Schwören Sie feierlich die Wahrheit zu sagen, die ganze Wahrheit und nichts als die Wahrheit, so wahr Ihnen Gott helfe?

Miau.

Sein Vater würde zweifellos aufgerufen werden. Bruno tat es leid, dass sein Dad das ganze Verbrechen erneut würde durchleben müssen.

Das Videomaterial lief weiter, und Mildred betrat die Küche der Rutters. *Sie hat's verdammt noch mal verdient.* Bruno stimmte der Anwältin von Terry Rutter zu: *Du* wäre sehr viel verfänglicher gewesen.

Helen genoss es, Bruno im Haus zu hören. Das Poltern, wenn er zwischen den Zimmern hin und her stürmte. Sein Geplapper und Geklapper, während er Mildreds Frühstück richtete. Alles war besser, wenn Bruno im Haus war. Alles war besser, wenn Bruno in Sicherheit war.

Helen machte sich eine Tasse Kaffee. Sie trank ihn im Wohnzimmer in der Mitte des Sofas und erfreute sich am Getrappel im Geschoss über sich. Helen fragte sich, was von der letzten Woche übrig bleiben würde. Was würde der Preis für Brunos Unschuld sein? Helen spürte, dass ihr Sohn eine Kraft besaß, die ihm helfen würde, dem zerstörerischen Einfluss standzuhalten.

Helen nippte an ihrem Kaffee, ließ den bitteren Geschmack über ihre Zunge gleiten. Ihr Sohn platzte herein und fragte, wo die Decke seiner Katze geblieben sei. Bei dieser Frage spürte Helen einen Stich im Herzen – neben Liebe und dem Gefühl, gebraucht zu werden, auch Sorge.

Helen nippte an ihrem Kaffee und dachte über die Zukunft nach. Sie würde ebenfalls gegen die Folgen der vergangenen Wochen ankämpfen müssen. Die natürliche Reaktion wäre, ihn zu verhätscheln und mit Mutterliebe zu überschütten. Helen wusste, dass sie dem widerstehen musste. In den nächsten paar Jahren würde sich ihre Beziehung zu Bruno grundlegend verändern. Er würde neue Freiräume suchen und dabei austesten, wie weit er gehen konnte. Er würde ihre Entschlossenheit und ihre Prinzipien auf die Probe stellen. Sie würde lernen müssen, eine andere Art von Mutter zu werden. Sie musste sich weiterentwickeln.

Das Filmmaterial lief weiter. Bruno war enttäuscht, dass Mildred sich selbst nicht als den Star des Videos erkannte. Er massierte seiner Katze den Kopf, während sie sich ansahen, wie die aufgenommene Mildred die Küche der Rutters verließ.

Bald darauf kroch sie unter ihren Lieblingsstrauch. Die Zeitanzeige stand bei 1:49 Uhr. Durch die Kralle aus Zweigen und Blättern waren die Sterne zu sehen. Mildred regte sich und legte sich wieder neu hin, versteckte die Kamera in einer Falte ihres eingerollten Körpers. Dann rührte sie sich erneut, und die Linse der Kamera sah hinauf in den sich verändernden Himmel.

Bruno stellte die Aufnahme auf dreifache Geschwindigkeit. Die Sterne begannen zu verblassen, und die ersten Schimmer des Tageslichts waren zu erkennen.

Da er hoffte herauszufinden, wie Mildred ihr Halsband verloren hatte, sah sich Bruno das Filmmaterial weiter an.

Um 5:15, als die Sonne erwachte, tat das auch Mildred. Die Katze kehrte in die Küche der Glews zurück und schlabberte etwas Wasser aus ihrer Schale. Die Kamera fing den Vorgang des Trinkens in allen Einzelheiten ein: Mildreds rosa Zunge peitschte durchs Wasser. Die Katze schnupperte an ihrem leeren Napf und verschwand dann durch die Katzenklappe. Mildreds schneller werdende Bewegungen verwandelten die Aufnahme zur schon gewohnten Achterbahnfahrt. Sie lief Vorsprünge und Hecken und Zaunspitzen und Geheimgänge entlang, die nur eine Katze kennt.

Bald fand sich Mildred in einem Garten wieder, der Bruno fremd war. Er verlangsamte die Kameraaufnahme auf die normale Geschwindigkeit. Mildred grub ein Loch in den Boden und verrichtete ihr Morgengeschäft. Die Linse der Kamera war darauf gerichtet, wie Mildreds weiße Pfoten ihre Hinterlassenschaft vergruben. Die Katze war sorgsam und gewissenhaft, schnüffelte am Boden, um zu überprüfen, ob alles bedeckt war, und schaufelte dann mit der Pfote noch etwas Erde über das Versteck. Dann schnüffelte Mildred ein zweites Mal, und ihre Nase nahm eine Unstimmigkeit wahr, die ihr nicht gefiel. Mildred häufte noch mehr Erde auf.

Die Zeitanzeige stand auf 5:26 Uhr. Die Katze nahm ihren Rundgang durch die Gärten wieder auf. Bruno erkannte jetzt, wo seine Katze sich befand: in dem Garten, der an den des neugierigen Alan grenzte, aber nicht auf der Seite der Rutters. Mildred sprang auf, verweilte einen Moment auf dem hinteren Zaun und sprang dann auf den pfützenübersäten Pfad, der hinter dem Anwesen der Rutters verlief.

Bruno erwartete, dass die Katze sich nach Süden wenden würde, in Richtung des Gartentors der Rutters. Stattdessen bewegte sie sich nach Norden und schnupperte hier und dort auf ihrem Weg. Und als die Katze nach oben sah, war die Linse der Kamera auf die Tonnen im Hinterhof von *Mr Simner's* gerichtet.

Bruno wusste es sofort, als Mrs Simner aus ihrem Gartentörchen trat. Die Besitzerin des Süßwarenladens bewegte sich rasch und unbeholfen in ihrem Morgenmantel. Als sie eine große Tonne erreicht hatte, zog Mrs Simner die Hand, die sie bis dahin verborgen hatte, aus einer Falte ihrer Bekleidung. Sie ließ einen Gegenstand in die Tonne fallen, dann schloss sie den Deckel so rasch, wie sie ihn geöffnet hatte. Danach kehrte Mrs Simner zu ihrem Gartentor zurück, das sie hinter sich schloss.

Bruno spulte zurück und hielt die Aufnahme an. Er sah angestrengt hin und erkannte den Gegenstand in Mrs Simner's Hand.

Bruno wusste es, als er die Treppe hinabschoss. Bruno wusste es, als er so schnell, wie er konnte, die St. Andrew's Road hinaufrannte, an den überquellenden Mülltonnen vorbei, um die Ecke und hinter den Süßwarenladen. Bruno wusste es, als er den Deckel der großen Tonne anhob.

Er stieß mit der Hand, die in einem Plastikhandschuh steckte, in die Tonne und schnappte ihn sich: den Toffee-Hammer aus dem Süßwarenladen. In diesem Moment wusste Bruno Glew, was er gefunden hatte und was er tun musste.

Und so begann das Tohuwabohu noch einmal von vorn. Die Polizei überrollte die Straße. Bruno wurde in die John Street gebracht. Der Toffee-Hammer wurde ins Labor geschickt. Spuren von Poppy Rutter wurden auf dem Toffee-Hammer gefunden. Mrs Simner wurde wegen Mordes angeklagt.

AUGUST UND DANACH

38

Aus Höflichkeit mailte Inspector Skinner Jim das Geständnis von Mrs Simner. Sie sagte ihm, dass Mrs Simner die Angaben gemacht hatte, ohne sich zu sträuben. Jim druckte ein Exemplar für Bruno aus.

Alles, was ich wollte, war, meinen Sohn zu schützen.

Am Montagnachmittag belauschte ich ein Gespräch zwischen Mrs Rutter und meinem Sohn Simon, das unweit vom Eingang meines Süßwarenladens stattfand. Mrs Rutter drohte meinem Simon. Sie sagte, er hätte bis um Mitternacht Zeit, sich der Polizei zu stellen, oder sie würde ihn anzeigen.

Ich wusste nicht genau, warum sie ihm drohte. Ich hatte natürlich eine Ahnung – eine Mutter kennt ihr Kind besser als jeder andere auf der Welt. Ich weiß, was mein Junge ist. Er weiß, dass ich weiß, was er ist. Der Job einer Mutter ist es, ihr Kind zu beschützen. Ich werde hier nicht damit aufhören und etwas sagen, das ihn belasten könnte.

Mrs Rutter arbeitete bei der Brighton Nightline, und ich wusste, dass mein Sohn dort angerufen hatte. Einmal hörte ich zufällig mit an, was er sagte. Ich habe nicht herumspioniert. Ich kam an seinem Zimmer vorbei, als ich auf die Toilette musste. Er musste etwas preisgegeben haben, das Mrs Rutter nicht gefiel, denn sie war bereit, ihm deswegen auf der Straße den Kampf anzusagen.

Ich kannte Mrs Rutter ganz gut. Sie war im Laufe der Jahre oft bei mir im Süßwarenladen gewesen. Als mein Mann starb, machte sie mir Spaghetti Bolognese, die ich einfrieren konnte. Wir haben miteinander über Mutterschaft gesprochen, darüber, was es bedeutete, Mutter zu sein. Einmal hat sie an meiner Ladentheke geweint, weil sie Mühe hatte, ihren Sohn dazu zu bewegen, sich auf seine Mathematikhausaufgaben zu konzentrieren. Wir sprachen darüber, mit welchen Mitteln man ihm helfen könnte, bei der Sache zu bleiben. Mrs Rutter war am Montagnachmittag bei mir im Laden, bevor sie Simon drohte. Sie kaufte etwas Schokolade. Sie hätte die Gelegenheit gehabt, da mit mir zu sprechen, von Mutter zu Mutter. Sie hätte zuerst zu mir *kommen sollen. Eine Mutter weiß solche Dinge. Sie schuldete mir eine Aussprache, bevor sie meinem Sohn drohte.*

Als Mutter ist es meine Pflicht, meinen Jungen zu beschützen – das ist alles, was ich will. Sie hatte Simon bis Mitternacht gegeben, aber Mitternacht kam zu schnell. Ich sah, wie sie am Abend zu ihrer Schicht bei der Nightline aufbrach, und ich rief sogar dort an. Die Nummer war entweder besetzt, oder Helen (Glew) nahm ab. Ich hatte noch keine Ahnung, was ich zu Mrs Rutter sagen wollte. Aber ich hatte im Internet nachgesehen, und die Brighton Nightline hat dort eine Geheimhaltungsklausel veröffentlicht, die Mrs Rutter bereit war zu brechen. Mein Sohn hatte die Nightline in seiner Not angerufen. Er versuchte, das Richtige zu tun. Er versuchte, ein besserer Mensch zu werden.

Ich verbrachte den ganzen Abend damit, mir Sorgen zu machen und mich zu ärgern. Simon war weggegangen. Ich wusste nicht, wohin. Er hätte meine Fragen sowieso nicht beantwortet, und ich hatte vor langer Zeit aufgehört zu fragen.

Ich rief erneut bei der Nightline an. Diesmal nahm jemand ab, dessen Stimme ich nicht erkannte. Ich vermutete, dass Mrs Rutters Schicht beendet war. Sie würde bald zu Hause sein. Ich sah aus dem Fenster meines Süßwarenladens, in der Hoffnung, sie zu erwischen.

Irgendwie verpasste ich sie. Natürlich hätte ich zum Haus gehen können. Aber Terry Rutter jagte mir Angst ein. Es wäre unmöglich gewesen, das Gespräch, das mir am Herzen lag, zu führen, wenn er im Zimmer war.

Und dann sah ich durchs Fenster meines Süßwarenladens, wie Mr Rutter vorbeiwankte. Er sah so aus, als wäre er betrunken und nicht sicher auf den Beinen. Ich folgte ihm und sah, wie er das Pig and Whistle betrat. Was als Nächstes geschah, kann ich nicht ganz erklären. Ich war auf einmal wie ferngesteuert. Ich holte mir den Toffee-Hammer vom Tresen, ohne darüber nachzudenken, was ich damit vorhatte. Der Toffee-Hammer, den ich bevorzuge, ist eine etwas größere Ausgabe, die zu meinen großen Händen passt. Ich versteckte den Hammer unter meinem Pullover.

Als ich das Haus der Rutters erreichte, stand die Haustür offen. Etwas am Geruch des Hauses beunruhigte mich. Da mein Zuhause schon so lange einen Süßwarenladen beherbergt, bin ich immer überrascht, wie bitter die Häuser anderer Leute riechen. Aber die Räume der Rutters rochen besonders bitter. Das Licht im Flur war aus. Das Wohnzimmer zu meiner Linken war erleuchtet. Und in der Küche vor mir war das Licht an. Das Haus roch unangenehm. Nach Alkohol und Schweiß.

Ich sah Mrs Rutter in der Küche. Sie lag auf dem Boden, weinte, ihre Schlafanzughose war bis zu den Knien heruntergezogen. Sie hatte keine Unterwäsche an.

Sie reagierte nicht, als ich näher trat. Vielleicht dachte sie, dass ich jemand anderer wäre. Sie rollte sich zu einem Ball zusammen, als ob sie schon Schmerzen hätte. Ohne mich anzusehen, sagte sie mir, ich solle sie allein lassen, ich hätte sie schon lange genug gequält.

Ich zwang sie ihre Schlafanzughose hochzuziehen und bestand darauf, dass sie sich das anhörte, was ich zu sagen hätte. Mrs Rutter blieb auf dem Küchenfußboden liegen, zusammengerollt und weinend.

Da sie unten blieb, kniete ich mich neben sie. Sie flehte mich an, sie in Ruhe zu lassen. Ich fragte sie, warum sie meinen Sohn bedroht hatte. Sie spuckte ihre Antwort aus, aber ich werde darüber hier nicht sprechen. Ich fragte sie, ob sie fest entschlossen sei, zur Polizei zu gehen. Mrs Rutter schrie mich an und sagte, dass sie mehr als entschlossen sei.

Ich wusste nicht, dass ich zu dem, was als Nächstes geschah, fähig wäre. Es ging so schnell. Ich zog den Toffee-Hammer aus meinem Pulli und hielt ihn über Mrs Rutters zusammengekrümmten Körper. Als sie sah, was ich tat, duckte sie sich nicht und sie wehrte sich auch nicht. Ich dachte, sie würde mich treten oder versuchen wegzurennen. Aber sie lag nur da, hilflos. Bevor ich wusste, was ich tat, ließ ich den Hammer auf ihren Kopf niedersausen. Zweimal. Vielleicht dreimal. Der Toffee-Hammer, den ich benutze, hat einen verstärkten Kopf. Das macht es leichter, das Toffee zu zertrümmern.

Ich weiß nicht, ob ich vorhatte, Mrs Rutter zu töten. Ich weiß nicht, ob ich nur versucht habe, ihr Angst einzujagen. Das Einzige, woran ich dachte, war meinen Sohn zu beschützen.

Ich sah zuerst eine Einkerbung. Oben an ihrer Stirn. Und dann kam das Blut, und mir wurde klar, was ich getan hatte.

Ich ging durch den Flur zurück und trat aus der Haustür der Rutters. Ich ließ die Tür angelehnt, so wie sie es gewesen war, als ich hineinging. Und dann lief ich, so schnell ich konnte, zurück zu meinem Süßwarenladen. Ich dachte, sie würden meine Fingerabdrücke auf der Haustür finden, ich wartete die ganze Zeit darauf, dass die Polizei in meinen Laden kommen würde.

Als ich hereinkam, war mein erster Instinkt, mich zu waschen. Eigentlich hatte ich kein Blut an meinen Händen und es war wenig auf dem Toffee-Hammer. Ich steckte meine Kleider in die Waschmaschine und wischte meinen Küchenfußboden mindestens zweimal. Ich verbrachte den ersten Teil der Nacht damit, meinen Laden und meine Küche zu scheuern.

Aus irgendeinem Grund hatte ich nicht mehr die Kraft, um auch den Toffee-Hammer zu entsorgen. Ich sah immer wieder nach dem Ding, das auf der Arbeitsfläche neben der Keksdose lag. Ich wusste, dass ich ihn verstecken oder vergraben oder wegwerfen musste. Ich glaube, ein Teil von mir wollte, dass Simon nach Hause kam und ihn sah. Dann hätte ich ihm erklären können, was ich für ihn getan hatte. Dann hätte er gesehen, dass ich nicht die Versagerin war, für die er mich hielt.

Ich blieb die ganze Nacht über auf und saß in der Küche, wo ich den Hammer anstarrte. Ein schreckliches, aufgewühltes Schuldgefühl kam und ging. Aber in anderen Momenten war ich auch stolz auf mich. Ich hatte dafür gesorgt, dass mein Junge in Sicherheit war. Das hatte ich meinem Ehemann versprochen. Und nichts ist wichtiger, als darauf zu achten, dass das eigene Kind in Sicherheit ist.

Das Morgenlicht drang in mein Fenster. Simon war immer noch nicht nach Hause gekommen. Mir wurde klar, dass ich den Toffee-Hammer loswerden musste. Dienstags wurde der Müll abgeholt. Ich dachte, dass ich den Hammer klammheimlich in der Mülltonne des Ladens hinter meinem Haus verschwinden lassen könnte.

Wegen der Polizei kamen die Laster nicht. Ich hatte zu viel Angst, den Hammer wieder herauszuholen. Ich dachte, dass die Müllwagen am Mittwoch kommen würden. Und dann am nächsten Tag. Und dann am nächsten. Je länger das so ging, umso mehr versetzte mich der Bereich hinter meinem Haus in Angst und Schrecken. Ich fühlte die Hitze des Toffee-Hammers zu jeder Zeit. Sogar im Schlaf konnte ich sein heißes Brummen hören. Seitdem habe ich jeden Tag darum gebetet, dass die Mülllaster ihn wegholen würden. Jeden Tag wurde der Hammer heißer und heißer. Ich kann seine Hitze eben jetzt in meiner Hand fühlen. Ich frage mich, ob seine Hitze für immer bei mir bleiben wird.

Als Mr Rutter verhaftet wurde, begann das Verbrechen einen Sinn zu ergeben. Die ganze Woche kamen Kunden in meinen Süß-

warenladen und sagten, dass er es gewesen sein müsse. Er war vom Typ her ein Mörder, darin waren wir uns alle einig. Ich stellte fest, dass ich begann, das zu glauben. Ich ertappte mich dabei, wie ich begann, neue Gerüchte in Umlauf zu bringen.

Am Donnerstag, der auch der fünfjährige Todestag meines Mannes war, bot Simon an, für mich den Laden zu hüten, damit ich den Friedhof besuchen könnte. Ich fragte mich, ob Simon wusste, was ich getan hatte. Er hatte die Polizei und die Nachrichten gesehen – er musste die Verbindung hergestellt haben. Mein Junge hat viele schlechte Eigenschaften, aber er ist blitzgescheit. Es wäre ein zu großer Zufall gewesen, oder? Ich fragte mich, ob das Angebot, für mich auf den Laden aufzupassen, seine Art war, mir insgeheim zu danken.

Gestern war ein merkwürdiger Tag. Ich wachte mit den fürchterlichsten Kopfschmerzen auf. Der Freitag ist immer recht einträglich, aber ich brachte es nicht über mich, den Laden zu öffnen. Als die Polizei am Morgen an meine Tür kam, war ich sicher, dass sie meinetwegen da waren. Doch sie wollten Simon – er war immer einer von den Jungen, die ungewollte Aufmerksamkeit auf sich ziehen. Ich weigerte mich, der Polizei zu helfen. Genauso wie ich mich weigerte, Helen zu helfen.

Wäre Simon nicht so schnell entlassen worden, hätte ich mich gestellt. Ich war sicher, dass sie ihn wieder gehen lassen würden, was sie auch taten. Den ganzen Tag hatte ich Kopfschmerzen. Es waren Qualen, wie ich sie noch nie zuvor erlebt hatte, als ob mein Gehirn verbrannt worden wäre. Ich gönnte mir keine Schmerztablette. Das war meine Bestrafung. Ich verdiente den Schmerz.

Ich konnte letzte Nacht nicht schlafen. Ich machte mir noch nicht mal die Mühe, mich fürs Bett umzuziehen. Die Polizei kam näher. Ich konnte es fühlen. Trotzdem hatte ich immer noch nicht die Kraft, den Toffee-Hammer zurückzuholen. Vielleicht wollte ich gefasst werden. Vielleicht wollte ich, dass mein Sohn wusste, was ich für ihn getan habe.

Heute früh, vor den ersten Sonnenstrahlen und dem Gesang der Vögel, erwischte ich mich dabei, wie ich die vielen Bonbonnieren an den Wänden meines Süßwarenladens anstarrte. Mir wurde klar, dass ich die meisten Süßigkeiten, die ich auf Lager hatte, nie selbst probiert hatte. Manchmal, wenn ich einen trockenen Mund hatte, lutschte ich einen sauren Drops oder ein Anisbonbon. Ich bevorzuge die bitteren Süßigkeiten, die einem Tränen in die Augen treiben. Heute früh habe ich unbekannte Süßigkeiten aus den vielen Gläsern gegessen, bis mir schlecht war. Bis ich keinen Zucker mehr aufnehmen konnte. Ich dachte, es könnte meine letzte Chance sein.

Ein großer Teil von mir ist froh, dass das Warten endlich vorbei ist. Als die Polizei heute Morgen kam, mit Sirenen, die im Vergleich zu den vorherigen in dieser Woche seltsam leise wirkten, klopfte ich an Simons Zimmertür und bat ihn darum, kurz mit mir auf dem Treppenabsatz zu sprechen. Ich sagte, es wäre wichtig. Er sagte, er wäre müde. Ich klopfte immer wieder, aber er kam einfach nicht heraus. Ich hoffte, sein Gesicht am Fenster zu sehen, als Sie mich wegfuhren. Aber nichts. Trotz allem, was ich für ihn getan habe, stand er nicht mal für mich auf. Ich bin sicher, dass ihm nicht klar ist, wie traurig mich das macht.

Es tut mir wirklich leid für Dean Rutter. Ich bin so traurig, dass er ohne Mum aufwachsen muss. Ich wünschte, ich könnte das ändern. Aber bei einer Sache bin ich mir sicher: dass eine Mutter ihr Kind um jeden Preis beschützen muss. Und das ist alles, was ich getan habe – meinen Simon beschützen.

Bruno steckte das Geständnis in sein altes Notizbuch, das ihm die Polizei freundlicherweise zurückgegeben hatte.

In mancherlei Hinsicht hatte er Mitleid mit Mrs Simner. Liebe hatte sie zu dem Mord getrieben. Bruno fragte sich, ob er fähig wäre, jemandem weh zu tun, wenn ihn die Macht der Liebe leitete. Sicher würde er Mildred um jeden Preis beschützen. Genauso würden seine Eltern ihn beschützen, dessen war er sich sicher. Ob dieser Schutz sich auch zu einem Mord ausweiten konnte, das wusste Bruno nicht.

»Ich weiß nicht, wie ich diese Frage beantworten soll«, war die Antwort seines Vaters.

»Ich bin nicht willens, diesem Gedankengang zu folgen«, sagte seine Mum.

Nachdem er angestrengt nachgedacht hatte, schwor sich Bruno, seine Mutter sanfter zu behandeln oder wenigstens besser darin zu werden, seine Abenteuer vor ihr zu verbergen. Diese Beziehung würde behutsam geführt werden müssen. Eine Mum verdiente es zu wissen, dass ihr Kind in Sicherheit war.

In den Wochen nach Mrs Simners Geständnis verschwand Simon Simner aus der Straße. Brunos Dad bestätigte, dass die Polizei sich eingemischt hatte, obwohl die Details dieses Eingreifens nicht für die Öffentlichkeit bestimmt waren. Bei der Urteilsverkündung, der Simon Simner nicht beiwohnte, plädierte Mrs Simner auf schuldig. Sie erhielt eine Gefängnisstrafe von fünfzehn Jahren. Bruno stellte sich die unnatürlich weißen Zähne in der Finsternis ihrer Gefängniszelle vor. Er fragte sich, ob Simon Simner seine Mum jemals besuchen würde.

Mr Simner's blieb geschlossen und stand irgendwann zum Verkauf. St. Andrew's Road hatte neben anderen Dingen seinen Süßwarenladen verloren.

Nummer 12, das Anwesen der Rutters, wurde ebenfalls zum Verkauf angeboten und rasch zu einem etwas reduzierten Preis verkauft. Als Bruno seine Überraschung ausdrückte, dass dort überhaupt jemand leben wollte, erklärten seine Eltern, dass Brightons harter Grundstücksmarkt sich nicht vor Tod und Geistern fürchtete. Obwohl Bruno keinerlei Interesse für übernatürliche Dinge zeigte, kam es ihm schwer erträglich vor, in einer Küche Abendbrot zuzubereiten, die Vergewaltigung und Mord gesehen hatte.

Die Glews und die Rutters verloren sich aus den Augen. Jim setzte sich nicht mit Terry in Verbindung. Bruno wollte Dean schreiben, aber dessen Aufenthaltsort wurde den Glews nicht mitgeteilt. Sie waren sich einig, dass Dean vermutlich nach Wales gezogen war. Nach einem kurzen Prozess wurde Terry der Vergewaltigung in der Ehe für schuldig befunden und zu vier Jahren Gefängnis verurteilt.

Und so gingen die Sommerferien so rasch dahin, wie eine Katze in den brütend heißen Sommermonaten ihr Fell verliert. In Brunos Leben gab es ein kriminalfallförmiges Loch. Er verbrachte seine Tage damit, seine Notizen und Beweise zu laminieren und zu beschriften. In einer Ecke seines Kinderzimmers stand ein ramponierter Aktenschrank, eine Spende aus dem Büro seines Vaters. In die oberste Schublade legte Bruno eine Akte, in der alle Beweise waren, die zum Rutter-Fall gehörten. Er markierte die Akte mit einem selbstgemachten Stempel: *Gelöst*.

Nach einigen weiteren Tagen, die er unter einer Lawine frisch gekaufter Schreibwaren genossen hatte, fügte Bruno eine zweite Akte hinzu, die all seine Beweise zu Mildreds Katzennapping durch Leon den Punker enthielt. Der Stempel, dessen Schrift kunstvoller war als die des ersten, besagte: *Gelöst*. Wie versprochen hatte Bruno keine Anzeige erstattet. Das Geständnis genügte, um ihn mit Genugtuung zu erfüllen.

Das Leben lief für Bruno fast wieder in normalen Bahnen. Die Schule war nur noch Wochen entfernt. Er tat sein Bestes, um neue Verbrechen zu finden, die er untersuchen konnte. Nachdem er bei Mr Patel's ein Gespräch belauscht hatte, bot er dem Opfer eines Einbruchs in der benachbarten Edburton Road seine Dienste an. Im Supermarkt versuchte er eine Jedermann-Verhaftung bei einem schlafmützigen Kassierer, der einer sehbehinderten Frau vor ihm in der Schlange einen zu hohen Preis berechnet hatte. Seine Eltern waren äußerst beunruhigt, als seine Bewerbung bei einer örtlichen Detektei Erfolg hatte. Von seinem ausgeschmückten Lebenslauf beeindruckt, rief die Agentur bei ihnen zu Hause an, nur um sich einen strengen Verweis von Brunos Vater einzufangen. Jim stellte eins der vielen betrügerischen Details richtig: Bruno war elf Jahre alt und nicht einunddreißig, wie es in seiner Bewerbung angegeben war.

Viel von Brunos Zeit war Mildreds persönlicher Entwicklung gewidmet. Er gelobte, seiner Katze beizubringen, die Toilette im Obergeschoss zu benutzen, allerdings konnten die Ergebnisse nur als eingeschränkter Erfolg betrachten werden.

Langsam fand die Familie zu einer neuen gemeinsamen Dynamik. Jim und Helen begannen, mehr Dinge gemeinsam zu unternehmen, so wie Jims Berufswechsel es in Aussicht gestellt hatte. Einfache Aktivitäten, die Gespräche und gemeinsame Kreativität förderten. Es fing im Gartencenter an, wo sie eine neue Rabatte planten. Dann fand Jim einen örtlichen Lesekreis, dem sie beitreten konnten. Sie begannen, zusammen zu kochen und zusammen zu baden. Bruno mochte das Geräusch des Lachens aus dem Badezimmer. Heimlich lauschte er an der Tür, erfreut zu hören, dass sein Name oft erwähnt wurde. Und Bruno mochte den Anblick seiner gemeinsam auf der Terrasse frühstückenden Eltern. Er sah ihnen zu, wie sie sich Kannen voll Tee und die Früchte aus einem Projekt für hausgemachte Marmelade teilten.

Es gab Zeiten, da vermisste Jim seine Gespräche mit Philip Marlowe. Wie er es versprochen hatte, achtete er darauf, dass sein alter Freund ein begehrtes Regal in der Bücherei erhielt. Ihre Blicke trafen sich gelegentlich, wenn Marlowe rauchte und

Jim ein zurückgegebenes Buch wieder einbuchte, aber beide hielten respektvolle Distanz.

Natürlich vermisste Jim den Nervenkitzel des Detektivhandwerks. Aber es kommt eine Zeit, da muss ein Mann überdenken, was er aus seinem Leben gemacht hat. Eines sonnigen Nachmittags, während sein Sohn im Garten auf der Jagd nach seiner Katze herumtollte und ihm seine Frau ihr neues Mosaikprojekt erklärte, wurde Jim klar, dass er nicht eine Sache an seinem Leben ändern würde. So viele seiner Klienten hatten Jim angestellt, um ihre Welt wieder in Ordnung zu bringen. Der Privatdetektiv wurde hinzugezogen, wenn die Ordnung in Gefahr war. Aber hier, unter dem wärmsten Augustsonnenschein, im Kreise seiner gesunden und glücklichen Familie, wurde Jim klar, dass dies die einzige Ordnung war, die wirklich etwas bedeutete. Philip Marlowe war ein Eigenbrötler. Jim Glew war ein Familienmensch.

Und wie zuvor begleiteten sie an den meisten Abenden einen Fernsehdetektiv bei seinen Ermittlungen und nahmen ihn genau unter die Lupe. Helen gesellte sich immer öfter zu Vater, Sohn und Katze aufs Sofa. Sie lernte die Regeln des Genres so schnell wie Bruno seine neuen Sinnsprüche.

39

»Wer ist heute Abend der Ermittler?«, fragte Helen, als die Familie den Fernseher einschaltete. Heute aßen sie Pizza, die sie auf dem Schoß hatten. Bruno rührte sein Essen nicht an. Sein Magen drehte sich nervös im Kreis.

»Mein Lieblingsdetektiv«, sagte Jim. »Er ist der einzig Wahre.«

Die Nachrichtensprecherin berichtete von einem aufgeklärten Verbrechen. Sie sagte, dass eine Gemeinschaft beschützt worden sei. Sie erzählte davon, dass zwei Verbrecher verurteilt worden waren. Und von einem ungewöhnlichen Lokalhelden.

»Der erledigt seine Arbeit, dieser Detektiv«, sagte Helen.

»Stimmt«, sagte Jim. »Seine Tüchtigkeit hat ein verheerendes Ausmaß.«

Auf dem Bildschirm erschien Bruno, bekleidet mit einem neuen Pulli, der ein Muster aus bunten Katzen hatte. Brunos Eltern jubelten. Sie klatschten, als ob sie einen Siegestreffer bei einem Fußballspiel feierten. Auf dem Bildschirm stand Bruno bei dem kleinen Teich in ihrem Garten.

Die Moderatorin erklärte, dass dieser elfjährige Junge viele der Beweismittel gesammelt hatte, die zur Aufklärung des Rutter-Mordes beigetragen hatten.

Auf dem Bildschirm sagte Bruno: »Ich bin kein Held. Ich wollte nur meinem Freund helfen.«

Vor dem Bildschirm sagte Bruno: »Ich hasse den Klang meiner Stimme.«

Auf dem Bildschirm sagte Bruno: »Um ein Verbrechen aufzuklären, muss man wie eine Katze denken – alle Sinne in höchster Alarmbereitschaft.«

Vor dem Bildschirm sagte Bruno: »Das klang in meinem Kopf besser.«

Die lobpreisende Nachrichtensprecherin stellte dann den Vater des Helden vor: einen ehemaligen Privatdetektiv, dem anerkannt wurde, dass er dem Helden viele seiner außerordentlichen ermittlerischen Fähigkeiten beigebracht hatte.

Jim tauchte auf, er stand mit einer modischen Brille und in leicht zerknitterter Kleidung neben demselben Teich.

Auf dem Bildschirm sagte Jim: »Mein Sohn ist ein hartnäckiger und kreativer Kämpfer gegen das Verbrechen. Ich bewundere ihn. Bruno hat mir sehr viel darüber beigebracht, was Detektivarbeit bedeutet. Manche Menschen sagen, dass die Aufgabe eines Detektivs darin besteht, die Ordnung wiederherzustellen. Und sie haben recht. Aber mein Sohn hat mir etwas anderes beigebracht. Kindheit ist diese Ordnung. Detektive sollten uns zurück zu den sicheren alten Tagen bringen. Das ist es, wonach Detektive suchen: die Sicherheit, die sie gefühlt haben, als sie ein Kind waren. Oder, in manchen Fällen, die Sicherheit, die man ihnen verweigert hat.«

Vor dem Bildschirm sagte Jim: »Das klang in meinem Kopf besser.«

Die Nachrichtenmoderatorin stellte die Mutter des Helden vor, eine örtliche Lehrerin, die auch ehrenamtliche Arbeit leistete. Helen kam ins Bild, ihre Haare waren ein wenig zerzaust.

Auf dem Bildschirm sagte Helen: »Er ist ein sehr mitfühlender junger Mann. Ich bin so stolz auf ihn.«

Vor dem Bildschirm sagte Helen: »Ich bin so stolz auf dich.«

Die Nachrichtensprecherin erklärte, es gebe noch ein weiteres Mitglied der Familie, das gegen das Verbrechen kämpfe und interviewt werden müsse. Diese Detektivin habe einige der entscheidenden Filmaufnahmen mit einer Kamera eingefangen, die an ihrem Halsband angebracht worden war.

Ein Schnitt, und das Bild zeigte eine rote Katze in einem sonnigen Garten. Eine klobige Kamera hing am Halsband der Katze. Sie sah aus, als spielte sie eine Rolle in einem schlecht gemachten Science-Fiction-Streifen, der es niemals ins Kino geschafft hatte.

Auf dem Bildschirm jagte Mildred eine Fliege, schaffte es aber nicht, sie zu erwischen. Ein übergroßes Mikrofon wurde Mildred behutsam vor ihr schnurrbärtiges Mäulchen gehalten.

Vor dem Bildschirm lag Mildred zwischen Vater und Sohn auf dem Sofa und war sich ihrer Gegenwart auf dem riesigen Bildschirm nicht bewusst.

Auf dem Bildschirm bereitete sich Mildred darauf vor, etwas zu sagen. Die Nation hielt die Luft an. Aber Mildred ließ nicht das Miau hören, auf das die Kamera sehnsüchtig wartete. Stattdessen bekam sie Angst vor einem unsichtbaren Schrecken und fuhr wie der geölte Blitz in die Hecke. Gelächter aus der Konserve war zu hören, während die Moderatorin zur nächsten Geschichte überging.

Die Familie stellte den Fernseher ab und aß ihre Pizza auf. Mildred wurde mit einigen Gourmet-Katzencrackern verwöhnt.

Auf dem Weg ins Bett schlich sich Bruno ins Zimmer seines Vaters und schnappte sich eine Akte, die er schon seit Tagen im Auge hatte. Der Fall des Einäugigen Kanalmanns. Oben in seinem Dachzimmer setzte er sich an seinen Tisch und öffnete den Ordner.

Unter dem Schein von Lampe und Mond stiegen langsam Muster und Ideen in Brunos Verstand auf. In diesem Moment kam Mildred durch das gekippte Fenster herein. Schnell machte sie es sich auf seinem Schoß gemütlich.

»Ich bin froh, dass du da bist«, sagte Bruno. »Denk wie eine Katze.«